우주인

별자리: 쌍둥이자리
혈액형: AB형

반여단

별자리: 게자리
혈액형: B형

인소의 법칙

인소의 법칙 4

1판 1쇄 발행 2015년 8월 25일
1판 12쇄 발행 2022년 5월 11일

지은이 ㅣ 유한려
발행인 ㅣ 신현호
편집장 ㅣ 예숙영
편집 ㅣ 최은지
편집디자인 ㅣ 한방울
영업 ㅣ 김민원
물류 ㅣ 이순우 박찬수

펴낸곳 ㈜디앤씨미디어
출판등록 2002년 5월 1일 제117-90-51792호
주소 서울시 구로구 디지털로 26길 111 JnK디지털타워 503호
대표전화 (02)333-2513 팩스 (02)333-2514
전자우편 dncbooks@dncmedia.co.kr
디앤씨북스 블로그 http://blog.naver.com/dncbooks

ISBN 979-11-5856-093-5 04810
ISBN 978-89-267-1819-3 (SET)

인소의 법칙

유한려 지음 녹시 그림

iQ BOOK

제15조. 옥상은 언제나 패싸움과 치정싸움을 위해
열려 있어요

당연한 말이지만, 반여령과 내가 화해를 했다고 해서 학교에서의 내 위치에 대해 어떠한 변화가 오지는 않았다. 다음 날, 반여령과 나란히 등교하면서 나는 시선들이 내 뒤통수에 날카롭게 꽂히는 것을 느꼈다.

반여령과 헤어져 계단을 올라가는데 몇몇 선배들이 날 발견하더니 저들끼리 모여 수군거리기 시작했다. '반여령', '안티카페' 하는 단어가 간간이 들려왔기 때문에 그 대화 내용을 짐작하는 것은 어렵지 않았다.

나는 눈을 내리깔고는 조용히 가방끈을 쥐었다. 선배들 인데, 여기에서 일을 칠 수도 없고. 조용히 지나가야지, 생각하며 걸음을 마저 떼어 놓는 순간이었다.

"소름 끼쳐."

"그치? 아, 장난 아니야."

"쟤 존나 뻔뻔하다. 얼굴은 어떻게 들고 다니지? 나 같으면 자살했어."

그런 말들이 연속적으로 내 뒤통수를 후려쳤다. 나는 잠시 매고 있던 가방을 뒤를 향해 던져 버릴까 생각했다. 지들이 뭘 안다고!

하지만 그럴 수는 없었다. 나는 대신에 입술을 질끈 깨물고 침착하게 걸음을 옮기는 쪽을 택했다.

어차피 소문이라는 게 그렇지, 누군가 나쁜 짓을 했다고 하면 사람들은 진위 여부조차 확인하지 않은 채 그 나쁜 짓을 한 사람을 비난한다. 흡사 그렇게 하면 자신들의 도덕성이 증명이라도 되는 것처럼.

그러나, 그것이 거짓으로 밝혀졌을 때 자신들의 섣부른 말에 대해서 사과하는 사람은 얼마나 되는가? 내 가슴에 비수를 찌르는 것은 바로 그런 사실이었다.

잘못된 소문이 퍼졌을 때, 설령 그것이 거짓이라고 밝혀지더라도 나에게 사과하는 사람은 없다. 반여령의 경우를 보아 나는 그것을 잘 알고 있다.

이미 소문이 퍼진 이상 나는 아무것도 할 수 있는 것이 없었고, 그것이 나를 제일 분하게 하는 사실이었다.

교실까지는 한참이나 남았는데 울음이 터질 것 같았다. 눈을 꾹 감은 나는 빛이 덜 새어 드는 층계참을 마저 올라갔다.

교실에는 아무도 없었다. 내가 평소보다 이른 시간에 등교하기는 했지만, 나는 교실 앞문에 서서 안쪽을 기웃거리며 생각했다. 이상하네, 이루다 정도는 있어야 하는데.

이루다는 검은 승용차의 추적을 따돌리기 위해서인지 거의 우리 반에서 제일 먼저 오는 편이었다. 아침 7시 즈음만 되어도 그는 이미 제자리에 앉아 가방에 얼굴을 묻고 엎드려 있었다. 인기척 하나 없는 낯선 교실을 보다가, 나는 슬그머니 내 자리로 가서 책상에 얼굴을 묻었다. 그제야 내내 눌러 참고 있던 한숨이 터져 나왔다.

"후……."

진짜 피곤하다. 등교 하나 하는 것이 이렇게 피곤하기는 처음이었다.

반여령이나 사대천왕과 함께 등교하다 보면 시선들이 쏟아지는 것은 흔한 일이었지만, 이번에는 결코 그 정도가 아니었다. 심지어는 자살하라는 소리마저 들었지 않은가? 나는 주먹을 꽉 쥐었다. 머릿속이 하얗게 변하는 것 같았다.

분노와는 조금 다른 느낌, 내가 지금까지 믿었던 나와는 전혀 다른 사람이 되는 듯했다. 사람들의 이런저런 말을 듣고 있으면, 정말로 내가 반여령을 질투해서 그런 짓이나 벌일 정도로 가치 없는 사람이 되는 것 같았다.

내 자신의 존재가 남들에 의해 송두리째 부정되는 기분. 그리고 그렇게 말하는 사람들은 나에 대해 조금도 알지 못하고, 조금도 생각하지 않는 사람들이라는 것이 가장 슬펐다. 엎드려서 숨을 내쉬다 말고, 내가 결국 다시 몸을 일으킨 그때였다.

핸드폰에서 진동이 울렸다. 뭐지? 대수롭잖게 폴더를 열어젖힌 나는 눈을 찡그렸다.

보낸 사람 : 010-2695-xxxx
안녕, 나 최유리야. 학교 끝나고 다른 애들한테는 비밀로 단둘이 좀 얘기했으면 해.

"……."
내가 방금 읽은 내용이 사실인가? 믿을 수가 없어, 눈을 찡그리고 다시 한 번 문자를 면밀히 훑었지만 달라지는 것은 없었다. 다른 애들한테는 비밀로 단둘이 얘기를 하자고?
답장을 보낼까, 단둘은 아무래도 안 될 것 같다고, 내가 널 죽이지 않을 보장이 없다고. 그러나 고민하다 말고 나는 답장을 보냈다.

받는 사람 : 010-2695-xxxx
어디서?

이미 답을 정해 놓고 있던 듯, 채 몇 초도 지나지 않아 답장이 돌아왔다. 답장을 받은 나는 슬그머니 눈을 찡그렸다.

보낸 사람 : 010-2695-xxxx
학교 옥상에서.

"……?"

옥상, 거기 출입 통제 구역 아닌가? 잠겨 있는 걸로 아는데, 어떻게 열려고?

하기야, 여기는 보통 고등학교가 아니고 무려 사대천왕들이 다니는 학교이니 보통의 옥상과는 좀 다를 수도 있겠다. 나는 핸드폰을 주머니에 넣고는 그대로 책상에 엎드렸다.

이루다가 오면 여느 때와 같이 활기찬 목소리로 나를 깨우겠거니 생각했지만 아침 조회시간이 끝나고, 실장 윤정인이 잔뜩 비웃으며 나를 깨울 때까지도 이루다는 오지 않았다.

나는 졸린 눈을 비비고는 애들을 향해 물었다.

"이루다는?"

내 물음에 대답한 것은 윤정인이었다.

"아침에 담임선생님께 아프다고, 병원 다녀온다고 연락 왔대."

"아, 그래?"

나는 그렇게 말하고는 도로 침묵했다. 이루다는, 내 앞에서는 잘 모르겠으나 적어도 우리 반에서는 제일 구김 없이 맑은 얼굴을 하고 있었다. 또, 예상하지 못한 순간에 의외로 진지한 말이나 충고 같은 것을 해 주어 나를 붙들어 주기도 했다. 그리고 무엇보다도, 그녀는 처음 본 그 순간부터 변함없이 내게 호의만을 보여 주는 사람이었다.

한 명이라도 더 내 편이 절실한 지금, 이루다의 빈자리가 더욱 크게 다가왔다. 나는 말없이 이루다의 빈 의자를 매만지다가 교과서를 들고 와서 수업을 들었다.

1반에서는 내 소문 가지고 난리가 났다고 하던데, 그것과는 별개로 우리 반은 여전히 분위기가 좋았다. 윤정인과 이민아가 번갈아 가면서 농담으로 분위기를 띄우고, 담임 선생님의 물음에 어이없는 물음으로 맞받아쳐서 사방에서 폭소가 터지기도 했다. 우리 반에 정상이라고는 신서현밖에 없는 것 같아, 누군가 말하고 또 누군가가 동의하고, 그렇게 수업은 평소와 별다를 것 없이 지나갔다.

이루다가 4교시가 끝날 때까지도 돌아오지 않자, 나중에는 김혜힐이 내 옆에 앉기도 했다. 우리는 내내 교과서 귀퉁이에 작은 글씨들을 적어 내려가는 식으로 대화를 나누었다.

나를 배려해서인지, 김혜힐은 나와 최유리에 대한 소문들에 대해서는 조금도 말하지 않았다. 그러다가, 내가 간신히 얘기를 꺼내었다.

–나 오늘 오는길에 선배들한테 쌍욕먹었어…… ㅎㅎ

–3학년?

–ㅇㅇ명찰 보니까 3학년

–3학년이 1학년 소문 주워듣고 다닐정도면 그냥 할일없는 거야; 쓰레기들이야 씹어

라고 충고해 주기도 했다.

그녀다운 신랄한 말투에 내가 웃음이 터져서, 가늘게 웃는 사이 김혜힐은 턱을 괴고 푸르스름한 눈을 교과서 귀퉁이에 고정한 채 잠깐 말이 없었다. 그러다가 그녀는 손가락을 움직여 몇 자를 더 적었다.

–걔네 그지랄할 시간에 공부했으면 서울대를 갈텐데;

하마터면 나는 수업시간에 소리 내어 웃을 뻔했다. 내가 웃자, 김혜힐은 펜을 내려놓더니 나를 보면서 생긋 웃었다. 나는 그녀를 보면서, 그녀를 여친으로 둔 이지한이라는 4반 남자애는 얼마나 복 받은 사람인가 하는 생각을 했다.

4교시 종이 울리고, 쉬는 시간이 되어 이민아가 우리 앞으로 와서 걸터앉았다. 내가 무어라 말하기도 전에 김혜힐이 입을 열었다.

"야, 얘가 3학년 쪽 계단 지나가는데 누가 아침에 쌍욕했대."

"헐, 뭐라고 했는데?"

이민아가 대번에 눈살을 찌푸리며 물어 왔다. 우리 뒤에 앉아 있던 김혜우도 대화를 들으려는지 고개를 이쪽으로

기울였다. 김혜힐이 말했다.

"그러게, 뭐라고 했다고?"

"어, 나더러 왜 자살 안 하냐던데."

이민아는 눈살을 찡그리더니 조금의 간격도 없이 대꾸해 왔다.

"뭐? 무슨, 조카야 크레파스 사 왔어 십팔색이야 같은 새끼가."

"잠깐, 뭐라고?"

그 말에 반응한 것은 지나가던 윤정인이었다.

윤정인이 자리에 멈춰 서서 얼빠진 얼굴로 이민아를 향해 묻자, 이민아는 어깨를 다시 으쓱하더니 대답해 주었다.

"아, 단이한테 어떤 3학년이 왜 자살 안 하냐고 지랄했대."

"아, 진짜? 미친. 아니, 그런데 그 뒤에 너 뭐라고 했잖아."

"조카야 크레파스 사 왔어, 십팔색이야 같은 새끼?"

"헐, 개 획기적. 너 천재냐?"

윤정인은 그렇게 말하더니 갑자기 빵 터져서 저 혼자 배를 구부리고 웃었다. 이민아의 목소리가 워낙 커서인지, 주변 아이들도 그 소리를 알아듣고는 혼자 웃음이 터져서 이쪽을 보고 있었다. 몇몇은 아예 책상에 얼굴을 박고 말이 없기도 했다.

잠시 후, 간신히 웃음을 추스른 윤정인은 입꼬리를 실룩이다 말고 내 어깨를 툭툭 두드렸다. 뭐지, 이건, 나는 눈살을 찌푸리고 위를 올려다보았다.

여름 햇살이 쏟아져 환한 교실을 배경으로 윤정인은 여전히 웃는 얼굴이었다. 그는 내 어깨를 붙든 채로 말을 이었다. 목소리가 평소의 실없는 그라고는 생각할 수 없을 만큼 진지해져 있었다.

"야, 그거 소문, 신경 쓰지 마."

그 말에 나는 대번에 울상을 지었다. 나도 얼마나, 내가 얼마나 신경을 안 써 보려고 했는데.

원래 사람이라는 게 들리는 대로 믿기 마련이라는 건 알고 있었고, 그중에는 별생각 없이 최유리의 말을 옮기는 사람이 틀림없이 있을 거란 것도 잘 알고 있었다.

그렇게 생각하려고 했는데도 물 없이 알약을 삼키듯, 내내 답답하고 끔찍한 기분이 목에 턱 막혀 내려가지 않는 것을 어쩌란 말인가? 나는, 내가, 얼마나.

내 얼굴이 속절없이 일그러졌다. 그것을 보고 내 기분을 읽었는지, 윤정인은 당황해서 내 어깨를 잡았다. 그가 말했다.

"야, 아니, 나는. 내가 말하려던 건 그게 아무것도 아닌 일이라는 말이 아니야. 너더러 참으라거나 그런 게 아니라고. 야, 니가 잘못한 게 뭔데? 그거 소문 근거도 거의 없고, 있는 거라고는 다 엉터리에 주관적인 것뿐이고, 그런 것을 완전 사실인 양 말한 그 최유리라는 애가 잘못한 거지. 난 너더러 뭐, 그냥 참고 넘어가라는 소리 하려고 한 게 아니라고."

"……."

내가 아무 대답도 없이, 다만 눈을 동그랗게 뜨고 윤정인을 올려다보자 내 어깨를 쥔 손에 힘이 조금 들어갔다. 그러다가 그는 내 어깨를 놓더니, 짙은 눈썹을 찡그리며 평소와 같은 미소를 짓고는 내 쪽으로 얼굴을 조금 기울였다.

반 아이들이 주시하는 가운데 그가 물었다.

"반여령이랑 너랑 오늘 같이 등교했다며? 너 그럼, 반여령이랑은 결국 말 잘한 거잖아. 걔가 뭐래냐?"

나는 어깨를 한 번 으쓱하고는 대답했다.

"하나도 안 믿는대."

"다른 애들은? 너, 이번 일 알고 있는 중학교 애들이나, 뭐, 그런 애들 있을 거 아냐."

윤정인은 사대천왕들에 대한 것을 애써 돌려 말한 듯싶었다. 아직 나와 사대천왕이 친한 사이라는 것을 반 아이들 대부분은 모르고 있다. 나는 한 번 눈동자를 굴리고는 대답했다.

"그냥, 나한테 괜찮냐고만 물어봤어. 소문에 대해서라면 걱정하지 말라고도 했고."

은지호와 우주인에게서는 아직도 연락이 한 번도 없었지만, 나는 생각했다. 그 둘은 왜 아직까지도 아무 말 없이 조용한지 알 수가 없다.

내 대답에 윤정인은 다 되었다는 듯 씩 웃었다. 그러더니 그가 몸을 일으키며 말했다.

"봐라."

"보라니, 뭘?"

"너랑 잘 알고 지낸 녀석들 중에, 그 소문 믿고 너한테 뭐라고 한 녀석들 있어?"

"아니. 없지만……."

모르는 사람들이 나한테, 나는 거기까지 말하려다 말고 입술을 다물었다.

윤정인의 말에 비로소 지금까지 내내 나를 괴롭히던 것, 다른 사람들에 의해 내 가치가 재정의되고 바닥으로 추락하는 그 기분이 조금 가라앉는 듯했다.

말하다 말고 내가 입을 다물자, 윤정인은 자신감 있는 미소를 짓고는 나를 보고 물었다.

"나라고 한 번도 소문에 시달리지 않고, 그랬겠냐. 그거 웬만한 사람은 다 한 번씩 겪는 일이야."

"……."

"내가 그러면서 깨닫게 된 게 있거든? 그 소문 믿고 너 욕하는 사람들, 그 사람들 어차피 너에 대해서 별생각 없는 사람들이야. 생각해 봐, 근거가 그렇게 거지 같은데, 심지어는 근거도 제대로 듣지 않은 사람도 있을걸? 그냥 사람들이 그렇다고 하니까, 그런가 보다 하고 욕하는 사람들이 대부분일 거라고."

"그럼, 어떻게 해? 아니라고 설명을 해? 뭘 해?"

어떻게 해야, 그 사람들이 나에 대해서 더 이상 말하지 않는 건데? 나는 묻고 싶었다.

그러나 내 말에 윤정인은 어깨를 으쓱하고는 고개를 내저었다.

"네가 아무리 아니라고 설명해 봤자 소용없어. 어차피 믿을 사람은 믿고, 안 믿을 사람은 안 믿어. 너, 반여령이나 네 친구들한테, 네가 그러지 않았다고 일일이 다 설명했냐? 그제야 애들이 너를 믿겠다고 하던?"

나는 고개를 내저었다.

아니, 반여령은 나를 보자마자 그 새카만 눈에 당장 눈물방울부터 매달았다. 내가 뭐라고 설명하기도 전에 그녀는 나를 보고는 말했다. 나를 믿는다고, 흡사 발끝으로부터 치밀어 오른 것 같은 목소리로, 그런 간절함을 담아 그렇게 말했다. 그것은 진심이었다. 그래서 나도, 온갖 설명할 것들, 머릿속으로 수십 번을 추려 놓다가도 끝내는 형태가 뭉개지고는 했던 그 말들을 꺼낼 필요도 없게 되었다.

그래, 반여령과 내가 대화를 나눈 것은 나를 믿어 달라거나, 그런 말을 하기 위해서가 아니었다. 우리는 그런 얘기를 할 필요도 없었다. 권은형은 어땠던가? 유천영은?

나는 고개를 내저었다. 그러자 윤정인이 말했다.

　"그래, 그렇다니까. 아무 말도 안 해도 걔들이 널 믿는 이유는, 네가 그럴 사람이 아니라는 걸 걔들이 알기 때문이야. 네가 걔들이랑 같이 지낸 시간 동안 행동으로 증명했으니까. 너를 모르는 사람들 얘기에는 신경 쓰지 마. 걔네, 그냥 원래부터 네 사람 아닌 거야. 그거 일일이 신경 쓰면 너 속만 버려."

　"……."

　"이런 일이 있을 때마다 좋은 점이 딱 하나 있거든? 뭐냐 하면, 진짜 내 사람이 누구인지 알게 되는 거. 그거 하나더라."

　열어 놓은 창문에서 불어든 바람이 내 머리카락을 흔들고 지나갔다. 그 사이로 팔짱을 끼고 웃는 윤정인의 모습이 조금 흐려졌다, 선명해졌다 했다. 나는 조금 아득한 기분이 들어서 눈을 가늘게 떴다.

　평소에는 그다운 가벼운 음색으로 웃긴 이야기나 곧잘 늘어놓고는 하던 윤정인이었다. 그런데 방금, 그의 그 말은 내내 떠들썩하고 열기로 차 있던 우리 교실의 공기를 한 층 식혀 놓았다. 흡사 차가운 물방울처럼, 그렇게 그의 마지막 말은 여운을 남기고 공기 속으로 스며들었다.

　그러다가, 누군가 말했다.

　"뭐야, 윤정인. 멋있잖아."

　누군가 그렇게 말함과 동시에 어떤 남자아이가 걸걸한

목소리로 말했다.

"야, 나 방금 설렐 뻔. 나 이거 지금 위험한 거지?"

그렇게 말하고는 곧바로 그가 제 가슴께를 부여잡자, 윤정인은 평소와 같이 과장된 표정으로 펄쩍 뛰더니 말했다.

"아, 뭐라고? 아, 미친, 너 내 옆에 오지 마."

"윤정인, 잠시만! 한번만 안아 보면 내 마음을 알 수 있을 것 같아."

"아, 미친!"

윤정인은 웃다 죽을 것처럼 그렇게 말하더니 곧바로 의자 두어 개를 훌쩍 타 넘고는 그대로 뒷문으로 달려 나갔다. 그리고 그 뒤로, 아까 설렜다며 가슴께를 부여잡던 남학생과, 사랑을 이루어 주겠다며 금세 무리를 이룬 몇몇 아이들이 우르르 빠져나갔다. 이어 교실에는 썰렁한 침묵만이 남았다.

활짝 열린 창문에서 불어든 바람이 또다시 회색 블라인드를 흔들고, 이어 우리들 사이를 어지럽혀 놓았다. 내 책상 위에 놓인 교과서 페이지가 파라락 넘어갔다. 그러다가, 곧 김혜힐이 웃음을 터트렸다.

"윤정인 진짜, 마지막까지 멋있는 적이 없어."

옆에서 이민아는 아예 대놓고 웃고 있었다. 아까의 일로 남자애들이 대부분 빠져나가서 교실에는 이제 여자아이들밖에 남지 않았다.

나는 눈을 들어 이수연이 앉아 있는 자리를 흘긋 보았다. 이수연은 여전히 나와 눈도 잘 마주치지 않으려고 했다. 머쓱해서, 머리카락을 한 번 쓸어 넘기고는 자리에 앉는데 이민아가 물었다.

"너, 이제 좀 괜찮은 거지?"

그녀의 말은 그녀답지 않게 조심스러웠다. 눈을 한 번 굴린 나는 빙긋 웃으며 고개를 끄덕였다.

"응."

괜찮지 않을 이유가 없었다. 나는 다시 한 번 웃었다.

* * *

수업이 모두 끝난 학교는 적막했다. 3학년 학생들만이 남아 있는 데다가, 그마저도 자습하느라 조용한 탓에 온 교사가 인기척이 없었다. 학교가 끝난 지는 좀 되었는데, 이제야 삼삼오오 짝을 지어 교문을 통과하는 무리들이 있었다.

여름이라 저녁 6시가 되었는데도 아직 날이 밝았다. 하늘 끝자락에 붉은 기가 미미하게 번져 있을 뿐이었고, 흡사 배처럼 커다란 흰 구름들은 지평선을 향해 유유히 흘러 들어가고 있었다. 불어드는 바람은 조금 서늘했다.

최유리는 옥상 난간에 기대어 서서 핸드폰을 만지작거렸다.

보낸 사람 : 010-9944-xxxx
반여령 데려다주고 다시 나올게. 네가 비밀로 하자며.

아깝다, 최유리는 입술을 짓씹었다.

솔직히 처음에 문자를 보냈을 때는 욕이라도 하지 않을까 기대했다. 문자는 제일 확실히 형태가 남으니까, 나중에 다른 아이들에게 정말로 보여 주고 싶지 않은 척하면서 문자를 보여 주면 함단이는 또다시 적반하장의 대표 격으로 화두에 오르리라. 어디서 너를 욕해? 하고.

여태껏 함단이에 대해 아무 말이 없던 사대천왕과 반여령도 결국에는 고개를 돌리고 말 것이었다. 일순 최유리의 눈이 번뜩였다.

바로 그랬다, 자신이 원하는 것이 바로 그것이었다. 입술 끝을 비틀어 올린 최유리는 그대로 주머니에 핸드폰을 집어넣었다.

욕은 하지 않았다. 벼랑 끝에 몰린 주제에 끝까지 담담한 척하는 것이 재수 없었지만, 아무리 아무렇지 않은 척해 봐야 이미 상황은 끝났다. 최유리는 난간에 턱을 괴고는 아래를 응시했다.

모든 일이 자신의 계획대로 흘러가고 있음은 의심의 여지가 없지만, 한 가지 걸리는 것이 있었다. 최유리는 신경질적으로 핸드폰을 두드렸다.

받는 사람 : 강민호

왜 아침부터 연락이 안 돼요? 계속 이러면 아버지에게 연락을 넣을 거예요. 경호원이 일을 제대로 안 한다고. 뭐하자는 거예요?

자판을 두드리는 내내 최유리는 입술을 잘근잘근 씹었다. 그래, 단 하나 걸리는 것이 있다면 그것은 바로 아침부터 내내 연락이 되지 않는 그녀의 경호원이었다.

아마 경호원의 도움이 없었더라면 이번 일은 제대로 성사시키지 못했을 터였다. 그런데 그토록 중요한 역할을 맡고 있는 경호원이, 어째서 오늘 아침부터 연락이 되지 않는 걸까? 그가 자신을 맡아 경호를 수행해 온 지 2년이었으나 여태껏 이런 일은 한 번도 없었다.

그녀의 손가락이 신경질적으로 전송 버튼을 꾹 누르고 떨어진 그때였다.

—지이잉

최유리는 눈을 크게 떴다. 방금, 진동 아니었나? 그녀는 황급히 고개를 돌렸다. 평소와 같이 곁에서 경호 중이었다면 말을 하던가, 인기척이라도 좀 내던가!

얼굴을 일그러트린 채 최유리는 뒤로 돌아섰다. 머리카락이 나부낄 만큼 급한 동작이었다. 그러나 그녀의 눈에 들어온 것은 넓게 펼쳐진 하늘 아래, 사람 그림자 하나 없는 하얀 옥상 바닥 뿐이었다. 어디에도 인기척이라고는 없었다.

뭐였지? 갑자기 불어든 바람이 그녀의 목덜미를 스치고 지나갔다. 아직 어두워지지도 않았는데, 최유리는 일순 목덜미의 털이 곤두서는 것을 느꼈다.

뭐였지? 그녀는 저도 모르게 팔을 들어 몸을 감쌌다. 방금 분명히, 진동 소리를 들은 것 같은데.

강민호 없이 그의 핸드폰만이 이곳에 놓여 있는 것은 그야말로 말이 안 된다. 그렇다면 다른 사람이 이 옥상에 있다는 얘기인데, 그녀의 눈이 닿는 곳은 모두가 하얗게 비어 있을 뿐이었다. 그녀의 눈이 저도 모르게 옥상 문 쪽에 가 머물렀다.

하얗게 작열하는 여름 해가 그쪽으로 그림자를 드리우고 있었다. 그래, 사람이 있을 만한 곳이 하나 있다면, 우뚝 솟아 있는 옥상 문 뒤쪽뿐이다. 최유리의 목울대가 울렁였다. 그녀는 주먹을 꾹 쥐었다.

저쪽으로, 가 볼까? 그냥, 우연히 타이밍이 맞았던 것일지도 몰라. 사실은 누군가 그냥 핸드폰을 갖고 낮잠을 자고 있거나 할 테고, 그냥 우연히 타이밍이 맞게 진동이 울린 것뿐이야. 자신의 경호원이었다면 진작에 제 목소리를 듣고 나타났어야만 옳다.

최유리가 주먹을 쥐고, 걸음을 막 떼려던 그때였다.

달칵, 하는 소리와 함께 옥상 문이 열렸다. 최유리의 눈이 그쪽을 향했다.

제일 먼저 보인 것은 어두운 계단을 등진 갈색 머리카락이었다. 다음으로 말간 얼굴, 쌍커풀 없이 큰 갈색 눈, 가느스름하게 올라간 눈초리 같은 것이 보였다.

자신과 마치 거울을 보는 듯 닮아 있었다. 최유리는 그것을 인정했다. 언젠가 반여령이나 다른 친구들이 말했듯, 최유리와 함단이는 서로를 닮아 있었다. 그리고 바로 그것이 최유리를 가장 기분 나쁘게 하는 점이었다.

보자마자 멱살을 잡힐지도 모른다고 생각했다. 그러나 함단이는 의외로 담담한 얼굴이었다. 그녀는 헝클어진 머리카락을 아무렇게나 쓸어 넘기더니 흔들림 없는 걸음으로 다가와 앞에 섰다.

서로를 마주 보는 채로 잠시 침묵이 흘렀다. 먼저 입술을 뗀 것은 최유리였다.

"미안해…… 넌 잘 숨기고 있다고 생각한 걸 까발려서. 네가 잘못했다고 해도 그걸 멋대로 모두 앞에서 말한 건 내 잘못이야. 네 본성을 알아서 너에게 배신감 느낄 애들이 너한테 욕할지도 몰라. 많이 힘들지?"

이미 욕하고 있지, 최유리는 입속으로 중얼거렸다. 그리고 그녀는 울 듯한 눈으로 함단이를 올려다보았다. 다만 입술 끝은 삐뚜름하게 올린 채였다. 조근조근한 목소리부터 아닌 척 핵심을 찌르는 대사까지 전부 연습한 것이었다. 그것은 연습할 때만큼이나 완벽하게 재연되었다. 이 정도면 폭발하지 않고는 배길 리가 없다, 최유리는 그렇게 생각했다. 그런데 고개를 들어 마주한 표정은 예상과는 달랐다.

함단이는 아무렇지도 않은 얼굴이었다. 그녀는 다만 조금 힘이 빠진 목소리로 물었다.

"하고 싶은 말이 뭔데?"

지친 목소리, 최유리는 속으로 안도의 한숨을 내쉼과 동시에 미소 지었다. 최유리는 대답했다. 자비를 베푸는 듯한 목소리로.

"전학을 가는 건 어때? 넌 유명하지도 않고, 평범하니까 다른 곳 가면 너에 대해 모르는 친구들이 다시 생길 거 아니야. 진심으로 너를 생각해서 하는 말이야. 아무리 네가 잘못했다고 해도 욕먹으면 내 탓도 있는 것 같으니까, 너 전학 가고 나면 그래도 소문 더 나는 건 무마해 줄게."

이번에는 함단이의 얼굴에 어이없다는 듯한 기색이 떠올랐다. 그래 봐야 제가 별수 있어? 최유리는 겉으로 안타깝다는 얼굴을 한 채 속으로 미소 지었다. 드디어 자신이 내내 바라마지 않던 것을 현실로 바꿀 기회가 찾아왔다.

함단이가 전학을 간다, 그렇다면 반여령이나 사대천왕은 더 이상 그녀를 싸고돌지 않을 것이다. 학생들은 함단이가 드디어 전학을 갔다며, 그 **뻔뻔한** 년이 어디까지 가나 보자 했는데 드디어 갔다고 소리 높여 말할 것이다. 함단이가 스스로 전학을 간 것은 최유리의 말이 사실이라는 것을 결정적으로 믿게 해 줄 계기가 될 것이다. 소문나는 것을 무마해 줄 생각은 물론 전혀 없었다.

그렇게 되면, 최유리는 희열을 숨기지 못하고 주먹을 꾸욱 쥐었다. 그렇게 되면! 바로 그때였다. 함단이의 목소리가 들렸다.

"전학을 가라고? 그게 지금 네가 하고 싶은 말이야?"

최유리는 다시 정신을 차렸다. 눈에 들어오는 함단이는 여전히 어이없다는 표정을 짓고 있을 뿐, 그 안에 분노라고는 담길 기미가 보이지 않았다. 어라? 최유리는 중얼거렸다. 이상하다. 자신의 계획대로라면 지금쯤 분노해서 소리를 고래고래 지르고 있어야 하는 건데, 하지만 그렇다고 별수가 있을 리 없다. 최유리는 준비한 대사를 빠르게 읊었다.

"너도 이런 일을 일어나게 한 사람이 이렇게 충고하면 더 짜증 나서 듣기 싫을 거 알아. 그래도 이건 진짜 아니라는 거 알지? 나한테 화가 날 수도 있어. 그렇지만 너 때문에 상처 받았을 여령이를 생각해 봐. 난 여령이를 생각해서 말하는 거야."

"……"

"넌 아직 무마할 수 있는 단계라고 생각할 수도 있는데, 물론 착한 여령이가 네가 배신했다는 걸 믿지 못해서 널 믿어 줄 수는 있어. 근데, 애들이 네 본성을 다 알게 된 상황에서 그게 얼마나 갈 거라고 생각해? 네 밑바닥까지 드러나기 전에 지금 전학 가는 게 너를 위해서도 좋을 거야."

최유리는 우는 듯한 얼굴로 쐐기를 박았다. 그리고 그녀는 생각했다. 이겼어, 마침내 이겼어. 방금의 그 말이 결정타였다.

게다가 이러지 않더라도 이미 이긴 싸움이다. 이미 전교생의 대부분이 함단이가 반여령에게 나쁜 짓을 했다고 생각하고 있으니까, 제까짓 게 아무리 버틴다고 해 봐야 얼마나 버티겠어? 아니라고 해 봤자 증거도 없을 테지. 최유리가 씩 웃는 그 순간이었다.

마침내 함단이의 얼굴에 표정의 변화가 나타났다. 눈이 조금 울 듯이 일그러진 것이다. 최유리는 입술 끝을 끌어올리며 여유롭게 기다렸다. 함단이의 입술이 열리고, 그 사이로 힘없이 그러겠노라 하는 대답이 흘러나오는 것을.

그러나 뜻밖에도, 함단이가 입술을 열어 꺼낸 것은 전혀 다른 말이었다.

"나는 뭐, 사과라도 하려나 했지."

"뭐?"

"나 너랑 더 할 말 없어. 고작 불러서 하는 소리가, 충고

랍시고 전학 가라…… 하.”

기분 나빠 보이기는 했지만, 화가 나 보이지는 않았다. 그 말이 끝이었다. 함단이는 어깨를 한 번 으쓱하며 웃고는 그대로 돌아섰다. 조금도 예상하지 못한 반응에 최유리는 일순 멍해졌다.

뭐야, 잠깐. 최유리는 저도 모르게 소리 높여 그녀를 불렀다.

“잠깐, 어디 가?”

“너 할 말 다 했다며? 나 갈 건데?”

그렇게 말하는 함단이야말로 오히려 여기에서 이야기할 것이 더 남아 있냐는 듯한 뻔뻔한 얼굴이었다.

하, 최유리는 정말로 어이가 없었다. 그녀는 두 발을 땅에 딛고 선 채 멍하니 함단이를 응시했다. 농담이 아니었다. 정말로 옥상에서 내려가려는 듯 반쯤 문을 연 채였다.

황급히 표정을 추스른 최유리가 물었다.

“너, 너 지금 어디 가?”

“집 갈 건데?”

그렇게 묻는 함단이는 여전히 아무렇지도 않은 얼굴이었다. 저, 저런, 최유리는 어이가 없어서 입을 뻐끔거리다 말고 물었다.

“아니, 그게 아니라 내 말은, 너 어떻게 사람이 그렇게 뻔뻔해!? 너 진짜 학교 계속 다니게?”

"그건 네가 신경 쓸 바 아니지."

"넌 죄책감도 못 느끼니? 나 같으면 여기 서 있지도 못할 거야. 이미 네가 그런 애인 거 소문 다 났고, 애들이랑 같이 다닌다면 네가 논란을 막을 길도 없을 거야. 너 그런 거 싫잖아, 싫고 피곤하잖아. 애들도 싫을걸?"

"내가 그게 사실이 아니라고 하면?"

여전히 담담한 말투였다. 아하, 아직도 믿고 있는 게 있었구나, 최유리는 저도 모르게 작게 웃음을 터트렸다. 순진하게, 아직도 제가 아니라고 하면 믿어 줄 사람이 있을 거라고 생각하다니!

그녀는 애써 웃음을 꾹 눌러 참고는 말을 이었다.

"아무리 네가 사실이 아니라고 해도 이미 소문 다 퍼졌어. 애초에 소문이 퍼진 이유가 뭐겠어? 애들도 다 그렇게 생각하니까 소문이 퍼진 거잖아. 그냥 인정해."

함단이는 여전히 피곤한 얼굴이었다. 잠자코 자신의 말을 듣다 말고 그녀는 팔짱을 꼈다. 드디어 얘기해 볼 마음이 든 건가, 최유리는 생각했다.

힘들다는 소리나 아니면 원망하는 소리가 나올 줄 알았는데, 지금의 그녀는 너무나 담담해서 오히려 자신이 어이가 없을 정도였다. 하지만 대화를 해 본다면 마음이 달라지리라. 그녀가 아직도 현실을 모르는 채 나는 잘못한 게 없으니까 괜찮아, 따위의 생각을 하고 있다면 그녀를 철저히 무너트려 줄 생각이었다.

바로 그때였다. 함단이가 입을 열었다.

"네가 나한테 이런 식으로 당연하다는 듯이 말하는 이유가 뭐야? 네 소문이 많이 퍼졌고, 그래서 많은 사람들 입에 오르내려서? 네 주변 사람들이 그게 사실이라고 생각해서?"

"뭐?"

"네가 그렇게 믿는 그 소문의 힘 말인데. 그거 난 신경 안 써. 소문 그거, 생각보다 별로 대단한 거 아냐."

함단이는 고개를 모로 기울인 채 최유리를 비스듬히 올려다보고 있었다. 여전히 담담한 얼굴, 그녀가 말을 이었다.

"너, 반여령한테 들어서 알고 있을 거 아냐? 반여령이 매년마다 휩쓸렸던 소문들, 남자를 좋아한다, 남자들한테만 잘해 준다, 얼굴값을 해서 싸가지가 없다, 자기보다 예쁜 여자의 남자 뺏는 게 취미다, 나한테는 그런 소문 안 따라붙은 줄 알아? 반여령한테 얻어먹을 게 있어서 일부러 따라다니면서 하녀 노릇 하는 거다, 그렇게라도 해서 사대천왕 곁에 있고 싶어서 그런다, 사실 반여령이랑 사대천왕은 함단이를 친구로도 생각 안 한다더라."

"……."

그런 얘기라면, 최유리는 주먹을 꾹 쥐었다.

물론 그런 얘기라면 반여령이 가끔 담담한 어투로 자신에게 털어놓은 적이 있어 알고 있었다. 그때 자신이 무어라 대답했더라. 아마도 힘들었겠다고 대답했던 것 같다.

그때 반여령은 어떤 얼굴을 하던가? 울 듯한 얼굴? 아니, 아니었다. 그녀는 그냥, 어깨를 으쓱하고는 말했다. 괜찮다고.

최유리는 입술을 열었다. 저도 모르는 새였다. 입 사이로 새된 소리가 튀어나왔다.

"그래서?"

"생각해 봐. 네 말대로 소문이 그렇게 중요했으면, 반여령이나 나나 있던 친구들 다 떨어져 나가고 새 친구들도 사귈 수 없었겠지. 그런데 지금 날 봐."

함단이는 그렇게 말하면서 턱을 조금 치켜들었다. 불어온 바람에 그녀의 갈색 머리카락이 나부꼈다.

"지금까지 반여령이 나에 대해서, 소문을 믿는다, 그딴 소리 한 번이라도 한 적 있어? 사대천왕이 나에 대해서 뭐라고 한 적 있냐고. 아니, 걔들은 이런 거 믿지도 않거든. 그리고 우리 반 애들 중에서도 안 믿는 애들 많아. 왜냐하면, 내가 어떤 사람인지 지내 봐서 알고 있으니까."

"……."

"내가 나중에 친해진 다른 애들, 한때 그런 소문을 듣고 나한테 다가오기를 꺼렸던 애들도 나중에는 나한테 그러더라. 네가 이런 애인 줄 알기 전에는, 나는 너 쳐다보면서 그런 소문 생각하고 있었다고. 별생각 없이 말하고 다녔다고 사과하는 애도 있었어."

함단이는 말하다 말고 숨을 한 번 들이쉬었다. 그리고 눈을 들어 자신을 보았다. 고동색 눈동자 안에 석양빛이 깃들어 불그스름했다. 그 눈동자가 어쩐지 아까보다도 단호해진 것 같은 느낌이 들어, 최유리는 그것이 기분 나빴다. 함단이가 말을 이었다.

"그래서 난 네 소문 신경 안 써. 네 소문, 그거 사실이 아니라는 거 내가 지금까지 항상 증명하면서 살았고, 앞으로도 그럴 거니까."

하, 최유리는 입술 끝을 비틀어 올렸다. 하마터면 소리 내어 웃을 뻔했다. 어이가 없어서, 그러니까 지금.

"지금 그게, 네가 아무 말도 하지 않은 이유라는 거야? 할 말이 없어서라고 하지그래?"

"할 말이라면 내 친구들한테 다 했어. 어차피 네 말 거의 근거도 없었고, 그런 소문을 듣고도 믿는 사람들이라면 그냥 원래부터 내 사람이 아니었던 거야."

"……."

"나는 그냥, 진짜 내 사람이 누구인지를 알게 되는 것뿐이야. 내가 갖고 있었던 게 뭔지 알게 되는 것뿐이라고. 그게 적어도 내 친구들과 내 사이를 망가트릴 수는 없어. 네 소문 나한테는 아무것도 아니고, 그리고 너도 아무것도 아니야."

뭐? 최유리는 눈을 크게 떴다. 여태껏 생각해 본 적도 없는 말이었다.

괴롭겠지, 그렇게 생각했다. 괴롭고 힘들어서 차라리 전학을 갔으면 싶을 거라고, 자신이 몇 마디 충동질만 하면 금방 넘어오리라 생각했다. 그런데 아무렇지도 않다고? 게다가, 내가 아무것도 아니라고?

함단이의 말은 담담하게 이어졌다.

"나 너 그냥 잊어버릴 거야. 그러니까 나 너랑 더 할 말 없고, 네 마음대로 생각해. 네 생각 어차피 나한테 중요한 거 아니야. 네가 나에 대해서 뭐라고 떠들고 다니든, 나는 너, 그리고 이 일, 그냥 잊어버릴 거야. 너도 잊어버리던가."

"반여령한테 그런 짓을 했으면서, 어떻게 잊어버려? 네가 잊으면 그만이니?"

최유리는 저도 모르게 뾰족한 목소리로 그렇게 물었다. 상관없다고, 잊어버리겠다고? 내가 얼마나 힘들게 지금 이 상황을 만들었는데, 고작 한다는 대답이 잊어버려? 그건 안 되지, 최유리는 주먹을 꼭 쥐었다.

제 말이 들렸는지, 함단이가 걷다 말고 다시 뒤를 돌아보았다. 다음 순간 돌아온 대답에 최유리는 흡사 뒤통수를 얻어맞은 듯한 충격을 받았다.

"그거에 대해서 말인데, 반여령은 그거 하나도 안 믿어. 네가 반여령 대변자인 것처럼 굴지 말고, 너도 신경 꺼."

"……."

"너 아까부터 말하는 거 존나 어이없는 거 알아? 내가 이렇게 말하는 것은 네가 잘못했기 때문이고, 내가 너에게 전학 가라고 하는 것은 반여령과 다른 애들을 위해서고, 마치 제 사심은 하나도 안 들어간 것처럼 굴지. 그런데 그런 식으로 남을 위해서 말했다고 해도 네 말이 네 말 아닌 거 아니고, 네 책임 사라지는 거 아니거든."

이게, 최유리는 망연히 입을 벌렸다.

일순 현실감각이 아득히 멀어지는 듯했다. 바람이 나부끼고, 다시 함단이의 갈색 머리카락이 흔들리는 것이 꿈에서 나온 영상인 듯 흐릿하게 번졌다.

그사이로 함단이의 날카로운 말이 비집고 들어왔다.

"아, 그래…… 네가 너 자신조차 남을 위해서 이러는 거다, 그렇게 속이고 있다면 내가 할 말은 없다. 그런데 너, 그렇게 살다가는 언젠가 크게 다칠 날이 올 거다. 난 너한테 더 할 말 없고, 들을 말은 이미 많이 들었고, 나 간다."

그리고 함단이가 느리게 철문을 잡아당기는 모습이 보였다. 바로 그 순간, 끼이익 하는 소리와 함께 현실 감각이 도로 돌아왔다.

서늘한 바람에 실려 온 함단이의 말이 최유리의 뺨을 날카롭게 할퀴고 지나갔다. 그리고 다음 순간, 그녀는 온몸의 힘을 끌어모아 비명처럼 외쳤다.

"거기 서! 어딜 가, 그딴 말을 해 놓고! 너 지금, 내가 책임 전가라도 한다고 생각하는 거야!?"

철문을 막 잡아당기던 함단이의 손이 멈췄다. 그리고 그녀가 자신을 느리게 돌아보았다. 눈은 크게 뜬 채였다.

석양과 함께 무거운 침묵이 흘렀다. 그러다가, 먼저 입술을 뗀 것은 최유리였다. 최유리는 마침내 소리 내어 웃고 말았다. 이윽고 고개를 든 그녀가 물었다.

"너, 뭘 믿고 그렇게 당당해?"

"뭐?"

함단이는 당황한 것이 역력한 기색이었다. 최유리는 개의치 않고 말을 이었다.

"사대천왕이랑 반여령이 네 친구라서? 너 그거 믿고 이렇게 나대는 거야, 지금? 네가 얼굴이 예뻐, 싸움을 잘해, 그것도 아니면 집안이 좋아? 다 아니잖아, 너 잘난 거 하나 없잖아. 너 지금 걔들 믿고 이러는 거 맞지?"

함단이는 눈을 깜빡였다. 그리고 잠시 후, 그녀의 입술 위로 느리게 떠오른 것은 다름 아닌 조소였다. 그녀가 이쪽을 보고 물었다.

"야, 넌 사대천왕이랑 반여령이랑 친해지면 안 되겠다? 다른 애들이, 네가 무슨 말만 해도 '너 사대천왕이랑 친하다고 지금 나대는 거니?'하고 물어보면 어떡하냐?"

"이게 진짜!"

"예쁘고 잘나고 공부 잘하고 집안 좋은 사람만 자기 생각 말할 수 있는 건지 나는 몰랐네. 니 맘대로 생각하고 난 진짜 간다."

그렇게 말하고 함단이는 다시 손을 흔들어 보였다. 최유리는 눈을 크게 떴다. 꾹 쥔 주먹이며 입술이 벌벌 떨리는 것 같았다. 머리가 분노로 하얗게 핑 도는 것 같았다. 최유리가 그녀를 불렀다.

"너, 너, 거기 서. 가만 안 둬."

함단이는 문을 당기다 말고 어이없다는 듯한 얼굴을 했다.

"네가 뭔데 날 가만 안 둬? 너는 전교생 앞에서 나를 희대의 쌍년으로 몰아 놓고, 내가 너한테 할 말 하니까 이제는 나를 가만 안 두고 싶냐? 아까까지는 반여령이랑 애들을 위해서 나한테 충고하는 거라며?"

이게 진짜, 아직도 상황을 파악 못하고 건방지게! 최유리는 언성을 높였다.

"네가, 네가 날 건드렸잖아!"

그러나 함단이는 여전히 반성하는 기색이 아니었다.

그녀는 외려, 제가 더 어이없다는 듯한 얼굴로 철문에 팔꿈치를 기대고 섰다. 그리고 이어지는 말은 저도 움찔할 만큼 사나웠다.

"아니, 네가 날 건드린 게 먼저지. 너, 내 말에 상처라도 받았어?"

"……."

"나는 네 근거도 없는 말 때문에, 너한테는 물론이고 너 아닌 다른 사람, 얼굴도 잘 모르는 사람들한테까지 온갖 욕을 들었어. 그런데 너는 고작 이 정도 말에 상처 받아서 나를 가만 안 둔다고? 그럼 나는, 널 죽이기라도 해야 하냐?"

"너, 너—."

"네 상처만 아픈 거 아냐. 진짜, 생각 좀 하고 살아."

그렇게 말하는 함단이의 얼굴이 이번에야말로 울 듯이 일그러졌는데, 그런데 전혀 개운한 기분이 아니었다. 물론 개운한 기분이어서는 안 되었다. 함단이의 얼굴을 마주한 최유리는 입술을 꾹 깨물었다.

계획 중에 제대로 된 것이 하나도 없었다. 함단이의 입에서 자신이 잘못했고, 너무 힘들다, 전학을 가겠다 하는 등의 말을 듣고 싶었다. 그런데 지금 이건 뭔가?

함단이는 전혀 힘들지 않다고 했고, 이번 소문을 통해서 잃은 것이 하나도 없다고 말했으며, 전학 갈 생각은 추호도 없는 것 같았다. 이게, 이게 아닌데! 최유리는 입술을 꾹 깨물었다. 한편으로는 불쑥 억울한 생각이 솟아올랐다. 그녀는 눈에 불을 켜고는 함단이를 응시했다. 함단이는 제가 더 의아한 듯한 눈으로 자신을 마주 보았다.

갈색 머리카락은 바람에 헝클어져 뺨에 달라붙어 있었고 갸름한 턱, 둥그스름한 이마, 대체적으로 평범한 소녀의 얼굴이었다. 그렇다고 저 안에 들어 있는 내용물이 대단하냐고 하면 그런 것도 아니었다. 평범한 여자아이다운 말투에 욕도 쓸 줄 알았고, 착한 것 같지도 않았다.

그런 주제에 자신의 모든 것을 빼앗고 있었다.

자신이 항상 바라 마지않았던 그것. 사대천왕의 옆자리에 당연하다는 듯 있으면서, 은지호에게, 아니, 은지호로도 모자라 유천영에게까지 사랑을 받고 있다.

최유리는 입술을 꾹 깨물었다. 깨문 입술 사이로 바닥으로부터 끓어오르는 목소리가 새어 나갔다.

"이딴 애가 뭐가 좋다고……."

"뭐?"

함단이가 무어라 되묻기도 전이었다. 최유리는 저도 모르게 성큼 앞으로 걸어갔다.

가까워진 거리에 거부감을 느낀 듯, 함단이가 조금 뒷걸음질 쳤다. 그녀의 발이 옥상에서 내려가는 계단 바로 앞에서 멈추었다. 한걸음만 헛디디면, 그대로 계단으로 굴러떨어질 듯한 거리. 최유리는 저도 모르게 손을 내밀어 함단이의 멱살을 쥐었다.

동그랗게 뜬 눈 그대로 함단이가 자신을 보았다. 그 아무것도 모른다는 듯한 얼굴이 증오스러웠다.

그녀만 아니었으면, 그 빈자리에 자신이 대신 들어갈 수 있을지도 몰랐다. 무엇이 그렇게 다른가?

자신은, 인정하고 싶지 않았지만 함단이와 제법 모든 것이 비슷했다. 집안은 일부러 아무도 모르도록 했다. 함단이의 자리를 빼앗을 수 있다고 생각했고, 그래서 그러도록 노력했다. 그런데 은지호는 자신에게 조금의 관심도 보이지 않았다. 그것은 다른 사대천왕도 마찬가지였다.

왜? 어째서? 이미 이 애가 있어서? 얼굴도, 인성도 나랑 다를 것 하나 없는데, 왜 이 애는 되고 나는 안 된단 말인가? 꼬리에 꼬리를 물고 이어진 생각이 점차 고장난 회전목마처럼 정신없이 내달리기 시작했다. 최유리는 앞을 보았다. 건물에 몸을 반쯤 들이고 있어, 함단이의 얼굴은 옅은 그늘에 묻혀 있었다. 그 얼굴에 대고, 최유리는 웃었다. 그리고 그녀는 말했다.

"너, 가만 안 둬. 건방지게 입 놀린 대가는 치르게 할 거야. 네 가족, 그리고 너…… 내가 누구인 줄 알아?"

"왜, 내가 모르는 숨겨진 정체라도 있어?"

함단이는 끝까지 여유 만만이었다. 그녀의 발은 계단 바로 앞에 아슬아슬하게 걸쳐진 채였다. 최유리는 슬쩍 아래를 보았다.

함단이는 그녀가 지금 계단 바로 앞에 있다는 것을 알고 있을까? 아니, 그런 것 같지는 않았다. 그녀는 심지어 계단 손잡이도 잡지 않은 채였다.

아무도 보고 있지 않아, 최유리는 입속으로 중얼거렸다.

함단이가 모른다면, 깨닫게 해 줘야 했다. 자신은 이미 전교생에게 있어 친구의 불운을 걱정하는 착한 여자아이였고, 함단이는 자신의 오랜 친구를 질투하다 못해 안티카페까지 만들며 나쁜 소문을 퍼트린 못된 여자애였다.

사람들이 아무리 떠들어도 소문은 아무것도 아니라고? 그것은 자신에게 아무런 영향도 미치지 못한다고? 그렇게 생각한다면 보여 줘야 할 때였다.

내가 여기에서 너를 밀면, 최유리는 저도 모르게 미소 지었다. 너는 사람들에게 말하겠지, 최유리가 나를 밀었어. 그렇다고 해도 너를 믿을 사람이 있을까? 넌 이미 못된 여자애인데? 내가, 아이들에게 울면서 나는 너를 생각해서 조언했는데, 넌 이미 나에게 많이 화가 나 있는 상태였고, 그래서 지금 거짓말을 하는 것일지도 모른다고 말하면? 너를 믿을 사람이 얼마나 될까?

최유리는 홀린 듯 함단이의 멱살을 쥔 손에 힘을 주었다. 그녀의 눈이 느리게 커지는 것이 보였다. 그리고, 최유리가 심호흡을 하며 손을 당기는 그 순간이었다.

얼음장 같이 서늘한 목소리가 그녀의 목 바로 뒤에서 날아왔다.

"너 지금 뭐하냐?"

아까부터 옥상으로부터 쏟아지는 석양빛에 어쩐지 그늘이 드리운 듯도 하다고 생각했다. 그러나 그냥, 착각이라고만 생각했다. 극도의 분노에 빠져서 현실 감각이 조금 멀어진 듯하다고, 그렇게 생각했다.

그러나 아니었다. 누군가 정말로 자신의 뒤에 와 있었던 것이다. 자신의 몸에 그림자를 드리울 만큼 키가 큰 사람. 그리고 그중에, 이런 목소리를 가진 사람이라면 한 명 밖에 없다.

평소에는 기분이 내키는 대로 곧잘 장난도 치곤 하던 그였다. 그러나 그가 가끔, 모르는 사람들에게 보여 주던 바로 그 모습. 서리가 언 듯한 새하얀 머리카락 아래 차고 날카롭게 빛나던 검은 눈, 그리고 그 목소리. 흠잡을 데 없이 매끄러운, 그러면서도 어딘가 얼어붙은, 칼을 품은 듯하던 바로 그 목소리.

최유리는 그대로 굳어졌다. 자신의 뒤에 누가 와 있는지 알아서, 그래서 차마 뒤를 돌아볼 수가 없었다. 그사이 목소리의 주인은 거침없이 제 옆을 지나 함단이의 옆에 섰다. 그리고 함단이의 팔을 쥐고 제 옆으로 끌어당겼다.

이제 그가 자신의 정면에 왔고, 그래서 그의 얼굴이 잘 보였다. 아아, 최유리는 눈앞이 흐려지는 것을 느꼈다.

누구겠는가, 은지호였다. 바로 그였다.

그가, 자신이 절대로 바라지 않던 눈빛, 분노로 새하얗게 일렁이는 눈빛으로 자신을 보고 있었다.

그의 손은 함단이의 손을 급하게 틀어쥔 채였다. 흡사 함단이가 깨지기 쉬운 세공품이라도 되는 것처럼. 그것을 보고 최유리는 중얼거렸다. 설마, 설마.

서늘한 침묵이 흘렀다. 그 가운데 은지호가 조용히 입술을 떼었다.

"너 방금, 뭐하려고 했냐?"

지극히 온도가 낮은 목소리였다. 얼음 송곳 같은 목소리가, 자체적으로 생명을 가지고 있는 것처럼 최유리의 가슴에 비수를 박았다. 떼어 내 보려고 해도, 흘려보내려 해도 도저히 말을 듣지 않았다. 숨을 쉬는 것도 버거웠다.

아닌데, 이게 아닌데, 최유리는 정신없이 흔들리는 눈을 들어 은지호를 보았다.

"지호야. 아, 아니, 그런 게 아니라…….."

"내가 잘못 본 게 아니라면, 너 함단이 밀려고 한 것 같은데."

"아니야!"

최유리는 저도 모르게 비명처럼 외치고 말았다. 그녀는 창백하게 물든 뺨을 하고 숨을 몰아쉬었다. 아직, 아직 늦지 않았어. 그렇게 중얼거리며 최유리는 주먹을 꾹 쥐었다. 아직 돌이킬 수 있다고. 어떻게든 둘러대면 되겠지, 함단이가 나에게 먼저 모욕적인 말들을 퍼부었다고 하면.

그러나 생각보다도 상황이 좋지 않았다. 다음 순간, 이어진 은지호의 말에 최유리의 얼굴은 하얗게 질리고 말았다.

"내가 언제부터 들었을 거라고 생각하는데? 거의 처음부터 끝까지였거든. 네가 말하고 싶은 게 뭔지는 몰라도 내가 잘못 들었을 리는 없고. 너, 얘한테 가만 안 둔다고 했잖아. 내 귀가 이상하냐? 그리고 이제 애를 밀려고 해? 너 진짜……."

최유리가 아무 말도 못하고 굳어진 사이, 은지호는 함단이의 어깨를 그대로 붙잡고 계단 아래 쪽으로 끌어당겼다. 함단이가 의아한 듯 그를 보는 가운데 그가 말했다.

"야, 함단이, 귀 썩으니까 그냥 이리 와. 너 아까부터 계속 가고 싶었는데 얘가 가만 안 둔다, 어쩐다 그런 말로 붙잡아 둔 거였잖아. 그냥 여기 벗어나고 쟤 잊어버리는 게 너한테 백배 나아."

"……."

"그리고 최유리, 넌 진짜…… 너, 함단이 더 건드리면 그땐 내가 가만 안 둬."

"지, 지호야!"

"너 아까 함단이한테 그랬지? 네 가족, 그리고 너, 가만 안 둔다고. 그 말 내가 너한테 그대로 돌려준다. 너 애 건드리기만 해 봐. 그날로 양측 간에 전쟁 나는 거니까."

흡사 제 친한 동생이라도 되는 양, 함단이의 어깨를 단단하게 감싼 은지호는 그렇게 말하더니 정말로 성큼성큼 걸음을 옮겼다.

함단이의 걸음걸이는 전혀 배려하지 않는 빠른 걸음, 그녀는 실제로 계단을 두어 개 뛰어넘으면서 간신히 그를 따라가고 있었다. 이어 계단 모퉁이를 도는가 싶더니 둘의 모습이 눈앞에서 사라졌다.

　어둠 속에 홀로 남은 최유리는 어느새 정적이 찾아온 계단 밑을 물끄러미 바라보았다. 그녀는 멍하니 중얼거렸다.

　"뭐야."

　방금, 지호가…… 다 들었다고? 내가 하는 말을? 아, 그랬다. 함단이와 자신이 얘기하는 동안 중간에 옥상에 들어온 사람은 없었고, 그리고 아까 은지호는 자신의 바로 뒤에 있었다.

　옥상에 내내 있었던 것이 분명했다. 그 사실을 깨닫자마자 팔목으로부터 한기가 올라오는 것 같았다.

　당연히 들었겠지, 처음부터 끝까지 다 들었을 거야!

　은지호가 함단이를 데리고 사라진 그것이 불과 몇 초 전인데도 전부 꿈만 같이 느껴졌다. 아니, 제발 그것이 꿈이었더라면, 차라리 자신이 함단이를 불러낸 것조차 꿈이었더라면, 최유리가 중얼거리던 그때였다.

　서늘한 손이 제 어깨를 잡았다. 최유리는 무심코 눈물 젖은 눈으로 뒤를 돌아보았다. 그러고는 또다시 침묵했다. 여기에서 마주치리라고는 은지호만큼이나 예상하지 못한, 그러나 익숙한 얼굴이 또 하나 있었다.

말갛게 웃고 있는 쌍꺼풀 없이 큰 갈색 눈. 황금빛 머리카락 위로 석양이 타는 듯 쏟아지고 있었다.

차라리 천사라는 말이 어울릴 법한 말간 인상의 소년. 그러나 그가 웃으며 무언가를 내밀었을 때, 최유리는 바닥없는 지옥으로 떨어지는 것처럼 아득한 기분이 들었다.

"이거, 네가 아는 사람 물건 같아서."

"……."

우주인이 내민 것은 장식 하나 없이 새카만 핸드폰이었다. 그리고 그 위에 찍힌 문자 메시지는 낯익은 것이었다.

보낸 사람 : 최유리 아가씨

아저씨, 나 좀 도와줘요. 여자애 하나 전학보내는 일인데, 나 진짜 아저씨 도움이 꼭 필요해.

진동 소리를 들은 것은 착각이 아니었어, 절망으로 더욱 짙게 물드는 최유리의 눈을 보면서 우주인은 여전히, 흔들림 없이 웃고 있을 뿐이었다.

최유리의 표정은 느리게 변했다. 처음에는 경악에 가득 찬 얼굴, 그러다가 느리게 표정이 흩어져 지금은 아무런 감정의 잔재도 찾아볼 수 없게 되었다. 다만 뺨이 창백했다.

별안간 불어든 찬 바람이 옥상 위를 닿을 듯 스치고 지나갔다. 최유리의 머리카락이 잠깐 흔들리는가 싶더니 곧 멈추었다. 최유리는 그 사이로 우주인을 가만히 내다보았다.

최유리가 아무 말도 하지 않고 있던 그 긴 시간 동안, 우주인은 내내 웃는 얼굴이었다. 최유리는 그 사실이 견딜 수 없이 두려웠다. 저게 사람인가 싶었다. 하지만, 최유리는 입술을 꾹 깨물었다. 아니야, 아직, 저 문자가 뜻하는 것이 무엇인지 알아내지 못했을 수도 있잖아. 최유리가 말했다.

"아, 그래. 내가 아는 사람 거야."

"물론 그렇겠지, 이 문자를 보낸 사람 번호가 네 건데."

아, 그래, 최유리는 애써 웃는 척하며 손을 내밀었다.

"나한테 주면, 내가 그 사람한테 돌려줄―."

"―이건 네 경호원 핸드폰이니까."

"……."

최유리의 얼굴이 언 듯이 굳었다. 손을 내민 그대로 멈추어 있다가, 그녀는 눈을 휙 들어 우주인을 쏘아보았다. 그녀는 씨근덕거리며 쏘아붙였다.

"지금, 남의 핸드폰 문자를 다 훔쳐본 거야? 어떻게 그렇게 예의 없을 수가……."

"아, 그래, 예의 없는 짓이기는 했어."

우주인은 의외로 대수롭지 않게 그것을 인정했다. 그다음으로 이어진 말은 최유리를 더한 충격으로 몰아넣었다.

"남의 핸드폰을 의도적으로 빼돌렸으니까, 물론, 예의 없기는 하지. 아니, 예의 없는 정도에서 끝날 일이 아닌가?"

"뭐?"

하얗고 긴 손가락으로 턱을 툭툭 두드리는가 싶더니, 생각이 끝난 듯 우주인이 빙긋 웃었다. 그가 입술을 떼었다.

"별 방법이 없었거든."

"방법?"

"반여령 안티카페를 만들고, 그 일을 단이한테 뒤집어씌운 사람이 너라는 걸 증명할 방법. 이것밖에는 없더라."

돌아오는 목소리는 느긋했다. 그러나 내용은 그렇지 않았다. 차가운 손끝이 척추로부터 목 뒤까지 올라와 지그시 누르는 듯했다. 몸이 그대로 얼어붙은 듯 꼼짝도 하지 않았다. 어떻게, 이 말만 머릿속을 맴돌았다.

어떻게? 어떻게 그 범인이 자신이라는 사실을 알고 경호원의 핸드폰까지 빼돌리는 대담한 짓을 할 수 있었단 말인가. 아니, 애초에 자신이 경호원을 이용해서 이런 짓을 벌였다는 것은 어떻게 알았단 말인가?

아니, 최유리는 입술을 지그시 깨물며 두 팔을 감쌌다.

방법이 중요한 것이 아니었다. 그래, 방법이 중요한 것이 아니다. 문제는, 최유리는 눈을 들었다. 시선이 허공에서 마주쳤다. 처음으로 우주인이 얼굴에서 미소를 지웠다. 이제 그는 밀랍 같은 무표정한 얼굴을 하고 있었다. 떨어지는 노을 아래 그 모습이 더욱 악마적으로 보였다.

다시 한 번 오한이 들었다. 최유리는 눈을 질끈 감아 버렸다. 문제는, 우주인이 이 일에 대해서 모두 알아 버렸다는 거야.

잠시 침묵이 흘렀다. 그 가운데 최유리는 창백하게 질린 얼굴로 힘겹게 입술을 떼었다. 이렇게 침묵만 늘어놓을 수는 없었다. 계속 이렇게 있다가는, 우주인이 자신에게서 흥미를 잃고는 그대로 돌아가 버릴 수도 있다. 그렇게 되면 다음 날 학교에 무슨 말이 퍼져 있을지 몰라! 최유리는 발작적으로 물었다.

"뭘, 뭘 바래? 뭘 바라고 나한테 이러는 거야?"

그녀는 떨리는 눈을 하고 우주인을 올려다보았다. 그러나 제법 처연한 자신의 얼굴을 보고도 우주인은 동요 하나 없었다. 흐트러진 갈색 머리카락 아래 여전히 평온한 눈, 그러다 그가 웃었다.

웃어? 웃는 얼굴 그대로 그가 입술을 떼었다.

"글쎄? 넌 내가 뭘 바라고 네게 이걸 내민 것 같은데? 내가 너한테 얻어 낼 만한 게 뭐가 있어서 이러는 것 같은데?"

"사과? 사과하면 되는 거야? 반여령이랑 함단이한테, 미안하다고, 그러면 되는 거냐고."

정말, 바라는 게 뭐야! 최유리는 그렇게 생각하며 눈을 들었다. 그러고는 곧 어이가 없어졌다.

우주인은 자신과의 대화에 집중하고 있는 것 같지도 않

앞다. 그는 고개를 돌려 멀리, 다른 곳을 보고 있었다. 곧 그의 시선을 따라간 최유리는 그 끝에 은지호와 함단이가 걷고 있음을 보았다. 나란히 교문을 통과하여 걷고 있었는데, 멀어서 잘 보이지는 않았지만 손을 잡고 있는 것도 같았다. 그 순간 마음속에 불길이 확 일었다. 저 계집애 때문에, 나는 이런 짜증스러운 상황에 놓였는데!

그때였다.

표정 없이 그쪽을 응시하고 있던 우주인이 이쪽은 돌아보지도 않은 채, 입술만 움직여 말했다.

"생각 없는 사람들의 문제점이 뭔지 알아? 사과하면 다 없던 일이 된다고 생각하는 거야. 사과하면 용서 받을 수 있다, 용서해 주는 게 당연하다, 그렇게 생각하는 게 문제라고. 자기가 잘못했다는 죄책감조차 없이 용서 받는 게 당연하다고 생각하지."

"너…… 내가 알던 주인이 아닌 것 같다."

마음에 치민 불길은 쉽게 사그라들지 않았다. 최유리는 간신히 입술을 떼어 그 말만을 내놓았다. 그에 우주인은 빙긋 웃더니 이쪽을 보았다.

"사람이 꼭 한 가지 모습만을 보여 주라는 법은 없지."

그가 돌멩이처럼 던진 그 말이 도화선에 불을 붙였다. 일렁이던 분노가 마침내 활화산처럼 타올랐다. 동시에 눈시울이 뜨거워졌다. 우주인을 앞에 두고, 최유리는 마침내 참지 못하고 외치고야 말았다.

"내가 잘못했어! 그래, 내가 잘못한 거 알겠어! 그러니까 제발…… 지호한테는 말하지 마!"

"네가 뭘 잘못했는지는 알아?"

"그래, 반여령이 재수 없었어. 미웠다고. 왜냐하면, 나를 포함해서 다른 여자애들이 은지호한테 들이대도 은지호는 눈 하나 깜짝 안 하잖아? 그런데 은지호가 반여령을 보고는 웃어! 웃으면서 얘기한다고! 대체 그년이 뭔데? 예쁘고 공부 잘하면 다야? 같은 중학교 나온 사람들 말 들어 보니까 반여령은 노력파도 아니라며! 태어나면서부터 내가 가지지 못한 모든 다른 것을 가지고 태어났어, 노력도 하지 않고 그 모든 걸 갖고 있다고! 그런 년이 떡하니 내가 좋아하는 남자애 옆에 붙어 있는데, 생각해 봐, 너 같으면 그 애를 미워하지 않을 수 있겠어?"

"……."

"함단이도, 걔도 그래! 반여령은 차라리 잘났기라도 하지. 함단이는, 걔는 별로 예쁘지도 않은 게, 공부도 잘 못하고, 잘난 거 하나 없으면서! 그러면서 무슨 자신감으로 은지호 옆에, 너네 옆에 붙어 있어? 그 애가 가질 수 있다면 왜 나는 갖지 못하는데? 내가 걔보다 못한 게 뭐라고! 어이없고 재수 없잖아!"

최유리는 입술을 꾹 깨물었다. 5년 전에 처음 그를 보았던 그날로부터 지금까지 단 하루도 빠짐없이 그만을 생각했다. 그래도 나랑은 너무나 다른 사람이라서, 행여나 가까이 다가가면 놀랄까 봐, 천천히 다가가고자 했다. 그동안 나를 준비시켜서, 언젠가 곁에 서겠다고 생각했는데, 그래서 5년 동안 노력했는데!

그런데 이게 뭔가. 5년 동안 마음을 꾹꾹 눌러 담은 최유리의 앞에 나타난 것은 다른 여자아이를 다정한 눈으로 보고 있는 은지호였다. 아무렇지도 않은 듯 갈색 머리카락에 얹히는 긴 손가락, 검은 눈에 품은 다정한 빛.

그리고 수련회 날 우연히 베란다에서 들었던 그 대화. 아아, 최유리는 눈을 질끈 감았다.

"막상 좋아하게 되니까, 아, 진짜…… 그냥 어느 순간 정신을 차리고 보니까 내가 그 녀석만 보고 있더라고."

"그 녀석?"

"함단이."

그 목소리는, 아, 그 목소리는 자신으로서는 상상도 해 보지 못한 것이었다.

이렇게까지 다른 사람 앞에서 무너져 보기는 처음이었다. 최유리는 씨근거리며 숨을 골랐다. 그리고 눈을 들었다.

그 순간 그녀는 다시 한 번 소리 없이 다가온 손이 목을 틀어쥔 듯 숨이 막혔다. 우주인은 여전히 웃고 있었다.

왜? 왜 웃어? 이렇게까지 밑바닥을 내보이고 있는 사람 앞에서, 자신이 얼마나 처절하게 말했는데 저렇게까지 웃을 수가 있단 말인가? 그때 우주인이 웃는 것을 멈추었다. 그가 말했다.

"아, 나 지금…… 좀 화가 나는 것 같아."

"뭐?"

"원래 너에 대해 별생각 없었거든? 귀찮은 짓을 한다, 짜증 난다, 이 정도였지. 이게 날 화나게 할 만한 일은 아니었단 말이야. 그런데 이제는 좀 화가 나려고 하네."

그게 지금 무슨, 애써 말을 삼키는 최유리 앞에서 우주인은 싱긋 웃었다.

"너, 왜 이렇게 화날 정도로 멍청해?"

"……."

"네가 여령이나 단이를 미워한 이유 따위를 알고 싶은 게 아니야. 모르겠어? 그딴 이유, 어떤 것이 되었든 나한테는 상관없어. 미워하고 싶으면 미워해, 상관 안 해. 그런데, 네가 누군가를 미워한다고 해서 그 사람을 멋대로 이용하고 상처 입히고 고립시킬 권리가 있는 건 아니야."

"주, 주인아."

"내가 지금 화나는 게 뭐냐면, 여령이가 겨우 너 같은 사람들 때문에 스스로를 믿지 못하게 되었다는 거야. 스스로

아, 누군가가 나에게 이런 짓을 하는 건 나에게 문제가 있기 때문이다, 그렇게 생각하게 됐다고. 그래서 슬픈 일을 당해도, 울고 싶은 일을 당해도 스스로 당연하다고 생각해. 그래서 소리 내서 울지도 못해. 난 이게 제일 화나, 알아?"

우주인은 말하다 말고 손을 들어 제 머리카락을 쓸어 넘겼다. 아까와는 달리 조급함이 느껴지는 동작, 제 머리카락을 마구 헝클어트리다 말고 그가 한숨 섞인 목소리로 중얼거렸다.

"아, 왜, 왜 겨우 이런 사람들 때문에…….”

최유리는 아무 말도 하지 못했다. 그저 우주인을 놀란 눈으로 올려다보고 있을 뿐이었다. 그녀는, 그녀는 한 번도 우주인의 이런 모습 따위 상상해 본 적도 없었다. 차가운 모습도, 화내는 모습도, 한 번도. 그때, 머리카락을 쓸어 넘긴 우주인이 자신을 보고 말했다.

"아까 뭘 바라냐고 했지? 내일 학교에서 네 입으로 말해. 네가 카페를 만들었다고, 네가 단이에 대한 소문을 퍼트렸다고. 그 두 가지 사실만 말하면 돼, 네가 내 앞에서 말했던 구구절절한 사연을 다른 사람들 앞에서 늘어놓고 말고는 네 자유야.”

그 말에 퍼뜩 최유리는 퍼뜩 고개를 들었다. 안 돼, 내가, 내가 지금 무엇 때문에 우주인을 잡아 두고 있었는데! 그녀가 발작처럼 외쳤다.

"안 돼, 그럼, 그럼 지호가!"

"은지호뿐이야? 다른 사람도 다 알게 되겠지."

대답하는 목소리에는 여전히 분노가 섞여 있었다. 말하다 말고 비스듬히 이쪽을 내려다보며 웃은 우주인은 말을 이었다.

"아, 굳이 말 안 해도 돼. 네가 말하지 않으면 내가 말할 건데 뭐, 달라지는 건 없을 거야."

하, 최유리는 애써 입꼬리를 올려 웃으려 노력했다. 이마에는 여전히 식은땀이 흘러내리고 있었다. 간신히 비식비식 웃으며 그녀가 입술을 떼었다.

"네가 직접 말하려면, 그럼 넌, 내가 그런 짓을 했다는 사실을 밝혀내기 위해서 우리 집 경호원 핸드폰까지 빼돌렸다는 사실을 애들 앞에서 말해야 하는걸? 그뿐이야? 문자를 일일이 확인하고, 범죄자가 따로 없지. 애들은 널 완전히 순진하고 좋은 애로 보고 있던데, 애들 인식이 단번에 달라질 거라고. 넌 그래도 괜찮아?"

"아, 괜찮은데? 너한테 말해 놓고, 나중에 널 따로 불러서 이렇게 말하지, 뭐."

우주인은 눈을 내리깔고는 즐거운 듯 말을 이었다. 흘러나오는 목소리에는 운율마저 섞여 있는 듯했다. 다음 순간, 그의 입에서 흘러나오는 말이 무엇인지를 깨달은 최유리의 등 위로 소름이 와락 돋아났다.

"미안해…… 넌 잘 숨기고 있다고 생각한 걸 까발려서. 네가 잘못했다고 해도 그걸 멋대로 모두 앞에서 말한 건 내 잘못이야. 네 본성을 알아서 너에게 배신감 느낄 애들이 너한테 욕할지도 몰라. 많이 힘들지?"

"……."

"전학을 가는 건 어때? 넌 유명하지도 않고, 평범하니까 다른 곳 가면 너에 대해 모르는 친구들이 다시 생길 거 아니야. 진심으로 너를 생각해서 하는 말이야. 아무리 네가 잘못했다고 해도 욕먹으면 내 탓도 있는 것 같으니까, 너 전학가고 나면 그래도 소문 더 나는 건 무마해 줄게."

저건, 최유리는 튀어나오려는 비명을 입속으로 삼켰다. 저건, 방금 내가 함단이에게…… 저걸 다 외운 거야? 소름이 끼쳤다. 평소에도 똑똑한가 보다 생각은 했지만, 이건, 이건 차라리, 악마 같다 느껴질 정도였다.

우주인이 자신의 등을 툭 치고는 위쪽을 가리켰다. 의아한 듯 눈을 들어 천장을 바라본 최유리는 잠시 침묵했다. 빛이 들지 않아 캄캄한 옥상 문 계단 위로, CCTV 하나가 렌즈를 이쪽으로 한 채 자신들을 응시하고 있었다. 방긋 웃은 우주인이 말을 이었다.

"어때? 아까 지호가 나타나서 정말 다행이지 않아?"

"……."

"아, 오해하지는 말고, 어쩌다 보니 CCTV 볼 일이 있어서

전에 한 번 교장실에 들어갔다 나와서, 위치를 다 알고 있는
것뿐이니까. 어쨌든, 헛수작 더 부릴 생각 하지 말고…….”

우주인이 최유리의 어깨를 슬쩍 밀자, 그녀는 그대로 물
에 잠긴 듯 정신이 온전하지 않은 상태에서 몸만 가볍게
뒷걸음질 쳐 물러났다.

어깨에 닿은 손이 물로만 이루어진 듯 느껴졌다. 꿈인 듯
흐릿한 시야 사이로 우주인의 손이 느리게 떨어지고, 이윽
고 그는 계단 아래로 느리게 사라졌다. 그가 남긴 마지막
말은 귓가에서 천천히 흩어지고 있었다.

“그럼, 내일 학교에서 보자. 기대할게.”

＊　＊　＊

더운 여름인데도 해가 저물어 어둑어둑해지는 거리를 걷
고 있으려니 어쩐지 여름 같지 않은 기분이었다.

거의 구르듯이 계단을 내려올 때까지만 해도 은지호는
내 어깨에 아무렇지도 않게 팔을 두르고 있었다. 그러다가
그는, 내가 무겁다고 앓는 소리를 내고 나서야 데인 것처
럼 내 어깨에서 손을 떼었다.

건물 밖으로 나오자 회색이 점점이 박힌 현관까지 온통
노을빛이 들어차 살구색으로 타오르고 있었다.

얼마 남지 않은 학생들의 그림자가 길게 늘어지는 길 위

를 우리는 나란히 걸었다. 느리게 불어온 바람이 우리들 사이를 지나갔다. 은지호는 그때까지도 나와 눈 한 번 마주치지 않았다. 그러다가 교문에 가까워질 무렵, 그가 손을 내밀어 내 손을 찾아 쥐었다.

마치 내 손이 어디에 있었는지를 내내 알고 있었던 것처럼, 거리낌이라고는 없는 손길이었다. 유난히 마디가 굵고 손등 위로 뼈가 도드라지는 흰 손. 그것이 내 손을 조용히, 또 힘 있게 감싸는 것을 지켜보고 있자니 어쩐지 그가 세상의 모든 것으로부터 나를 지켜 줄 것만 같은 기분이 들었다.

안다, 이런 기분을 느끼면 안 된다는 거. 결국 이것은 내 힘으로는 나를 지키지 못해 그에게 의지하고자 하는 것이나 다름없다는 거…… 어차피 중요한 순간에 사람은 언제나 스스로 자신을 지켜야만 한다는 것을 알고 있었는데도, 아, 나는 생각을 하다 말고 그냥 눈을 꾹 감아 버렸다.

학교 앞의 가로수를 길게 심어 놓은 구간, 평소에는 눈에 띄지 않던 녹색 나뭇잎이 길 위로 가득 그늘을 드리워 거리가 온통 어두컴컴했다. 나뭇잎 사이로 보라빛이 새어 들어 눈 언저리를 스쳤다가 사라졌다가 했다

사람이 이상할 정도로 없는 하굣길, 매미 울음소리가 어지러웠다. 나는 은지호의 손을 조금 더 꽉 쥐었다. 세상에 단 하나 남은 등불인 것처럼, 그렇게 잡고 있었다.

손에 힘이 들어가는 것을 느꼈는지 은지호가 그제야 입

을 열었다. 그의 입에서 흘러나오는 목소리조차도 어쩐지 낯설었다.

"괜찮냐."

그 한 마디였다. 그 짧은 한 마디가 수천의 무게를 지닌 것처럼 내 가슴 한가운데에 무겁게 잠겨 들었다. 나는 고개를 끄덕이고는 대답했다.

"응."

"……."

은지호는 한동안 대답이 없었다. 나는 손등으로 코를 문질렀다. 그리고 은지호의 옆얼굴을 흘깃 보았다.

그는 멀리 건물 사이로 시선을 던지고 있었다. 얼굴은 약간 치켜든 채, 그의 얼굴 위로 나뭇잎 그림자가 그늘을 드리웠다. 그렇게 내내, 먼 곳만 바라보던 그가, 입술만 움직여 다시 물었다.

"안 괜찮지?"

"응."

나는 이번에도 곧바로 대답했다.

안 괜찮지, 그의 그 한 마디가, 아까 괜찮냐는 한 마디가 박혀 있던 가슴 위로 또다시 잠겨 들었다. 겨우 그 두 개의 물음이 나를 무너뜨렸다. 괜찮냐, 안 괜찮지, 그 두 개가.

다음 순간 당연한 수순인 것처럼 코끝이 뜨거워졌다. 충동적인 울음, 가벼운 울음이 아니라 정말로, 가슴을 내내 막고 있던 바위 같은 것이 툭 하고 굴러 떨어지면서 그 사이로 새어 나오는, 그런, 가슴 깊은 곳으로부터 치밀어 오른 눈물이었다.

내가 거리 한복판인 것도 잊고 울음을 터트리자, 은지호는 가볍게 숨을 내쉬었지만 걸음을 멈추지는 않았다. 차라리 다행이었다. 그가 그 자리에 나를 세워 놓았으면, 아니면 나와 무슨 말이라도 더 하려고 했으면 나는 민망함을 이기지 못했을 것이었다.

그러나 그는 그러는 대신, 내 손을 끌어당겨 나를 제 등 뒤에 숨겼다. 그리고 계속 걸었다.

그의 흰색 교복 셔츠가 눈앞에 어른거리는 가운데, 나는 계속 소매로 눈물을 훔쳤다. 맞잡은 손이 어쩐지 따뜻하기보다는 뜨거운 느낌이었다. 여름의 열기를 품고 있는 듯, 그렇게.

소매로 눈을 가린 채 나는 입술만 움직여 말했다.

"안, 안…… 괜찮았어."

"그래."

다른 말을 더 할 법도 한데, 그는 그 한 마디만을 내놓았다. 심지어 그는 나를 돌아보지도 않았다. 그것에 더욱 마음이 놓여, 나는 되는대로 떠듬떠듬 말을 꺼내 놓았다. 내가, 내가.

"사람이, 처음 보는 사람이, 나한테 막, 왜 사냐고 하는데……."

"응."

"내가 너무, 막, 그런 눈으로 보니까, 진짜 내가 다 잘못한 것 같고, 나는, 내가 안 그런 거 아는데…….."

은지호는 대답 없이, 다만 쥐고 있던 손을 조금 더 꽉 쥐었다. 다시 한 번 여름의 열기가 맞잡은 손 사이로 가득 들어차는 듯했다. 유천영의 손은 항상 서늘했는데, 나는 다시 말을 이었다.

"그런데, 내가 힘든 거 걔한테 보여 주면, 걔는, 그게 걔가 바라던 거인 것 같아서…… 괜찮다고, 그랬는데."

"응."

"안 괜찮, 아, 진짜…… 나, 지난 일주일 동안…… 되게 힘들었어."

"그래."

"내가 차라리, 내가 나를 믿으면 모르는데, 그런 것도 아니니까, 최유리, 걔는……."

그 애가 나한테 말하는 것이 정말 전부 사실인 것만 같아서. 그 애는 항상 내가 숨기고 있던 내 연약한 자존심, 한때 나를 괴롭게 했던 반여령에 대한 열등감을 건드렸다.

반여령 곁에 있으면 들려오던 말들, 아, 저 애는 분명히 반여령을 질투할 거야, 왜냐하면 저 애는, 봐, 반여령보다 아무것도 잘난 게 없으니까.

그 말들이 나에게 새겨 놓았던 상처, 간신히 덮어 놓았던 상처를, 그 애가 고작 몇 마디 말로 건드렸다. 그 애는 사실에 대해서 아무것도 하지 못했는데도, 그런데도 나에 대한 말은 어쩐지 틀린 게 없는 것 같았다.

거기까지 생각하다 말고 나는 다시 눈물이 차올라서 아무 말도 하지 못했다. 간신히 울음을 짓누르고는 나는 앞을 보았다. 어느새 발걸음이 아파트 엘리베이터 앞에 닿아 있었다. 차가운 쇠 냄새 같은 것이 물씬 풍겼다.

기계적으로 엘리베이터 버튼을 꾹 누른 은지호가 마침내 나를 보았다. 아마도 오늘 그와 내 시선이 마주쳤던 것은 이때가 처음이었을 것이다. 나는 나도 모르게 흘긋 엘리베이터를 올려다보았다. 숫자는 7층, 1층에 오기까지 불과 몇 초도 걸리지 않을 것이었다.

그때였다. 은지호가 갑자기 몸을 구부렸다. 그의 팔이 어느새 내 목을 끌어안고 있었다. 다른 팔로는 내 등을 감싸고 있었는데, 나는 어쩐지 그의 그런 태도가 목각인형처럼 뻣뻣하다고 여겼다. 평소의 자연스러운, 내 어깨를 감싸 안고는 하던 동작과는 다른. 다음 순간 내 볼에 그의 귀가 닿은 듯도 했다. 귀조차 열기를 품고 있어 뜨끈했다.

곤혹스러워서, 내가 눈을 굴리던 그때였다. 은지호의 목소리가 내 바로 옆에서 말하는 듯 가깝게 들렸다.

"10초 줄 테니까 울어."

"……."

"더는 못 주겠고, 엘리베이터 올 때까지만 울어."

이건. 나는 눈을 깜빡이다 말고 웃음을 터트렸다. 동시에 눈에 고여 있던 눈물이 볼을 타고 흘러내렸다. 그 뒤로는 조금도 슬프지 않았다. 너무, 어이가 없었다. 뭐라고, 은지호? 내가 어깨를 부들부들 떨고 있으려니 은지호는 무언가 오해한 모양이었다. 그가 더없이 진지한 태도로 내 머리에 손을 턱 얹었다. 그러다가 내가 몸을 더욱 깊이 수그리면서 기어이 웃음소리를 내고 나서야 그는 내가 웃고 있다는 것을 눈치챈 모양이었다.

그가 내 어깨를 조금 밀어내었다. 한 걸음 뒷걸음질 치고는 고개를 들어 올려다본 그의 얼굴엔 못마땅한 기색이 가득했다. 그가 물었다.

"야, 넌, 내가 기껏 울라고 품까지 빌려줬더니. 웃어? 웃음이 나오냐?"

"그럼 내가, 으, 지금…… 흐하, 10초 줄 테니까 울라는 말이 어디 있어?"

나는 말하다 말고 너무 웃겨서, 오늘 하도 울다 웃다 했더니 배에 힘도 들어가지 않았다. 내가 아예 풀썩 주저앉아서 소리 내어 웃고 있으려니 은지호가 한숨을 내쉬며 나를 다시 일으켜 주었다.

바로 그때, 귓가에서 종 울리는 소리가 났다. 고개를 돌리니 엘리베이터 문이 스르르 열리고 있었다. 안에는 아무도 없었다. 은지호가 내 손목을 붙든 그대로 나를 엘리베이터 안에 떠밀어 넣었다. 나는 밀려나는 내내 웃었다.

나는 다시 뒤를 돌아보았다. 은지호는 여전히 엘리베이터 앞에 뚱하게 서 있었다. 내가 그를 보고 물었다.

"야."

"어."

"왜 하필 엘리베이터 앞이야?"

"어?"

"우리 집도 있고, 아파트 복도도 있고, 왜 엘리베이터 앞이었어?"

은지호가 무어라 대답하려던 그때였다. 엘리베이터 문이 서서히 닫히는 것이 보였다. 어, 다시 열어야 하나, 내가 생각했던 순간이었다.

닫히는 엘리베이터 문 사이로 은지호의 입술이 움직였다. 석양의 번쩍이는 붉은빛이 그의 머리카락을 주홍색으로 물들였다. 그것이 일순 내 시선을 사로잡아서, 나는 버튼 앞에서 손을 멈추고 말았다.

그가 말했다.

"내가, 참을 자신이……."

그 말만을 남겨 놓고 엘리베이터 문이 닫혔다. 그리고 엘리베이터는 잠시 덜컹거리는가 싶더니, 곧 위를 향해 움직였다. 홀로 남겨진 나는 생각했다. 참을 자신이, 뭐? 뭘 참는데?

아마도 별로 중요한 이야기는 아니었을 것이다. 우는 시간을 고작 10초 주는 데 별 중요한 이유가 있을 리는 없었다. 그런데도 그의 끊긴 말의 조각이 머릿속에서 맴도는 이유는, 나는 지끈거리는 이마를 손으로 매만졌다.

그의 그, 석양을 등진 눈이. 그 새카만 눈 안에 서린 빛이 어딘가 진지하고 간절해서. 그래서 나는 괜히 속이 복잡해졌다.

* * *

다음 날 학교에 갔더니 학교는 온통 최유리의 일로 떠들썩했다. 그녀는 몇몇 반 친구들에게, 학교 오는 전날 '여령이 안티카페를 만들었던 거 나였어. 그거 만든 사람이 함단이라는 소문 퍼트린 것도 나야. 미안해.'라는 문자를 보내 놓고는, 그대로 학교에서 흔적도 없이 사라졌다고 한다.

1반 학생들은, 처음에는 그 문자를 보고도 누가 최유리의 번호로 장난을 친 거겠거니, 했다가 그 애가 일언반구도 없이 전학 갔다는 사실이 밝혀지자 한바탕 뒤집어졌다고 한다. 번호까지 바꿨는지 전화를 걸어 봤지만 아무런 소용이 없었다고 했다.

그렇게 사건이 일단락되는 것을 바로 옆에서 보고 있자

니 현실감이 없었다. 분명히 내 일이고, 내가 한때 사건의 중심에 있었기는 한데, 그런데도 그랬다.

내가 의외로 아무런 감흥이 없어 보이자, 반 아이들은 저마다 한 마디 해 보라며, 그도 아니면 1반 애들 단체로 털러 가자며 나를 부추겼지만 나는 별 의욕이 없어서 다 그만두고 말았다.

그날 이후로 몇 주가 지났지만, 소문을 듣고 나를 욕했던 일에 대해서 사과한 사람은 한 명도 없었다. 그럴 줄은 알고 있었지만 어쩐지 가슴 언저리가 시큰거리는 느낌이었다.

그런 느낌을 품은 채 느리게 책상 위로 엎드려, 고개를 옆으로 해서 창밖을 바라보고 있자니 세상이 다 평화로운 느낌이었다. 길게 늘어진 나뭇가지 위로 나뭇잎들이 햇살을 받아서 온통 연두색으로 빛났다.

사대천왕과 반여령, 우리 여섯 명이 다 같이 모일 시간을 가진 것은 기말고사가 끝나고 나서였다.

결국에는 최유리 얘기가 나오자, 반여령은 울음을 터트렸다. 은지호는 굉장히 당황했다. 정황상으로만 보자면, 결국에는 은지호가 울린 것이 되기 때문이리라. 하지만 은지호가 울린 것이 아니라, 반여령의 마음을 내내 막고 있었던 마음의 둑이 무너졌기 때문이라는 것을 우리 모두는 알고 있었다.

그날, 반여령은 울면서 그렇게 말했다.

'누군가를 좋아하는 것도 잘못이야? 누군가를 좋아할 권리 정도는 아무에게나 있어……! 그런 식으로 말하지 마, 나는, 나는…… 네가, 그렇게 말하면, 난, 내가 잘못한 것 같단 말야. 내가 잘못해서, 정말, 내가 사람을 좋아하는 것조차 잘못인 것 같잖아. 네가 그렇게 말하면…….'

은지호가 당황해서 아무 말도 하지 못하는 사이, 우주인이 한숨을 내쉬면서 '네가 쟤를 울렸어.'하고 말하고, 은지호가 당황해서 다시 아무 말도 하지 못하고, 그사이 유천영이 손을 내밀어 반여령의 머리를 꾹꾹 쓰다듬었다. 그러나 그도 은지호만큼이나 당황해서 무슨 행동을 하지는 못하는 듯싶었다.

그때 나선 것이 은형이었다. 그는 한숨을 한 번 내쉬고는 고개를 조금 숙여서 반여령과 눈높이를 맞추었다.

'알잖아, 은지호도 네 일 때문에 화가 나서 그렇게 말한 거. 은지호가 널 아끼는 방식인 것뿐이야. 네가 뭘 잘못했었다면 우리가 진작 말했어. 울지 마, 여령아.'

'아냐, 지호 때문에 우는 게 아니라, 내가, 내가 무서워서 그래…….'

방 안의 모두가 침묵에 잠겼다. 반여령은 내내 손등으로 눈물을 훔치고 있었다. 물에 젖은 손목이 옅은 어둠 아래서 유난히 희게 빛났다. 어깨를 들썩이다 말고, 그녀가 말을 이었다.

'이런 일이 있을 때마다…… 내가, 너무 무서워. 난 어쩌면 정말로 쟤들이 말하는 나쁜 사람이 아닐까. 내가 이런 일을 계속해서 겪는 건, 정말로 내게 친구 가질 자격이 없어서 그러는 건 아닐까…….'

'여령아.'

'너희도 나한테 지쳐서, 나를 떠날까 봐, 내가 친구를 가질 자격도 없다면, 그래서, 난 그게 너무 무서워…….'

은형이는 그 말을 듣고는 다시 한숨을 내쉬었다. 그리고 그는 손을 내밀어 내내 눈가를 거칠게 문지르고 있던, 반여령의 손목을 조심스럽게 쥐었다. 손목 뒤에서 물기 어린 반여령의 검은색 눈동자가 은형이를 올려다보았다. 은형이가 말했다.

'사람이 그렇게 단순한 게 아닐 텐데, 사람들은 가끔 고작 내가 어머니 없이 자랐다는, 그 사실만으로 내 모든 행동을 설명하려고 들어.'

'……?'

반여령의 눈에 비로소 의문의 기색이 떠올랐다. 갑자기 그런 얘기를 할 줄은 몰라서, 나는 조금 당황해서 몸을 바로 했다. 유천영은 그러나 아무렇지도 않은 얼굴, 나는 흘긋 그를 보았다가 다시 은형이를 보았다. 유천영과 같이, 아무렇지도 않은 얼굴로 빙긋 웃은 은형이가 말을 이었다.

'내가 싸움이라도 하면, 어머니가 없어서다, 내가 가끔 예의 바르지 않은 행동을 할 때면 어머니가 없이 자라서 그렇다. 내가 빈틈만 보이면 곧바로 그런 말들이 따라붙지, 내가 어머니가 계셨다고 해서 그런 행동을 하지 않을 것은 아닌데도 말이야.'

'…….'

'사람은 원래 관계없는 것끼리 이어 붙이는 데 능해. 지금까지 널 싫어했던 사람들이 말했던, 널 싫어하는 이유. 그게 정말 널 싫어하는 이유일 거라고 생각해? 아니, 일단 널 싫어해야겠으니까 싫어하고 보는 거야.'

반여령은 여전히 물기 어린 눈으로 은형이를 보고 있었다. 그 모습을 보다가, 나는 어쩐지 마음이 조금 불편해져서 다리를 감쌌다. 내가 불과 며칠도 지나지 않은 날 겪었던 일이었기 때문이다.

반여령보다 못난 모든 사람이 반여령을 시기하고 질투하고, 미워하는 것은 아니다. 그런데도 아이들은, 고작 내가 반여령보다 못나 보인다는 이유만으로 내가 반여령에게 그런 짓을 했다고 믿었다. 누군가보다 못났다고 해서 꼭 잔인해질 수 있는 것은 아닌데도, 그랬다.

반여령의 손목 위에 제 손을 얹어 놓은 채, 은형이는 조곤조곤 말을 이었다. 그 목소리는 물결이 되어 내 귓가로 스며드는 것 같았다.

'여령아, 진짜 웃긴 건 뭔지 알아? 상처받은 사람일수록 삐뚤어지기 쉽다는 거야. 세상은 참 이상하지. 어머니가 없는 가정에서 자랄수록 삐뚤어지기 쉽다는 연구 결과, 학대받고 자랄수록 커서 자기 자식을 학대하기가 쉽다는 연구 결과…….'

'…….'

'그런 말로 너를, 우리를 상처 준 사람들은 편하게 잊고 살 텐데도, 우리는 그 사람들을 마음속으로 완전히 용서하지 않으면 상처에서 놓여 날 수가 없는 거야. 상처를 완전히 잊고 용서하지 않으면, 우리는 상처가 우리를 공격적으로 만들고, 추하게 만드는 것을 바라보고 있어야만 해.'

은형이의 목소리는 항상 그랬다. 노력하지 않아도 귓가에 스며들어, 많은 생각을 하게 만든다. 조용히 있다가, 나는 눈을 내리깔고 입속으로 그 말을 반복했다. 상처가 우리를 공격적으로 만들고, 추하게 만드는 것을 바라보고 있어야만 한다.

아까보다는 힘없는 얼굴로 웃은 은형이가 말을 이었다.

'네가 힘들어 하거나, 잘못된 행동을 한다고 해서 우리가 널 떠나지는 않아. 네가 힘들어 할 때는 옆에 있을 거고, 잘못된 행동을 한다면 말려 줄 거야. 우리는 네 친구니까, 네가 좋은 길을 택하기를 바라니까. 만약 떠난다고 해도 완전히 네게 지쳐서 너를 포기한 그 다음이겠지.'

빙긋 웃은 은형이가 슬슬 수그러드는 반여령의 어깨를

붙잡았다. 다시 눈을 마주치게 하고는, 그가 말을 이었다. 다른 손은 여전히 반여령의 손목에 얹은 채였다.

'그리고 넌 지금까지 항상 잘해 왔잖아. 누구를 미워하거나, 그런 일로 스스로를 망가트리는 일 없이 항상 일어나려고, 또 다른 누군가를 좋아하려고 노력했잖아.'

'……'

'걱정하지 마. 앞으로도 한참은 옆에 있을 거니까.'

은형이의 마지막 말은 솜털처럼 다정하게 내 귓가에 내려앉았다. 그리고 다음 순간, 마침내 차오르는 눈물을 멈출 수가 없었는지 반여령이 이번에는 아예 눈물을 펑펑 쏟았다. 이번에는 은형이가 오히려 예상하지 못한 듯 더 당황해서는 제 앞에 놓인 티슈 갑도 못 찾고는 휴지가 어디 있냐고 물었다.

그 모습들을 보면서 나는 이런 생각을 했다.

가끔은, 힘들어 보는 것도 괜찮다. 힘든 일을 겪으면서 우리는 생각지도 못했던 주변 사람들의 다른 모습, 그들이 우리를 생각하는 마음의 깊이나, 그들의 생각의 깊이, 그런 것들을 알게 된다. 우리 곁에 있던 사람들이 얼마나 단단한 손으로 우리를 붙잡고 있어 주었는지 알게 된다.

불현듯 두려워질 때가 있다. 내가 지금, 내 인생을 통틀어 얼마나 행복한 순간을 보내고 있는지를 후에야 깨닫게 될까 봐.

밖에는 매미 울음소리가 요란했다. 어느새 여름방학이
성큼 앞으로 다가온 어느 날이었다.

제16조. 여름에는 담력시험이 필수!(상)

여름에는 담력시험이 필수!(상)

완전히 여름이 되어 운동장으로 내리꽂히는 햇살은 날카롭고 투명했다. 목을 길게 빼고 그 모습을 내려다보고 있으려니 바람이 불어 들어 옷깃 사이로 스며들었다. 바람도 열기를 품고 있어 온풍기 앞에 앉아 더운 바람을 맞는 기분이었다. 어휴, 나는 눈썹을 찡그리며 책받침을 팔랑팔랑 흔들었다.

흘긋 교실을 돌아보니 교실은 이미 초토화되어 있었다. 아이들은 저마다 방금 죽은 좀비 같은 모양새로 책상 위에 축 늘어져 있었다.

주번이 잘 닦지 않아 더러운 칠판 위에 누군가 흰색 분필로 큼지막하게 적어 놓은 글씨가 있었다.

방학 하루 전!

그렇다, 어쨌거나 방학도 불과 하루 앞을 남겨 두고 있는
지금, 지난날을 곰곰이 되짚던 나는 눈썹을 찡그렸다. 그
동안 달라진 것은 꽤 많았다.

일단 하나, 나는 반 아이들에게, 내가 반여령뿐만이 아
니라 사대천왕과도 친한 사이임을 털어놓았다.

최유리의 일을 통해 깨달은 것이 하나 있었는데, 내가 지
금까지 반 아이들에게 사대천왕과의 사이를 숨긴 것은, 말
마따나 사대천왕과 친해질 목적으로 나에게 다가오는 아이
들이 많았기 때문이었다.

다르게 말하자면, 내가 우리 반 아이들을 믿지 못했다는
소리도 된다. 그러나 이렇게 큰 소문이 온 학교를 휩쓸었
는데도 나를 묵묵히 믿어 주는 모습을 보면서 그것은 예의
가 아니라는 생각이 들었다.

"사실 나, 사대천왕이랑 친해. 최유리나 그런 애들처럼
질투해서 일 꾸미는 애들도 많았고, 사대천왕이랑 친해질
목적으로 나한테 다가오는 애들도 많았고…… 그리고 내가
무슨 말만 하면 애들이, 사대천왕이랑 친해서 나대냐고 하
는 거, 그것도 싫어서 그냥 모르는 척 지내려고 했는데, 이
번 일 있고 나서 그냥 솔직하게 다 털어놓는 게 낫겠다는
생각이 들었어. 그동안 말 안 해서 미안……."

아이들의 반응은, 의외로 싱거웠다. 물론 이수연과 같이 사대천왕의 번호를 물어보았던 몇몇 여자아이들이 나를 향해 눈을 부라리기는 했다. 그러나 그것으로 끝이었고, 오히려 이번 일을 봐서인지 애들은 하나같이 아, 그럴 만하네, 하는 듯한 얼굴이었다.

학기초부터 나와 친해져서, 그 일을 알고 있던 석봉 중 사대천왕 아이들이 내 어깨를 토닥이는 것으로 모든 것은 끝나고 말았다. 아이들을 속였으니 만큼 쓴소리 한두 마디쯤은 예상하고 있던 나로서는 다행스러우면서도 싱거운 결말이었다.

그래서 나는, 이제 사대천왕, 은지호나 유천영 등과 복도에서 마주쳐도 인사하고 지나갈 수 있게 되었다. 그냥 그것이 다였다.

그리고 두 번째 달라진 점은, 이루다와 사대천왕의 관계였다.

글쎄, 이것이 무어라 말하기 애매했다. 분명히 둘 사이에 만남이라고는 없었던 것같은데, 내가 모르는 접점이라도 있었는지 주인이가 이루다에게 친하게 굴기 시작했다.

이루다랑 마주칠 때마다 주인이가 어찌나 환하게 웃으면서 이쪽으로 달려오는지, 솔직히 말해서 그런 주인이의 모습은 엄청 귀여운데도 이루다는 얼굴이 창백하게 질려서는 도망가기 바빴다. 나는 주인이가 이루다의 뒷통수에 대고 이렇게 외치는 것도 들었다.

'루다 형! 어디 가?'

'형? 언제부터 루다가 네 형이었어?'

내가 눈썹을 찡그리고 묻자, 주인이는 특유의 환한 미소와 함께 간단하게 대답했다.

'내가 정한 순간부터!'

'…….'

아, 잊고 있었다. 마냥 순하게 생긴 얼굴과는 달리, 주인이는 한다고 마음먹으면 무조건 해내고야 마는 그런 애였다.

아마도 이제 곧, 이루다는 주인이의 '형' 소리를 아무렇지도 않게 수긍하게 되리라, 이전에 내가 그랬듯이. 이루다는 여자애인데 형이라고 불리다니, 그건 좀 스트레스겠군. 음, 그렇다고 해서 내가 둘 사이에 끼어들어서 이루다의 성별을 정정해 줄 수는 없으니, 나는 뒤통수를 긁적였다. 모르겠다, 알아서들 하겠지.

고개를 돌려 둘러본 교실은 산만 그 자체였다. 대부분의 수업은 진도를 다 나가서 선생님들도 교실에 들어오는 일이 없었고, 가끔 체육 수업이 끝난 다른 반 아이가 교실에 불쑥 찾아와서 '야, 너네 다음 수업에 나오래.'하고 말을 전할 때가 있었는데, 그때만 잠깐 강당으로 나가면 그만이었다.

어쨌거나 아이들은 '체육은 공부가 아니니까 괜찮아!'라는 모양으로, 평소에는 교실에서 각자 영화를 틀어 놓고

놀고 있다가 체육 시간에만 잠깐 다녀오는 식의 학교생활을 이어 가고 있었다.

제멋대로 대여섯 개씩 붙여 놓은 책상 아래 나란히 앉아 신나게 떠드는 애들도 있었고, 혹은 땀을 뻘뻘 흘려 가며 책상 위에 엎드려 잠든 애들도 있었다. 윤정인으로 말할 것 같으면, 나는 흘긋 앞을 보았다.

칠판 옆에 놓인 컴퓨터 의자 위에 두 발을 올려놓은 윤정인은, 키보드를 꺼내어 제 무릎 위에 놓고는 열 나게 두드리고 있었다. 그의 옆에서 김혜우가 지친 얼굴로 그 광경을 보고 있었다.

TV 화면 안에서는 크레이지 아케이드 화면이 한창 돌아가는 중이었다. 별 감흥 없이 턱을 괸 채 그 광경을 보던 나는, 다음 순간 이어진 장면에 기침을 터트렸다.

윤정인 병신…… 이제 막 판 새로 시작했는데 자기 물풍선에 자기가 갇혔어…….

돌아보자, TV를 지켜보던 이들이 나와 그리 다르지 않은 얼굴로 윤정인을 쳐다보고 있는 게 보였다.

아, 씨, 머리를 쓸어 올리며 짜증 섞인 얼굴을 하던 윤정인은 곧 시선을 눈치채었는지 이쪽을 돌아보았다. 그가 천연덕스러운 얼굴로 외쳤다.

"뭐, 뭐? 말을 해, 뭐!"

"염병, 윤정인 진짜 못하네."

"야, 너 초딩 때 뭐하고 살았냐? 바람의 나라?"

곳곳에서 남자아이들의 짜증 섞인 목소리가 내리꽂히는 가운데, 내내 윤정인의 옆에 서있던 김혜우가 지친 얼굴로 말했다.

"내가 발바닥으로 해도 니보다 잘하겠다……."

다른 말은 잠자코 듣고 앉아 있었지만, 마지막 말에는 기분이 상한 모양이었다. 그쪽을 휙 돌아본 윤정인이 와락 외쳤다.

"야, 게임에 승패가 뭐가 중요해! 중요한 건 즐기는 마음 아니냐? 어?"

"너는 좀 중요해질 필요가 있어. 아니, 아무리 즐기는 마음으로 한다고 해도 이건 좀 심한 거 아니냐? 어떻게 지금 30판인가를 넘게 했는데 한 번을 못 이기냐고!"

"아, 일부러 진 거라고!"

"지랄 마!"

윤정인과 김혜우가 왁왁거리는 것을, 입가에 비스듬한 미소를 걸친 채 지켜보고 있으려니 내 옆에 앉아있던 김혜힐이 옅은 한숨을 내쉬고는 일어났다. 그녀는 곧장 교실을 가로질러 그들 사이로 끼어들더니 특유의 담담한 목소리로 말했다.

"윤정인, 너 게임하는 거 보는 거 재미없으니까 그만하고 영화나 틀어."

"······."

아니, 핵직구를 날렸다. 윤정인은 푸르스름한 얼굴이 되어 입술을 꾹 다문 채로 말없이 게임을 껐다. 김혜우가 씩 웃으며 김혜힐의 머리카락을 쓰다듬으려 하자, 김혜힐은 냉랭한 태도로 그 손을 쳐 내고는 도로 내 옆자리로 돌아와 앉았다.

머쓱한 얼굴로 헝클어진 머리카락을 쓰다듬으며, 다른 손으로는 바탕화면의 영화 폴더를 뒤적이던 윤정인은, 그러기를 잠시, 갑자기 손을 번쩍 들며 외쳤다.

"야, 무서운 얘기 할 사람! 선착순 모집!"

"갑자기 웬?"

"영화 볼 거 없는데?"

윤정인의 말에 모두가 어디어디, 하면서 컴퓨터로 몰려들면서 분위기가 한결 어수선해졌다. 뭐야, 눈을 약간 찡그린 채 그 모양을 보고 있으려니 누군가 내 빈 앞자리로 다가와 앉았다. 그녀는 책상 위에 턱을 괴고는 이쪽을 쳐다보며 싱긋 웃었다. 나는 웃으며 물었다.

"이루다, 깼어?"

교과서에 대고 자서 불그스름하게 눌린 볼을 매만지며, 이루다는 쑥스러운 듯 웃었다. 환한 금색 머리카락은 헝클어져 있었는데, 머리카락을 멋쩍은 듯 매만지는 모습조차 예뻤다. 이런 이루다가 우주인에게서 '형'이라고 불리고 있음을 떠올리면, 음, 나는 눈썹을 찡그렸다.

옆에서 김혜힐이 물었다.

"우리 매점 갈래? 잠깐 정신없는 틈에."

"그래. 이루다, 아이스크림 먹고 잠 좀 깨자."

그렇게 말하며 내가 이루다의 손을 가볍게 툭 치자, 이루다는 설핏 웃더니 고개를 끄덕였다. 그리고 그녀는 아직도 졸린 기운이 남아 있는 동작으로 자리에서 일어났다.

운동장을 둘러싸고 있는 새하얀 콘크리트 길을 걸어 2분쯤 걷다 보면 매점이 나오는데, 명찰을 보아하니 2학년뿐 아니라 1학년도 꽤 있었다.

매점 앞 큰 나무 아래 벤치부터 천장이 높은 매점 안까지 온통 사람으로 북적거려서 빈자리를 찾기가 힘들 정도였다. 나와 이루다, 김혜힐은 간신히 그 사이를 비집고 들어갔다.

키 큰 선반 위에 가득 진열된 과자는 무시하고 아이스크림 쪽으로 가자, 과연 그쪽은 아예 북새통이었다. 간신히 끼어서 냉동고를 막 뒤지다가 초코퍼지를 발견해서는 그것을 들고 계산을 하고 나서야 비로소 숨이 조금 트였다. 후아, 진짜 사람한테 치여서 죽을 수도 있겠다.

곧 이루다가 마찬가지로 지친 얼굴이 되어 내 곁에 섰다. 김혜힐은 여유 있게 캔음료 하나를 든 채로 우리 둘을 보면서 킥킥 웃었다. 나도 차라리 음료수나 마실걸, 그렇게 생각하면서 초코퍼지를 한입 베어 물었다. 눈을 감은 채로 꿍꿍 앓고 있으려니 입안에서 느리게 시원한 기운이 퍼졌다. 우리는 그대로 매점 옆, 긴 테이블 몇 개를 길게 붙여 놓은 홀로 들어갔다.

과연 홀도 사람으로 가득 차서 자리가 없었다. 원래는 컵라면이나 배달 음식을 먹을 때 학생들이 자주 이용하는 곳인데 날이 너무 더워서인가, 다들 컵라면은 먹을 엄두도 못 내는 눈치였다. 구석에 놓인 전자레인지들도 돌아가고 있는 것은 하나도 없었다. 그 모습을 무심코 살피다가, 나는 문득 평소와는 분위기가 좀 다름을 알아차렸다.

저들끼리 삼삼오오 뭉쳐 떠들고 있는 것이 보통인데, 이번에는 조금 달랐다. 아이들의 눈은 하나같이 약간 몽롱한 빛을 띠고 있었고, 그 시선은 한곳에 몰려 있었다. 조금 벌린 입에서는 금방이라도 영혼이 빠져나올 듯했다. 저 얼굴이라면, 나는 지난 3년 동안 봐 와서 익히 아는 바가 있었다.

그랬다, 그들의 시선 끝에 걸린 것은 다름 아닌 지존 중학교 사대천왕들이었다.

은지호의 은색 머리카락은 온통 햇빛으로 들어찬 건물 속에서 유독 환한 빛을 발했다. 그 옆에 선 은형이의 붉은 머리카락이며, 우주인의 유난히 색소가 옅은 머리카락 역시 눈에 띄는 것은 마찬가지였다.

옆에서 김혜힐이 중얼거리듯 말했다.

"아, 여기에서 또 마주치네."

나는 잠자코 고개를 끄덕이고는, 옆의 이루다를 보았다. 이루다는 어쩐지 우주인을 발견했을 때부터 날 선 얼굴로 눈썹을 잔뜩 찡그린 채였다.

내가 그녀에게 물었다.

"넌 뭘래? 주인이가 또 너한테 형, 하면서 막 어깨동무하고 그럴 건데."

"음."

이루다가 막 고민하는 듯한 얼굴을 하던 그 순간이었다. 다음 순간, 무어라 얘기하다 말고 무심코 돌아선 그들의 시선이 정확히 이쪽을 향했다. 그것으로 이루다는 고민할 필요가 없어지고 말았다. 우주인이, 당장에 말간 얼굴 가득 환한 미소를 띠고는 이쪽을 향해 성큼성큼 걸어왔기 때문이다.

이루다가 기겁해서는 뒤로 물러서는 것이 보였다. 우주인은 아랑곳하지 않고 그대로 이쪽까지 걸어오더니, 나를 지나치면서 가볍게 손을 들어 올렸다. 내가 얼떨결에 손을 마주 올리자, 내 손 위에 그의 손을 짝 소리 나게 부딪친 우주인이 씩 웃었다.

그의 모습이 여름 햇빛 속에서 잔상처럼 내 옆을 스쳐 지나갔다. 그리고 다음 순간, 우주인은 이루다를 향해 그대

로 성큼성큼 걸어갔다. 어느덧 매점에서 운동장까지 밀려
나간 이루다가 외치는 소리가 여기까지 들렸다.

"아 좀, 꺼져! 한 번 도와줬으면 됐잖아!"

"친하게 지내자는 건데, 왜? 형!"

"shit! $##&#$@%#$@······!"

급기야는 우주인에게 덜미를 잡히고 만 이루다의 입에
서, 알아들을 수 없는 언어가 빠른 속도로 흘러나오는 것
을 보다가 나는 김혜힐을 돌아보았다. 김혜힐은 어깨를 으
쓱하더니 말했다.

"그런데, 이루다 전에 보기로는 되게 힘세지 않았어? 왜
저걸 못 피해?"

"음, 글쎄?"

"약점이라도 잡혔나?"

약점? 설마. 나는 어깨를 으쓱했다. 겉보기로는 거의 완
전무결해 보이는 이루다에게 약점이 있을 성싶지 않았다.
아니, 있다고 해도 주인이가 무슨 수로 그것을 알아내겠는
가? 무섭도록 총명한 것은 사실이지만 평범한 고등학생일
뿐인데.

김혜힐에게서 고개를 돌리자, 이번에는 환한 얼굴을 한
채 이쪽을 보고 있는 반여령이 보였다.

반여령은 사대천왕과 내가 친한 사이라는 것이 밝혀져서,
그들과 함께 있을 때도 자유롭게 인사를 할 수 있게 된 것이

퍽 기쁜 눈치였다. 나는 씩 웃고는 그쪽으로 다가갔다.

반여령의 옆에는 오랜만에 보는 얼굴들이 모여 있었다. 이제 학교에서 오며 가며 인사 정도는 할 수 있게 되었지만, 어쨌거나 우리 집을 제 집처럼 드나들던 녀석들이 하나같이 발길을 끊고 나니 좀 쓸쓸한 것이 사실이었다. 옛날보다 자주 보지 못하는 것도 사실이고.

반여령의 옆에 선 은지호가 나를 향해 삐뚜름한 미소를 보내고 있었다. 친한 사람에게만 내보이는 그 특유의 미소. 그의 옆에 선 은형이는 오늘도 나를 향해 선한 얼굴로 웃고 있었다.

아, 맞다, 달라진 점 세 번째를 아까 말하지 않았는데, 은형이는 안경을 쓰기 시작했다. 그렇게 나쁜 것은 아니고, 시력이 0.6정도로 떨어져서 어쨌거나 뒷자리에 앉게 되면 칠판이 안 보일 때도 있어서 안경을 써야 하기는 한다고.

평범한 뿔테 안경이었는데, 은형이가 걸치니 안경이 인물을 가린다는 것도 다 옛말이고 그냥 패션 아이템 정도로만 느껴졌다.

옛날보다 한결 차분한 인상이 된 것은 사실이었다. 그 모습을 보고 있자니 문득 은지호가 권은형을 보고 침통한 듯한 어조로 중얼거리던 것이 생각났다.

'앞으로 얼마나 많은 녀석들이 저 모범생 분장에 속아서,

달려들었다가 깨지고, 또 깨지고 할까…….'

'뭐라고?'

'아니.'

은지호는 자신이 뭐라고 했냐는 듯 단호한 얼굴로 침묵을 지켰다. 뭐지? 그러더니 은지호는 갑자기 화제를 돌리려는 듯, 권은형의 안경을 뺏어다 제 코끝에 걸치고는 묻는 것이었다.

'어울리냐?'

'……너 쓰지 마라, 그거.'

그렇게 안경이 안 어울리는 얼굴은 태어나서 처음 보았다. 나는 진지하게 조언한 건데, 은지호가 진심으로 기분이 상한 얼굴로 내 뒤통수를 꾹꾹 누르는 바람에 우리는 또 투닥였다.

그래. 그러고 나서는 처음으로 보는 은지호였다. 그날, 은지호의 손을 잡은 채 녹색 음영이 드리운 가로수 길을 가로질러 걷던 날. 어지러운 매미 소리, 여름의 열기를 품은 듯한 손, 손마디가 굵은, 희고 긴 손가락. 그런 것이 차례로 눈앞에 떠올라 휘감겼다.

그날 이후 그를 보면 머쓱할 것 같았는데, 그렇지도 않았다. 은지호와 나의 관계는 그대로였다. 언제나 그랬듯이 그는 나를 놀리고, 나는 그에게 화를 내고, 그러다가 웃고. 모든 것은, 제자리에 잘 놓여 있었다. 나는 왠지 웃음이 났다.

은지호를 보다가, 문득 안 보이는 얼굴이 있어 나는 그에게 물었다.

"유천영은? 또 촬영 갔어?"

"아니, 아이스크림 고르고 있어. 거북알이랑 초코퍼지 중에 그렇게 고민이 되신단다."

은지호의 대답에 반여령이 옆에서 킥킥 웃더니 내게 제가 먹고 있던 음료수 캔을 내밀었다. 내가 그것을 받아들어 한 모금 마시는데, 뒤에서 인기척이 났다. 돌아보자 유천영이 서 있었다.

"……."

놀랄 만큼 가까운 거리였다. 유천영도 내가 그렇게 가까이서 돌아볼 거라고는 생각을 못했는지, 잠깐 당황한 듯한 얼굴을 했다. 그러다가 곧 내게서 조금 물러났다. 나는 그의 눈을 빤히 올려다보았다.

여전히 눈은 이국적인 푸른색이었고, 눈가에는 피로가 묻어 있는 듯했으나 생각보다 멀쩡해 보이는 얼굴이었다. 요즘은 정말 얼굴을 볼 새가 없어서 어떻게 지내고 있나 했는데, 유천영은 또 연락이 안 되기로는 네 명 중에서 제일 안 된다.

잠시 바닥을 응시하던 시선이 다시 이쪽을 향하자 어스름한 빛이 그의 턱을 쏜살같이 비추고 지나갔다. 그 순간만큼은, 매점의 모두가 이쪽을 숨죽이고 응시하고 있는 것이 이해가 되었다. 빛이 잘 들지 않는 전시관에서, 간혹 걸음을 멈추고 몸을 숙여 조용히 응시하게 되는 창연한 빛이 그 안에 녹아 있었다.

다음 순간, 유천영이 픽 웃으면서 내 쪽으로 몸을 기울임으로써 마법 같은 침묵의 순간은 지나갔다. 순식간에 물속에서 바깥으로 끌려나온 듯 온 사방이 더운 열기와 팽팽한 소음으로 가득 찼다.

유천영 역시 오랜만에 보는 내가 반가운 모양인지, 평소에는 잘 보여 주지 않는 미소를 입가에 걸친 채였다. 푸른 눈에 서린 부드러운 빛, 아, 나는 괜히 웃음이 났다.

내가 물었다.

"너 왜 빈손이야? 아이스크림 고른다며."

"고민하다가, 고민하는 게 짜증 나서 그냥 왔어."

"뭐야, 그게."

내가 그렇게 말하며 웃자 유천영은 어깨를 으쓱하며 코끝을 찡그렸다. 은형이가 나를 보면서 물었다.

"단아, 너희 반은 지금 뭐해? 우리는 그냥 영화 틀어 주고 나왔어."

"아, 우리 반, 방금까지는 크아 하다가 영화 보려고 했는데, 볼 영화도 없더라."

이루다와 우주인은 아직도 추격전을 반복하고 있는 모양인지, 운동장에도 그 모습이 보이지 않았다. 다시 그 자리에

서서, 반여령에게 음료수를 돌려주고는 몇 마디 이야기를 나누다가 내가 아이스크림을 한입 베어 문 바로 그 때였다.

누군가 거친 숨을 몰아쉬며 지친 걸음으로 걸어 들어왔다. 고개를 돌린 나는 그만 풋 웃어 버리고 말았다.

이루다였다. 그녀는 보기 드물게 정말로 지친 듯한 얼굴로 금방이라도 쓰러질 듯 매점 벽에 기대어 서있었다. 그러다가 그녀가 나를 발견하고는 성큼성큼 다가왔다.

그녀는 은지호를 비롯한 사대천왕을 흘긋 보고는 내 옆으로 걸어와 섰다. 내가 뭘 하나고 물을 새도 없이, 이루다가 내가 베어 물었던 아이스크림 곁으로 입을 가져갔다. 그러더니 그녀가 푸른 눈으로 나를 보며 눈짓으로 물었다. 먹어도 돼?

너무 지쳐서 말할 기운도 없는 것 같았다. 그녀의 턱 끝에 송골송골 맺힌 땀방울이 목덜미를 타넘고 있었다. 음, 나는 잠깐 눈을 굴렸다. 그러나 고민할 것은 없었다.

이루다는 여자애니까, 내가 시큰둥하게 고개를 끄덕이자마자 이루다가 손을 내밀어 내 손목을 쥐었다. 그리고 그녀가 몸을 기울였다. 감은 속눈썹 끝에 매달린 물기가 일순 햇빛을 받아 반짝, 했다.

바로 그때였다. 내 옆에서 끼어든 손이 갑자기 아이스크림을 내 손목째 휙 낚아챘다. 어찌나 갑작스러운 동작이었는지, 나는 하마터면 그대로 균형을 잃어 넘어질 뻔했다.

다행히도 그렇게 당긴 이가 내 몸을 받쳐 주어서, 나는 휘청이다 말고 간신히 제자리에 섰다.

그러자마자 나는 눈을 크게 뜬 채 고개를 들었다. 유천영의 얼굴이 바로 위에 있었다. 그는 내 손목을 틀어쥔 채, 오히려 제가 더 창백한 얼굴을 하고 있었다.

그를 보는데 누군가 다시 내 손에서 아이스크림을 가져갔다. 은지호였다. 아이스크림을 가져간 은지호는 그대로 나를 향해 와락 외쳤다.

"야, 미쳤냐?! 사귀는 사이도 아닌데 무슨, 먹던 아이스크림을 그냥 줘? 다 보는 앞에서 뭐 하는 짓이야 지금?"

말을 마친 은지호가 숨을 급히 들이쉬고 나서야, 나는 문득 잊고 있었던 한 가지 사실을 떠올렸다.

이루다가 여자인 것을 아직도 몰라, 이 바보들…….

그러나 한편으로는 어쩔 수 없지, 싶었다. 이들이 모르는 것이 당연하지, 원래 소설에서 남장여자는 웃통을 까기 전에는 그 누구에게도 의심을 사지 않거든.

내가 말없이 피곤한 얼굴로 한숨을 푹, 내쉬자 은지호는 네가 뭔데 그런 얼굴을 하냐며 내 머리를 꾹 눌렀다. 악! 내가 은지호를 향해 눈을 부라리는데, 누군가 내 옆에서 팔을 뻗어 내 목을 감쌌다.

가느다란 것치고는 제법 무게가 있는 하얀 팔, 확인할 것도 없이 이루다였다.

옆을 돌아보자, 이루다는 붉은 입술에 은근한 미소를 걸친 채 금빛 속눈썹 아래로 은지호를 보고 있었다. 그러더니 그녀는 내 귀에 대고 속삭였다.

"단아, 사귀는 사이면 그래도 되나 봐. 그럼 일단 사귈까?"

이루다의 말이, 아니면 그의 태도가, 은지호의 평정심을 건드린 것이 틀림없었다. 다음 순간 은지호의 뺨이 서늘하게 얼어붙었다.

한 번도 햇빛이라고는 받아 본 적 없는 듯, 백짓장처럼 창백한 뺨, 눈에는 분노의 불길이 새하얗게 일고 있었다. 다음 순간, 은지호가 입술 사이로 씹어뱉듯 으르렁거렸다.

"그 손 떼라."

"단이는 아무 말도 않는데, 네가 무슨 상관이야?"

그렇게 말하면서 이루다는 그렇지 않냐는 듯 내 쪽을 보았다. 여전히 요염할 정도로 예쁘장한 얼굴에, 입술은 촉촉한 붉은색이었다. 나는 어깨를 으쓱하고는 은지호를 보았다. 아, 저거 되게 화난 것 같은데, 나는 결국 화제를 돌리기로 했다.

고개를 비틀어 이루다의 팔에서 벗어나자, 이루다는 순순히 나를 놓아 주었다. 그제야 은지호의 호흡도 평온을 되찾았다. 나는 그에게 손을 내밀었다.

"야, 내 아이스크림 내놔. 다 녹겠다."

"아."

은지호는 그제야 제 손에 쥐고 있었던 내 초코퍼지에 생각이 미친 듯 옆을 돌아보았다. 그러나 이미 늦어 있었다. 초코퍼지는 갈색으로 녹아 막 은지호의 손등을 타넘고 흐르는 중이었다.

　아, 씨, 내가 눈을 찡그리자 은지호는 조금 당황한 듯하더니 말했다.

　"아, 알았어. 다시 사 줄게. 이거 나 먹고, 너 새 거 먹어."

　"아, 조금 녹았다고 그걸 버리냐? 그냥 줘, 빨리 먹을라니까."

　"아니, 왜 버려? 이거 나 먹을 테니까 넌 새 거 먹어. 그럼 되잖아."

　은지호는 의외로 제법 단호하게 그렇게 말하며 아이스크림을 내 손에서 멀리 가져갔다. 아니, 나는 손을 뻗은 채로 의아해서 눈썹을 찡그렸다.

　너 방금까지만 해도 먹던 아이스크림을 그냥 주냐, 미쳤냐, 사귀는 사이도 아닌데, 지랄하던 건 기억나니? 너 지금 뭐 하자는 거니?

　눈썹을 찡그린 채 은지호를 보고 있는데, 별안간 유천영이 손을 뻗어 아이스크림을 가져갔다.

　이번에는 나는 물론이고 은지호도 뭐 하냐는 듯한 얼굴을 했다. 유천영은 평소의 담담한 얼굴 그대로, 어깨를 으쓱하더니 나를 보고 말했다.

"내가 사 줄게. 이거 나 먹고."

"어, 어……?"

나는 혼란스러워졌다. 아니, 왜 반쯤 녹은 아이스크림에 저렇게 집착하는 거지? 유천영이 나와 입맛이 제일 비슷하다는 것은 알고 있었지만, 지금 매점에 초코퍼지가 남은 게 없나? 내가 먹고 있던 게 이 매점에서 마지막으로 남은 초코퍼지였나? 아니, 아까 분명히 많았던 것 같은데?

머리가 복잡해서 말없이 유천영을 바라보고 있으려니 내 옆에서 불쑥 튀어나온 손이 도로 아이스크림을 낚아챘다. 이루다였다.

그녀는 반쯤 녹은 초코퍼지를 들고 제가 승리자인 양 삐뚜름한 미소를 띤 채 그 셋을 바라보고 있었다. 문득 앞에서 웃음소리가 터져서, 고개를 들어 확인하니 은형이였다. 그는 뭐가 웃긴지, 눈을 다 곱게 휘어 가며 웃다 말고 급기야는 안경을 벗더니 한 손으로 제 얼굴을 가렸다. 어깨를 계속 들썩거리는 것으로 보아 웃는 것 같기는 했는데, 무엇이 은형이를 저토록 웃게 했는지 알 수가 없었다.

다음 순간 당연한 수순인 것처럼 내 옆의 김혜힐도 웃음을 터트렸다. 그녀 역시 무엇이 그렇게 웃긴지, 평소에 감정 표현이 별로 없는 김혜힐이 권은형만큼이나 몸을 구부리며 웃어 댔다.

이제 이 중에 아무것도 하지 않고 있는 것은 반여령뿐이었다. 은지호와 유천영은 어째서인지 한 대 칠 듯한 얼굴로 이루다를 노려보고 있었고, 그에 맞서는 이루다는 한 팔로 내 어깨를 감싼 채, 다른 손에는 아이스크림을 들고 이죽이고 있었다.

반여령은, 나는 그녀를 흘긋 보았다. 그녀는 새카만 눈으로 이루다를 꿰뚫어 버릴 듯이 바라보고 있었다. 시선으로 사람을 죽일 수 있었다면 이루다는 죽어도 백번은 죽었을 것 같았다.

그때였다, 나는 불현듯 내 머릿속을 스쳐 가는 깨달음에 놀라서 숨을 들이켰다. 둘이 서로를 팽팽하게 노려보는 가운데, 나는 뒤로 두어 걸음 물러나며 손으로 입을 가렸다.

그런 건가? 드디어 둘이 서로가 소설의 주인공이라는 사실을 깨달은 건가? 아니, 그것까지는 아니더라도 서로가 서로에게 방해가 되는 존재임을 본능적으로 깨달은 것이 틀림없었다!

그렇지 않고서야 저렇게 맹렬하게 서로를 노려볼 수가, 흡사 둘은 외나무 다리에서 만난 숙명의 적과도 같이 느껴졌다. 비장한 분위기가 그 둘 사이를 팽팽하게 감돌았다. 눈이 튀어나올 만큼 반여령의 입술에 온 신경을 집중하고 있다가, 나는 마침내 그녀의 입이 열리는 것을 보았다.

그리고 다음 순간, 나는 그대로 몸을 구부리며 기침을 크게 터트렸다. 반여령의 입에서 튀어나온 말은 이러했다.

"너, 너 당장 단이 아이스크림 나한테 넘겨!"

"뭐?"

이루다는 나만큼이나 황당한 듯한 얼굴이었다. 나도, 반여령이 설마 내 아이스크림을 가지고 꼬투리를 잡을 거라고는 생각도 하지 못했다.

내가 '여주인공 자리를 두고 어디 한 번 대결해 보실까!'와 같이 조금 비현실적인 대사를 기대하긴 했어도, 그래도 저건 좀 심하잖아! 아니, 왜 다들 아까부터 내 아이스크림에 저렇게 주목하는 건데?

800원이라고, 800원짜리 초코퍼지라고! 더군다나 아까부터 매점의 모두가 숨도 안 쉬고 이쪽을 쳐다보고 있었다. 나는, 가능하다면 이 자리에 있는 모두에게 초코퍼지를 쥐어 줘서라도 이 부끄러운 싸움을 끝내고 싶었다.

그러나 이루다는 그럴 마음이 없는 모양이었다. 다음 순간 그녀는 푸른 눈을 가느스름하게 뜨더니 웃으며 말했다.

"네가 뭔데? 단이 아이스크림을 두고 네가 왜 이래라 마라야? 이게 네 거라도 돼?"

"다, 단이 거는!"

반여령은 급기야는 검은 눈을 절박한 빛으로 물들이더니, 주먹을 꾹 쥐고는 외쳤다.

"다, 단이는. 머리부터 발끝까지 내 거야!"

"……?"

"……??"

"……???"

반여령의 이어진 말이 불러온 파장은 대단했다. 매점을 북적이게 하고 있던 한여름의 열기가 순식간에 싸늘하게 식었다. 매점 안 온도는 그대로 냉점까지 치달았다.

한 발자국 물러서서 반여령을 보고 있으려니, 매점의 모든 이들이 고개를 돌려 나를 쳐다보았다.

방금까지만 해도, 내 아이스크림을 흥미진진하게 보고 있던 이들이 이제는 아예 기겁한 눈으로 나와 반여령을 번갈아 보고 있었다.

잠시 후, 제일 먼저 입술을 뗀 것은 은형이었다. 그는 반여령의 어깨를 잡고는, 몸을 숙여 반여령과 눈높이를 맞추더니 흡사 유치원생을 가르치는 선생님이라도 된 듯한 어투로 친절하게 물었다.

"여령아, 네가 하고 싶은 말은 이거였지? 단이는 내 친구니까, 나는 네가 단이 아이스크림을 뺏고 있는 지금 상황이 마음에 안 들어. 어서 단이에게 아이스크림을 돌려줬으면 좋겠어. 맞지?"

"으, 응?"

반여령은 어색하게 웃었다. 그제야 제가 무슨 말을 했는지 깨달은 듯한 눈치였다. 그녀는 은형이와 눈을 마주친 그대로 웃더니 조심스럽게 눈을 굴려 나를 보았다. 나는

속으로만 한숨을 푹 내쉬었다. 반여령, 저 언어 장애······
내가 언젠가 일 칠 거라고 생각은 했는데.

곧 사방에 웅성거리는 소리가 가득 퍼졌다. 은형이가 수
습하려고 했지만 이미 소용이 없는 모양, 특히 반여령을
좋아하는 것이 분명한 2, 3학년 남학생들은 금방이라도 울
듯한 얼굴로 이쪽을 보고 있었다. 그들의 수군거리는 소리
가 내 귀에 똑똑히 와 박혔다.

"좋겠다······."

"나도 반여령이 나한테 좀 집착해 줬으면 좋겠어."

"그런데 반여령 멋지지 않았냐? 좀, 뭔가, 새로운 모습?"

"진짜 부럽다······."

그런 소리들을 들으면서 쏟아지는 시선들을 한 몸에 받
고 있으려니, 진짜 죽어 버릴 것 같았다. 곧 정신을 차린
듯한 이루다가, 반여령을 보고 식겁한 얼굴로 왜 단이가
네 거냐고 외치고, 은지호가 옆에서 어째서인지 이루다 편
을 들어주고, 유천영이 머리가 아프다는 얼굴로 이마를 짚
고, 권은형이 한숨을 푹푹 내쉬는 것을 보다가······ 나는
조용히 옆에 선 김혜힐의 손을 잡아끌었다.

그늘에 반쯤 묻혀 있던 김혜힐은 나를 흘긋 보더니 뭐냐
는 듯한 얼굴을 했다. 그녀는 아마도 저 싸움을 상당히 흥
미진진하게 보고 있었던 모양인데, 나가기 싫다는 기색이
역력했다. 나는 소리를 낮춰 속삭였다.

"나 지금 수치사(死)할 것 같아."

"······."

아무래도 친구를 죽게 둘 수는 없었는지, 김혜힐은 내 등을 툭 치고는 그대로 매점을 빠져나왔다.

밖으로 나오자, 운동장으로부터 불어드는 모래 먼지가 섞인 더운 바람도 어쩐지 선선하게만 느껴졌다. 사람이 없는 곳으로 오니 비로소 숨이 좀 화악 트이는 것 같았다.

아직도 북적거리는 매점 쪽을 바라보는데, 몇몇 이들이 급한 용건이라도 있는 듯 헐레벌떡 내 옆을 스치고 지나갔다. 그들이 달려가면서 외치는 소리에 나는 조용히 두 손을 들어 얼굴을 가렸다.

"야, 어디 가!"

"매점에서 치정싸움 났대!"

"헐, 대박! 야, 나도 같이 가!"

"······."

김혜힐이 조용히 손을 들어 내 등을 토닥였다. 나는 얼굴을 가리고 있던 두 손을 내리고는, 조용히 그녀를 향해 고개를 내저었다.

김혜힐이 약간 질린 듯한 얼굴로 물었다.

"너 괜찮아?"

"응, 당연하지."

"진짜 안 괜찮아 보인다."

"……."

한동안 우리는 또 아무 말 없이 나란히 걸었다. 그러다가, 다시 멈춰선 내가 그녀를 보고 말했다.

"나, 그냥 사대천왕이랑 아는 사이인 거 밝히지 말걸 그랬나 봐. 그런 생각이 들어."

"사실…… 나도 아까 그런 생각 들었어."

"……."

김혜힐이 그렇게 말하고는 따듯한 눈빛으로 나를 보는데, 그 눈빛을 계속 받다가는 어쩐지 더욱 슬퍼질 것 같아서 나는 다시 말없이 걸음을 옮겼다.

교실로 돌아와 문을 벌컥 열자, 환한 복도와는 차원이 다른 어둠이 우리를 감쌌다. 뭐야? 나와 김혜힐, 이루다가 멀뚱히 서 있으려니 안에서 외치는 소리가 났다.

"야, 문 닫아 봐! 지금 한창 재미있으려고 하니까!"

"너희 또 뭐 하는데?"

김혜힐이 안으로 걸어 들어가며 차분한 목소리로 물었다. 나와 이루다는 잠시 눈짓을 교환하다가 문을 닫았다. 도대체 창문에 무슨 짓을 해 놓았길래 이렇게 어두워, 하면서 살폈더니 급조한 신문지 가림막이 창문에 다닥다닥 달라붙어 햇빛이란 햇빛은 모조리 차단하고 있었다. 평소라면 우리가 묻는 말에 대답해 주었을 법도 한데, 윤정인은 제 얘기에 바쁜지 도로 아이들을 향해 고개를 돌린 채였다. 어둠 속에서 그의 입꼬리가 스산하게 빛났다.

"그래서, 내가 물어봤지. 아닌데? 아까 우리 집 앞에서 만났는데 무슨 소리를 하는 거예요? 그러까 돌아오는 대답이……."

"대답이?"

윤정인의 말에 그렇게 되묻고는 침을 꼴깍 삼키는 한 아이. 윤정인의 얼굴이 핸드폰 불빛 아래서 씨익, 하고 창백하게 미소 지었다.

"정신 차려, 그 양반 장례식 치러 준 게 엊그제야…… 그러면서 내 팔을 이렇게!"

그렇게 말한 윤정인이 갑자기 전광석화처럼 움직여 바로 옆에 있던 학생의 팔을 잡아채었다. 으아아악! 자지러지는 비명이 교실 안을 가득 채웠다. 이윽고 도망치는 아이, 누가 옆에서 자기를 건드린다 싶어 혼비백산하는 아이, 이민아가 한창 윤정인의 머리끄덩이를 잡고는 네가 오늘 기어이 나를 놀래켜 죽이고 마는구나 어쩌고 하며 난리를 치고 있었다. 나는 그곳까지 들리지 않을 만한 목소리로 중얼거렸다. 민아야, 내가 보기엔 너보다 윤정인이 먼저 죽을 것 같아…….

과연 교실 안으로 들어가도 좋을까, 좀 위험해 보이는데. 그러나 내 고민이 끝나기도 전에 김혜힐이 웃으면서 그쪽으로 발을 내디뎠다. 옆에서는 이루다가 흰 목을 젖히고 하하 청량하게 웃어 대고 있었다. 음, 어쩔 수 없군. 나는 뒷머리를 긁적이고는 그들을 따라 한걸음 내디뎠다.

*　*　*

칠판에는 하얀 글씨로 삐뚤삐뚤 멋없게 새겨진 글자가 있었다.

괴담 대회

그리고 그 밑에 작게 새겨진 주의사항.

친구의 친구의 일이다 그딴 거 안됨. 자기가 겪은 일만 말하기

어디까지나 본인이 겪은 실화만을 이야기할 것. 이것이 괴담 대회의 조건이었다. 그런데 이것이 의외로, 기이한 일을 겪은 사람이 무려 열 사람이 혹 넘어가는 바람에 윤정인의 시답잖은 제안으로 시작된 괴담 대회는 두 시간이 지나서도 끝나지 않고 있었다.

긴 시간이 지나, 드디어 김혜힐이 나섰다.

"혜힐이가 그런 일을 직접 겪은 적이 있단 말이야?"

너 나 할 것 없이 반의 모두가 눈을 동그랗게 뜨고 김혜힐을 바라보았다. 그중에는 윤정인의 옆에 앉아 턱을 괴고 시종일관 시큰둥한 표정으로 모든 괴담의 허점을 따박따박 짚어 내던 신서현도 포함되어 있었다—'비가 오는 날에 내가 어느 오두막에 들어갔는데 계속 밖에서 이 문 열어! 하면서 누가 소리를 지르는 거야. 들어와서 무슨 짓을 하려고!', '집주인인가 보지.', '허억.'—.

김혜힐의 무덤덤한 얼굴을 봐서는 도저히 시시한 이야기가 나올 것 같지 않아서, 모두가 긴장한 채 그녀의 입술만을 주시했다. 말하기 전, 김혜힐은 허락이라도 구하는 것처럼 김혜우와 눈을 한 번 마주치고는 입술을 떼었다.

"음, 일곱 살때쯤 강아지를 한 마리 키우게 되었어. 이름은 호두라고, 작은 요크셔테리어였어. 그런데 강아지는 보통 9년쯤 살잖아?"

눈을 한 번 굴린 그녀는 침통한 듯한 어조로 말을 이었다.

"그런데…… 2년 만에 병에 걸려서 죽었어. 그때 엄청 슬퍼서, 아마 오빠랑 나랑 하루 종일 울었던 것 같아. 그리고 나서 우리 집 앞마당에 묻어 줬고. 그리고 그날 밤이었어."

"밤?"

"으, 드디어 뭐가 나오나?"

아이들이 저마다 그렇게 말하며 팔을 부여잡는 가운데, 김혜힐은 어깨를 으쓱하고는 말했다.

"음, 그, 타닥거리는 소리 있잖아. 강아지 가벼운 발 같은 게 바닥에 부딪히는 소리, 그게 거실부터 오빠 방까지, 그러니까 김혜우 방까지 왔다갔다 하는 거야. 비몽사몽간에 그 소리를 들은 나는 당연히, 아, 호두구나. 호두가 저렇게 왔다 갔다 하고 있구나 하고는 그냥 자 버렸지."

"야, 잠깐, 호두 죽었다며?"

"응."

김혜힐이 담담하게 대답하자마자 아이들 사이에서 비명이 터졌다. 으아악, 쟤 왜 저렇게 아무렇지도 않게 말해! 그 가운데 아까부터 내 옆에 붙어 앉아서 내 팔을 부러질 듯이 잡고 있던 이민아가 물었다.

"그, 그래서?"

"응, 그러다가 한 3일쯤 지났나, 나도 슬슬 뭐가 이상하다 하는 생각이 드는 거야. 다음 날 일어나니까 되게 찝찝해, 잠결에 무슨 소리를 들었는데 난 그걸 호두 소리라고 생각했는데, 호두는 죽었잖아? 그러다가 그날 밤에, 다시 그 소리가 들리는데 갑자기 잠이 확 깨는 거야. 아, 호두는 죽었지. 그 생각이 들면서부터."

"……."

"그래서, 누워서 자세히 듣고 있으려니까 막 심장이 쿵쾅쿵쾅거리는데, 자세히 들으니까 소리가 좀 다른 거야. 타닥거리는 소리가 아니라, 스윽, 스윽 하고 뭐가 질질 끌리는 것 같은 소리."

그 순간 옆에서 누가 내 팔을 확, 하고 잡아채는 바람에 심장이 떨어지는 줄 알았다. 엄마야! 소리를 지르려고 마음먹으면서 옆을 돌아본 나는, 그러나, 소리를 지를 생각조차 누그러지고 말았다.

내 팔을 붙든 채 바들바들 떨고 있는 이민아의 얼굴에 평소의 패기는 온데간데없었다. 그래, 사람이 귀신을 무서워할 수도 있는 거지 뭐, 어쩌겠어…… 그렇게 생각하며 반대편을 바라보니, 커튼을 단단히 쳐 놓아서 어둠이 깔린 교실 사이로 이루다의 웃는 얼굴이 얼핏 보였다.

이루다는 그저 이 대화들이 흥미로운 모양이었다. 쟤는 참, 보기에는 안 그럴 것 같이 생겨서 진짜 담이 크네. 그러다가 그녀가 눈이 마주치자 웃기에, 따라 웃는 그 순간이었다.

우리의 평화로운 상황과는 정반대로 김혜힐의 이야기는 절정으로 치닫고 있었다. 아이들이 내뿜는 숨소리만 들리는 가운데 실낱 같은 긴장감이 주변을 빽빽하게 채웠다. 그리고 김혜힐이 조용히 입술을 떼어 놓는 그때였다.

"그래서, 몸을 일으켜서 문 밖을 봤더니, 머리카락 같은 게—."

"—8반!"

그사이로 새어 든 벼락 같은 고함 소리에 교실이 쩌렁하게 울렸다. 김혜힐에게 잔뜩 집중하여 주변을 신경 쓰고 있지 않던 아이들 사이에 요란하게 비명 소리가 났다. 으악! 하면서 앉아 있던 책상에서 미끄러져 떨어지는 아이도 있었고, 의자에 앉은 채로 뒷걸음질 치다가 의자가 넘어간 아이, 아이고, 난리가 났다.

그 난장판 가운데서 가장 먼저 정신을 추스른 것은 평소에도 침착한 신서현과, 평소에도 정신이 없어서 그다지 놀란 것 같지 않은 윤정인이었다. 헝클어진 머리카락을 쓸어 넘기며 뒷문으로 걸어간 그들이 누가 먼저랄 것 없이 물었다.

"어, 어. 왜? 무슨 일이야?"

"내, 내가 뭐 잘못했냐?"

신서현과 윤정인은 눈짓을 한 번 교환했다. 신서현이 대답했다.

"아니, 별로."

"타이밍이 좀 안 좋았지."

윤정인이 이어 말하자 안도의 한숨을 내쉰 남자아이는 교실을 한 바퀴 둘러보더니 찌를 듯한 원망의 눈빛을 받자 급히 입을 다물었다. 그는 뒤통수를 긁적이며 말했다.

"아니, 나는 그냥, 체육 선생님이 부르신다. 여자는 피구, 남자는 농구."

"아, 또야?"

방학이 다가오는 즈음이라 요즘 한 것이 그것밖에 없어서, 아이들이 질릴 만도 했다.

또 피구야? 나도 지쳐서, 헝클어진 머리카락을 대충 쓸어 넘기는데 윤정인이 묻는 소리가 들렸다.

"몇 반이랑 하는데?"

"1반."

대답이 떨어진 것과 동시에, 교실 모두의 고개가 정확히 내 쪽을 향해 돌아갔다. 대답을 들은 윤정인과 신서현조차 허를 찔린 듯한 얼굴로 이쪽을 보다가, 내 안색이 창백해지자 황급히 고개를 돌렸다. 그러나 이미 늦어 있었다.

끙, 역시, 나는 짧게 한숨을 내쉬었다. 어쨌거나 1반은 나와 최유리의 일로 우리반 아이들의 기억 속에 깊이 각인되어 있는 모양이었다.

뭐, 그래도, 나는 머리를 긁적였다. 어쨌거나 애매하기는 했지만 상황도 대충 해결되었고, 괜찮겠지. 그렇게 생각하며 나는 체육복을 꺼내기 위해 돌아섰다.

* * *

강당으로 가기 위해서 아이들과 한 무리가 되어 운동장을 가로지르는데, 어쩐지 강당으로 향하는 사람들이 우리 반 말고도 꽤 되었다. 부딪치는 것만으로도 살인이 날 만큼 더운 날씨라서, 이런 날씨에는 매점도 잘 안 가는 게 보통인데 왜 이렇게 사람이 많담? 나는 조심스럽게 물었다.

"저기, 착각이야? 사람 좀 많은…… 것 같은데."

말하다 말고 3학년으로 보이는 선배들이 팔짱을 낀 채 우르르 강당 쪽으로 향하는 바람에 나는 말끝을 흐렸다. 아니, 같은 1학년도 아니고 이제는 3학년까지? 사실은 무슨 학교 행사라도 있는 거 아닐까? 그렇게 생각하기가 무섭게 옆에서 걷고 있던 윤정인이 대답했다.

"음, 아마, 1반 때문에 그러는 거 아닐까."

"1반?"

"사대천왕이랑 반여령이 체육하는 걸 공개적으로 볼 흔치 않은 기회니까? 뭐, 수업도 거의 끝나서 선생님들 감시도 소홀해졌겠다."

그렇게 말한 다음 윤정인은 어쩐지 속이 좋지 않은 얼굴이 되더니, 옆에서 멀쩡하게 잘 걷고 있던 신서현을 불러 세웠다. 신서현이 뭐냐는 얼굴로 돌아보자 그가 말했다.

"아니, 우리는 좀 다행이다 싶어서."

"뭐가?"

"사대천왕이라는 칭호 뗀 게."

"……."

그러고 나서 윤정인은 김혜힐에 김혜우까지 합세하여 '지존 중학교 사대천왕이 잘나서 정말 다행이다.'에 관한 주제로 열렬한 토론을 시작했다. 음, 항상 생각하는 건데 쟤네라도 정상이라서 다행이다. 나는 안도의 한숨을 푹 내쉬었다.

〈114〉 인소의 법칙 4

다시 고개를 돌리자 그새 강당은 훌쩍 가까워져 있었다. 그리고 강당을 둘러싼 인파들도.

구름처럼 빽빽한 인파가 강당을 우글우글하게 둘러싸고 있었다.

와, 저기를 어떻게 들어갈까 했는데 강당 문이 원래 넓은 편이라 생각보다 어렵진 않았다. 문으로 들어서자마자 니스 냄새와 함께 마른 나무 냄새, 묵은 땀 냄새 같은 것이 훅 하고 밀려왔다. 그리고 그사이로 섞여 드는 새로운 바람과 사람들의 땀 냄새도. 주변을 휘휘 둘러보던 나는 평소에는 잘 사용할 일이 없는 강당 2층 좌석을 바라보고는 입을 쩍 벌렸다.

저게 뭐람? 정말 전교생이 다 나온 모양이다. 좌석 전체가 타 학년 학생들로 빽빽했다. 아예 난간에 매달리다시피 기대어 소리를 지르는 사람도 있었다.

"지호 님! 멋있어요!"

지호? 은지호? 나는 그제야 앞을 보았다. 인파로 우글우글하게 덮인 저 너머, 강당 무대 윗편에 서서 몸을 푸는 듯 쭉 기지개를 펴고 있는 은지호의 모습이, 그제야 보였다.

그 옆에 머리를 높게 올려 묶고 서서 아이들의 줄을 맞추는 아이는 반여령일 것이고, 그 근처에 유천영이며 권은형의 모습, 우주인의 모습도 보였다.

그 와중에도 내 시선을 귀신같이 알아차렸는지, 금세 이쪽을 돌아본 우주인은 나를 향해서 웃는 얼굴로 손을 흔들었다.

그러고 보니 준비운동을 하기 위해서 줄을 막 맞춰 서던 1반 여자아이들이 내 쪽을 한꺼번에 돌아보았다. 음, 나는, 인사를 하려고 손을 올리다 말고 엉거주춤하게 내리고 말았다. 음, 어색하게 눈을 돌리고 다른 할 거리를 찾는 내 어깨를 윤정인이 끌어당겼다. 돌아보자 그가 목소리를 낮추어 속삭였다.

"야, 쟤네 너 아주 잡아먹겠다. 눈빛 봐라."

"그, 그 정도는 아닌데."

"맞는 것 같은데."

옆에서 신서현이 담담한 목소리로 한 마디 했다. 신서현은 평소 매사에 치우침이 없어서, 그가 담담한 목소리로 그렇게 말하니 정말로 사실인 것 같았다. 나는 눈썹을 잔뜩 찡그리며 윤정인의 뒤를 따라 1반 옆에 섰다.

돔형 천장에 군데군데 뚫려 있는 원형 유리창 아래로 햇빛이 기둥처럼 굵게 쏟아졌다. 그 햇빛 아래 스포트라이트를 받은 것처럼 환하게 빛나는 자리가 하필이면, 반여령과 사대천왕이 서 있는 그 부근의 자리였다.

너무 환한 빛을 받으면 보통 사람의 얼굴은 알아볼 수 없는 지경으로 변하기 마련인데, 반여령은 달랐다. 피부가 어찌나 투명한지 빛이 그녀의 피부를 단숨에 투과하는 것 같았다. 빛이 걸린 속눈썹, 부드러운 곡선을 그리는 뺨, 그러다 문득 아이들이 아무 움직임이 없다 싶어, 나는 고개를 돌렸다.

아. 강당의 모두가 반여령과 사대천왕 쪽을 주목하고 있었다. 숨소리조차 옭아매인 것처럼 그렇게, 실로 마법 같은 정적이었다. 그리고 그 순간, 나는 사대천왕과 반여령과 나 사이에 어떤 깊은 벼랑이라도 놓인 것 같은 기분이 들었다. 그냥, 손에 잡히지도 않을 듯이 멀게 보였다.

그리고 다음 순간, 누군가의 쩌렁쩌렁한 외침이 정적을 갈라 놓았다.

"사대천왕! 사대천왕, 멋있다!"

"반여령! 내 사랑을 받아 줘!"

"여령아! 오빠가 사랑해!"

선배들의 외침을 들은 반여령은 곤란한 듯 얼굴을 찡그렸다. 고개를 돌린 반여령의 얼굴이 내 쪽을 향하고는 문득 환해졌다. 이번에야말로 손을 흔들어 인사를 건넨 나는 윤정인의 구호에 맞추어 줄을 섰다.

준비운동을 다 할 즈음에 체육선생님이 등장했다. 평소와 같은 모습으로, 남색 추리닝에 호루라기를 목에 건 채 털레털레하게 걸어오던 체육 선생님은 이변을 느꼈는지, 고개를 들고는 2층 객석을 차지하고 앉은 인파를 보고 얼굴을 찡그렸다. 우리 쪽을 돌아보며 그가 물었다.

"오늘 무슨 다른 행사 있냐?"

졸지에 시선을 받은 윤정인과 반여령은, 시선을 한 번 교환하더니 다시 앞을 보았다. 윤정인이 떠듬떠듬한 목소리로,

"어, 어, 아니요, 선생님. 신경 안 쓰셔도 됩니다."

하고 간신히 대답하자 체육 선생님은 그냥 시큰둥한 얼굴로 돌아갔다.

나는 이민아와 김혜힐과 함께 피구 코트로 종종걸음으로 올라갔고, 남자아이들은 농구 코트 쪽으로 걸어갔다. 그와 동시에 객석들 사이에서도 술렁임이 일어났다. 객석의 남학생들은 우리가 있는 쪽으로 우르르 다가와 앉았고, 여학생들은 농구 코트가 있는 쪽으로 움직였다.

하얀 공을 두 손에 든 채, 금을 밟고 코트 가운데에 선 선생님이 눈을 한 번 굴려 양측 학생들을 보았다. 우리 반에서는 체육을 제일 잘하는 이민아가 잔뜩 긴장한 얼굴로 금 앞에 서 있었다.

맞은편에 서 있는 1반 여학생은 전에 내가 급식실에서 본 적이 있는 아이였다. 최유리의 친구들 중 하나.

삐이이익—!

날카로운 호각 소리가 강당을 가로질렀다. 동시에 이민아와 1반 여자아이의 몸이 앞으로 솟구쳤다.

하얀 공에 손이 닿는 것은 1반 여자아이가 더 빨랐다. 공을 뺏겨서 분한 얼굴을 한 채 금 바로 앞에 서 있는 이민아

에게 곧바로 공이 날아갔다. 다음 순간, 이민아의 눈에서 섬광이 이는 것과 동시에 품에서 턱 소리가 났다.

주, 죽었어? 우리 반에서 술렁임이 일어나는 순간 매서운 얼굴을 한 이민아가 도로 앞으로 뛰쳐나가며 팔을 세게 휘둘렀다.

쐐애액, 파공음이 일어날 정도로 세게 날아간 공은 아직 우왕좌왕하고 있던 아이들을 세 명이나 맞추고는 도로 금 근처로 굴러 왔다. 그 공을 팔을 뻗어 주우면서, 한 번 던졌다 받은 이민아가 씨익 웃었다.

나는 운동을 잘하지 못해서, 금을 거의 밟을 정도로 구석에 가만히 서 있는데 옆에서 감탄하는 소리가 나서 돌아보니 체육 선생님이었다.

선생님은 거의 감동을 받은 것 같은 얼굴로 이민아를 쳐다보면서 중얼거렸다.

"캬, 역시, 쟤는 그냥 남학생들 사이에 피구 하라고 던져 놔도 보통 남자애 이상은 할 애야. 아주 남학생이야, 남학생."

으음, 그렇죠. 나는 슬며시 웃으며 고개를 끄덕였다. '남학생'이라는 것은 체육 선생님이 이민아를 부르는 호칭이었다. 이민아는 모든 체육에 있어서 발군의 실력을 자랑하는 것은 물론이고, 웬만한 남자아이들과 붙어도 밀리지 않는 유일한 여자아이였다.

아마, 이 중에서 남학생과 대등하게 붙을 만한 또 다른 여자아이를 찾으려면— 나는 눈을 굴리다 말고 상대 쪽 코트를 바라보았다. 그와 동시에, 불꽃처럼 쏘아져 나간 공을 누군가 텅 소리 나게 잡았다.

제법 높은 공이었는데도 불구하고 놀라운 점프력으로 공중에서 공을 낚아챈 그녀는, 탁 소리와 함께 바닥에 가볍게 착지하고는 앞을 보았다. 일렁이는 새카만 머리카락이 빛을 받아 자주색으로 빛났다.

누구냐고 물어볼 것도 없이, 반여령이었다. 반여령이 드디어 슬슬 열을 받은 것 같았다. 여령이는 하여간 생긴 것만 봐서는 근육 하나 없어 보이는 팔뚝에다가 잘록한 허리까지, 도저히 운동을 잘한다고 예상할 수가 없는 생김새라 남학생들 사이에서 탄성이 터져 나왔다.

"뭐야, 멋있다!"

"휘유우, 반여령!"

그런 고함 소리에는 전혀 개의치 않은 채, 이민아를 타는 듯한 눈으로 바라보고 있던 반여령이 대뜸 앞으로 달려 나가며 공을 던졌다. 이크! 체육을 잘하지 못하는 나 같은 학생들은 그저 기겁한 얼굴로 죽어라고 달리는 수밖에 없었다. 내 바로 옆에 있던 여자아이가 옆구리를 맞고 아웃되었다.

완전히, 게임은 두 괴물의 격돌로 접어들고 있었다. 죽어라고 달리다 말고, 잠깐 틈이 생긴 나는 뒤를 돌아 남학생들이 농구를 하고 있는 코트 쪽을 흘긋 바라보았다.

덜컹, 하는 소리와 함께 높다랗게 선 농구 골대가 크게 흔들리는 것이 내 눈에 잡혔다. 무심코 그쪽을 올려다본 나는 그대로 숨을 죽였다.

림을 잡은 채로 크게 도약하여 공을 집어넣고 있는 은형이가 흔들리는 시야 사이로 잡혔다. 은형이가 키가 크다고는 해도 190이 넘을 정도는 아닌데, 부족한 신장의 문제는 점프력으로 해결한 것이 틀림없었다.

다음 순간, 쩌렁쩌렁한 함성이 강당을 가득 채운 것으로도 모자라서 이쪽까지 울려 퍼졌다.

"권은형! 권은형!"

같은 반 학생들이 고개를 설레설레 내젓고는 저마다 팔을 뻗어 은형이의 어깨며 등을 두드리는 모습이 보였다.

와, 내가 고개를 돌리자 마침 김혜힐도 나와 같은 광경을 보고 있었다. 이쪽으로 고개를 돌린 그녀는 소리를 낮추어 속삭였다.

"와, 저게 평범한 고등학생들의 시합이라니. 거의 이루다랑 권은형 독주 체제인 것 같은데."

"이루다도?"

"응, 루다, 아주 날아다니던데?"

그래? 뒤를 돌아 다시 확인을 하려다 말고, 나는 눈 옆을 스치고 지나간 공을 보고는 황급히 숨을 삼켰다. 그제야 다시 앞을 본 김혜힐이 내 팔을 끌고는 코트를 가로질러 달려갔다.

어느새 공이 상대편에게 넘어가 있었던 모양이다. 민아도, 반여령도 그렇게나 날뛰고도 아직까지 생생한 기색이었다.

금을 넘어서 한참이나 굴러간 공을 도로 주워 온 상대편 공격수 여자아이가, 이쪽을 보면서 공을 제자리에서 던졌다 받았다 했다.

아, 그러고 보니 아까 그 애였다. 잠깐 보았던, 최유리 친구. 바로 그 순간. 매섭게 날아온 공이 나를 향했다.

피할 새도 없었다. 윽, 다음 순간 공은 내 머리를 정확히 때렸다.

텅, 텅텅, 하는 소리와 함께 공이 내 턱 아래로 떨어졌다. 동시에 나는 화끈거리는 콧날을 부여잡았다. 완전히 정통으로 맞은 것 같은데, 소리가 제대로 났다. 지켜보고 있던 관중석 쪽에서도 소란이 일었다. 선생님은 농구 코트 쪽으로 넘어가서 보이지 않았다.

공기가 술렁이는 가운데 이민아가 손짓으로 경기를 중단하는 몸짓을 하고는 내 쪽으로 걸어왔다. 걸어온 그녀가 손을 뻗어 내 턱을 들었다.

"단아, 괜찮아? 방금 소리 장난 아니었는데?"

"으……."

나는 대답하지 못한 채로 콧날만 감싸 쥐고 신음을 삼켰다. 아직도 눈앞이 어질어질해서 말하려니 머리가 울리는 느낌이었다. 아니, 무슨 요즘 애들은 피구공을 이렇게 세게 던진담?

간신히 정신을 수습하고 주변을 둘러보니 경기가 중단된 와중에 모두가 나만 보고 있었다. 윽, 뭐 가만히 있는다고 뭐가 되는 것도 아니고. 나는 시합을 속행하라는 뜻으로 눈짓을 보냈다.

"괜찮겠어?"

그렇게 말하면서 민아가 내 곁에서 떨어지는 그 순간이었다. 1반 아이들 쪽에서 말하는 소리가 났다.

"머리 맞으면 아웃 아니야. 걔 계속 있으라고 그래."

"나도 알아. 지금 애가 대충 맞은 게 아닌 것 같아서 그러지."

조금 쏘아붙이듯이 그렇게 대답한 이민아가 다시 나를 보았다. 나는 괜찮다는 뜻으로 다시 고개를 끄덕였다. 그리고 시합이 속행되었다.

"악!"

내가 두 번째로 머리를 얻어맞은 것은 불과 몇 분도 안 되어서였다. 나는 뒤통수를 감싸 쥔 채로 눈을 동그랗게 뜨고 뒤를 돌아보았다. 흐릿한 시야 사이로 낯익은 여자애 하나가 손을 크게 흔들고 있었다.

"아, 미안! 머리 맞았으니까 아웃 아니야."

아, 눈을 가늘게 뜨고 그녀를 관찰하고 있으려니 문득 깨달음이 왔다. 최유리의 친구 중 하나였던 것 같은데.

운동신경에 있어서 남과는 궤를 달리하는 반여령이 공을 들고 있을 때는, 나를 노리는 일이 한 번도 없었다. 그것은 나랑 친구라서 그렇다기보다는 그냥, 나는 항상 아이들의 뒤편에 있었기 때문이었다.

아니, 상식적으로 생각해서 보통 제일 가까이에 있는 애를 공으로 맞추지 않나? 공이 날아가는 시간이 줄어들어서 피할 시간이 없으니까. 그런데 1반 여자아이들은 무슨 생각에서인지 나만 집요하게 노리고 있었다. 나는 뒤통수를 매만지며 중얼거렸다. 착각이겠지?

그러고도 나는 두 번이나 더 머리를 얻어맞았다. 그러다가, 마침내 날아온 공이 이번에는 내 어깨를 툭 스치고 지나갔다.

나를 스치고 지나간 공이 텅, 하고 바닥에 떨어져 통, 통 하는 소리를 내자 김혜힐이 손을 뻗어 주워 들었다. 김혜힐에게 배시시 웃어 보이고는 금 밖으로 걸어 나가는 한편 나는 안도의 한숨을 내쉬었다.

아니, 나도 뭐 웬만하면 우리 반을 위해서 마지막까지 남아 있고 싶기는 했지만, 그래도, 머리를 네 번이나 얻어맞은 건 좀…… 나는 눈썹을 찡그리며 아직도 얼얼한 이마를 문질렀다. 머리를 맞으면 아웃이 아니니까, 세 번째 머리를 맞을 즈음에는 그냥 차라리 나갔으면 싶었는데, 잘 됐지 뭐. 그렇게 생각하며 내가 공격수 라인에 막 멈춰 선 그때였다.

1반 여자아이들 사이에서 속삭이는 소리가 들렸다.

"아, 아깝다."

그 목소리는 마침 내가 나가느라고 잠시 조용해진 가운데 지나치게 크게 들렸다. 응? 나는 느리게 고개를 돌려 소리가 난 곳으로 시선을 향했다. 바라본 끝에 얼굴이 창백해진 여자아이 하나가 잡혔다. 저도 목소리가 너무 컸다고 생각했는지 입은 반쯤 가린 채였다. 나만 그 애를 바라본 것이 아니었다. 소리를 들은 애들은 전부 그 애를 보고 있었다.

잠시 침묵이 흘렀다. 그 가운데 먼저 입술을 뗀 것은 이민아였다. 그녀는 벌써 심상찮은 기색을 눈치챈 모양이었다. 눈에 불꽃까지 피워 올리며 앞으로 나선 그녀가 물었다.

"야, 뭐라고? 방금 뭐라고 그랬어?"

날카로운 목소리, 누가 들어도 움찔 떨 수밖에 없겠다 싶은 공격적인 물음이었다. 질문을 받은 여자아이가 어깨를 움찔 떠는 것이 보였다. 그러나 그녀는 이윽고 마음을 가다듬은 듯 빈정거리는 미소를 지었다.

"왜? 아니, 그냥 쟤 말고 다른 애 맞추려고 했던 건데?

그래서 아깝다고 한 건데, 뭐가?"

"너 되게 날카롭다."

다른 여자애 하나가 가세해서 그렇게 대답하는데도 민아의 굳은 표정은 풀릴 줄 몰랐다. 아, 잠깐, 내가 앞으로 나서려는 순간이었다. 이민아의 어깨 뒤에서 조용한 목소리가 흘러나왔다.

"그럼, 머리 네 번 맞춘 것도 우연이야?"

김혜힐이었다. 어떻게 저런 말을 그렇게 날카로우면서도 침착한 목소리로 할 수 있는지 늘 의문이었다. 그나저나…… 나는 이마를 짚었다. 김혜힐의 까맣다 못해 푸른 눈에서도 살기가 줄기줄기 피어오르고 있었다. 나는 앞으로 나섰다.

"어, 얘들아……."

"우연이라면 어쩔 건데?"

내 목소리가 채 제대로 전달되기도 전에 1반 여자아이 중 하나가 소리를 키웠다. 이크. 잠깐 멈칫했던 내가 다시 말했다.

"아, 저기."

"야, 내가 봤는데 네 번 다 너희 셋 중에 하나였거든? 너희 그러고 보니 최유리 친구 아니냐?"

이민아가 발끈해서 대답했다. 옆에서 김혜힐이 고개를 끄덕이는 것이 보였다. 아니, 이야기가 또 이상하게 흘러

가는 것 같은데…… 나는 공격선에서 벗어나서 수비하고 있는 아이들 사이로 걸어 들어가려 했다. 그러기가 무섭게 또다시 빽 외치는 소리.

"뭐, 갑자기 최유리 그 얘기는 왜 꺼내는데? 어이없다, 너네! 이미 끝난 이야기를 왜 끌어들이는데?"

아이고, 정곡을 찌른 모양이었다. 저렇게까지 목소리가 커지니 이제는 더 어떻게 할 수가 없었다. 주변을 둘러보니 우리 반과 1반 여자아이들은 물론이고 객석에서도 서로 수군거리는 꼴이 심상치 않았다. 뭐야, 방금까지 쟤네 이야기하던 것 같은데 이제는 소리를 질러? 진짜 싸움 났대? 아, 진짜? 왜? 한편 몇몇 아이들은 대충 상황 굴러가는 것을 이해하겠다는 듯한 표정이었다. 최유리, 그 이름이 나오기 시작하면서부터 대부분의 의문은 풀렸다. 하기는, 나도 눈치챈 건 마찬가지니까. 나는 한숨을 푹 내쉬며 손을 내렸다.

조용한 눈으로 최유리 패거리를 바라보며 나는 생각했다. 아, 정말 그런 거였구나. 최유리 일로 자기들 이미지는 망가졌는데, 잘못된 소문을 퍼트린 장본인 최유리가 떠나 버렸으니 그 애한테 화풀이를 할 수도 없고, 그래서 택한 게 나…… 아니, 도대체 어떻게 된 논리인지 모르겠다. 나는 얼굴을 찡그렸다. 헛소문의 제일 큰 피해자라면 다름 아닌 나인데 대체 왜 나를 괴롭히는 식으로 이야기가 전개

되는 건데? 하기는, 나는 반여령을 힐긋 보았다. 반여령은 나와 아이들을 번갈아 보며 눈을 싸늘하게 굳히고 있었다. 반여령 때 봐서 알았지, 세상 일이 언제나 잘못하지 않은 사람을 위주로 굴러가지는 않는다는 걸. 사과 한 번 하기가 무서워서, 사과 한 번 하면 세상 끝날 것처럼 구는 사람들이 어디에나 있다는 걸.

나는 경기장 가운데를 보았다. 금 하나를 사이에 두고 아이들은 얼굴을 맞댄 채 으르렁거리고 있었다.

"갑자기 최유리 이야기가 왜 나온 거냐고 묻잖아! 이미 다 끝난 일인데 그 얘기를 왜 꺼내?"

1반 여자아이의 말에 이민아가 픽 웃었다. 턱을 치켜들며 그녀가 빈정거렸다.

"아, 그게 다 끝난 일이야? 너희 전에 쟤 앞에서 대놓고 욕한 건 사과는 했냐?"

"아, 우리만 욕했어? 우리만 욕했냐고!"

"그런데 최유리랑 작심하고 소문 퍼트린 건 너네 맞잖아. 너희가 사과 안 했으면 아직 안 끝난 일 아니야? 그런데 왜 갑자기 가만 있는 단이를 건드려, 건드리기를? 와, 이거 진짜 웃기네."

이번에 그렇게 말한 것은 이민아도, 김혜힐도 아닌 다른 여자애였다. 반 아이들 모두와 데면데면한 사이였으니까, 물론 내 편을 들어 준 건가 생각하면 고맙지만…… 나는 눈을 굴렸다. 이거 아무래도 일이 진짜로 커지는 것 같은데. 팔짱을 끼고 가만히 얘기를 듣고 있던 다른 애들도, 너네 그러고 보니 사과는 했어? 하면서 나서고 있었다.

으윽, 이야기를 듣다 말고 나는 마침내 앞으로 나섰다. 손을 뻗어 이민아의 등을 톡톡 두들기자 이민아가 나를 돌아보더니 반색을 했다.

"왜?"

"야, 그냥 냅두자. 일 커진다."

나는 소리를 낮추어 속삭였다. 그러자 민아의 얼굴이 굳었다. 그녀의 얼굴을 차마 마주 보지는 못하고 나는 시선을 피하면서 어색하게 웃었다. 그거야 물론, 이 일을 여기에서 깔끔하게 마무리 짓고 넘어갈 수 있다면 좋겠지. 하지만 저 애들 성격으로 보아 그러지 못할 거라는 게 문제다. 바닥을 힐끗 본 나는 말을 이었다.

"아니, 쟤들 말 들어 봐서는 뭐가 해결될 것 같지도 않고…… 그냥 경기 계속하자."

"너 진짜─."

"뭐야, 뭘 그렇게 속닥거려?"

날카로운 목소리가 나와 민아 사이를 갈라 놓았다. 나와 민아는 둘 다 눈을 동그랗게 뜬 채 그쪽을 쳐다보았다. 왜 저렇게 화난 얼굴이람? 내가 생각하는 그때였다. 눈썹을 찡그리며 이민아가 한걸음 물러났다. 그러면서 그녀는 손에 들고 있던 공을 가볍게 튕겼다.

"아니, 경기 계속하자고. 경기 너무 오래 중단되면 체육 선생님이 이쪽 보러 올 거래."

과연 이민아. 나는 눈을 동그랗게 뜬 채로 이민아의 등을 지켜보는 한편 안도의 한숨을 내쉬었다. 패싸움 같은 거 진짜 사양이라고. 이걸로 괜찮겠지. 내가 뒤로 물러서는 그 순간이었다. 1반 여자애의 입꼬리가 비스듬히 올라갔다. 아, 잠깐.

"아, 진짜? 쟤가 질까 봐 제 발 저려서 저러는 거 아니고?"

그리고 다시 침묵. 한참 만에 이민아가 고개를 틀며 물었다.

"너, 지금 뭐라고?"

"쟤도 소문이 났을 때 가만히 있었다는 건 뭔가 찔리는 게 있어서 그랬던 거 아니야?"

"……."

이민아는 잠시 당황한 눈으로 나를 쳐다보았다. 나도 당황한 표정이기는 마찬가지였다. 아니, 사실상 대부분의 우리 반 여자애들이 그 순간 하나같이 해괴한 표정을 지었다. 아무도 입을 여는 사람이 없었다. 그 침묵이 1반 여자애에게는 너무 맞는 말을 들어서 말문이 막힌 것으로 여겨졌던 모양이다. 턱을 치켜든 그녀가 의기양양하게 말을 이었다.

"재수 없어, 별것도 아닌데 계속 자기가 착하니까 넘어

가자는 식으로 말하고."

다시 한 번 침묵이 찾아왔다. 음, 어쩌지, 나는 지친 눈으로 1반 여자애와 이민아, 김혜힐을 비롯한 우리 반 아이들을 쳐다보았다. 그리고 목소리가, 우리 반 사이에서 터져 나왔다.

"쟤를 어쩌지?"

"어쩌긴, 야, 전쟁이다. 존나 싸워."

누군가 대답했다. 그리고 그 다음에는 그야말로 개판이었다.

*　*　*

농구를 마친 남자아이들이, 무언가 시끄럽다 싶어 여자아이들의 피구 코트로 모여들 즈음에는 이미 상황이 끝나 있었다.

이제 우리는 싸우는 대신 거의 서로 모여 서서 다른 반 욕을 내뱉고 있었다. 모두 1반에 친구가 없는 것은 아니었지만, 대부분이 자신의 머릿속에서 친구는 제외해 놓고 있었다.

여자아이들이 싸우는 것은 거의 처음 보는 모양인지 남자애들은 하나같이 어리둥절한 얼굴을 하고 이쪽을 보았다.

그러다가 은형이는 1반 여자아이들에게 다가가서 일이

어떻게 된 건지 묻기 시작했고, 마찬가지로 윤정인이 비슷하게 떨떠름한 얼굴을 하곤 이쪽으로 다가왔다. 그가 어깨를 으쓱하며 물었다.

"야, 무슨 일인데 이 난리야?"

"어, 그게, 와…….."

말을 하려다 말고 지친 얼굴로 이민아는 제 머리카락을 쓸어 올렸다. 그녀도 이 상황을 무어라 해야 하는지 감이 잘 안 잡히는 모양, 이제는 그냥 일의 시작이 무엇이었느냐에 상관없이 반 사이 분위기가 완전히 나빠져 있었다. 심지어는 각 반을 향해 욕을 내뱉는 아이들도 있었다.

분을 참지 못하고, 아, 씨발! 하고 우리 반 아이 중에 한 명이 외친 그때였다. 1반 남자아이가 별안간 굳은 얼굴을 하고 이쪽으로 걸어왔다.

"야, 씨발, 방금 욕한 거 누구냐. 나와라."

뭐야, 쟤는 왜 갑자기 난리야. 갑자기 와서는, 나는 그런 얼굴을 하고 그쪽을 보았다. 옆을 보니 우리 반 여자아이들도 비슷한 생각을 하는 것 같았다.

어쨌거나 방금까지 농구를 하다 와서, 땀으로 몸이 온통 젖은 남자아이가 성큼 다가와 그런 말을 하는 것을 보고 있으려니 조금 겁이 나기는 했다. 여자와 남자의 신장 차이는 이럴 때는 조금 크게 느껴진다.

옆에서 친구로 보이는 남자아이가 나섰다.

"야, 왜 끼어들고 그래. 여자애들 일인데."

"아, 쟤 울잖아!"

그렇게 말하면서 남자아이가 가리킨 것은 1반 가운데에 모인 여자아이들 중 하나였다. 그 아이는 손등으로 눈가를 훔치며 어깨를 가늘게 떨고 있었다. 그냥 이 상황이 분하고 지친 모양이었다.

남자아이가 그렇게 나오니까 이번에 열 받은 것은 우리 8반 남자아이들이었다. 김혜우가 드물게 굳은 얼굴을 하고 이쪽을 가리키며 물었다.

"야, 우리 반은 안 우냐?"

그때 마침 1반 아이들에게 가서 상황을 물어본 은형이가 곤란한 얼굴을 하고 이쪽으로 다가왔다.

공교롭게 내가 가까이에 있어서, 지나가는 길에 내 쪽으로 눈인사를 건넨 은형이는, 내쪽으로 걱정스러운 시선을 던졌다. 최유리의 이름을 들은 모양이다.

아, 요즘 왜 이런 일만 있어서는, 나는 손으로 내 눈을 가리고는 손을 내밀어 내저었다. 괜찮으니까 얼른 가 봐.

무언가 걸리는 얼굴로 돌아선 은형이는 모여 선 남자아이들 사이로 끼어들며 물었다.

"얘들아, 일단 상황 좀 들어 보자."

아무래도 그는 여자아이들보다 남자아이들 쪽이 몸싸움으로 번지기가 쉽다고 생각해서 그런 것 같았다. 과연, 현명하다, 은형이.

곧 윤정인도 이쪽으로 다가와서 가세했다.

"야, 그래, 일단 좀 진정하고. 상황 들어 보고 그래도 늦지 않다. 우리까지 싸우지는 말자."

"저기 울잖아, 지금!"

"아, 우리 반은 안 우냐고! 존나 말 안 들어 처먹네!"

그러나 이미 남자아이들 사이도 과열되어서, 말을 들을 기세가 아니었다. 특히 같은 반에 여자 친구가 있는 아이들은 더욱 그러했다.

맙소사, 이게 무슨 난리야. 내가 질려서 그쪽을 바라보는 가운데 은형이와 윤정인은 질린 얼굴로 서로를 보았다. 별로 친한 사이가 아닌데도 그들을 보아하니 벌써 눈으로 의사소통이 가능한 모양이었다.

그 후에 이어진 상황은, 그냥 개판이었다.

여자아이들은 욕을 하거나 울고, 남자아이들은 남자아이들끼리 싸우고, 권은형과 윤정인이 상황을 수습하기 위해 최선을 다했지만 전혀 소용이 없었다.

둘이 이루어 낸 소득은 고작, 반 아이들을 간신히 떼어 도로 교실로 집어넣는 것뿐이었다.

"엄, 음, 그래. 그런 일이 있었단 말이지."

사건의 모든 전말을 전해 들은 윤정인은 대번에 아주 지친 얼굴이 되었다.

내가 머리를 맞았고, 1반 아이가 말을 조금 이상하게 했고, 분위기가 대번에 험해졌고, 그 가운데 옛날 일까지 화두에 올랐고…….

한참 만에 윤정인은 등받이에 푹 기대며 어이없다는 듯 물었다.

"걔네 그 일로 아직까지 그 지랄이야? 한 사람 머리를 네 번 후려쳐 놓고 말이 되는 소리를 해야지, 어이가 없어서."

"존나 자격지심이지."

다른 여자아이가 곧바로 짜증 난다는 얼굴로 맞받아쳤다.

자격지심이 뭐냐? 도둑이 제 발 저리는 거. 아.

일련의 대화가 오간 뒤, 윤정인은 이도 저도 못하고 끙 끙 앓는 표정으로 제 손을 들어 얼굴을 가렸다. 나는 그의 머릿속에서 오갈 생각이 훤히 보여서, 무어라 말도 못하고 손을 뻗어 그의 등을 두드려 주었다.

한 번 사이가 나빠지면 안 그래도 회복하기가 쉽지 않은데, 더군다나 오늘은 방학 하루 전날이었다. 이대로 방학을 맞이한 아이들이 시내로 풀려 나면 어떤 일이 일어날지 몰랐다.

시내에서 패싸움이라도 일어나는 거 아닐까 몰라…… 충분히 가능한 일이었다. 윤정인이 고뇌에 잠겨 있는 그때, 밖에서 소란이 일었다.

"8반 싸우자! 김성아를 울려!?"

아까 그 울던 여자아이 남자 친구인 것 같았다. 그러나 그는 정말로 싸울 생각은 없었는지, 그것만 외치고는 그대로 달려 복도를 벗어나 버렸다. 우리가 복도로 고개를 들이밀 즈음에는 이미 그의 멀어져 가는 등만 보이고 있었다.

반 곳곳에서도 분노에 찬 외침이 터져 나왔다.

"아, 쟤 돌았냐, 진짜? 내가 가서 손봐 주고 와?"

"야, 전쟁이야. 존나 싸워."

교실 곳곳에서 튀어나오는 말을 듣고는 윤정인은 다시 한 번 골머리가 아프다는 표정으로 이마를 감쌌다.

끙, 눈썹을 찡그리고 내가 그를 보는 그때였다. 주머니에서 진동이 울렸다.

핸드폰을 꺼내어 문자를 확인한 나는 눈을 조금 크게 떴다. 그리고 다시 윤정인에게 걸어갔다.

내가 다가가는 그때까지도 윤정인은 골치가 아프다는 표정으로 이마를 감싸 쥐고 있었다. 몸을 낮춘 내가 속삭였다.

"야."

"왜?"

시큰둥하게 고개를 든 그는, 내가 내민 화면에 적혀 있는 글자를 보고는 침묵했다.

보낸 사람 : 권은형

단아, 너네 반 실장, 잠깐 얘기하자고 말해 줄 수 있어? 아,

싸울 생각은 절대 아니야. 아무래도 우리 정말로 얘기를 좀 해야 할 것 같아서.

"이거, 지금……."
"아까 싸움 나는 거 제일 기겁해서 말린 게 너랑 은형이었잖아."
아마, 비슷한 생각을 하고 있는 거 아닐까? 내 말에 윤정인은 눈을 내리깐 채 안도의 한숨을 내쉬었다.
그를 보다가, 나는 손가락을 움직여 문자를 보냈다.

받는 사람 : 권은형
옥상으로 올래? 내가 윤정인 데리고 그쪽으로 갈게.

5초도 안 되어 답장이 왔다.

보낸 사람 : 권은형
그래.

별로 좋은 이유 때문에 알게 된 것은 아니지만, 어쨌거나 옥상이 계속 열려 있는 것은 이 학교에서는 큰 장점 같았다.
이 학교는 조용히 얘기하거나 혹은 싸울 수 있는 장소가 참 많단 말야. 들리는 소문에는 음악실도 늘 열려 있는 것 같고.

그렇게 생각하며 옥상 문을 열어젖히자, 훤하게 뚫린 하늘 아래 흰 콘크리트 바닥을 밟고 서성이는 은형이가 눈에 들어왔다. 그의 붉은 머리카락이며 녹색 눈동자는 푸른 여름 하늘 아래서는 특히 더 눈에 띄었다. 나는 내 쪽으로 걸어오는 은형이를 보고 환하게 웃었다.

은형이도 오랜만에 학교에서 보는 내가 반가웠는지 손을 뻗어 대뜸 내 머리카락을 쓰다듬었다. 그가 물었다.

"단아, 아까 1반에서 무슨, 안 좋은 소리 들었다며? 여자애들한테."

아, 그거. 나는 괜찮다는 뜻으로 고개를 내저었다.

어느새 옆으로 다가온 윤정인이 나와 은형이를 신기하다는 눈으로 보고 있었다. 어쨌거나 윤정인의 앞에서 은형이랑 얘기하는 것은 처음 있는 일이었다.

아, 문득 고개를 들어 바라본 은형이의 눈에 걱정이 깃들어 있어서, 나는 괜히 미안해졌다. 얼마 전에도 이 일 때문에 걱정시켰는데. 나는 뒤통수를 긁적이며 머쓱하게 입술을 떼었다.

"아니, 괜찮아. 아무렇지도 않아, 정말로…… 어차피 그 여자애들 제정신 아닌 거 알고, 그리고 내가 뭐라고 하기도 전에 애들이 욕을 따발총으로 먹여서."

그리고 나는 손을 들었다. 앗, 나 말리려고 해 봤어. 진짜야. 그런데 이미 내 손을 떠난 일이더라고. 진심이었다.

난 1반이랑 8반이랑 싸움 같은 거 붙일 생각 하지 않았어. 최대한 인터넷 소설 같은 전개는 피하고 싶었다고.

그러나 내가 아무렇지도 않음을 최선을 다해 피력했는데도 은형이는 내가 안쓰러운 모양이었다. 그런 시선을 받고 있으려니 죄책감마저 무럭무럭 피어올랐다. 아, 그런 거 아닌데. 은형이가 말했다.

"그런 일 이제 없을 거야."

"아, 아니야, 나 때문에 뭐라고 하지 마. 애들 사이 안 좋아질라."

그렇게 대답하면서 나는 일부러 표정을 단호하게 했다.

은형이는 1반을 대표하는 반장의 위치인데, 그가 아이들 편을 안 들어 주면 솔직히 그의 자리가 조금 위태로워질지도 모른다—고 생각한다. 잘은 모르겠지만—.

그런데 다음 순간, 은형이의 입에서 흘러나오는 말에 나는 눈을 동그랗게 떴다.

"아니, 내가 어떻게 하겠다는 이야기가 아니라, 이미……."

뭐? 이미, 뭐? 내가 물었다.

"어어, 이미 누가 뭐라고 했어?"

나도 모르게 조금 외치듯이 말했다. 내 물음에 은형이는 눈썹을 찡그리고는 고개를 끄덕였다. 한숨 섞인 목소리로 그가 말을 이었다.

"그게, 반에 들어오면서부터 여자애들이 있는 얘기 없는 얘기, 지난 일까지 다 들춰 가면서 너를 깎아내리려고 하니까. 반여령도 열이 오르는 모양이고, 천영이랑 지호도 표정이 안 좋고…… 그래도 지금은 남자애 여자애 할 것 없이 다들 흥분해 있으니까 타이밍이 안 좋다고 말리려고 했거든. 저 셋 중에 하나가 사고를 치겠구나, 하고."

헉, 나는 숨을 들이쉬었다. 나는 떨리는 목소리로 되물었다.

"그, 그래서? 누가 뭐라고 한 건데?"

"음, 그게……."

은형이는 곤란한 듯 미간을 문질렀다. 그러다 문득 스쳐 가는 최악의 상상에 나는 미간을 찡그렸다. 내가 말했다.

"아, 반여령이면 안 되는데. 반여령 지금, 거기서 고립되면 여자 친구가 하나도 없어."

"여령이는 아니야."

"아니야?"

"그게, 그때까지 가장 멀쩡한 얼굴로 있던 주인이가…… 제일 먼저 폭발한 거야."

그렇게 말하면서 은형이는 한 번 눈을 꾸욱 감았다 떴다.

헉, 나와 윤정인은 놀라서 잠시 서로를 돌아보았다. 윤정인의 얼굴에는 확연한 놀라움이 떠올라 있었다. 어쨌거나 발이 넓은 윤정인이니, 우주인의 성격이 제일 서글서글하고 귀엽다는 둥의 소리를 어디선가 들은 모양이었다.

곤란하다는 얼굴의 은형이가 도로 입을 열었다.

"아니, 솔직히, 지호나 천영이나 폭발할 얼굴이었지. 주인이는 그때까지 제일 멀쩡한 얼굴로 있었으니까⋯⋯ 주인이가 화나면 웃기부터 하는 애라는 걸 내가 늦게 기억해냈다."

끙, 얘기를 듣고 있던 나도 신음을 삼켰다.

햇빛이 직선으로 내리꽂히는 옥상에 선 가운데 우리는 한동안 서로의 얼굴만 멀거니 바라보았다.

한참 만에, 나는 지친 얼굴로 중얼거리듯이 말했다.

"솔직히, 은지호랑 반여령은 얼굴 근육으로 너무 많은 걸 말해⋯⋯ 걔네 얼굴만 보면 걔네가 무슨 말 할지 다 알 것 같아."

"동감이야."

은형이가 대답했다. 나는 다시 입을 열었다.

"그리고 유천영은⋯⋯ 얼굴 근육은 별로 안 움직이는데 대신 걔는 말에 필터가 없어. 지 머리에 떠오른 말 그냥 그대로 다 하잖아."

"그것도 동감이야."

은형이가 이번에도 짧게 대답했다. 그의 얼굴에는 나와 마찬가지로, 강렬한 개성의 사람들을 너무 오랫동안 알고 지낸 사람 특유의 지친 표정이 떠올라 있었다.

우리 사이에 낀 윤정인은 '얼굴 근육이 말을' 대목부터 킥킥거리고 웃고 있었다. 은형이와 내가 마주 보고 한숨을 쉬는 가운데, 그는 신기하다는 얼굴로 입을 열었다.

"오, 너네 그런데 진짜 친하구나. 서로 성격을 아주 꿰고 있네?"

"음, 아무래도 오래 알고 지냈으니까. 아, 그것보다 지금 이 얘기 할 때가 아니지. 야, 일단 반 일부터 얘기해, 둘이 앉아서."

"아."

그제야 이상한 소리를 내며 서로를 마주 본 둘은, 비로소 서로가 거의 처음 보는 사이나 다름없다는 것에 생각이 미친 모양이었다.

조금 어색하게 웃으며 권은형이 먼저 입을 열었다.

"음, 우리 오랜만에 보네. 전에 수련회 때 회의한 이후로."

"그렇지."

이건 또 뭐야, 이 어색한 대화는. 눈썹을 찡그린 나는 아래를 가리키며 말했다.

"음, 일단 앉자."

앉으면 조금 더 분위기가 편해질지도 모른다는 생각에서였다. 과연, 내 말에 따라 앉은 그들은 비로소 얼굴을 맞대고는 본격적인 이야기를 나누기 시작했다.

윤정인이 물었다.

"너희 반은 분위기 어때? 우리 반 분위기는, 아, 솔직하게 말해도 돼?"

"여기 아니면 어디서 솔직해지려고?"

특유의 서글서글한 미소를 지으며 은형이가 대답했다. 그러자 윤정인은 대답하려다 말고, 주춤해서 놀란 듯한 눈으로 은형이를 보았다. 은형이가 고개를 끄덕이자 그는 또 입을 열면서도 시선을 피했다.

"어, 그러니까, 우리 반은 지금……."

둘의 사이에 가만히 앉아서 둘의 대화를 지켜보던 나는 혼자 턱을 괴며 배시시 웃었다. 윤정인의 지금 심정, 내가 잘 알지. 은형이는 동갑인 애들한테도 가끔 사촌 동생을 대하듯 저런 투로 말할 때가 있는데, 그게 사람 기분 나쁘게 하는 게 아니라 뭐라고 해야 할까, 내가 정말 소중한 존재인 것 같은…… 말을 더듬던 윤정인은 한참 만에 대답했다.

"그, 뭐냐, 1반이랑 날 잡아서 맞짱 뜨자고 하던데."

"음."

은형이는 짧게 신음하더니 한동안 아무 말도 하지 않았다. 그런 은형이를 빤히 보던 윤정인은 이윽고 나를 쳐다보았다. 아니, 나를 왜 봐? 윤정인이 입 모양으로 물었다.

'쟤 뭔데 설레냐?'

나는 히죽 웃었다. 우리 은형이가 좀 설레. 그리고 나는 다시 고개를 돌렸다. 은형이가 웃으며 입을 열었다.

"나도 솔직하게 말해도 돼?"

"어, 어, 그래."

"우리 반은 결투장까지 쓰더라. 내가 간신히 말리고 나오는 길이야."

"······."

휘이잉, 한 줄기 찬 바람이 옥상을 가로질러 불었다. 이 윽고 나는 조용히 한쪽 손을 들어 헝클어진 머리카락을 쓰다듬었다.

으음, 그렇군. 나는 고개를 끄덕였다. 하기는, 아까 그 분위기 봐서는 진짜 그 자리에서 싸움이 일어나도 이상하지 않았지. 옆에서 윤정인이 묻는 소리가 들렸다.

"아나, 어쩌냐. 진짜로 자리 만들어 줘?"

"그랬다간 우리가 혼날걸."

마찬가지로 헝클어진 머리카락을 쓸어 넘기며 은형이는 평온한 얼굴로 대꾸했다. 윤정인은 다시 한 번 말을 잃은 표정이었다. 물론 자리 만들어 준다는 말은, 윤정인으로서도 당연히 농담이었겠지만 그 바른생활 청소년으로 소문 난 은형이의 입에서 '그럼 우리가 혼날걸.'이라니, 혼나지 않으면 자리 만들어 줘도 상관없다는 말 같잖아. 윤정인이 이번에도 나를 돌아보기에 히죽 웃은 나는 그가 뭐라고 말하기도 전에 입술을 떼었다.

"반전 매력이 좀 있어, 은형이가."

"응?"

이번에는 은형이가 나와 윤정인을 번갈아 보았다. 나는 어깨를 으쓱하며 싱긋 웃었다.

그나저나 은형이가 생각보다 바른생활 청소년이 아니라는 것을 알고 나서부터, 윤정인은 은형이를 대하기가 한결 편해진 모양이었다. 그는 되는대로 아무 말이나 꺼내 놓기 시작했다.

"음, 오락실에서 대전을 벌이게 하는 건 어떨까. 종목은 스트리트 파이터……."

그런데 더 심각한 문제는 이런 윤정인의 말에 은형이가 진지하게 대꾸하기 시작했다는 데 있다.

"괜히 지면 더 화나서 오락실에서 싸움을 일으킬 수도 있지 않을까? 차라리 컴퓨터 게임은 어때? 각자 집에서 접속해서……."

"아, 그거 괜찮은데? 그런데 게임 뭐 하지? 넌 뭐 해? 나 요즘 할 거 없던데. 아, 그러고 보니까 방학엔 뭐 하지."

"난 원래 잘 안 해."

"아, 진짜?"

"너네 뭐하니."

보다 못한 내가 한 마디 하자 둘은 도로 침묵을 지켰다. 윤정인이야 원래 헛소리가 특기였다고는 해도, 은형이까지 헛소리에 동조해서 아무 말이나 늘어놓은 결과 둘은 사이 좋게 삼천포로 빠지고 있었다.

아무래도 은형이까지 저러는 것을 보면 정말로 마땅한 생각이 나지 않는 모양인데. 음, 나는 눈썹을 찡그린 채 도로 생각에 잠겼다.

윤정인과 은형이를 바라보니 둘은 정말로 아무런 생각도 나지 않는다는 얼굴로 앉아 있었다.

그러다가, 문득 나는 교실에서 괴담을 들었던 것이 생각났다. 아무래도 당장 귀신이 나올 것 같은 어두침침한 곳에서는 싸움을 일으키기도 쉽지 않을 테고. 폭력적인 해결 방법이라…… 거기까지 생각한 나는 불쑥 손을 들었다.

"아, 저기, 담력시험은 어때?"

"담력시험?"

둘은 한동안 허를 찔린 것 같은 얼굴로 앉아 있었다. 음, 전에 김혜힐 얘기도 있고 하니까 그냥 말해 본 건데, 나는 주저하며 말을 이었다.

"응, 왜, 담력시험도 일종의 싸움이잖아? 그, 누가 더 많이 무서워 하느냐 같은…… 그걸로 반 대항을 하면, 일단 싸움은 안 일어날 테니까, 귀신이랑 싸움이 난다면 모를까. 나름 괜찮지 않나?"

내 말에 윤정인과 권은형은 서로를 빤히 쳐다보았다. 이윽고 둘의 얼굴에 서서히 화색이 돌기 시작했다. 윤정인이 나를 보고 말했다.

"괜찮은데?"

"좋다."

"……."

정작 말을 꺼낸 나는 말을 내놓자마자 다른 부수적인 문제들, 장소 물색 하며 귀신 분장 등 여러 가지 문제가 떠오르기 시작했는데 둘은 괜찮아진 얼굴로 이것저것 늘어놓기 시작했다.

둘이 떠드는 것을, 또다시 콘크리트 바닥에 아빠 다리를 하고 앉은 채 보고 있으려니 희한하게도 얼마 만나지 않은 것치고는 정말로 잘 어울리는 것 같았다.

나는 눈을 뜬 채로 은형이의 반짝이는 녹색 눈동자를 지그시 응시했다.

시선을 느꼈는지, 그가 내 쪽을 보고는 물었다.

"왜?"

"아니."

평소라면 몇 마디 더 물었을 법도 한데, 정신이 없어서인지 은형이는 도로 윤정인을 보고 무어라 말하기 시작했다. 그 모습을 보다가 나는 이번에는 시선을 옮겨 윤정인 쪽을 빤히 바라보았다.

매사에 거침이 없고 즉흥적인 윤정인, 절제되고 차분한, 수도사의 생활 태도를 연상케 하는 은형이. 그러나 나는 가끔, 은형이에게서 생각지도 못한 다른 모습을 보고는 한다. 지금 윤정인과 이렇게나 이야기를 잘 나누는 것을 보면, 사실은 은형이는 내가 생각하는 것과는 전혀 다른 사람이 아닌가 하고.

그가 평소에 억누르고는 했던 것. 사실 은형이의 본질은 윤정인에 가깝지 않을까, 그런 생각이 문득 들었다.

나는 턱을 치켜들어 하늘을 보았다. 구름덩어리가 강물처럼 빠르게 흐르고 있었다.

둘의 회의가 끝나는 것은 한 시간이 훌쩍 지나서 거의 점심시간이 다가오고 나서였다.

교실로 내려가기 위해 몸을 일으키다 말고, 나는 문득 앞에서 걷고 있던 은형이를 불러 세웠다.

"은형아."

"응?"

"아까, 주인이가 교실에서 했다던 말 있잖아. 뭐라고 했는데?"

"아, 그거?"

은형이는 잠시 애매한 미소와 함께 이쪽으로 몸을 틀었다. 그러더니 은형이는 윤정인더러 먼저 내려가라는 듯 손짓을 했다.

어두운 층계참에 서 있던 윤정인의 시선이 나를 한 번 향하더니, 별 미련 없는 듯 손을 흔들고는 계단을 내려가 버렸다.

멀어지는 등을 보고 있던 은형이는 곤란한 듯, 한 번 웃더니 손을 들어 헝클어진 머리카락을 쓸어 넘겼다. 그리고 그는 입을 열었다.

집으로 돌아오니 평소처럼 아무도 없었다. 문을 닫기 직전 반여령과 인사를 나누고, 방으로 들어가 침대 위에 풀썩 눕고 나니 맞은편, 책상 바로 위에 걸린 달력이 눈에 들어왔다.

정말로 방학이 하루 앞으로 훌쩍 다가와 있구나, 하는 것이 실감이 났다. 나는 한 바퀴 굴러 누웠다.

우리의 중학교 때 방학은 어땠더라. 항상 그랬지만 부잣집 도련님인 은지호와 유천영은 1, 2주 정도는 훌쩍 해외로 떠나 있고는 했다. 그래도 남는 시간에는 우리 곁에 있었다.

천영이네 형네 펜션에 놀러 가기도 했는데, 샌들을 벗어 한 손에 들고는 여섯 명이서 해가 저무는 바닷가를 걷기도 했다.

바다와 해가 맞닿은 수평선이 불을 머금은 것처럼 투명한 붉은색으로 물들었다. 그 위를 스치던 진회색 구름과, 바다와 인접한 집에서 피어오르던 회색 연기.

분명히 많은 시간을 함께 했는데도 아이들은 가끔 평소와는 전혀 다른 일면을 보여 주고는 한다.

오늘, 윤정인과 마치 거울처럼 닮아 보였던 은형이의 모습이 그랬고, 장난기 넘치는 은지호의 몰라보게 차분한 모습이 그랬고, 유천영이 가끔 보여 주는 놀랍도록 다정한 일면이 그랬다.

그리고 주인이.

'아무리 생각해도, 나는 비겁한 인간이 존나 싫은 것 같아.'

그가 그렇게 말했을 때 사람들이 보였을 반응이 눈에 선명하게 잡히는 듯했다. 어둑어둑해진 천장을 보다가 나는 지그시 눈을 감았다.

평소에도 싫은 소리, 쓴소리 하나 없이 예쁜 단어를 골라 쓰는 것으로 은형이 다음으로 유명한 주인이었다. 그가 자기 안에 품고 있는 날을 내보이는 대상은 기껏해야, 오랫동안 알아 온 은지호 한정이었다.

주인이는 남들에게 자기 모습을 원하는 대로 보여 줄 수 있었다. 그는 사람들에게 비난받지 않는 남동생처럼 굴어 왔고, 실제로 많은 사람들은 그를 그런 모습으로 알고 있을 것이다.

그런 그가, 처음으로, 사람들 앞에서 내내 숨겨 왔던 날을 드러냈다.

내리깐 갈색 속눈썹 사이로 번뜩이는, 석양빛을 받을 때면 황금색으로 타오르곤 하는 한 쌍의 눈동자.

'자기가 내뱉은 말, 자기가 한 행동들은 다 결국 자기한테 돌아와. 그건 당연한 거지, 돌아오는 것을 피할 방법

따위는 없어. 그런데도 사람들은, 어떻게든 돌아오는 것을 피해 보려고, 조금이라도 줄여 보려고 별 발악을 다하지…… 화살을 다른 사람한테 돌려 보기도 하고, 있는 말 없는 말 다 덧붙여서 자기를 정당화하기도 하고.'

한쪽 발을 들어 의자 위에 걸친 채, 심통 난 어린아이 같은 모습을 하고 그는 고개를 들며 말을 이었다.

'난 그딴 인간이 제일 싫어. 왜냐하면, 남한테 피해를 입히거든. 자기 행동에 책임 다 지려고 묵묵히 견디고 있는 사람들한테, 그런 사람들은 자기 짐까지 떠맡기려고 발악을 하거든. 어차피 너는 좀 힘들게 살았으니 내 몫까지 더 힘들게 사는 것도 견딜 수 있지 않아? 그딴 논리지. 참 웃겨…….'

그가 내쉰 웃음소리가 턱 아래로 흩어지는 것을, 아이들은 그저 가만히 바라보고만 있었을 것이다.

평소에 쓰고 있던, 친근한 웃음을 벗어 던진 그는 그 아래 놀랍도록 오싹한, 밀랍으로 만들어진 것 같은 얼굴을 숨기고 있다. 무감정하고, 날카롭고 비정한, 혹은 상처가 많은 얼굴.

이미 너무 상처를 많이 입어서 보여 줄 것이라고는 허무밖에 없는데, 그 위를 필사적으로 웃음으로 덧씌워 놓은 얼굴. 간혹 우주인을 볼 때면 나는 그런 것을 생각하고 만다.

단조로운 목소리로, 그의 말이 이어졌다.

'난 그딴 인간이 가장 싫어. 가만히 있는 인간까지 기어이 건드려서 상처를 만들어. 남의 호의는 곧바로 이용해 버리고, 자기 상처는 아픈 줄 알고 남의 상처는 아픈 줄 모르는 인간들이야. 전에 최유리가 그랬듯이.'

갑작스럽게 시작한 얘기였던 만큼 끝나는 것도 갑작스러웠다고 은형이는 말했다. 그리고 주인이는 그대로 몸을 돌려 누가 제지할 틈도 없이 교실을 빠져나가 버렸다고.

우주인이 교실에서 빠져나가 불과 몇 분 자리를 비웠던 그동안이, 1반 아이들에게는 거의 대재앙이나 다름없는 침묵을 몰고 왔다고 했다.

여자아이들은 혼란스러운 얼굴로, 혹은 겁을 집어먹은 얼굴로 주인이의 빈 의자를 멀거니 바라보고만 있고, 남자아이들은 눈썹을 찡그린 채 우주인의 말을 곰곰이 되짚는 눈치였다고.

'내가 보기에는, 네 일로 화가 났다기보다는, 너를 통해서 다른 일을 보고 있는 것 같았어. 쌓였던 게 폭발한 느낌, 그런 거 있잖아. 음, 여튼…… 주인이가 아무래도 평소에 항상 싱글거리다가 그런 식으로 말하니까 여자애들 엄청 충격받은 모양이던데 그렇다고 막 주인이를 욕하려고 하거나 그런 기미는 전혀 없더라. 아무래도 우주인이 워낙 평소에 유하게 굴어서 인기가 많다 보니까.'

'어느 곳에서든 만인의 남동생 같은 애니까.'

'응, 그래서…… 다들 다른 사람도 아니고 주인이가 화를 냈으니 무슨 생각이 있겠지, 이런 눈치고, 남자애들은 그 말 듣고 나서 좀 여자애들에 대해서 생각을 다르게 하는 모양이더라. 너희 전에 그 여자애한테 미안하다고 말은 했냐고. 지금 미안하다고 말 하나도 안하고 나서 그런 식으로 말하는 거 보니까 그냥 단순히 잘못했다는 걸 인정하기 싫어서 괜히 걔를 더 깎아내리는 거 아니냐고…….'

다시 우주인이 돌아왔을 때 반 안에는 충격이 지나가고 일종의 안정 상태가 찾아와 있었고, 몇몇 여자아이들이 우주인에게 머뭇거리면서 화났냐고 묻자 주인이는 그냥 웃고는

'아, 그거? 그냥 답답해서 좀 말해 본 거야. 화가 나? 왜?'

하고 답했다고 한다.

그의 웃는 얼굴이 평소와 다를 바가 없어서 반 아이들은 안심했다고 하는데, 솔직히 말해서 나라면 결코 안심하지 않았을 것이다.

전에 은형이가 말했듯이, 주인이는 겉표정이랑 속표정이 완전히 따로 노는 편이라서, 그는 화가 나면 웃기부터 시작했다.

어쨌거나, 내가 걱정할 것은 없다고 은형이는 말했다. 그런 일로 반에서 우주인의 위치가 바뀌는 일도 없을 테고, 몇몇 여자아이들이 우주인을 조금 무서워 하겠지만 평소와 같은 나날이 이어지면 금방 괜찮아질 것이라고.

애초에 뒷감당도 못할 일을 벌릴 주인이가 아니었다. 나도 그를 믿고 있었다.

"……."

나는 조용히 허공에 손을 뻗어 주먹을 쥐었다 펴 보았다.

주인이가, 화를 냈다. 나를 위해서는 아니겠지만 그가 화를 냈다는 그 사실 자체가 새롭게 다가왔다.

주인이와 알고 지낸 4년 동안 그가 나에게 화를 낸 적이 있었던가? 없었던 것 같다. 아니, 분명히 없었다.

그래, 주인이는 신기할 정도로 화를 내는 일이 잘 없었다…… 해결을 해야 한다거나 답을 내려야 하는 문제 같은 것은 실행력이 굉장했지, 바로바로 답을 냈으니까. 그런데 그게 자기가 참아서 될 일이라거나 하면 그냥 항상 한 번 웃고 넘어갔던 것 같다.

특히 주인이는 아이들이랑 사이가 되게 좋아서, 성격이 좋은 애건 안 좋은 애건 주인이에게 무언가를 부탁하는 일도 많았다.

가끔은, 주인이의 서글서글한 면을 이용하려고 작정한 것처럼 어이없는 요구를 할 때도 있었는데, 그럴 때도 주인이는 그냥 웬만하면 도와줬던 것으로 기억한다.

내가 이 세상에서 사라졌을 때 가장 신경을 많이 써 준 것도 주인이였지, 그러고 보니.

내가 지금까지 주인이에 대해서 모르는 면이 있었던가?

가끔 주인이가 보여 주는 낯선 면에 대해서 깊게 생각해 본 적은 없었던 것 같다. 왜냐하면, 주인이니까…….

그는 내게 항상 등으로 '내가 알아서 할게.'라고 말하는 듯했고, 실제로 웬만한 일은 알아서 해결해 버리고는 했다.

솔직히 우리 중에서 제일 현명한 건 주인이 아니면 은형이일 것이다. 하지만 은형이는 가끔 참지 않을 때가 있다. 네 번을 참았으면 다섯 번째에는 터트려 버리고 마니까.

그에 비해서 주인이는 별로 마음속에 남겨 두는 것 같지도 않다…… 은형이가 속으로 쌓아 두는 타입이라면, 주인이는 아예 흘려 버리고 속에 남겨 두지도 않는 타입이다. 만약 해결해야 할 일이면 그때 해결해 버리고는 뒤도 잘 돌아보지 않는.

주인이에 대한 생각을 이어 가다가, 나는 맥없이 손을 들어 두 눈을 가리고는 중얼거렸다.

상념이 길어졌지만 달리 결론이 난 것은 없었다. 결국 내 입에서 흘러나온 결론은 이것이었다.

"잘 모르겠어."

정말로 잘 모르겠다.

가끔 보면 주인이는…… 나를 기억해 준 것이, 단순히 주인이가 너무 똑똑해서 머릿속의 공간이 너무 많이 남아도는 나머지, 나를 기억해 준 것은 아닐까. 그런 생각이 들 때가 솔직히 있었다.

왠지는 잘 모르겠지만…… 머릿속에 채워 넣을 것이 필요했는데, 우연히 그것이 내가 된 느낌. 그 느낌을 나는 지금까지도 지울 수가 없다.

충분히 알게 되었다고 생각한 바로 그 순간 주인이는 나에게 전혀 다른 일면을 보여 주고는 한다.

세상 모든 사람이 이런 식인 걸까, 아니, 하지만 주인이에게는 분명히 조금 더 다른 면이 있었다.

그리고 다음 날, 드디어 여름방학이 시작되었다.

* * *

은형이와 윤정인은 일단 날짜가 가까워질 때까지는 '자리를 어떻게든 만들어 볼 테니 가만히 있어라.'하는 식으로 말했다고 한다.

이게 내 일의 진상을 밝히는 자리가 아니라 단순히 패싸움 자리를 가리킨다는 데서 우리는 이 일이 정말로 최유리 사건과는 조금도 관련이 없어졌음을 알 수 있다. 은형이와 윤정인이 담력시험을 준비하고 있다는 것을 숨긴 이유도 그래서였을 것이다. 준비도 안 한 상태에서 얘기를 꺼냈다가는 '담력시험이 다 뭐야! 우리는 진짜 싸움을 원한다고!' 식이 될 수도 있으니까, 차라리 준비를 다 한 다음에 '이미 준비 다 해 놨는데? 1반(8반)은 자기들이 이길 거라고 호언장담하더라.'라고 말하는 편이 아이들의 참여를 끌어내기 쉽기 때문이다. 그렇게 해서 담력시험 준비는 일단 비밀리에 진행되게 되었다.

은형이는 나름대로 고심해서 우리에게 의견을 구하고자 한 것이었을 거다. 나야 담력시험을 제안한 게 나였으니까 진작 알고 있었고, 유천영도 이미 은형이에게서 들었는지 놀라는 얼굴은 아니었다. 우주인은 여느 때와 같이 놀라는 기색 없이, 그거 재밌네! 하고 빙긋 웃었다.

그리고 가장 격한 반응이 터져 나온 것은 물론 은지호와 반여령에게서였다.

그 계획을 전해 들은 은지호는 당장에 그 새카만 눈동자를 생기로 빛내며 말했다.

"야, 밀실 살인사건 만들어. 역시 무서운 건 밀실 살인사건이 짱이라니까? 왜, 사람 한 명씩 죽고 그런 거 있잖아, 폭설로 고립된 상황에서, 어? 한 명씩 죽고, 그게 단합력 기르기에는 최고지."

풋! 나는 하마터면 마시던 음료수를 뿜을 뻔했다. 은지호, 평소에도 약간 제정신이 아니라고 생각은 했는데, 이건 정말. 간신히 표정을 추스른 내가 물었다.

"야, 뭔 밀실 살인사건이야…… 아니, 담력시험이라니까? 제정신 좀요."

이래도 아랑곳하지 않고 반여령과 은지호는 마주 보며

신난 기색으로 말을 주고받았다.

"와, 재밌겠다! 죽일 애들 목록 작성하자, 아, 트릭은 뭐 써?"

반여령 쟤는 무슨, 태연하게 무서운 소리를 하고 있는 거야. 그 무서운 대사에도 불구하고 반여령의 얼굴은 여전히 선녀처럼 착해 보여서 그것이 더 무서웠다. 그에 은지호는 킥 웃더니 대답했다.

"아, 누가 가서 코난이나 김전일 한 마리만 데려와라."

"와, 너네 둘 다……."

방학 시작하니까 정말로 제정신이 아니구나. 나는 그렇게 말하려다가, 너무 당연한 사실을 말하는 것 같아서 그냥 그만두기로 했다.

그러고 나서 옆을 보니 우주인은 테이블에 얼굴을 박은 채 어깨를 부들부들 떨고 있었고, 유천영과 은형이는 '쟤네 왜 저러냐…….'같은 얼굴을 하고 눈짓을 교환하고 있었다.

결국 우리에게서 나올 만한 것은 쥐뿔도 없음을 느꼈는지, 은형이가 한숨 섞인 목소리로 말했다.

"그냥, 8반 애들한테 전화해 볼게."

내가 너네한테 기대한 게 잘못이지, 라는 말이 뒤에 숨겨진 듯했다. 그러거나 말거나, 반여령과 은지호는 이미 신난 모양으로 말을 주고받고 있었다.

옅게 한숨을 내쉰 은형이 대신 내가 핸드폰을 꺼내어 윤정인의 이름에 대고 통화 버튼을 눌렀다.

채 신호음이 한 번도 가지 않았는데 달칵, 하는 소리가
났다. 뭐야, 왜 이렇게 빨리 받아, 내가 킥킥거리고 웃자
맞은편에서 방금 일어나서 핸드폰 문자 확인하고 있었다,
하는 대답이 돌아왔다.

내가 물었다.

"야, 우리 담력시험 어떤 식으로 할 거냐고 은형이가 물
어보는데? 너네는 뭐 생각한 거 있어?"

[어, 아, 장소는 정했거든? 우리 고등학교에서 얼마 떨어
지지 않은 곳에, 그, 아차산 알지?]

아차산이라면 우리 아파트에서도 거의 뒷동산 같은 느낌
으로 동네 아줌마들이 산책 코스로 애용하는 낮은 산이다.

[거기, 아차산 근처에 한 3년 전인가 폐교된 초등학교가
하나 있거든? 동네 애들이 좀 험하게 놀아서 유리창 좀 깨
지기는 했는데, 깨진 거 몇 개 안 되고 되게 깨끗하다더라.]

"아, 그래?"

[그리고, 규칙은 있잖아, 우리 반 애들이랑 1반 애들이랑
다 각각 1층 교실에 하나씩 가둬 놓는 거야. 1층에 교실이
여덟 개 있다는데, 한 열 명씩, 하면 여덟 개 교실에 다 들
어가겠지? 그리고 각자 무서운 얘기를 하나씩 하고, 중간
에 못 버티겠다 싶으면 그냥 교실에서 나가서 집으로 돌아
가면 되는 거지.]

오, 그거 괜찮다. 내가 대답했다.

"그래서 마지막까지 남은 사람들이, 어느 반이 제일 많냐, 그걸로 해서 판가름하자 이거지?"

[그래, 그리고 우리가 밖에서 커튼을 흔들고, 그림자를 보여 주고 해서 겁을 좀 더 주자 이거야. 그럼 진짜 가는 애들은 갈걸?]

"오케이, 좋다."

"좋은 생각 있대?"

은형이가 옆에서 불안한 듯한 목소리로 물었다. 고개를 끄덕인 나는 은형이에게 핸드폰을 넘겨주었다.

옆에서 들어 보니 윤정인은 은형이에게 똑같은 소리를 늘어놓고 있었는데, 은형이는 연신 웃는 얼굴로 고개를 끄덕이고 있었다. 정말로 편한 사람이랑 얘기할 때나 짓는 그런 표정이라서 나는 조금 기분이 이상해졌다.

"응, 아 그래? 그래, 오늘 한 번 가 보는 것도 괜찮겠다. 어, 나 지금 시간 괜찮아. 그래."

그렇게 말한 은형이는 자리에서 일어나더니 이쪽을 보고 웃었다. 그가 말했다.

"아, 그럼, 슬슬 3시도 되어 가니까, 지호랑 주인이는 가족 모임 있다고 했고, 여령이도 일 있댔지? 나도 방금 일이 생겨서."

"그래, 슬슬 해산하자."

기지개를 쭉 켜면서 주인이가 그렇게 말했다. 그의 말간 얼굴에서는, 며칠 전에 화냈던 흔적 같은 것은 조금도 찾아볼 수가 없었다. 눈이 마주치자 그는 나를 보고 환하게 웃더니 말했다.

"엄마, 일주일 뒤에 봐."

일주일 뒤, 담력시험이 예정된 날짜였다. 나는 웃으며 고개를 끄덕였다.

카페 문을 나가는 은지호와 반여령, 우주인, 은형이의 뒷모습을 보고 서 있다가 나는 문득, 아직도 떠나지 않은 사람이 한 명 있음을 알아차렸다. 나는 뒤를 돌아보았다.

낯선 사람들이 무수히 스쳐 가는 유리벽을 뒤로 하고, 자리에 앉은 유천영은 턱을 괸 채 아무렇지도 않은 얼굴로 테이블을 내려다보고 있었다. 그러다 나와 눈이 마주치자 그가 물었다.

"안 가?"

"넌 왜 안 가는데?"

"1시간 뒤에 이 근처에서 일이 있어서."

그렇게 말하며 유천영은 턱 아래로 내려놓은 새카만 마스크를 만지작거렸다. 나는 새삼 그의 옷차림을 확인했다.

추위든 더위든 잘 타지 않는 유천영은 여름인데도 간혹 긴팔 옷을 입고 나타나서 우리를 경악하게 하고는 했다.

한 번은 반팔 셔츠 위에 코트를 대충 걸치고 나왔다가, 은지호가 춥다고 투덜거리자 은지호에게 코트를 벗어 주고는 반팔로 걸어 다닌 적도 있다…… 심지어 그는 그날 샌들을 신고 있었다.

우리가 왜 그날, 그렇게 급하게 차려입은 것이 분명한 옷차림으로 추운 길가를 걸어 다녔는지는 기억나지 않는다. 더군다나 코트를 벗어 준 대상이 다른 누구도 아닌 은지호라니. 킥킥 웃다가 나는 문득 새로운 사실을 떠올렸다.

아, 그래, 2009년 3월 2일이었지.

나의 세계가 바뀌었던 날, 밤 10시 즈음에 나는 주인이네 집 문 앞에서 웅크리고 있다가 주인이에게 발견되었다. 나를 발견한 주인이는, 당장 사대천왕과 반여령에게 연락을 돌렸고, 사실은 누구 하나 제대로 차려입고 나오지 않았었다.

은지호는, 그렇게나 추위를 많이 타는 은지호가 덜렁 긴팔 셔츠에 추리닝 바지만 걸치고, 이른 봄이라 날도 풀리지 않았는데 주인이네 집에 등장한 것을 보면 분명히 그들도 많이 놀랐던 모양이었다. 그리고, 유천영도.

반팔 셔츠에 추리닝 바지 차림에, 그 위에 트렌치 코트라니. 정말로 집에서 걸치고 있던 옷 위에 코트만 걸치고 왔던 모양이지, 나는 그렇게 생각하고는 킥 웃었다.

다같이 주인이네 집에서 나올 때에는 눈이 내리고 있었다. 남자아이들은 나와 반여령을 지하철역까지 데려다주겠다고 그 우스운 차림을 하고 같이 길을 걸어갔는데, 문득 정신을 차리고 보니 새카만 하늘을 가로질러 새하얀 눈이 나풀나풀 내려오고 있었다.

"……찮아?"

끝없이 이어지는 상념으로부터 나를 건져 낸 것은, 누군가의 목소리였다. 그제야 나는 눈을 크게 떴고, 누군가의 하얀 손끝이 내 이마 바로 위로 다가와 있음을 알아차렸다.

늘 그렇듯 서늘한 냉기를 품고 있는 하얀 손가락은 유천영의 것이었다.

언젠가, 더운 여름의 교실에서 그랬듯이 다음 순간 그의 긴 손가락이 내 이마 위에 자연스럽게 얹혔다. 마디가 도드라진 하얗고 큰 손.

내 이마에 손가락을 댄 채로 유천영은 눈썹을 슬쩍 찡그렸다. 그가 말했다.

"머리를 많이 맞았다더니."

아니, 저기…… 그 순간 내가 일순 품고 있었던 애틋한 감상은 저 멀리로 사라져 버리고 말았다. 나는 눈썹을 찡그리며 대꾸했다.

"고작 머리 맞은 것 가지고 장애인 취급 하지 말아 줄래……?"

"내가 뭘."

"넌 좀, 전에도, 내가 차에 치일 뻔한 것 갖고 병원을 가자더니."

너 너무 사람 병약하게 취급하는 거 아니야? 나는 그렇게 말을 맺으려고 했다.

일순 속눈썹 아래로 예리한 기운을 머금고 빛나는 푸른 눈동자만 아니었더라면 그렇게 했을 것이었다. 유천영은 그런 눈으로 나를 노려보면서 조용히 눈썹을 찡그렸다.

그제야 나는 말하던 것을 멈추고는 생각했다. 아, 어, 잠깐. 내가 그렇게 생각하는 사이 그가 입술을 움직여 말했다.

"그래, 덤프트럭에 치일 뻔했지."

"아, 그건……."

그렇게 듣고 보니 조금, 할 말이 없어지는 것 같았다. 아니, 그게 대체 얼마나 된 일인데 그걸 아직도 잊어버리지 않고 있냐, 으음. 나는 눈썹을 찡그렸다.

아니, 생각해 보니까 유천영의 말이 당연한 것 같기도 하고, 조금 상식적인 것 같기도 하고.

내가 긴가민가한 표정을 계속 짓고 있었나 보다. 나를 계속 지그시 바라보던 유천영이, 결국에는 한숨을 내쉬는 것으로 우리 사이에 흐르던 침묵을 깨트렸다. 그리고 그는 나를 보고 말했다.

"네가 너무 너를 철인처럼 생각하는 거야."

"내가?"

"그런데 다칠 건 다 다친다는 게 문제지."

그렇게 말하면서 유천영은 옅은 한숨을 내쉬었다. 그리고 그는 내 이마를 약간 떠밀듯이 놓아 주었다. 뒤로 몇 걸음 물러난 나는 이마를 문지르며 그를 보았다.

애는 오랜만에 만나서 한다는 소리가, 나는 눈썹을 찡그리며 그를 보았다. 아니, 물론 이게, 나를 오랫동안 지켜보지 않고서는 나올 수 없는 말이라는 것은 알지만, 그래도 무언가 섭섭했다.

오랜만에 보면 나의 장점들이 좀 부각되어서 보이지는 않는 건가? 일주일 만에 보니까 좀 예뻐 보인다던가, 아니, 그런 걸 원한다는 건 아니고!

어쨌거나 유천영이 그렇게 말하는 것을 듣고 있자니 내가 정말 바보라도 된 듯이 느껴졌다.

씨, 내가 속으로 투덜거린 그때였다. 유천영이, 나를 보더니 물었다.

"여기 앉아, 안 갈 거면."

"앉아?"

그렇게 물으며 나는 반사적으로 유천영을 보았다. 유천영은 제 옆자리를 손가락으로 가리키고 있었다.

의자를 툭툭 친다던가 하는 친근한 동작은 아니었다. 그러나 나는, 그것만으로도 유천영에게는 충분히 파격적인 행동임을 알았다. 주춤거리다가, 나는 그의 옆자리에 다가가 털썩 앉았다.

앉고 나서 보니 기분이 무언가 이상했다. 아니, 이상할 건 하나도 없는데, 나는 눈을 내리깔며 중얼거렸다.

어차피 나에게는 달리 할 일도 없었고, 이곳에 있는다 해도 달리 할 일이 없는 것은 마찬가지지만, 그래도 유천영도 심심할 테니까, 그렇게 쓸데없는 생각을 이어 가는 그때였다.

유천영이 손을 들어 내 머리 위에 턱 얹었다.

내 머리에 얹고 있던 손을 가볍게 움직여, 내 머리카락을 흐트려 놓으며 유천영은 말했다. 한숨 섞인 목소리였다.

"너, 진짜…… 답답한 거, 알고 있어?"

또, 그 소리. 나는 결국에는 얼굴을 일그러트리고 말았다. 진짜, 내가 장점이 그렇게 없나, 으으음. 그러나 생각해 보니 확실히 답답한 것은 내 단점이 맞기는 했다.

그렇지만 그 외에 내 장점이, 나는 미간을 찡그리며 고민했다. 있을 법도 한데, 아니, 분명히 있을 거야.

"……."

잠깐, 진짜 없나? 눈에 띄지 않는 얼굴, 성적, 능력……아씨. 유천영의 말에 반박할 여지를 찾지 못한 나는 한숨을 내쉬었다. 앗, 아니다. 내 머리를 섬광처럼 스치고 지나가는 생각이 있었다.

유천영이 나를 의아한 눈으로 지켜보는 가운데, 배시시 웃은 나는 입을 열었다.

"야, 나 답답한 거 생각해 보니까 별로 큰 문제 아냐."

"뭐?"

"왜냐하면, 너네가 있잖아!"

그렇게 말하면서 나는 손가락으로 유천영을 콕 집어 가리켰다.

유천영은 얘 뭐지, 하는 듯한 얼굴로 나를 내려다보았다. 정말로 내가 머리에 피구공을 너무 많이 맞은 나머지 정신이 조금 이상해졌다고도 생각하는 것 같았다.

아니, 나는 황급히 손을 내저으며 말을 이었다.

"아니, 그러니까, 내가 좀 답답한 대신 너네가 단호박이잖아! 생각해 봐, 반여령도 나 제외하고, 은지호나 막 다른 애들한테 하는 거 봐, 완전 단호박이지. 주인이랑 은형이는, 음, 제외하고, 은지호는, 걔는 그냥 사기꾼이라서 모르는 사람들한테는 단호박이고, 그리고 너."

"……."

"네가 최강 단호박이잖아."

유천영은 잠깐, 할 말을 잃은 표정이었다. 유천영이 이런 얼굴을 하는 것도 오랜만의 일이었다.

나와 막 친해지기 시작하던 당시에는, 가끔 내 돌발 행동이 튀어나올 때면—예를 들어, 서열이라는 단어를 듣고 경기를 일으킨다던가, 사대천왕이라는 단어를 듣고 자리에서 기절할 뻔한다던가—이런 표정을 짓고는 했는데, 서로에게 충분히 익숙해진 다음에는 잘 보지 못한 얼굴. 허를 찔린 얼굴이었다.

아, 맞아, 그러고 보니 또 생각난 게 있었다. 유천영이 꼭, 말하는 법을 잊어버린 것 같은 얼굴을 하고 나를 응시하고 있었으나 나는 개의치 않고 말을 이었다.

"아, 그래 맞아, 그거 생각나? 은지호가 나 저주하던 거."

"어?"

"왜, 내가 나중에 혼자 살면, 나 분명히 방문 판매원한테 사기당한다고. 보험 계약서랑 홍삼 세트 같은 거 들고 오면 잠시 뒤에 계약서에 도장 찍은 다음에 홍삼 세트 양손에 들고 서 있을 거라고. 워낙 사람 말 거절하지도 못하고 답답해서."

"아아."

그제야 떠올린 듯, 고개를 끄덕이면서도 유천영은 아직 정신을 제대로 차리지 못한 얼굴이었다. 그에 대고 나는 웃으며 말을 이었다.

"아니, 그런데, 만약 네가 옆에 있다고 해 봐. 그럼, 어? 네가 딱, 나서서 안 사요, 안 가입해요, 안 믿어요 쓰리 콤보 날려 줄 거잖아. 그러니까 내가 좀 답답해도 괜찮지 않아?"

"그건……."

조금 눈썹을 찡그린 유천영은, 한참 후에야 제 말을 내뱉는 동시에 곱씹는 것 같은 어조로 말했다.

"그건, 내가, 계속…… 네 옆에 있어야 하는 거잖아."

"없을 거야?"

반사적으로 놀라서 그렇게 물어 놓고, 속으로 나는 흠칫

하여 내 입을 가렸다.

그러고 보니, 내가 이 세계에 얼마나 눌러 앉아 있을지는 아직 모르는 일이지만…… 그렇다고 해서 이미 물어 놓은 것을 철회하기에는 또 이상하고, 귀신같이 감은 좋은 유천영이 무슨 생각을 하는 거냐고 추궁할 것 같기도 하고…… 그렇게 생각하며 고개를 든 그때였다.

나는 가만히 숨을 들이쉬었다.

창유리로부터 쏟아져 들어오는 햇빛 아래, 가만히 웃고 있는 푸른 눈이 생각 이상으로 따스한 빛을 품고 있었다.

나는 이 눈을 알고 있다. 전에 그, 영상에서 보았던 그 눈빛이다.

무언가를 못 견디겠다는 듯한 눈빛인데, 그것이 한심함인지, 우스움인지, 아니면…… 다른 무엇인지. 대체 무엇이 유천영의 눈을 이토록 다양한 색채로 물들이는지.

가능하다면 물어보고 싶은데, 그런데 저 눈을 보고 있으면 또 입이 떨어지지 않는다. 어떠한 말도 이 순간을 흐려 버릴 것만 같아서.

한참 후에야, 유천영의 목소리가 흘러나왔다.

"그래."

"……."

"없지 않겠지."

있겠지 라는 말을, 굳이 이중 부정을 써 가면서 유천영은 그렇게 말하고는 나를 보았다.

없지 않다, 있을 것이다. 내 옆에, 계속. 나는 문득 눈을 들었다. 그제야 그의 말이, 조금의 간격을 두고 내 마음속에 빗방울처럼 느리게 스며드는 기분이었다.

한참 후에야 나는 간신히 입술을 움직일 수 있었다. 모르겠다, 내가 웃었는지. 아마도 그랬을 것이다. 내가 웃는지 웃지 않는지조차 알 수 없는 기분이었다.

꼭 그때 같다. 그때, 배구공으로 머리를 한 대 얻어맞은 기분. 어질어질하고, 눈앞의 사물도 잘 보이지 않고, 시야 언저리가 핏줄이 흐르는 듯 빠르게 맥동하고 있었다.

그러다 문득 정신을 차리니 유천영과 나는 그때까지도 빤히 서로의 눈을 쳐다보고 있었다. 앗, 괜히 뒤로 몸을 빼며 나는 대답했다.

"어, 그, 그래. 와, 말해 놓고 보니까 되게 부끄럽다. 하, 하하……."

"……."

"하하, 하……."

휴. 나는 간신히 숨을 들이쉬고는 고개를 떨어트렸다. 왜인지 유천영의 얼굴을 더 이상 볼 자신이 없었다.

되게 이상한 소리 한 것 같은 기분이야, 지금…… 그렇게 생각하며 땅이 꺼져라 한숨을 내쉬는 그때였다. 어깨에 가벼운 무게가 얹혔다. 누군가 꼭, 손을 얹은 것 같은, 나는 고개를 들었다.

　제일 먼저 보인 것은 바로 옆에 앉아, 이상하게도 꼭 기분 나쁜 일이라도 있는 것처럼 표정을 일그러트린 유천영의 얼굴이었다.

　나는 뒤를 돌아보고는, 그제야 그가 기분이 나빠진 이유를 알았다.

　"아, 안녕."

　"안녕, 단아."

　헝클어진 금색 머리카락을 쓸어 넘기며 예쁘게 미소 짓는 그녀는 다름 아닌 이루다였다.

　방학을 하고 나서는 처음으로 보는 그녀였다. 아니, 정확히는 방학식을 어제 했으니 고작 하루 만에 보는 것이기는 하지만.

　아마도 이곳에서는 전혀 보리라고 예상하지 못한 인물이기 때문에 더욱 낯설게 느껴지는 것이 아닐까, 나는 그렇게 생각하며 이루다를 빤히 보았다.

　그녀의 환한 금발이 시선을 끌어서인지, 남녀노소 할 것 없이 많은 사람들이 약간 얼이 빠진 얼굴로 이쪽을 보고 있었다. 아니, 자세히 보니 내 옆에 앉은 유천영을 향한 시선들도 있었다.

　유천영이나 이루다나, 사람들의 시선을 끄는 것은 같았다. 다만 이루다가 성별을 조금 더 초월할 뿐이지.

그렇게 생각하기가 무섭게 옆에서 유천영의 날 선 목소리가 날아왔다. 나를 향한 것은 아니었다.

"네가 왜 여기 있어."

"왜, 여기 있으면 안 돼?"

이루다는 그렇게 말하며 예쁜 입술 끝을 비틀어 올렸다. 그녀의 푸르스름한 눈은 곱게 휘어진 채 유천영을 향했다. 꼭 약 올리는 듯한 얼굴이었다.

유천영은 드물게 짜증을 얼굴에 있는대로 다 드러낸 표정으로 이루다를 바라볼 뿐이었다. 그것으로 유천영과 나 사이에 흐르고 있던, 따뜻한 기운 같은 것은 다 사라져 버리고 말았다.

등장한 것만으로도 분위기를 손바닥 뒤집듯 반전시키다니, 나는 힐긋 이루다를 보며 감탄스러운 얼굴을 했다.

대단하다, 이루다. 고작 등장만으로 이 카페의 주인공이 되다니. 정말로 이 카페 사람들은, 마치 드라마에서의 조연이나 되는 것처럼 서로를 노려보는 이루다와 유천영에게서 눈을 떼지 못했다.

그러니까, 이건, 더 적당한 비유를 찾으려고 고민하던 나는 곧 아, 하고 소리를 내었다.

그래, 사대천왕이 등장할 때 학교 학생들이 보이는 것과 비슷한 반응이다.

이게 이 소설에서 중요한 장면일까, 나는 턱을 괴고 둘을 바라보며 생각했다. 그 와중에도 그들의 기세 싸움은 한 치의 흐트러짐도 없이 이어지고 있었다.

둘 다 말없이 서로의 눈을 빤히 쳐다보기만 해서 누가 보면 이게 싸우는 건지, 서로에게 반한 것인지 모를 지경이었다. 그렇게 생각하고 보니 문득 내가 이 자리에 끼어 있다는 것이 부담스러워졌다.

내가, 이 자리에 있으면, 안 될 것 같은데. 고래 싸움에 새우 등 터진다는 말도 괜히 있는 게 아니고, 더군다나 그게 사랑싸움이라면 내가 등이 터지면 좀 억울할 것 같은데.

나는 슬쩍 발을 뺐다. 그런데, 그러기가 무섭게 이루다가 갑자기 씩 웃더니 내 맞은편 의자에 털썩 걸터앉는 것이었다. 그러더니 이루다는 유천영에게서 관심을 떼기로 마음먹은 사람처럼, 나를 향해서만 그 정신이 혼미해지는 미소를 보내기 시작했다.

이루다의 미소 짓는 그 얼굴은 정말 놀랍다. 방금까지만 해도 유천영을 향해 팽팽하게 곤두서 있던 그녀의 날이 전부 가라앉고, 그 주변으로 부드러운 물기를 머금은 바람이 그녀의 어깨를 지나 내 쪽으로 날아오는 것 같다. 보는 사람을 완전히 무장해제 시키는 그런 미소다.

과연 저런 미소를, 의도하지 않고도 지을 수 있는 것일까. 아니, 나는 이루다의 얼굴을 빤히 바라보며 생각했다. 그럴 것 같지는 않다.

그렇다고 생각하기에는, 이루다의 미소 짓는 얼굴과 미소 짓고 있지 않을 때의 얼굴이 너무 차이가 크다.

그러고 보면 저런 미소를 가지고 있는 사람이 한 명 더 있지.

주인이.

그의 미소 역시 이루다의 것과 마찬가지로 사람들로 하여금 무한한 호감을 품도록 한다. 그렇게 생각한 나는 무심코 흠칫하고 말았다. 아니, 하지만 그렇다기에는 둘의 성격이 너무 다르다.

알 수 없다는 면에서는, 조금 비슷한가. 그렇게 생각하며 다시 시선을 들어 이루다의 눈을 흘긋 바라본 그때였다.

갑자기 이루다의 몸이 덜컹 뒤로 기울었다. 어찌나 많이 기울었던지, 거의 뒤로 넘어질 뻔했다.

그러나 놀랍게도 이루다는, 의자가 뒤로 넘어가는 그 짧은 순간에 갑자기 의자를 짚고 공중으로 뛰어올랐다.

쿠당탕! 하는 소리와 함께 의자가 마침내 땅 위에 널브러졌다. 하지만 이루다는 멀쩡했다.

아니, 지금, 이게 어떻게 된 거야? 가만히 있던 의자가 갑자기 넘어지기는 왜, 나는 그러다 옆을 휙 돌아보았다.

내 옆에 앉은 유천영은, 평소의 무표정한 얼굴로 턱을 괸 채 앉아 있었다. 검푸른 속눈썹 아래 그의 푸른 눈은 이루다를 향해 있었다.

그의 입술에 조금, 미소가 걸려 있는 것도 같다고 생각했다. 엥? 나는 다시 고개를 돌렸다.

곧바로 성큼성큼 다가온 이루다가 책상을 짚으며 외쳤다.

"야, 갑자기 앉아 있는 사람 의자를 미는 법이 어디 있어!?"

"밀었다고?"

내가 놀라서 물었다. 이루다는 나를 돌아보더니 더욱 억울한 얼굴로 대답했다.

"그렇다니까. 아, 정말, 사람이 얌전히 앉아 있는데 의자를 발로 밀기나 하고 말야. 단아, 저 녀석이 얼마나 세게 밀었으면 의자가 다 넘어가겠어? 그것도 사람이 앉아 있는 의자가?"

어, 어어, 나는 애매한 소리를 내며 다시 옆을 돌아보았다. 옆에 앉은 유천영을 바라보며 나는 눈썹을 찡그렸다.

얘가 의자를 밀었다고? 얘가? 차분하기로는 둘째가라면 서러운 유천영이?

유천영은 눈썹 하나 까딱하지 않은 채, 평소와 같이 표정 없는 얼굴로 대답했다.

"아, 미안. 다리가 좀 뻐근해서. 쭉 뻗다 보니."

그에 이루다의 푸른 눈이 확 타올랐다. 그녀는 테이블 위에 두 팔을 얹은 채로 고개를 유천영 쪽으로 더욱 숙였다. 둘의 얼굴이 거의 맞붙은 상태에서 그녀는 으르렁거리며 말했다.

"장난해? 겨우 다리를 뻗은 정도로 의자가 넘어간다고?"

그에 비해 이루다에 맞서는 유천영은 놀라울 정도로 담담한 얼굴이었다.

손을 뻗어 그 특유의 색조 없는 입술을 매만진 유천영은, 웃는 기색 하나 없이 대답했다. 그러나 그 내용에 나는 하마터면 기침을 터트릴 뻔했다.

"다리가 길어서 그런가 보지."

"……."

황급히 고개를 돌린 나는 기침을 참느라 주먹을 꾹 움켜쥔 채 생각했다.

아니, 유천영 쟤, 왜 저렇게 뻔뻔해진 거야…… 무슨 자기 입으로 자기 다리가 길다는 얘기를 아무렇지도 않게, 긴 건 맞지만.

아무래도 모델 생활을 몇 달 하다 보니 점점 사람이 뻔뻔해지는 모양이다, 아니면 은지호한테 물든 건가…… 그 자뻑 대왕. 그렇게 생각하는데 이루다의 사나워진 목소리가 들렸다.

"너 지금, 그게 말이 되는 소리야!?"

"왜, 너도 앉은 자리에서 다리 뻗어 보던가."

"장난해!? 내 키가……!"

거기까지 말하고 이루다는 입을 꾹 다물어 버린 것인지, 한동안 말이 없었다. 고개를 슬쩍 돌린 나는, 그녀의 얼굴이 시뻘게진 것을 보고는 가만히 숨을 삼켰다.

제 입으로 유천영보다 다리가 짧다는 것을 인정하기는 싫은 모양이었다. 그렇게 말문이 막힌 이루다의 얼굴은 오랜만에 보는 것 같았다. 항상 어떤 상황에서든지 이상할 정도로 여유 있고 초연한 모습을 보여 주는 이루다라서, 나는 그렇게 생각하고는 흘긋 유천영을 보았다.

유천영의 푸른 눈동자는 여전히 이유 모를 경계심으로 퍼렇게 번뜩이고 있었다. 그러다가 갑자기, 둘이 작정하기라도 한 것처럼 휙 나를 돌아보기에 나는 숨을 들이쉬었다.

아니, 왜 갑자기, 왜 둘이 싸우다가 갑자기 날…….

이루다가 손부채로 제 얼굴을 식히더니 나를 보며 물었다.

"단아, 지금 저게 말이 된다고 생각해? 지금, 저, 재수 없는……."

"함단이 끌어들이지 마."

"하, 객관적인 삼자의 입장에서 판단해 달라는 거야."

"난 네 말 아직 잊지 않고 있어."

유천영의 입술에서 떨어지는 목소리가, 갑자기 눈에 띄게 얼어붙는 바람에 나는 흠칫 놀랐다. 분위기가 순식간에 서늘하게 얼어붙었다.

눈을 들어 이루다 쪽을 바라보니, 그녀도 못지않게 차게 굳은 눈을 하고 유천영을 보고 있었다.

방금 전까지 얼굴을 붉히기까지 하면서 성질을 내던 이

루다는 그 자리에 온데간데없었다. 그저 가면을 벗은 듯 깔끔해진 얼굴로, 유천영을 한참이나 바라보던 이루다는 다시 입꼬리를 설핏 올려 웃었다.

그녀가 다시 의자를 세우고 그 위에 앉았다. 팔꿈치를 테이블에 대고 그 위에 턱을 괸 그녀가 이쪽을 보고 웃으며 물었다.

"무슨 소리실까."

"네가 전에, 화장실에서 나한테 했던 말들."

화장실? 나는 눈썹을 찡그렸다. 전에, 학기 초에 유천영과 이루다가 화장실에서 치고받고 싸웠던 일이 그제야 얼핏 떠오르는 듯도 했다.

둘의 사이가 눈에 띄게 나빠졌던 것도 그 즈음이었다. 그전의 둘의 관계는, 사이가 좋다기보다는 그냥 서로를 모르는 것에 가까웠다.

유천영의 푸른 눈이 의미 모를 시선을 품고 이쪽을 향했다. 여전히 시선은 나를 향한 채로, 그가 천천히 입술을 뗐다.

"난 그때 네 말들이 주제넘는 간섭이라고 생각했고, 지금도 그렇게 생각하고 있어."

"그래서?"

이제 대답하는 이루다의 눈빛도 완전히 굳어져 있었다. 다만 입술 끝에 걸린 미소만은 아직도 지우지 않고 있었다. 유천영의 말이 담담하게 이어졌다.

"저 녀석이 얼마나 어이없는 녀석인지도 잘 알고 있어. 겉보기만큼 단순한 문제도 아니고, 기다릴 자신 있다고 했고. 너는 집착이라고 했지만 그건 어쨌거나 내 문제야."

"그래서."

"네가 더 끼어들겠다면 나도 가만히 있지 않겠다는 소리야."

환하고 밝은 낮의 카페 안인데, 어쩐지 마주 보는 이루다의 얼굴에도, 유천영의 얼굴에도 어슴푸레한 그림자가 드리운 것 같았다.

나는 둘의 얼굴을 번갈아 보다 말고, 사람들이 웅성거리는 소리에 귀를 기울였다. 둘은 서로에게 하도 몰두한 나머지 주변의 말이 잘 들리지 않는 것 같았지만 나에겐 아주 잘 들렸다.

"와, 지금 뭐야. 사랑싸움이야?"

"지금 저 여자애가 바람피우다가 걸린 건가?"

"검은 머리 남자애가 바람피우는 상대고, 금발 남자애가 남자 친구? 아니, 반대인가?"

"누구 같아?"

여기에서 우리는 잠시 생각해 볼 필요가 있다. 아니, 왜 싸우는 건 둘인데 부끄러움은 나의 몫인가. 나는 등줄기 위로 식은땀이 흘러내리는 것을 느꼈다.

아니, 왜 사람들의 상상은 꼭 그런 방향으로 흘러 나가는 거야…….

그에도 전혀 아랑곳하지 않고, 여전히 심상치 않은 이루다와 유천영의 사이에서는 낯선 이야기들이 오가고 있었다.

한참이 지나서야 유천영이 다시 입술을 떼었다.

"네가 나한테 떨어지라고 한 것처럼, 나도 너에게 떨어지라고 할 수 있어."

"너는 지금 내가 그걸, 들을 거라고 생각해?"

"전에 집착이라고 했어? 그런 건 모르겠고, 그냥 너 같이 수상한 사람이 더 다가오는 걸 못 두고 보겠다는 얘기야. 게다가 나는 너 같은 사람을 알아."

"표현 참 특이하네. 나 같은 사람이 어떤 사람인데?"

"목적을 위해서는 수단 안 가리는 사람."

"와, 이거…… 그러는 너는, 지금 이렇게 말하는 넌 아닌 것 같아?"

뭐라는 거지, 존나 모르겠다…… 팔짱을 낀 채로 이루다를 한 번 보았다가, 유천영을 한 번 보았다가를 반복하면서 나는 다시 생각했다.

나 그냥 여기서 나가면 안 되나. 둘이 하도 집중해서 내가 나가도 별로 알아차릴 것 같지 않은데. 내가 슬그머니 자리에서 일어난 그때였다.

갑자기 둘이 다시 나를 휙 하고 돌아보는 바람에 나는 흠칫 놀랐다. 뭐야, 왜 또 갑자기 나를 봐.

"나, 나 가려고 안 했어. 난 그냥, 잠깐 하지정맥…… 아니, 다리가 저려서."

그래서 잠깐 서 있으려고, 내가 떠듬떠듬 말을 잇는데, 이루다의 목소리가 그것을 잘랐다.

그는 유천영을 휙 돌아보더니 웃음기 가득한 얼굴로 입을 열었다.

"네가 단이에 대해서 그렇게 아는 게 많아? 그럼 어디 한 번 말해 보지그래. 좋아하는 과일은?"

"포도는 귀찮아서 싫어하고 나머지 다. 좋아하는 영화 장르는?"

"징그러운 거 나오는 영화랑 로맨스, 슬픈 영화 빼고 다. 내 차례지, 좋아하는 책은?"

"제일 재미있게 읽은 건 제인 오스틴의 오만과 편견. 제일 좋아하는 영화는?"

"아, 질문이 너무 구체적인 거 아니냐?"

"나는 제일 좋아하는 책 맞췄어, 너도 대답해."

둘이 푸른 눈을 싸늘하게 빛내며 서로 마주 보고 있는 것을 보다가, 나는 슬슬 자리에서 일어났다. 그래도 둘은 여전히, 서로에게 너무 몰두한 나머지 나를 신경 쓸 겨를이 없는 것 같았다.

나는 어색하게 웃으며 황급히 자리를 빠져나갔다. 내 뒤통수에 폭풍우처럼 내리꽂히는 사람들의 시선이 느껴졌으나, 나는 그것을 애써 무시했다.

"와, 지금 도망치는 거야? 대박. 두 남자가 자기를 두고 저렇게 싸우고 있는데."

"와…… 대단하다. 우리 엄마라도 저렇게 잘 알지는 못할 거야."

카페 문 밖으로 한 발을 내디디면서, 나는 조용히 웃었다. 나는 입속으로 중얼거렸다.

"둘 다 그냥 집에 가서 발 씻고 잠이나 잤으면……."

휑히 뚫린 카페에서 뭐하는 거야, 쟤네 둘 다…… 그것도 차라리 둘이 포옹이나 할 것이지 왜 가만히 있던 나를 가지고.

나는 이루다도 유천영도 한동안 안 보겠다고 다짐했다.

＊　＊　＊

아무래도 너무 담력시험에 대한 것만 생각했던 모양이다. 담력시험에서 무엇을 해야 애들이 효과적으로 놀랄까, 그런 것들을 생각하고 있다 보니 잠을 자도 괴물이나 귀신이 나오기 일쑤였다.

아무래도 아이들을 놀래킬 역할이 몇몇 필요하다 보니 윤정인이나 나, 김혜힐과 김혜우, 그리고 신서현은 준비조로 빠질 것 같았다.

우리랑 곧잘 어울리곤 하는 이루다는 왜 참가하지 않나 의아해 했는데, 윤정인에게서 돌아온 대답은 이랬다.

[무서운 애들한테는 그런 거 시키는 거 아니야.]

"무섭다니?"

[그러다 정말 심장마비로 사람 죽을라.]

"아니, 이루다가 왜…… 무서운데?"

[무슨 소리냐 하면, 우리한테는 벌써 김혜힐이랑 신서현이라는 투톱 마계 생물들이 있잖냐.]

"마, 계……."

윤정인 표현력 봐라, 내가 황당해서 중얼거리는데 옆에서 갑자기 음산한 목소리가 끼어들었다.

처음에는 귀신 목소리라도 되는 줄 알고, 하마터면 놀라서 핸드폰을 떨어트릴 뻔했는데 잘 들어 보니 익숙한 목소리였다. 아, 김혜힐과 신서현이었군.

'마계가 뭔데?'

'마계가 뭐야, 왜 별로 좋게 안 들리지.'

'나도 그 생각 중이었는데.'

김혜힐과 신서현의 목소리가 음산하게 몇 마디 오가는 것을 듣다가 나는 그냥 전화를 끊어 버렸다. 윤정인, 명복을 빈다, 하고 입속으로 중얼거리며.

우리 반과 비슷하게 1반에서는 권은형을 중심으로 한 사대천왕과, 그리고 반여령이 준비조로 나서기로 되어 있었다. 으음, 나는 침대에 누워서 그들을 생각하다 말고 가만히 눈썹을 찡그렸다.

솔직히 은형이나 유천영, 주인이야 별로 걱정이 안 되는데…… 은지호나 반여령의 밀실 살인 하자는 얘기가 아무래도 농담으로 들리지 않았다.

얘네 좀, 진심으로 그런 거 실행할 분위기던데. 정말로 할 생각인가, 하며 나는 천장을 바라보다 말고 벌떡 상체를 일으켰다.

고민할 게 뭐 있어, 전화해 보면 되지. 그렇게 생각하며 나는 핸드폰에서 은지호의 번호를 찾아 꾹 눌렀다.

그런데 신호가 꽤 오래 가도록 은지호가 전화를 받지 않았다. 무슨 일이지? 나는 눈썹을 찡그렸다.

아버지랑 같이 있는 자리에서도 신호가 채 두 번이 가기 전에 전화를 받고는 하던 은지호였다. 적어도 게임을 하는 도중이 아니고서는 그랬다.

또 게임을 하는 모양인지, 아니, 그렇다기에는 유천영이 요즘 바쁘던데. 그렇게 생각하는데 신호가 다섯 번 즈음 갔을까, 수화기 맞은편에서 목소리가 울렸다.

그리고 그것을 들을 순간 나는 하마터면 핸드폰을 떨어트릴 뻔했다.

[여…… 보…… 커헉! 콜록, 켁, 쿨럭, 쿨럭…….]

이, 이 쇳소리 가득 섞인 다 죽어 가는 목소리는 뭐야, 그 안에서 은지호의 매끄러운 목소리는 온데간데없었다.

내가 인정하기는 싫지만 그래도, 고작 한 마디 말로 우리 반 여자아이들의 탄성을 자아 낼 만큼이나 은지호는 목소리는 정말 좋았다. 아니, 목소리만 좋은 것 같지는 않지만…….

그럼 뭐하나, 자기가 잘난 걸 자기가 너무 잘 아는데. 핸드폰을 쥐고 있다가, 나는 한숨 섞인 목소리로 말했다.

"아, 죄송합니다. 전화를 잘못 걸었나 봐요."

[아, 아니! 컥, 콜록, 아, 죽겠…….]

"저기, 괜찮으세요? 그쪽으로 119 부를까요?"

거의 죽어 가는 것 같은데, 내가 덜컥 겁을 집어먹고는 묻는데 맞은편에서 다시 대답이 돌아왔다. 이번에는 한결 편해진 목소리였다.

[아니, 여기 의사 있으니까 그러지 마…….]

"은지호?"

나는 반신반의하며 되물었다. 설마? 진짜? 다시 대답이 돌아왔다.

[어, 나다. 와, 너 어떻게 감기 좀 걸렸다고 사람 목소…… 콜록!]

"아니, 좀 걸린 정도가 아니니까 그렇지……."

나는 중얼거리듯 그렇게 대답했다. 아니, 내가 오죽하면 이러겠니. 진짜 감기 맞아?

고작 몇 마디 말을 하는데도 기침 없이 말하기가 힘들어 보였다. 그의 목소리를 듣던 내가 휴, 짧게 한숨을 내쉬었다.

"여름 감기는 개도 안 걸린다는데⋯⋯."

[와, 어떻게 처음 하는 소리가, 콜록콜록! 아, 미친, 기침이 안 가라앉아⋯⋯.]

"기침만 그러냐? 다른 감기는?"

[종합 감기. 기침 콧물 열, 와, 나 진짜, 내가 개보다 못하다니. 어우, 콜록.]

이윽고 기침이 거의 장장 1분간은 이어지는 것 같았다. 아무래도 전화를 받기가 힘들 것 같아서, 나는 그냥 한숨을 삼키고는 말을 이었다.

"야, 그냥 끊을게. 너 지금 말할 상태가 아니구만."

그렇게 말한 내가 통화 종료 버튼으로 막 손을 가져갔을 때였다. 수화기 너머에서 거의 다 꺼져 가는 음색으로, 간절한 목소리가 돌아왔다.

[아, 안 돼, 끊지 마⋯⋯.]

"뭐? 여보세요?"

얘 진짜 아픈 거 아니야? 나는 기겁했다.

은지호가, 아프지 않고서야 이렇게 나를 간절한 목소리로 부를 리가 없는데, 정말로 생사의 기로에 서서 오락가락하는 지경이 되어서야 한 번 들을까 말까 싶은 말이었다. 특히 자존심 자존감 모두가 하늘을 찌르는 은지호에게 서라면 더욱더.

긴장해서 수화기 근처로 귀를 바짝 가져간 나는, 그러나, 다음으로 흘러나오는 말에 그만 긴장이 다 풀리고 말았다.

[아, 나 지금…… 사람이랑 말해 본 지 오래돼서 언어 장애 올 것 같아.]

"아, 그래……."

[내가 유천영이나 반여령처럼 되면 어떡해, 켁, 콜록콜록!]

휴, 나는 또, 진짜 사경을 헤맬 정도로 아픈 거 아닌가 걱정했네. 짧게 한숨을 내쉰 나는 말을 이었다.

"주인이는?"

[내 목소리 듣기 싫대. 아니, 그걸 완전 해맑은 목소리로…….]

"유천영은?"

[개가 언제 전화 받는 거 봤냐?]

"아."

맞다. 그랬지, 하기는, 나도 개 전화 받는 걸 본 적이 없어. 그러다 문득 일전의, 이루다랑 유천영의 일이 떠오른 나는 입을 열었다.

"아, 맞아. 야, 유천영 너랑 좀 닮아 가는 거 알아?"

[뭐?]

"전에 너네 가고 나서, 유천영이랑 나랑 카페에 앉아 있었는데 루다가 왔단 말야."

[콜록, 콜록콜록!]

갑자기 은지호의 기침이 눈에 띄게 격해졌다. 거의 숨넘어갈 것처럼 또 기침을 해 대기에 나는 놀라서 은지호의 이름을 불렀다.

몇 번이나 불렀을까, 거의 쌕쌕거리는 숨소리 섞인 말로 은지호가 대답해 왔다.

[어, 어, 그래, 말해라…… 와, 무슨 사랑과 전쟁…….]

"뭐? 아, 그래서, 루다가 맞은편에 앉았는데 갑자기 걔가 뒤로 넘어지는 거야. 그런데 유천영이 하는 말이 뭔지 알아?"

[뭔데?]

"자기가 다리가 길어서, 뻐근해서 좀 뻗었다가 이루다 의자를 찬 거래."

거기까지 말하고 나는 반응을 기다리기 위해 멈추었다. 그런데, 무언가 요란한 대답이 있을 줄 알았던 은지호 쪽에서 한참이나 대답이 없었다. 기침 소리조차 없는 침묵이었다.

응? 으응? 전화가 고장 났나, 핸드폰을 흔들다 말고 내가 물었다.

"은지호?"

[와.]

"와?"

[가르쳐 준 대로 잘 했네.]

"……."

너였니, 나는 한참 만에 입속으로 중얼거렸다.

그런 말을 잘 안 하는 유천영이라서 뭔가 이상하다고 생각은 했는데, 와, 정말로…… 내가 한참이나 말을 잃고 있자 은지호는 콜록거리는 와중에도 대차게 웃어 댔다. 그가 한참을 웃는 것을 듣고 나서야 나는 입술을 열었다.

"야, 타산지석이라는 말도 있는데, 너네는 왜 서로 그런 것만 배우냐. 와, 한 애는 자뻑하는 방법을 가르치고 있고……."

[야, 자뻑이라니. 내가, 어? 남자는 기력지로 이기면 된다고 내가 가르쳐 준 거지. 가르쳐! 준 거라고.]

"아니, 그러니까, 그런 거 가르치지 말라고…… 유천영 장점 중의 하나가 담백함이었는데 네가 그걸 부쉈잖아. 너네 좀 서로한테 독이 되는 친구 관계? 그런 거 같은데."

[와, 단어 되게 파괴적이다. 부수다니, 콜록, 콜록콜록!]

"아, 기침 또……."

그의 기침을 듣다 말고 나는 문득, 다른 일에 생각이 미쳤다. 아 잠깐, 이렇게 감기가 심해서야, 나는 핸드폰을 귀에 가져다 댄 채로 고개를 돌려 달력을 보았다.

담력시험은 내일로 성큼 다가와 있었다. 나는 뺨이 창백해지는 것을 느꼈다.

다시 고개를 휙 돌린 나는 핸드폰을 꾹 쥔 채 외치듯이 물었다.

"야, 너! 너 그럼…….."

[콜록! 어? 뭐.]

"너 담력시험은 올 수 있어?"

[아, 그게, 내가 정말 원대한 계획이 있기는 했는데…….]

예의 밀실 살인 말인가, 내가 안색을 창백하게 하는 동안 그의 말이 이어졌다.

[……지금 상태로는 열이 내려도 내일 늦게일 것 같다더라.]

"……."

바로 그때였다. 담력시험이라는 글자가 적힌 달력을 보는 내게 어떤 예감이 섬광처럼 찾아온 것은. 그때까지 나는 그런 생각은 전혀 해 본 적이 없었기 때문에, 더욱 당혹스러웠다. 나는 핸드폰을 쥔 채로 잠시 멍해졌다. 뭐야, 어떻게 생각하지 않을 수가 있지?

내가 넋을 잃은 채로 한참이나 말이 없자 은지호가 끈질기게 물어 왔다.

[여보세요? 야, 콜록, 야?]

"어, 응…… 야, 나 말인데…….."

[뭐? 뭐야, 뜬금없이?]

"어떻게 한 번도 그 생각을 못했지?"

뭐가 말이야? 은지호가 다 죽어 가는 목소리로 그렇게 묻는 것도 대답 못한 채 나는 손을 들어 입을 가렸다. 와, 새까맣게 잊고 있었다. 담력시험은 인터넷 소설 여름 챕터 단골 소재라는 거.

꼭, 소설에서 담력시험을 하면, 이런 일들이 발생하고는 한다. 제일 일반적인 상황은 정체를 알 수 없는 한 사람이 끼어들어서 밥도 같이 먹고, 사진도 같이 찍고 하다가는 담력시험이 다 끝나고 나서 찾아보니 아무도 없더라, 사실 그런 인물은 처음부터 존재하지 않았는데 사진에는 남아 있더라, 하는 그런 얘기.

즉, 나는 입술을 꾹 깨물었다. 담력시험에서는 보통, 귀신이 정말로 등장하기 마련이다. 왜냐하면 소설은 그래야 재미가 있거든!

이런, 이걸 이제야 기억해 낸 내 기억력이 좀 다른 의미로 존경스러워지는 순간이었다. 나는 수화기에 다시 귀를 기울였다. 내가 걱정이 되긴 되었는지 은지호가 끈질기게 묻고 있었다.

[뭐야? 뭔데?]

음, 달력을 한 번, 땅을 한 번 번갈아 본 나는 갑자기 손을 들어 이마를 감쌌다. 내 일생일대의 혼신의 연기가 지금 막 펼쳐지려 하고 있었다.

"야, 나…… 갑자기 막, 어우, 나도 갑자기 막 아프네! 커허헉!"

[…….]

"아이고, 갑자기 못 움직이겠다, 야…… 아이고, 아프다."

한동안 은지호가 기침도 없이 소리가 없기에, 나는 눈썹을 슬쩍 찡그리고는 생각했다. 내 연기가 먹혔나? 안 돼, 절대로 그 담력시험에 갈 수는 없었다.

귀신이 실제로 나오는 담력시험 같은 거, 공포 영화를 보는 내내 눈 하나 깜빡 안하는 유천영이라면 모를까 나 같은 사람이 갔다가는 실제로 기절하고 말 거야…… 나는 이마의 식은땀을 훔쳤다.

내가 제안한 거기는 한데, 그래도…… 실제로 귀신이 나올 줄 알고 담력시험에 임하는 거랑 그냥 다 연기인 걸 알고 담력시험에 임하는 거랑은 엄청난 차이가 있다.

내 정신이 버티지를 못할 거야. 나는 슬픈 영화가 슬프지 않게 느껴질 뿐이지, 공포 영화 같은 건 평범하게 무서워하는 사람이란 말이야. 그렇게 생각하며 은지호의 대답을 기다리는 그때였다.

한참 만에, 수화기 너머에서 바람 빠지는 듯한 목소리가 흘러나왔다.

[와, 함단이…… 발연기 여우주연상 줘도 되겠어. 갑자

기 아프고 싶냐?]

"……."

역시, 너무 티 나기는 했지. 이렇게 내 일생일대의 연기는 실패로 끝났다.

결국에는 가는 수밖에 없나. 내가 맥이 빠져서 한숨을 내쉬는 그때였다. 은지호가 태연한 목소리로 물어 왔다.

[뭣하면 좀 옮겨 주리? 진짜 가기 싫은가 보네. 대신, 진짜 옮을 각오 하고 와라. 말했잖아, 사람이랑 말한 지 좀 됐다고.]

뭐지, 이 사막의 단비 같은 소리는. 잠시 멍해 있던 내가 외치듯이 되물었다.

"지, 진짜 옮아?"

[내 방에서 한, 1시간 숨 쉬면 옮을걸.]

"……."

아니, 몸살감기에 걸려서까지 내가 굳이 가지 않아야 하나…… 고민은 길었고 대답은 짧았다.

나는 결국 내 옆에 뒹굴던 반팔 티셔츠를 집어 들고는 대답했다.

"알았어, 이따가 보자."

아무도 나를 막을 수 없다. 나는 굳게 다짐했다.

[언제 도착하는데.]

"잘 모르겠는데. 그냥 가서 초인종 누를게."

[내가 너 데리러 걸어 나오는 데 20분쯤 걸릴걸.]

아차, 은지호의 대답에 나는 비로소 그의 널따란 저택을 떠올렸다. 건물 자체는 그렇게 넓은 것 같지 않았는데, 굳이 말하자면 천장이 높은 평범한 집 느낌인데 대신 정원이, 무지막지하게, 넓었다. 걸어 나오는 데 20분 정도 걸린다는 그의 말은 괜한 소리가 아니었다. 대답하려다 말고 내가 불쑥 물었다.

"너 그런데 아프다며? 나올 수는 있어?"

[우리 집 정원에서 한 사람 실종되는 것보다는 낫지.]

"아씨."

[농담이고, 그렇게 죽을 정돈 아냐.]

"그래, 그럼 지금 출발한다? 30분 걸리나."

뚝, 전화가 끊겼다. 핸드폰을 가만히 내려다보다가, 나는 한숨을 푹 내쉬었다.

내가 진짜, 귀신 하나 안 만나려고 별짓을 다 한다⋯⋯. 그렇게 생각하면서 위에 걸친 티셔츠를 갈아입은 나는 슬리퍼를 신은 채 아파트를 나섰다.

* * *

은지호네 집은 우리 집에서 왕십리 역을 조금 지나서, 다시 10분 정도 한양대학교를 따라 걸어 내려가다 보면 천천히 그 모습을 드러낸다.

더운 여름에, 하필이면 오후 3시 즈음에 나온 것이 잘못이었다. 길에 생각보다 사람이 꽤 많았다. 다행히 횡단보도 몇 개를 지나가자 사람 수는 줄어들어서, 옷깃이 스치는 것만으로 살인이 일어나는 것은 간신히 면했다만. 나는 고개를 젖혀 하늘을 바라보았다.

구름 하나 없는 새파란 하늘 아래로 햇빛이 무자비하게 쏟아지고 있었다. 걸음을 옮길수록 기운이 쭉쭉 빠지는 것 같았다.

아, 참, 은지호는 환자였지. 그래도 늦을 수는 없다 싶어 나는 걸음을 빨리했다.

은지호 딴에는 엎어지면 코 닿을 거리라면서, 중학교 2학년 때 즈음에는 정말로 숙제다 뭐다 하면서 매일같이 들락날락거렸기 때문에 내가 거리 감각을 조금 잃고 살았던 모양이다. 눈대중으로 거리를 따져 보니 그렇게 가깝지만도 않은 것 같았다.

대체 은지호는 뭘 위해서 하루가 멀다 하고 우리 집으로 빠져서 반여령이랑, 나랑, 셋이 머리를 맞대고 공부나 하고는 했던 거지. 은지호와 내가 친해진 것도 그즈음이었다.

유천영이랑 권은형이랑은, 의외로 쉽게 친해졌다고 해도, 은지호와 내가 친해진 것은 정말로 의외였다.

나는 눈썹을 찡그린 채 중학교 때, 은지호를 처음 보았던 그날의 충격을 떠올렸다.

'훗, 재미있군.'

"……."

아니, 별로 떠올리지 않는 편이 좋겠다. 그냥, 그건 별로 좋지 않은 추억이다. 그때의 은지호와 지금의 은지호 사이에 공통점이 있다면 머리색뿐이다.

저런 무시무시한 애는 대체 어떤 경로로 반여령이랑 사귀게 되려나 했더니, 의외로 막상 친해지고 보니 정신이 멀쩡하다 못해 산만하기까지 해서, 결과적으로 지금 보면 둘이 매우 잘 지내고 있다.

다만, 정상적인 인터넷 소설의 여주인공과 남주인공의 관계는 아닌 것 같다.

나는 이번에는 눈썹을 찡그리며 둘이 같이 있을 때의 일반적인 행동 양상을 떠올렸다. 아무래도 은지호가 요즘 두문불출─감기 때문임이 방금 밝혀졌다─했다 보니, 떠오르는 것은 제일 최근의 기억이었다.

'야, 밀실 살인사건 만들어. 역시 무서운 건 밀실 살인사건이 짱이라니까? 왜, 사람 한 명씩 죽고 그런 거 있잖아, 폭설로 고립된 상황에서, 어? 한 명씩 죽고, 그게 단합력 기르기에는 최고지.'

'와, 재밌겠다! 죽일 애들 목록 작성하자, 아, 트릭은 뭐로 써?'

"······."

이대로 괜찮은 것인가, 이 소설? 아무래도 남자 주인공이랑 여자 주인공이 둘 다 정신이 좀 나간 것 같은데.

사실 내가 인터넷 소설이 아니라, 단순히 인터넷 소설의 요소들을 차용했을 뿐인 추리 소설에 들어온 것은 아닐까?

둘이 나란히 눈을 빛내는 것이, 그렇게 죽이 잘 맞는 것은 본 적이 없었다. 은지호와 반여령은 굳이 분류를 나누자면 티격태격대는 커플 축에 속했다.

설마, 설마 아니겠지. 한숨을 내쉬고 고개를 든 나는 다시 걸음을 옮겼다. 골목으로 접어들어서 얼마나 걸었을까, 얼핏, 저 멀리서 은지호 같은 그림자가 보였다.

후줄근한 티셔츠 한 장에 아래에는 시원해 보이는 소재의 긴 바지 하나를 걸치고 있을 뿐이었다.

머리 위에는 햇빛을 피하기 위해서인지 모자를 눌러쓰고 있어서 은색 머리카락은 보이지 않았지만, 안 세월이 몇 년인데 그 실루엣만으로도 은지호임을 파악하기는 쉬웠다. 내가 막 걸음을 빨리하던 그때였다.

은지호의 맞은편에 서 있는 인영이 얼핏 눈에 들어왔다. 골목을 빠져나와 은지호를 향해 걷다 말고 나는, 그 자리에 우뚝 멈춰 섰다.

딱, 우리보다 열 살 즈음 많을까 싶은 여자였다. 그러니까 나이는 서른 즈음 되었을까? 날씬한 목과 좁은 어깨가 대충 봐도 마른 체구였다.

그 위에 여름인데도 어울리지 않게 얇은 니트 스웨터와 자줏빛 롱스커트를 입고 있었다. 머리카락은 길게 길러 뒤로 흘러내리게 둔 채였다.

밝은 햇빛 아래, 은지호네 집의 무시무시할 정도로 높은 담을 등지고 서서 둘은 서로를 마주 보고 있었다.

아니, 가만히 보니, 무슨 얘기를 하는 참인 것 같기도 했다. 여자의 입술이 달싹이고 있었다. 나는 다시 걸음을 옮겼다.

조금 가까워지자 여자의 얼굴이 갑자기, 카메라의 초점이 맞기라도 한 것처럼 확 눈에 들어왔다.

눈에 띄는 얼굴이기는 했다. 특히 코가 예쁘고, 연신 미소를 짓고 있었는데 한쪽 보조개가 우물처럼 폭 패어 있었다. 얼굴은 아주 자그마했다. 그런데 꼭, 나는 눈썹을 찡그렸다.

어디선가 본 듯한 얼굴이었다. 이목구비가 아니라 표정이, 그 여자의 표정이 내가 아는 누군가를 닮아 있었다. 봄날의 꽃처럼 밝고 화사한, 그러나 어딘가 가면 같은 미소. 여자의 머리카락이 맑은 햇살 아래 고동색으로 부서졌다.

나는 다시 은지호를 향해 고개를 돌렸다. 상대방인 여자가 웃고 있으니, 상급자에게라면 예의를 깍듯이 차리는 은지호라면 당연히, 여상스럽게 웃는 얼굴이겠거니 생각하면서.

그러나 쏟아지는 햇살 사이로 그의 얼굴이 시야에 들어온 순간, 나는 심장이 덜컹 내려앉는 것을 느꼈다.

은지호의 그런 얼굴은, 아니, 사람의 그런 얼굴은…… 처음 보았다. 고요 속에서 조용히 이는 파도 같았다. 아주, 고요한 분노. 세상의 모든 것이 멈춘 듯, 은지호의 머리 위로 조용히 이는 바람조차 소리 없이 우리의 어깨를 가만히 건드리고 지나가는 것 같았다.

그의 눈 안에 일렁이는 새하얀 불꽃, 얼굴은 차라리 귀신을 보고 있다 해도 믿어질 정도로 새하얗게 질려 있었다. 껍데기 속에서 울부짖는 것 같은, 조용하고 포악한 얼굴.

정적 속에서 몇 초가 지났는지, 혹은 몇 분이 지났는지 시간을 가늠할 수 없었다. 은지호가 천천히 입술을 떼었다. 그의 새카만 눈은 정확히 앞에 선 여자를 향해 있었다.

"가세요. 당신이……."

"지호야."

"당신이 나한테 한 짓이 기억나면, 내 이름을 부르면 안 되지. 그리고 주인이도."

그는 말을 잇다 말고 입술을 꾹 다물더니, 휘청이며 한걸음 뒤로 물러섰다. 아, 그제야 그가 아프다는 것을 생각한 내가, 그를 부축하려고 다가선 그때였다.

다음 순간 다물린 그의 입술 사이로 흘러나온 것은 거의 고함에 가까운 목소리였다.

"당신이, 양심이 있으면…… 우주인 앞에, 다시는!"

"지호야!"

"다시는 나타나지 말아야 하는 거 아냐!?"

그렇게 외치고 은지호는 쌕쌕 숨을 들이쉬었다. 모자챙 아래 그늘이 고인 그의 눈가 아래로 땀방울인지, 눈물인지 모를 것이 느리게 흘러내리고 있었다.

고개를 들어 여자를 바라본 은지호가 말을 이었다.

"아마 당신이 이 근처를 조심성 없이 돌아다녔다면 CCTV에 얼굴이 찍혔겠지. 당신은 이미 전적이 있으니 그걸 가지고도 할 수 있는 일이 상당히 많아."

"지호야. 나는 그냥, 우리 주인이 소식이라도 좀 알았으면 해서……."

"우리 주인이? 아, 그 필요할 때만 주워섬기는 우리 주인이?"

그렇게 말한 은지호의 입술 위에 비틀린 미소가 걸렸다. 나는, 은지호가 그런 얼굴을 하는 것은, 맹세컨대 처음 보았다.

할 말도 잃고 멀거니 서 있는데, 멀리 은지호의 목소리가 들렸다.

"우주인이 사람을 경멸하게 되었다면, 그건 다 당신 때문이야. 알아?"

"지호야! 무슨 말을 그렇게……! 그때 아줌마는 어쩔 수가 없었어. 너도 알잖아, 아줌마가 어떤 상황이었는지! 그 무서운 불한당들에게 붙잡혀서."

"이미 진실만을 선언할 것을 맹세한 엄숙한 법원에서 다 털린 일을, 이제 와서 정정이라도 해 보겠다고?"

"……."

"아, 그리고, 우주인이 이 세상에서 제일 경멸하는 게 당신 같은 사람이라더라. 찾아가 봤자 나 이상으로 재미없을걸."

냉기가 뚝뚝 떨어지는 목소리로 그렇게 말한 은지호는, 턱 줄기에서 식은땀을 흘리는 채로 힘겹게 돌아섰다. 흡사 목발을 사용하기라도 하는 듯 한없이 비척거리는 걸음이었다. 그러다가, 갑자기 고개를 돌려 이쪽을 바라보는 바람에 나는 흠칫 놀랐다.

아, 그러니까, 내가 무슨 말을 할까 고민하는 사이 은지호가 성큼성큼 걸어 이쪽으로 다가왔다. 아니, 말이 걸어 왔다지 거의 내달렸다 수준이었다.

그 여자는 이쪽을 보고 있지 않았다. 등을 돌린 채로, 그 저 은지호네 저택의 까마득하게 높은 담벼락 위쪽만을 뚫어져라 바라보는 것이 아무래도 정말로 CCTV를 찾아볼 심산인가 싶었다. 여자가 그러고 있는 사이 은지호는 갑자기 내 손목을 잡아챈 다음 땀이 나게 달리기 시작했다.

방금까지만 해도 다 죽을 것처럼 비틀거리던 놈이, 게다가 심지어는 슬리퍼 비슷하게 생긴 걸 구겨 신은 주제에!

나는 기겁해서 소리를 낮추어 외쳤다.

"야, 괜찮아!? 너 방금까지만 해도……!"

"지금 그게 중요한 게 아냐!"

그렇게 대화하는 동안 그 여자가 얼핏 이쪽을 돌아본 것 같았다. 갈색 벽돌 기둥 틈새로 그런 것이 보였다. 그리고 다음 순간, 은지호와 나는 문 양옆에 자리한 갈색 벽돌 기둥을 지나 집으로 들어와 있었다.

하아, 갑자기 전력 질주라니, 내가 심장이 약하지 않다고는 하지만 한동안 멀쩡히 서 있기가 힘들었다. 운동신경이 발군인 은지호를 따라 뛰려니 더욱.

내가 고개를 푹 숙인 채, 무릎을 두 손으로 짚고 호흡을 고르는 동안 은지호가 옆에서 무어라 말하는 것이 들렸다.

"이 문, 이중으로 잠가. 밖에서 아예 안을 들여다볼 수 없도록."

평소에는 쇠창살 사이에 틈새가 나 있어, 안을 어느 정도 들여다볼 수 있는 검은색 철문이었다.

옆에서 멀뚱히 서 있던, 새카만 양복 차림의 남자가 허리춤에 차고 있는 무전기에다 대고 무언가를 말하는가 싶었다. 그러더니 곧 양옆으로 붙어 있던 굵은 나무문이 쇠창살 위에 씌워졌다.

내가 그 모습을 멀뚱히 바라보는데, 은지호가 이쪽을 돌아보는 바람에 나는 흠칫 놀랐다.

그가 진지한, 정말로 백 년에 한 번이나 볼 법한 진지한 얼굴로 물었다.

"너, 어디부터 어디까지 들었어?"

정말로 중요한 대화였나, 싶었다. 오가는 문장들이 상당히 의미심장하기는 했다, 그 안에 담긴 이름들도. 주인이의 이름이 그 안에 들어 있던 것은 정말로 뜻밖이었다.

생각하다 말고 은지호의 놀랍도록 진지한 검은 눈이 아직까지도 나를 향하고 있는 것을 보고, 나는 입술을 꾹 다문 채 눈썹을 찡그렸다. 대답하지 않으면 도저히 넘어갈 기미가 아니었다.

나는 기억을 더듬어 가며 입을 열었다.

"가세요, 부터……."

"부터?"

"재미없을걸, 까지."

은지호는 잠깐 나를 빤히 내려다본 채 말이 없었다. 자세히 보니, 눈이 아릿할 정도로 눈부신 햇살 아래서 그의 검은 눈은 초점을 잃은 것 같기도 했다.

아픈가? 하기는, 아까도 현기증을 일으키던 상태에서 그렇게나 뛰었으니. 더군다나 나까지 달고.

내가 손을 내밀어 막 그의 눈앞에 대고 흔들어 대려는 찰나, 그가 손을 뻗어 내 손을 잡더니 턱 하고 내렸다. 그러더니 그는 다른 손으로 눈을 가린 채, 다시 한참을 말이 없었다.

아픈 건지 뭔지, 나는 조심스럽게 그를 불렀다.

"저기요? 야?"

"하…….."

한참 만에 그의 입술에서 새어 나온 것은 앓는 듯한 한숨 소리였다. 그를 빤히 보고 있으려니 다른 말이 이어졌다.

"처음부터 끝까지 다 들었잖아, 내가, 미ㅡ."

그가 갑자기 말을 중간에 잘라먹고는 크게 숨을 들이쉬기에, 나는 본능적으로 무언가 위험을 감지하고는 한걸음 물러섰다. 그와 동시에 은지호가 거하게, 거의 내장이라도 토할 듯한 기세로 기침을 터트렸다.

"콜록, 콜록, 커흭! 켁, 콜록, 콜록콜록……."

"도련님! 도련님, 괜찮으세요!?"

"기, 기침을, 참았다가 하려니까, 아니, 그런데 거기서 기침을 할 수도 없고…… 콜록콜록!"

"여기는 정문, 도련님의 상태가 안 좋은 것 같다! 응급차를 불러!"

"아니, 응급차는 됐, 커흭, 쿨럭쿨럭!"

그 난리는 결국에는 의사가 오고 나서야 진정되었다. 은지호는 괜찮다는 것을, 사람들은 기어코 커다란 밴에 싣더니 멀뚱히 서 있던 나를 보고 타라고 말했다.

은지호가 넓은 좌석 위에 드러눕다시피 앉고, 그 맞은편에 나는 조용히 몸을 실었다. 세상에, 울타리 안 정원을 차로 다니다니, 내가 어이없어서 중얼거리거나 말거나 차는 조용히 출발했다.

한동안 아무도 말이 없었다. 은지호는 좌석에 누워서 숨을 쌕쌕 들이쉬는 채 아무 말이 없었고, 나는 그를 바라보다가 고개를 돌려 창밖을 보았다. 초록색 나무 묘목들이 풍경 위로 빠르게 스쳐 지나가고 있었다.

중학교 3학년 9월 즈음에 있었던 은지호의 생일파티 이후로는 처음으로 와 보는 집이었다.

지금도 기억이 난다. 내가, 은지호에게 너는 우리 집을 거의 제 집 드나들 듯이 하는데 나는 네 집에 한 번 가 볼 수 없냐고 물으니, 은지호는 아주 싫은 티가 다 나는 얼굴을 했다. 내가 싫다기보다는 그냥, 자신의 집에 누군가를 초대하는 것이 싫은 듯했다.

그래서 내가 아, 싫으면 됐다고 했더니 결국에는 자신의 생일 명목으로 우리를 초대했다.

그리고 우리는 신문에 매일 그 소식이 실릴 정도인 세계 굴지의 기업, 한울 그룹의 회장님과 같은 테이블에서 식사를…… 했다.

우리는 은지호의 생활이 얼마나 엄격한 규칙하에 통제되고 있는지 하나도 몰랐던 것이다. 특히 이 집의 흡사 장벽처럼 높은 울타리 안에서는 더욱더.

은지호가 우리 집을 좋아했던 것이, 특히 자유분방하기로는 둘째가라면 서러울 우리 부모님을 좋아하는 것이 그래서일지도 모른다고 나는 그때 생각했다.

은지호네 아버지, 은한수 회장님께서는 묘목에 관심이 많아서 은지호네 정원은 어느 나라에서 공수해 온 듯한 기이한 무늬와 빛깔의 돌들, 그리고 어쩐지 파다 만 듯한 모양이라서 그게 더 자연스러워 보이는 인공 호수, 울퉁불퉁한 언덕과 마찬가지로 세계 각지에서 들여왔을 것이 분명한 희한한 묘목들이 띄엄띄엄 놓여 있었다.

은지호네 정원을 보면 그가 은지호의 교육에 그렇게 세심하게 공을 들이시는 분이라고 도저히 생각할 수 없을 정도로 불규칙적이다. 흡사 누군가가 하늘에서 거대한 손을 뻗어 그 모든 것을 한 바퀴 휘저어 놓은 듯.

그래도 그것은 그런대로 장관이었다. 밖을 보지 못하는 것이 아쉬워서, 창밖을 기웃거리고 있는데 옆에서 은지호가 물어 왔다.

"야."

"응."

"이따가 정원 구경하자."

"넌 좀, 멀쩡해지고 그런 소리를 해라……."

그렇게 말하고 나는 손을 뻗어 은지호의 땀에 젖은 이마를 꾹 눌러 주었다. 은지호가, 아, 환자 죽이네, 하고 엄살을 떨다 말고 눈이 마주치자 슬그머니 내 시선을 피했다.

그의 맞은편에 놓인 의자에 앉은 채, 나는 손을 꼼지락거리며 생각했다. 대체 방금 그 대화들, 무슨 의미일까…… 그리고 나만큼이나 은지호가 생각하고 있는 것 역시 그것임이 분명했다. 그 대화에 대해 어떻게 설명해야 할까.

물론 나 역시 설명을 들을 필요가 없고, 은지호 역시 나에게 설명할 필요가 없었다. 우리 둘 다 그것을 의식하고 있기 때문에, 어느 하나도 입장이 분명한 상황이 아니라서 오히려 생기는 그런 기류인 것이었다.

결국 나는, 짧게 한숨을 내쉬고는 입을 열었다.

"있잖아, 나 아까 그 일 몰라도 되거든……."

"……."

"내가 그냥 타이밍이 좀, 안 좋았네. 괜히 얘기 들어서."

"아냐."

은지호의 한숨 섞인 목소리가 차 안에서 조용히 울렸다. 그때 한 번, 코너를 도는 모양인지 몸이 조금 덜컹 기울었다. 그 가운데 나는 은지호의 새카만 눈을 빤히 보았다.

땀에 젖어 이마에 달라붙은 환한 은색 머리카락 아래, 그의 새카만 눈은 이제 정확히 나를 보고 있었다. 조금 기묘하게 웃는 얼굴로, 그는 말했다.

"아니, 알려 줄게."

"뭐? 아니, 필요 없다니까."

손을 내저으며 그렇게 말하려던 나는 이어진 말에 말문이 막혔다.

"내가 말 안 하면 무슨 일이었을지 상상 안 할 자신은 있고?"

"……."

"어설프게 상상하게 내버려 두느니 알려 주는 편이 낫지."

음, 나는 생각하다 말고 조용히 손을 내렸다. 은지호가, 그럼 그렇지, 하는 듯한 얼굴로 피식 웃었다. 그러더니 그는 말을 이었다.

"어차피 우주인이 너를 엄마라고 부르는 시점에서, 우주인은 너한테 그 일에 대해 조만간 말했을걸. 분명히."

어쩌면 시간이 된 건지도 모르지, 중얼거리듯 그렇게 덧붙인 은지호는 내내 누워 있던 좌석에서 몸을 일으켰다. 그리고 동시에, 문이 열리고 그 사이로 환한 여름 햇살이 내리꽂히듯이 비쳐 들어왔다.

환한 빛이 사라지고 나자 그 뒤로 보이는 것은 언젠가 한 번 보았던, 그러나 여전히 익숙하지는 않은 저택의 풍경이었다.

한 면이 전부 유리로 되어 있어 채광이 밝은 집이었다. 어항인 듯 붉은색 소파며 얼룩말 무늬의, 계단 모양으로 푹 파인 타일 바닥과 그 아래 헤엄치는 물고기가 눈에 선명하게 보였다.

나선 모양으로 이어지는 계단 아래 놓인 그랜드 피아노, 신경질적으로 보일 정도로 새하얀 외벽.

집으로 들어오자 이쪽으로 다가오는 서너 명의 고용인들을 은지호는 간단히 손을 내저음으로써 물렸다.

그 모습이 자연스러워서, 와, 정말 은지호가 이 집 아들이기는 하구나, 하면서 바라보고 있자 그는 담담히 걸음을 옮겨 위층으로 올라갔다.

은지호의 방은 계단을 올라가 바로 서재로 이어지는 커다랗고 높은 문 바로 옆에 달린, 작고 좁은 문 안이었다. 모든 것이 하얀색 아니면 붉은색 일색인 이 저택에서 은지호의, 나뭇결이 살아 있는 작은 문은 그 자체로 이질적인 존재였다. 은지호가 방문을 열자 나도 따라서 들어갔다.

1년 만에 들어오는 은지호의 방은 아주 조금 달라져 있었다. 벽에 걸린 커다란 그림은 여전했고, 커다란 오디오 장비, 서가에 가득 박힌 책들은 옛날에 보았을 때와 같이 대부분 영어 원서였다.

서가에 빽빽하게 꽂힌, 나로서는 제목조차 읽을 엄두를 내지 못하는 책들, 나는 질린 얼굴로 중얼거렸다.

"저건 정말, 언제 봐도……."

저런 게 내 방에 한가득 꽂혀 있었으면 나는, 내 방에서 살기 싫었을 거야.

전에 저걸 정말 읽을 수 있느냐고 물었을 때 은지호는, 조금 고민하는 듯한 얼굴을 하다가 곧 고개를 내저었는데 그것을 보고 우리는 집에서 나오면서 대화했다.

'읽었네.'

시큰둥한 것은 반여령의 목소리였고

'읽은 것 같지?'

신중한 은형이의 목소리에

'읽었겠지.'

그에 비해서 단호하고 확신이 실린 유천영의 목소리와

'응, 읽었어.'

우리의 모든 의문을 잠재우는 그 확신이 실린 한 마디에 우리는 모두 주인이를 휙 돌아보았다. 시선을 받자, 어깨를 으쓱하고는 빙긋 웃은 주인이가 말을 이었다.

'읽고 있는 거 봤으니까 알지.'

가을 밤 가로등 불빛을 받아, 누군가 남색 캔버스 위에 주황색 유화 물감으로 칠해 놓은 듯 선명하고 빛나던 주인이의 웃는 얼굴. 거기까지 떠올린 나는 문득 입을 조금 벌렸다. 그 여자, 은지호가 고요하고도 포악한 눈으로 노려보던 그 여자의 미소가 누구를 닮았는지 기억이 났다.

주인이 판박이잖아.

뒤통수를 한 대 얻어맞은 기분이었다. 은지호가 그토록 싫어하는 여자가 다른 누구도 아니고 주인이랑 닮아 있다고?

아니, 하지만⋯⋯ 나는 생각을 이어 나갔다. 그 여자의 입에서 오가던 '우리 주인이'라는 라는 발언에서 솔직히 다정함이라고는 찾아볼 수 없었다. 은지호가 그 여자에게 지적했던 것도 바로 그 부분이었다.

'아, 그 필요할 때만 주워섬기는 우리 주인이?'

그때 그 안에 담겨 있던 말 못할 경멸, 분노, 혐오⋯⋯.

나는 고개를 들었다. 방문을 닫다 말고 반절 정도를 남겨 놓은 은지호는 또다시 손목으로 입을 가리고는 콜록콜록 기침을 했다. 그러더니 그는 휘청휘청 걸음을 옮겨 침대에 올라갔다. 그러고 나서 그가, 대충 주변을 둘러보며 나를 앉힐 곳을 찾기에 나는 그의 침대 끝에 털썩 걸터앉았다.

잠깐 서로를 마주 보는 채로 침묵이 흘렀다. 한참 후에야, 은지호가 입을 열었다.

"아 그래, 어디서부터 말을 해야 할지, 잘 감이⋯⋯ 콜록, 어, 이게 머리가 멀쩡해도 감이 잘 안 잡혔을 건데, 아프니까 진짜 엄두도 안 나네."

"어디서부터라니, 얼마나 오래된 얘기인데?"

그에게 묻다 말고 나는 무심코 고개를 들어 젖혔다. 높이 경사가 져서 기울어진 천장 아래로 비스듬히 뚫린 좁은 창, 그곳으로부터 빛줄기가 새어 들고 있었다. 그것을 보다 말고, 나는 앞에서 목소리가 흘러나오기에 고개를 바로 했다.

연신 콜록거리면서도 은지호는 천천히, 서두르지 않고
말을 이었다.

"일단, 아까 그 여자는…… 우주인 어머니야."

"어머니?"

나는 놀라서 눈을 크게 떴다.

그게 무슨 해괴한, 어머니? 나는 다시 한 번 입속으로 읊
조렸다. 그 작은 소리를 아픈 와중에도 용케 알아들었는
지, 은지호가 고개를 끄덕이고는 다시 기침을 요란하게 해
댔다.

그 뒤로는 한참이나 침묵이 흘렀다. 창으로 비껴든 햇살
이 느리게 기울었다.

우주인네 어머니에게 은지호가 그런 태도를 보였다니,
도저히 이해가 되지 않는다. 아니, 하지만…… 나는 눈썹
을 찡그렸다.

주인이와 은지호에게서 듣기로는, 주인이가 은지호네 옆
집에서 다른 동네로 이사한 것은 주인이가 일곱 살 때의
일이었다.

지하철로 거의 1시간은 넘게 걸리는 먼 동네였다. 주인
이네 어머니가 굳이 이 근처를 찾아와서 방황할 이유도,
더군다나 은지호에게 주인이의 행방을 물을 이유도 없다.

내 심상찮은 표정을 내내 살피듯이 바라보던 은지호가,
다시 입을 열었다.

"친엄마는 아니야. 우주인네 친어머니는 우주인이 한 살 때 사고로 돌아가셨어."

"아……."

나는 조용히 입을 벌렸다가, 도로 다물고 말았다. 나는 침대 위에 올려놓았던 손을 조용히 움켜쥐었다.

그가 굳이 다른 사람들에게, 다른 무엇도 아니고 '엄마'라고 부르는 것은 그냥 하나의 장난이라고 생각했다. 아이들 사이에서도, 말을 잘 들어 주는 아이에는 '할머니'라고 부르면서 가족 놀이를 하듯이, 그렇게, 그런 것의 연장이라고 생각했다.

무엇보다도 나를 '엄마'라고 부르는 그의 모습이, 그리고 그 호칭이 다정하고 가깝게 느껴져서, 그래서 기분이 좋았던 것 같다.

그래서 그냥 무심결에 넘겼는데, 설마, 그의 친어머니가 돌아가셨을 줄은 몰랐다.

은지호의 입에서도 짧은 한숨이 흘러나왔다. 그리고 그는 눈을 들어 나를 보았다.

"그때부터 우주인네 아버지는 일본에서 들여온 사업에 매달리셨어. 아마 상당히 바쁘셨을 거야. 왜, 어렸을 때는 택배를 우체국에서 직접 찾아가야 했잖아? 그걸 방문해서 전달하는 사업을 도입한 선발 주자 중 하나가 우주인네 아버지야."

"아."

"우주인네 가정이 빠르게 안정을 찾아간 건 우주인이 네다섯 살 때 즈음, 그리고 그 여자가 나타난 게 그때쯤이야."

그 대목을 말하는 은지호의 목소리에 은은한 노기가 어렸다. 그의 눈 위로 투명한 분노의 불길이 일렁이는 것을, 나는 그저 숨을 죽이고 지켜보았다.

그가 이불 위에 올려놓은 손을 꾹 쥐었다. 그가 눈을 들어 나를 보았다. 옅은 어둠 속에서도 그 시선은 화살로 꿰뚫는 듯 또렷했다.

그러다가, 그가 갑자기 킥, 하고 소리 내어 웃는 바람에 나는 놀랐다. 입가에 웃음기를 머금은 채로, 그는 나를 보고 말을 이었다.

"웃긴 게 있는데, 우주인네 친가가 진짜 자기 개성이 좀 또렷해. 다들 한 가지 영역에 아주 특출한 재능이 있는가 하면 다른 영역에는 눈곱만큼도 재능이 없어. 아니, 사실은 그냥 머릿속에 안 들여놓는 것 같기는 해. 확실한 건, 주인이네 아버지는 사업 재능은 있어도 사람 보는 눈은 없으시거든."

"그래서……?"

"그 여자, 아마 처음에 우주인네 아버지를 만나고 몇 달 뒤부터 계속 치료비 명목으로 돈을 얻어 썼던 모양이야. 아마 치료비 좀 뜯어먹다가, 그냥 차 버릴 생각이었을 텐데, 글쎄, 위자료를 뜯어낼 속셈이었던 것 같아. 그러지 않고서야 결혼까지 할 리가 없지."

나는 놀라서 눈을 깜빡였다. 그게, 그렇게 된 거였어? 손을 쫙 펼쳐 손바닥을 한 번 내보인 은지호는 말을 이었다.

"그래, 그래서 결혼을 했어. 주인이네 아버지는 원래부터 재정 관리 같은 것에는 관심도 없으셨고, 재무 관리는 따로 두었다고 해도 그건 회사 쪽 법인 통장 관련이었지, 가계 관련이 아니잖아? 그래서 아마, 남아도는 돈은 다 그 여자의 수중에 있었겠지. 사업이 한창 확장되어서 정말 정신없으셨던 시기라서, 그분은 항상 바빴어. 나도 기억나."

"기억이 나?"

"옆집이었으니까. 우주인, 어렸을 때만 해도 정말 표정도 없었고, 만날 해가 질 때까지 이 앞 골목만 쏘다니다가 집으로 들어갔어. 그 애가 그러고 다니는 모습을 본 것도 기억나고, 그러다가 내가 다가가서 친구가 되었던 것도 기억나고, 그래서 그 집에 자주 놀러 갔었어."

그렇게 말하고 은지호는 잠깐, 고개를 돌려 기침을 했다. 그러더니 그는 문득 깜빡했다는 얼굴로 나를 보고는 물었다.

"아참, 기침 앞으로 네 얼굴에 대고 해 줄까?"

"아니, 그건 사양하고…… 그래서?"

은지호는 어깨를 으쓱하고는 말을 이었다.

"처음으로 그 집에 놀러 갔는데, 그 여자를 봤어. 우주인이 들어왔는데도 그냥 한 마디 왔냐는 인사도 없이, 슥 보더니 걔가 데리고 온 나를 뭐냐는 듯한 눈으로 보더라고. 그런데 우주인은, 완전 꾸벅 인사를 하더니 방으로 들어가는 거야."

"응."

"그런데 그 집 테이블에, 덩치가 아주 큰 사람들이 한 네댓 명은 더 앉아 있었어. 시간이 좀 지나서야 안 거지만 카드 게임을 하고 있었어. 나, 아버지가 어렸을 때는 정말로 작정하고 대중매체에서 격리시켜서 카드 게임 같은 건 하나도 몰랐거든, 체스라면 모를까."

은지호네 아버지는 정말 들을수록 더 감이 안 잡히는 기분이었다. 그분이라면 능히 그럴 수 있겠다 싶어서, 조금 창백해진 얼굴로 고개를 끄덕인 내가 물었다.

"그래서?"

"도박을 하고 있었어."

"도박? 어린애가 있는 집에서?"

"남편은 밤늦도록 안 들어오겠다, 재수 좋으면 내내 회사에서 밤을 새울 때도 있겠다, 애는 아직 어려서 세상 물정 모른다, 알 게 뭐야? 나중에 밝혀진 건데 그 여자, 전문 사기단의 한패였어. 한패라기보다는 거의 말단이라서 정보책 같은 건데."

전문 사기단이라니, 나는 다시 한 번 얼굴이 창백해지고 말았다. 정말로 있단 말야, 그런 게? 아니 그것보다도, 내가 급히 물었다.

"그런 게 어떻게 밝혀진 건데?"

"아, 그게, 그 여자가 날."

말하다 말고 슬쩍 눈썹을 찡그린 은지호는, 한숨을 내쉬었다. 그러더니 오늘의 식당 메뉴를 얘기하듯이, 대수롭잖다는 투로 툭 던졌다.

"납치했거든."

"납치!?"

"정확히는 내가 드나들면서 본, 그 여자 패거리들이 우리 집을 보고는 꽤 잘 사는 집 자식인가 보다, 하고 생각했던 모양이야. 그리고 마침 그 여자가 슬슬 이 생활이 질려서 이혼 소송 걸고, 위자료 받고 떠나야겠다 생각하던 참이었던 모양이지. 그래서 마지막으로 패거리들이랑 한탕하자, 한 건데."

"한 건데?"

"그 사람들은 내가 설마하니 한울 그룹 자식인 줄은 몰랐던 거지, 뭐. 그것도 4대 독자."

은지호가 태연하게 손가락 네 개를 펼치면서 내놓은 말에 나는 입을 벌렸다. 무려 4대 독자였냐, 너…….

은지호의 태평스런 말이 이어졌다.

"그 사기단, 어차피 허접들이었지만 우리 그룹이 작정하고 달려드는데 별수 있냐? 난 거의 2시간도 안 되어서 풀려나고, 그 여자는 샅샅이 뒤지는 와중에 덜미가 잡혀서, 공범 혐의로 체포되었지. 그래서 지금 5년 만에 풀려난 거고."

"너, 되게 자기가 납치되었다는 소리를 아무렇지도 않게…… 맙소사. 야, 납치라니. 무서웠겠다."

은지호는 아니, 별로, 같은 얼굴을 하고는 고개를 내저었다. 그러더니 문득 나를 보면서 특유의 장난기 어린 미소를 지었다. 그가 말했다.

"야, 2시간 만에 풀려났다니까, 그리고 우주인도 내 옆에 있었어."

"뭐!?"

주인이도!? 내가 놀라서 외치자 은지호는 고개를 끄덕이고는 말을 이었다.

"몰라, 돈 많은 사람이면 남의 집 자식에도 조금 더 쓸거라고 생각한 건가, 옆에 있던데. 그냥 어두운 곳에 한두 시간 앉아서 얘기하다가 갑자기 환해져서 나갔더니, 이미 상황 종료되어 있고 경찰 차 다 와 있고, 나쁜 놈들은 수갑 차고 있고. 이게 전부야, 무섭다 뭐다 할 것도 없었어."

"하……."

인터넷 소설의 남자 주인공에게는 납치도 그냥 한 번 당하는 일인 건가, 그렇게 생각하며 한숨을 내쉬는데 은지호의 말이 이어졌다.

"더 놀라운 건 그다음이었지."

"뭐?"

"의료비 명목으로 결혼하기 전부터 돈을 빼돌리고, 결혼한 다음에는 자기 아들이랑 그 아이의 친구까지 납치했는데 주인이네 아버지가 그 여자를 가만 뒀겠어? 이혼 소송을 걸었지. 그런데 그 여자가, 어디서 들었는지는 모르겠지만 어렴풋이, 이혼할 때 양육권을 가져오면 형량이 줄어들지도 모른다는 소리를 들었던 모양이야. 왜, 그, 애를 키워야 하는데 언제까지고 조카 손에 맡기고 천년만년 감옥에 썩힐 수는 없지 않겠어?"

나는 눈썹을 찡그렸다.

그러니까 지금, 그 여자가 마지막 남은 실낱 같은 희망을 주인이에게 걸고, 아니, 하지만 너무 양심도 정신도 없는 것 같은데, 나는 꾹 다물고 있던 입술을 떼었다.

"그러니까 설마, 그 여자가 주인이한테 내가 널 키웠잖니 어쩌니 정에 호소하면서 법원에서 매달린 건⋯⋯."

"아, 너 어쩐 일로 예리하다."

"정신 나갔어!"

"누가 아니래?"

짜증스러운 목소리로 그렇게 말한 은지호가 한숨을 훅, 내뱉었다. 그러더니 한 번 더 기침을 한 그는 눈썹을 찡그리고 말을 이었다.

"그래서 그 여자가, 주인이한테 매달렸는데 주인이가 솔직히 정에 좀 굶주리기는 했어, 그 당시에. 내가 봐도 그 여자한테 지극정성으로 잘했으니까. 그런데 그 여자가, 딱 한 가지 주인이네 아버지보다 주인이에 대해 더 잘 아는 게 있었어."

"뭔데?"

"기억력. 그 미친 기억력 있잖아."

나는 어렴풋이 중학교 1학년 초에, 카드 게임을 하던 우주인의 모습을 떠올렸다.

카드 뒤의 닳아 있는 흔적만 보고도 그것이 무슨 카드인지 전부 외워 버리는, 악마적이라면 악마적이라 할 수 있는 우주인의 그 기억력.

은지호는 눈썹을 찡그린 채로 말을 이었다.

"그 미친 기억력, 그거 제일 먼저 알아본 사람이 그 여자야. 먼저 써먹은 것도 그 여자고."

"써먹다니, 어디에."

"도박."

와…… 아. 나는 마침내 할 말이 완전히 사라져 버리고 말았다.

이제 대체, 무슨 대답을 해야 적절할까, 따위를 떠올리고 있는 내 앞에서 은지호는 나와 마찬가지로, 이걸 어떻게 해야 좋을지 모르겠다는 듯 한숨을 내쉬더니 헝클어진 제 머리카락을 쓸어 넘겼다. 그리고 침대 머리맡에 등을 댄 그는 말을 이었다.

"그래, 그 여자…… 자기 패거리하고 도박할 때 우주인한테 신호를 보내게 해서, 그걸 써먹었어. 돈 한 번 알뜰하게 벌었지, 자린고비 상이라도 주고 싶은 심정이다."

"미, 미쳤어……."

"더 웃긴 건, 그 여자, 그때는 그렇게 우주인을 잘했다, 천재다 뭐다 칭찬해 놓고는, 왜, 우주인은 솔직히 그 극단적인 우씨 집안에서는 유일하게 고루 발달한 케이스란 말이야? 걔가 안 그래도 사람 보는 눈이 좋은데, 그래도 새엄마라는 생각에 애써 믿고 있었던 건데, 납치까지 당한 마당에 이혼하는 법원에서 가지 말라고 하겠어? 애가 멍청이도 아니고, 멍청이가 뭐야, 영악할 정도로 똑똑한 애였는데. 그 녀석은 그때도 머리가 핑핑 돌았어."

은지호는 말을 멈추더니 짧게 한숨을 내쉬었다.

"그다음이 아주 가관이었어. 그 여자가, 우주인한테, 너 같이 징그러운 애는 본 적이 없다고, 다 아는 눈으로 자기를 보지 말라고, 네가 나에 대해서 전부 기억할 걸 생각하면 아주 끔찍하다고, 저게 사람 자식이냐고…… 법원에서 울고 소리 지르고 손가락질하고 아주 난리도 아니었지."

"……"

"형량 다 되었나 봐, 나온 걸 보면. 설마 뻔뻔하게 여기까지 와서, 우리 주인이…… 하, 기가 막혀서, 사람이 어이 없어서 죽을 수 있다면 그 자리에서 죽었을 거다."

"와……."

그것으로 아마 내가 평생 써먹을 수 있는 감탄사는 다 써먹은 기분이었다. 무어라 말을 해야 할지 감도 안 잡혀서, 나는 한동안 그대로 가만히 있었다.

머리가 어질어질했다. 지금 이게, 나는 가만히 손을 올려 이마에 대고는 은지호를 돌아보았다.

눈이 마주치자 은지호는 어깨를 으쓱했다. 그런 이야기를 털어놓은 사람치고는, 정말로, 아무렇지도 않은 얼굴이었다.

나는 정말로 무슨 삼류 범죄 드라마 각본이라도 하나 들은 기분인데, 그게, 나는 조용히 펴고 있던 손을 접었다. 그런 일을 직접 겪은 사람이, 오래전부터 내 옆에 있었다.

선선하던 가을밤, 은지호네 검은 대문을 지나 골목에 나란히 서서 걷던 우주인의 그, 캔버스 위에 주황색 물감으로 그린 듯하던 얼굴이, 마치 새하얀 장막 위에 번지듯 선명하게 솟아 올랐다.

그는 대체, 어떤 생각으로 그렇게 웃을 수 있는 것일까.

불현 듯 들춘 서랍에서 비밀 일기장이라도 발견한 듯 찝찝한 기분이었다.

침대에 걸터앉은 채로 내가 한참을 말이 없자, 은지호는 그 침묵이 머쓱했던 모양이었다. 제 손을 매만지다가, 그는 제 베개 맡을 더듬더니 무언가를 찾아내어 불쑥 내밀었다.

"야, 신기한 거 보여 줄까?"

"뭐?"

"짜잔."

그러더니 그는 손에 들고 있던 새카만 리모콘 전원을 삑 눌렀다. 동시에 그의 리모콘 끝이 향한, 영어로 된 서적이 가득한 서가의 가운데가 양옆으로 갈라졌다.

뭐야, 저, 어이없는, 갑자기 난데없이 애 방에서 모세의 기적이 웬 말이야. 내가 그러고 있는 동안 그 사이로 나타난 것은 다름 아닌 새카만 구형 텔레비전이었다.

내가 얼이 빠져서 그것을 보고 있자, 옆에서 은지호는 다시 희한한 감탄사와 함께 버튼을 눌렀다.

"빠밤."

"존나, 돈 낭비……."

"아버지가 견물생심이라고 해서, 어쨌거나 눈 닿는 곳에 계속 텔레비전이 있으면 사람이 습관적으로 보게 되어서 멍청해진다고, 내가 저거 다는 데 얼마나 많이 설득하고 매달리고를 반복했는지 알아?"

"흐음."

나는 그에게 손을 내밀어 리모콘을 건네받았다. 그런데, 어, 이상하다, 버튼을 조작하다 말고 고개를 돌린 나는 다시 물었다.

"야, 이거 뭐야? 채널이 좀 이상한데?"

"ebs랑 내셔널 지오그래피밖에 안 나오거든."

지금 농담이지? 나는 기겁해서 눈으로 물었지만, 은지호는 그 눈빛에 다시 눈빛으로 대답할 뿐이었다. 지금 이게 농담 같냐. 병색이 완연한 그의 얼굴과 맞물려 그의 그 절망적인 눈빛은 도저히 거짓으로는 보이지 않았다.

한참이나 정적이 흘렀다. 나는 다시 채널을 돌렸다.

정말로 채널이 단 두 개였다. 티비에서는 '우주의 역사는 빛의 탄생과 그 나이를 같이 합니다…….'어쩌고 하는, 우주에 대한 다큐멘터리가 흘러나오고 있었다.

다시 채널을 돌리자 이번에 보이는 것은 '얄라리 얄리얄라셩 얄라리얄라.'가 맑은 고딕체에 40포인트 크기로 새겨진 녹색 칠판이었다.

나는 리모콘을 다시 은지호에게 밀어 주었다. 그러자 그는 아주 싫은 얼굴을 하고 말했다.

"너 가져라. 난 필요 없거든, 그게 그거니까. 아니, 내셔널 지오그래피가 조금 더 낫나?"

"미친…….."

결국에는 이 말이 튀어나오고야 말았다. 아, 어이없어, 내가 침대 위에 털푸덕 주저앉자 은지호가 옆에서 킥킥 웃어 버렸다.

아, 저게 뭐야, 우주가 폭발하는, 그래픽 하나는 끝내주

게 선명한 영상을 보다가 결국에는 나도 어이가 없어서 침대를 두드리며 웃고 말았다. 이불을 돌돌 말고 웅크려 앉은 채로 은지호도 웃어 대기 시작했다.

"야, 너희 아버지 진짜 대박…… 와, 대박, 너 어떻게 사냐?"

"나도 몰라. 이게 사는 거냐, 지금?"

그렇게 말하며 은지호가 제 리모콘을 등 뒤로 휙 던지는 바람에, 또 그게 웃겨서 나는 킥킥 웃고는 바로 앉았다.

한참을 웃음기가 감도는 눈으로 서로를 보다가, 킥, 하고 마지막 웃음을 흘려 보낸 나는 입을 열었다.

"나 솔직히 너 중학교 1학년 때 처음 보고는, 쟤가 좀 이상하구나, 했거든?"

"어어. 그래, 내가 자라 온 환경을 보니까 좀 내가 이해가 가기 시작하면서 환경의 중요성이 느껴지지 않냐?"

"응, 매우 많이."

그러다 말고 나는 갑자기 눈을 크게 뜨고는 침묵을 지켰다. 마침 맞은편을 돌아보니, 은지호도 같은 것을 떠올린 모양이었다.

환경의 중요성, 그것은 특히 사람이 유년기에 가까울수록 큰 영향을 미친다. 방금까지 정신없이 웃고 떠들던 공기 사이에 어둑어둑한 침묵이 감돌기 시작했다.

나는 손을 매만지고, 은지호는 다른 곳을 보고는 말이 없고. 그러다가 나는, 결국 이러지도 저러지도 못하고 자리에서 일어났다.

"야, 나 이제, 그럼, 가 본다. 아마 1시간은 넘게 공기를 마셨으니까 감기 걸리겠지?"

그제야 내가 왔던 목적을 떠올렸던 모양인지, 은지호의 입술 위로 미소가 걸렸다. 나는 자리에서 일어나 망설이는 걸음으로 은지호의 방문으로 걸어갔다.

맨들맨들한 카펫을 지나서 내 손끝이 문 손잡이에 막 닿으려는 찰나, 뒤에서 나를 부르는 소리가 났다. 나는 멈춰 선 채 뒤를 돌아보았다.

"불렀어?"

"어. 콜록, 콜록콜록!"

"왜?"

그렇게 말하며 나는 다시 걸어서 그의 곁으로 다가갔다.

이불을 말고 앉은 채, 그는 거의 움직임 없이 고개만을 들어 이쪽을 올려다보았다. 그러더니 그의 입술에 미소가 걸렸다. 이번에는 지금까지 보았던 것과는 조금 다른 미소였다.

"우주인 일 말인데."

"응."

"오해하지 말고 들어. 사람이, 똑똑한 거랑 마음이 좋은 거랑은 달라. 알고 있겠지만."

그의 그런, 자신이 목표하는 장소와 현재 서 있는 장소 사이에 흡사 징검다리를 두기라도 하는 듯, 신중하게 말을 골라내는 화법이 나는 생소하게 느껴졌다. 숨을 조금 들이쉬고는, 나는 고개를 끄덕였다.

내 앞에 앉은 은지호의 쓰게 웃는 얼굴이, 그의 등 뒤 블라인드로부터 새어 나온 어렴풋한 빛줄기 아래 희미하게 빛났다. 고개를 끄덕인 은지호가 말을 이었다.

"내가 보기에 그 녀석은 너무 머리가 핑핑 돌아. 그게 문제인 것 같아."

"문제라고?"

"그 녀석이 자기 진짜 마음을 직면하지 못하게 하는 문제."

은지호는 검지를 들어 제 관자놀이 부근을 톡톡 가리켰다. 그의 새카만 눈은 흡사 내 밑바닥까지 꿰뚫을 듯이 느껴졌다.

이런 순간이 오면 나는 직면하고는 만다. 은지호가 사람에 있어서 얼마나 예리한지를. 그것은 어쩌면 그의, 후일 그가 하고자 하는 일들을 하는 데 있어서 가장 큰 자산이 될지도 모른다. 차분한 말소리가 이어졌다.

"자기 합리화랑은 조금 달라. 자기 합리화는 적어도 자기 자신을, 자기 스스로만은 정당하다고 믿어 주고자 하는 욕구에서 시작해. 그런데 그 녀석은 그런 것도 아니야."

"아니라면……."

그렇게 말하며 나는 그의 쪽으로 상체를 조금 기울였다. 은지호가 말을 이었다.

"나는 그 녀석을 도저히 감을 못 잡겠어. 내가, 내가 감을 잡기에는, 그 녀석 머리 회전이 너무, 빨라."

나는 가만히 눈썹을 찡그렸다. 은지호 역시 괴롭다는 듯 눈썹을 찡그린 채였다. 그의 말이 이어졌다.

"대화를 해 보려고 해도, 그 녀석은 자기 마음 바깥에 몇 겹은 되는 어떤 시스템 같은 걸 두르고 있어. 그런데 그 시스템이 심지어, 모든 종류의 질문에 자기가 원하는 대로 보이도록 적절하게 대답하는 기능을 갖추고 있는 셈이야. 그 녀석의 머리는 그런 시스템을 수 개는 돌리고도 아무렇지도 않게 일상생활을 할 수 있는 거야."

"……."

"대화를 해서 조금 접근해 보려고 해도 택도 없어. 이런 대답이 튀어나왔다가 저런 대답이 튀어나오는데, 한결같이 이치에는 맞는 말인데 뭔가 좀 이상해. 통일성이 없단 말야, 꼭, 상황에 맞춰서 적절한 대답을 골라내는 기계 같아. 진심 같은 건 그 안에 없어, 내가 보기에는."

거기까지 말하고는 은지호는 괴로운 듯 숨을 삼켰다. 그러더니 그는 느리게 한숨을 토해 내었다.

콜록, 한 번 더 기침을 하고 나서, 그는 고개를 돌려 먼 허공을 눈으로 더듬었다. 그러다가, 그가 다시 느리게 말을 이었다.

"자기가 자기 자신을 세상에서 제일 용납 못하는 것 같아."

"……."

"한없이 계산적이다가, 한없이 세심하고 다정하고 너그럽다가, 그러지 않던? 너도 가끔 느낀 적 있잖아."

나는 말없이 그저 고개를 끄덕였다.

그래, 확실히, 느낀 적이 있었다. 주인이의 어떠한 행동에서, 갑자기 주인이의 너그럽고 유순한 평소 모습을 찢고 느닷없이, 악몽 속 괴물처럼 갑작스럽게 등장하는 그의 날카로운 일면은 분명히 그 안에 존재했다.

손을 들어 제 머리카락을 쓸어 넘긴 은지호가 말을 이었다.

"그리고 그 녀석, 한 과목씩 매일 밀려 쓰는 거, 그게 일부러 하지 않고서야 매번 그런다는 건 말도 안 되지. 그렇지 않아?"

"그건, 그래……."

우주인이, 이번에도 한 과목 밀려 썼다면서 시험이 끝나고 나서 쪼르르 달려와 쾌활하게 말하는 그 모습이 의아하게 느껴지고는 했다. 언젠가는 정말로, 주인이가 내가 기죽지 말라고 일부러 한 과목씩 밀려 써서 성적을 맞춰 주는 것은 아닌가 싶은 생각이 들 때도 있었다.

나는 입술을 꾹 깨문 채 은지호의 말을 기다렸다.

"그 녀석은 자기가 머리가 좋다는 것도 남들한테 들키기 지독하게 싫어해. 자기가 머리가 좋다는 사실 자체를 혐오하거나, 아니면 자기가 머리가 좋다는 걸 들키면 또 이용

당할까 봐 그게 무섭다거나, 둘 중의 하나겠지."

"하⋯⋯."

"자기 스스로를 들여다보지도 않고, 들여다볼 생각도 안 하고, 자기를 있는 그대로 남들한테 드러내는 건 끔찍하게 무서워해. 자기 자신도 용납할 수 없는데 그걸 타인에게 드러낼 수 있을 리가 없지."

한동안 죽은 듯한 정적이 방 안을 맴돌았다. 무어라 말해야 할지 몰라서, 나는 그저 손을 들어 내 볼에 대고 가만히 서 있었다.

한참이 지났을까, 먼저 정적을 깬 것은 은지호였다. 마침내 새카만 눈을 움직여 나를 바라본 은지호가 조용히 입술을 떼었다.

"네가 동정하라거나, 더 보살펴 주라거나, 그런 얘기 하려고 꺼낸 말은 아니고⋯⋯ 너도 짐작했겠지만."

"응."

"그냥, 나는, 네가. 하⋯⋯ 콜록, 콜록!"

한숨을 내쉬다 말고 은지호는 또다시 기침을 시작했다. 한참을 조용하다 싶었다, 어째 그가 정신없이 기침을 하고 있는 것을 보고 있자니 내가 다 기운이 빠졌다. 나는 손을 뻗어 그의 등을 두드려 주었다.

마침내 기침이 조금 잦아들자, 고개를 들어 나를 바라본 그가 말을 이었다. 그의 새카만 눈에 담긴 빛이, 전에 없이 간절해서 나는 그게 조금 기이하게 느껴졌다.

그의 목소리가 방 아래로 무겁게 흩어졌다.

"너는 어떻게 보면, 우주인이 자기가 혐오하다시피 하는 그 기억력으로 구해 낸 유일한 사람이니까."

* * *

은지호네 집 정원은 내가 생각하는 모습 그대로, 번쩍이며 떨어지는 석양 아래 불규칙한 모형 같은 모습으로 놓여 있었다. 뱀처럼 구부러진 관목, 하늘을 향해 날카롭게 솟은 침엽수 이파리와 곳곳에 놓인 기묘한 색깔의 돌. 군데군데 패인 호수에 조각난 하늘이 고여 있었다.

주머니에 두 손을 찔러 넣은 채 풍경들을 바라보며 나는 느리게 걸음을 떼었다. 은지호는 결국 감기 기운이 떨어지지 않아서, 이 넓은 정원을 걷는 것은 나 혼자였다.

은지호와의 대화를 곰곰이 되짚다가, 나는 눈썹을 찡그렸다. 평소에는 은지호가 무슨 말을 하는지 잘 이해가 되고, 나랑 성격도 취향도 많이 비슷하다 여겼는데, 그런 말을 할 때의 은지호는 정말로 다른 사람 같다.

그의 그 기억력으로 구해 낸, 유일한 사람…….

언뜻 눈가에 스쳐 지나가는 것은 눈 내리던 그날, 추운 겨울 그날의 기억이었다.

유천영의 코트를 어깨 위에 두른 채 이제 좀 살 만하다며 걸어가던 은지호, 반팔 차림 위에 눈을 맞고도 아무런 표정이 없던 유천영, 나를 향해 신발이 그게 뭐냐고 걱정하던 은형이와, 하교한 지 한참이 지나고 나서도 교복 차림으로 내 팔을 꾹 붙든 채 옆에서 걷던 반여령, 그 장면으로부터 되감겨 올라간 기억이 우주인의 집 앞에 웅크리고 있던 나에게로 돌아갔다.

존속되리라 믿었던, 이미 나의 일부라 믿고 있었던 그것들이 모두 흔적도 없이 사라지고 폐허와 알 수 없는 사람들의 목소리만이 남아 있던 그때의 공포, 절망.

주인이의 집 앞은 내가 차마 마지막 실마리를 내 손으로 확인할 수 없어서 그러지 못하고 주저앉아 있던 장소였다.

처음에 주인이의 목소리를 들었을 때, 그의 얼굴이 희미하게 보여서 나는 그 모습이 그저 꿈인가 했다.

'나는 그날, 엄마한테 6시간 동안 전화를 했어.'

고등학교 입학식 전날, 번쩍이는 석양 아래서 그는 나에게 그렇게 말했다.

그는 한 과목씩 밀려 쓰고 나서도 아이들에게 결코 그 사실을 말하지 않았다. 다만 은지호가, 그거 네 실력 아니잖아, 하고 말했을 때에야 비로소 우리에게만 그 사실을 털어놓았을 뿐이었다.

아이들이 기억하는 우주인의 모습은 다를 터였다. 평범

하고, 모두에게 사랑받고, 그저 해맑은, 미소로서 사람들을 웃게 하는, 주변에 항상 아침의 주방 같은 밝은 공기가 떠돌아다니는 것이 바로 사람들이 생각하는 그의 모습이었을 것이다. 어쩌면, 우주인이 사람들로 하여금 생각하도록 한 그의 모습이었을 것이다.

그렇게 모두가 쉽게 사랑할 수 있을 만한 모습을 하고서는, 정작 그는 자기 자신을 사랑하지 못했다고 한다면.

'너 같은 애 소름 끼쳐! 정말 소름 끼친다고! 그런, 그런 눈으로 나를 보지 마! 그렇게 다 알고 있다는 눈으로!'

스스로의 모습은 드러내지도 못하고, 자기 자신에게 편해지지도 못한 채 수 겹의 자동 응답 장치 같은 것을 둘러놓고는 그 속에 자기 자신을 숨겨 놓고 있었다고 한다면.

나는 주먹을 꾸욱 쥐었다.

'나는 그 녀석을 도저히 감을 못 잡겠어.'

은지호의 말의 잔향은 저녁 하늘 아래 조용히 녹아들고 있었다. 나는 문득 걸음을 멈추었다.

내 발 바로 옆에 얇은 물웅덩이 하나가 놓여 있었다. 그것을 빤히 내려다보다가, 나는 조용히 입술을 떼었다.

"나는…… 알 것 같아."

눈을 내리깐 채, 나는 입속으로 중얼거렸다.

제17조. 여름에는 담력시험이 필수!(하)

여름에는 담력시험이 필수!(하)

　저녁 8시인데도 불구하고 불이 꺼진 집이 많아서 기분이
조금 이상했다. 반여령과 나는 걷다 말고 어둠이 짙게 내
린 골목으로 접어들면서부터 어깨가 닿을 정도로 바짝 붙
어 걷기 시작했다.

　반여령은 드물게 창백하게 질린 얼굴을 하고는 내 팔을
꾹 붙잡고 있었다. 내가 물었다.

　"왜 그래?"

　"그냥, 어두워서 좀 무서워."

　그렇게 말하며 반여령은 창백한 입술을 꾹 다물었다. 어
두운 골목에 나란히 붙어 선 채로, 그녀의 내리깐 속눈썹
을 보고 있자니 문득 생각나는 것이 있었다.

　인소의 법칙 제17조, 인터넷 소설에서 여주인공은 대체로

무서운 것, 공포 영화나, 특히 귀신, 그 외에도 기타 등등 어두운 장소, 쥐, 벌레 등에 매우 약하다. 그래서 그런 것들과 직면하게 되었을 때 여주는 그것을 씩씩하게 해치우는 대신 남자 주인공의 품에 매달리고 만다. 꺄아악! 무서워!

그런 여주인공이 평소에는 자존심을 팍팍 세우고 다니면서 '흥, 이런 거 나 혼자 해치울 수 있어!' 같은 성격이라면 효과는 두 배!

남주인공은 여주인공의 그런, 평소와는 다른 여성스러운 모습에 끌리게 되는데…….

아니, 이런 생각을 할 때가 아니고, 나는 문득 손을 뻗어 반여령의 창백해진 뺨을 만져 보았다. 정말로 식은땀이 흘러내려 있었다.

그래, 반여령이 공포 영화를 보러 가서도 대체 자기 손바닥을 보러 온 건지 공포 영화를 보러 온 건지 알 수가 없을 정도로 자기 눈을 가리고 있던 것을 기억해 냈어야 했는데, 깜빡했다. 나도 무서운 건 마찬가지인데 반여령 정도는 아니야…….

창백해져서는 식은땀을 줄줄 흘리고 있는 반여령을 보고 있자니, 왠지 내가 방금까지 생각하던 것들이 전부 바보 같아지는 기분이었다. 아, 그래, 귀신이 뭐야. 얘가 이렇게 무서워하는데, 얘는 아마 귀신이 아니라 귀신 강아지가 와도 기절할 거야…….

어쩌면 귀신 안 나올 수도 있겠다. 반여령을 겁주려면 귀신 강아지만 나와도 충분하거든! 나는 새로운 깨달음을 얻고는 반여령에게 물었다.

"너, 가도 괜찮겠어? 돌아갈래?"

"아니, 그냥 갈래!"

"와, 고집…….."

얘 진짜 이러다가 우는 거 아닌가 모르겠어. 나는 그렇게 생각하며 반여령의 팔을 꾹 붙들었다.

평소라면 가까운 곳에 은지호와 나, 반여령, 이렇게 셋이 갔을 텐데, 이럴 때면 늘 나서서 자기 잘났음을 굳이 강조해 가며 '야, 귀신이 아니라 귀신 할아버지가 와도 내가 이겨!'라고 우리의 겁을 덜어 주었을 은지호가 새삼 그리워지는 순간이었다.

아니면 유천영이라도, 유천영은 웃기지는 않지만 절대로 귀신을 두려워하지 않으니까. 나는 짧게 한숨을 내쉬었다.

자박자박, 한동안 골목길에는 우리의 발소리만이 맴돌았다. 학교는 멀리서부터 보이기 시작한 지 오래되어서 이제는 가까워질 법한데도 도무지 가까워지지를 않았다. 그동안 인적은 더욱 없어진 것 같고, 반여령과 내가 걷고 있는 으슥한 골목에는 개미 한 마리 보이지 않았다.

울퉁불퉁하게 우리 양옆을 감싼 콘크리트 담, 전봇대 아래 주차된 먼지가 가득 덮인 차, 문득 뒤에서 인기척이 난다 싶었다. 반여령과 나는 동시에 고개를 돌렸다. 그러고는 그대로 얼굴이 창백해졌다.

날렵한 차 한 대가, 방금까지 소리를 죽이고 있었던 듯, 헤드라이트도 켜지 않은 채 우리 뒤를 따라오고 있는 것이 보였다. 방금 그 차 아래 무언가가 밟히지 않았더라면 아마, 우리는, 그 차가 우리를 따라오는 줄은 전혀 몰랐으리라. 그렇게 생각하자 와락 소름이 돋았다.

뭐야, 이게, 내가 황급히 반여령의 손목을 쥐었다. 연애 문제를 제외하고는 눈치가 빠른 반여령도 그즈음에서 모든 상황 판단을 끝낸 듯싶었다.

"뛰어!"

그녀의 다급한 목소리가 번개처럼 터져 나오는 그 순간이었다. 창문이 내려가는 소리와 함께 목소리가 들렸다.

"아, 잠깐만! 여령아, 엄마!"

이렇게 급박한 상황에서 마주치기에는 너무나 익숙한 목소리라서, 나는 놀란 눈을 깜빡였다. 어, 어어, 저 목소리는, 이렇게 급박한 상황에서도 단지 그 등장만으로도 분위기를 환하게 바꾸어 놓는 목소리는 아주 익숙한 것이었다.

과연, 차 문이 달칵 열리더니 그 사이로 색소 옅은 갈색 머리카락이 살랑거리며 모습을 드러내었다.

타닥, 하는 소리와 함께 가볍게 뛰어내린 그가 우리 쪽을 돌아보고는 웃었다. 그런데 그 웃음이, 평소의 것에 비해서 어딘지 어색했다.

"아, 안녕……."

그의 입에서 흘러나오는 목소리만 해도 그랬다. 힘이 없었다. 그것을 알아차렸는지, 반여령이 눈을 깜빡이고는 내 쪽으로 눈짓을 주었다.

주인이 지금 왜 저래? 라고 묻는 듯한 눈에 나는 알 턱이 있나, 하고 고개를 내저었다. 아, 그러다 나는 다시 주인이를 돌아보았다. 내가 물었다.

"음, 설마, 우리랑 마주치기 좀 그래서……."

더 이상 무슨 말을 어떻게 해야 할지 알 수가 없었다. 그러니까, 나는 어색하게 눈을 굴리며 손만 허공에 내저어 보였다.

주인이는 여전히 꼭 잘못한 것을 들키기라도 한 어린아이 같은 얼굴로, 어둠 속에 조용히 선 채 나를 바라보고 있을 뿐이었다. 저럴 때면 주인이는 나보다 키가 훌쩍 큰데도 정말로 나를 올려다보는 듯한 느낌을 준다.

그러니까, 정리하면, 은지호는 주인이에게 나에게 그의 이야기를 말했다고 알렸을 테니, 주인이는 내가 자기 엄마 얘기를 들은 사실을 알고 있을 터였다. 그리고 주인이는, 그동안 한 번도 연락을 하지 않았는데, 이것은 아마 나에게 무슨 얘기를 해야 할지 통 몰라서였을 테고.

그래서 담력시험을 위해서 차를 타고 폐교 근처로 오다

가, 나와 반여령의 모습을 보자 가로질러 갈 수도 없고, 그렇다고 만나서 같이 가기는 뭣해서 헤드라이트를 끄고 지금까지 조용히 따라왔다는 말이 될 테다.

그러면 모든 아귀가 척척 들어맞는다. 나는 그제야 주인이를 다시 보았다.

주인이는 내 눈과 내 말에서, 내가 무슨 추측을 했는지를 전부 알아차린 것처럼 생긋 웃었다. 그러더니 그는 뒤를 돌아보며 말했다.

"누나, 친구들 만났으니까 같이 갈게. 고마워."

"어머, 그래? 친구들이야?"

누나, 라는 생각을 하기가 무섭게 부드럽고 고운 음색이 내려간 차창 사이로 흘러나왔다. 이 후덥지근한 여름 공기를 미지근하게 식혀 놓는 듯한 아름다운 여자의 목소리였다.

정말로, 흔히 들어 볼 만한 목소리가 아니었다. 목소리 진짜 예쁘다, 그렇게 생각하며 눈을 깜빡이고 있다가 나는 문득 새로운 사실을 발견했다.

저 여자가 지금 타고 있는 차, 자세히 보니까 BMW다…… 서울 바닥에서 그리 보기 힘든 차라고는 할 수 없지만, 대체로 외제차는 여자에게는 특히 보험을 비싸게 받았다. 즉, 저런 차를 끌고 다닐 수 있는 젊은 여자라면 아무리 생각해도 집에 재산이 상당해야 할 텐데……. 내가 거기까지 생각했을 때, 차 문이 덜컥 열렸다.

매끈한 스틸레토 힐 한 짝이 모습을 드러내었다. 이어 두 번째 굽이, 그리고 마침내 차에서 완전히 빠져나온 여자는 차문을 쾅 소리 나게 닫더니, 끼고 있던 선글라스를 조금 내려 그 사이로 나를 내려다보았다.

부드럽게 곡선이 진 얼굴이며 날씬한 몸매에 비해서 그 눈매가 조금 무서웠다. 구불거리는 풍성한 갈색 머리카락은 허리까지 흘러내리고, 일반인이라기에는 훌쩍 큰 키가 차라리 모델 같았다. 전체적으로는, 흡사 얼굴에서 빛이 나는 듯했다.

반여령을 오래 보고 자란 나에게서 이 정도의 평가를 얻어 내기는 쉽지 않은 일인데, 그런데, 나는 여자를 바라보는 채로 눈썹을 찡그렸다. 그러기가 무섭게 여자 역시 예쁘게 손질해 다듬은 갈색 눈썹을 찡그리는 것이었다.

어, 어어어? 그녀는 그러더니 내가 무어라 반응할 새도 없이 성큼성큼 걸음을 옮겨 내 쪽으로 다가왔다. 굽이 15센티미터는 되어 보이는 힐을 신고 있는데도 상당한 속도였다.

마침내 내 앞에 딱, 하고 병정처럼 절도 있게 멈춰 선 그녀는 우주인을 보더니 입술을 열었다.

"이 애가 우리 은형이가 좋아한다는 애니?"

"네, 네!?"

"네!?"

내가 식겁해서 반사적으로 외치는 가운데 반여령마저 옆에서 거의 기절할 듯한 목소리로 외치고 있었다. 지금, 은형이가, 뭐라고? 머리가 어질어질한 가운데서 나는 그 여자를 올려다보았다.

반여령만큼은 아니지만 여름의 저녁나절에 보기에는 충분히 비현실적인 외모였다. 꼭, 어둠이 내린 들판 위에 피어 있는 금잔화 같은, 그렇게 생각하기가 무섭게 여자가 다시 내게로 얼굴을 들이밀었다. 나는 눈을 끔뻑였다.

"어디 보자, 이 둘 중에 하나일 텐데, 그래, 아무리 봐도 저 애보다는 네가 은미를 닮았는데. 주인아, 애 맞아?"

그녀가 굽히고 있던 허리를 펴고 내게서 멀어지자 나는 그제야 한숨을 크게 들이쉴 수 있었다. 그런데 그녀의 입술에서 흘러나온 낯선 이름이 있었다.

나는 눈을 깜빡였다. 나와 같은 것을 생각했는지, 옆에서 여령이가 중얼거리는 소리가 났다.

"은미? 그건 또 누구야?"

"아, 누나. 그건……."

주인이가 대답하는 목소리가 들리기에 나는 그쪽으로 고개를 돌렸다. 이게 무슨 청천벽력 같은 소리인가 했는데 그는 전혀 놀란 얼굴이 아니었다. 이미 알고 있었다는 얘기다.

주인이는 손을 내저어 흔들더니 말했다.

"은형이가 말했던 게 내면인지, 외면인지 모르잖아? 그래서 아마, 추측은 좀 힘들 것…… 같은데. 아, 나라 누나, 그것보다 이제 곧 일 있다고 하지 않았어?"

나라 누나? 저 이름, 어디선가 많이. 아, 그러다가 문득 은지호와 우주인의 전날 있었던 대화를 떠올린 나는 눈을 크게 떴다. 여배우 이나라가 우주인 사촌 누나라고 했잖아!

어쩐지, 일반인에게서 흔히 찾아볼 수 있는 얼굴이 아니었다. 맞아, 매일같이 안방 극장에서 보곤 하던 얼굴이었는데도 저걸 이제야 기억해 내다니. 나는 퍼뜩 고개를 들었다.

이나라는 허둥지둥하더니 헝클어진 갈색 머리카락을 쓸어 넘기고는 이쪽을 보고 외쳤다.

"아, 가 봐야겠다! 주인아, 그럼 다음에 꼭 알아내서 나한테 말해 줘!"

알아내다니, 대체 뭘? 정말로 은형이가 좋아하는 여자를 알아내기라도 할 셈인가, 그다음에는 대체 어떻게 하려고? 내가 황당해서 이나라를 보고 있는 사이, 그녀는 재빨리 차 안에 그 날씬한 몸을 구겨 넣더니 시동을 걸었다.

그녀가 갑자기 헤드라이트를 켜는 바람에 번쩍 눈이 부셨다. 그 와중에 옆을 돌아보자, 빛이 들어차 거의 황금색에 가까운 투명한 눈으로 주인이 이쪽을 보고 있는 것이 보였다.

이나라의 차는 금세 폭풍처럼 후진을 해서는 빠르게 멀어졌다. 아니, 연예인이 저런 식으로 운전해도 되는 건가, 완전 장롱 면허 5년인 우리 엄마 저리 가라인데…….

흡사 폭풍이라도 휩쓸고 간 듯, 이나라가 사라지자마자 허망한 침묵이 우리 셋을 감쌌다.

의외로 제일 먼저 정신을 차린 것은 반여령이었다. 그녀는 지친 듯한 얼굴로 중얼거렸다.

"방금, 누구야……?"

"아, 아, 몰라? 꽤 유명할 텐데, 우리 사촌 누나."

우주인이 뜻밖이라는 듯 눈을 동그랗게 뜨고는 반여령을 보며 묻는 동안 나는 허허 웃었다.

주인아, 반여령을 그렇게 모르니, 쟤는 전에 길거리에서 모델한테 대시를 받고도 '죄송해요, 처음 보는 사람한테 번호 주기가 좀 그래요.'하고는 무어라 대답하기도 전에 유유히 길을 떠나 버린 사람이잖아…….

여주인공의 특기인 안면 인식 장애는 참으로 잘도 가지고 있는 반여령이었다. 그제야 그것을 기억해 낸 듯, 눈을 가늘게 뜨고 웃은 우주인은 이번에는 내 쪽을 보고 말했다.

"표정을 보니까, 엄마는 눈치챈 모양이네…… 전에 말했던 우리 사촌 누나, 우리나라야. 직업은 배우, 왜, 얼마전에 은형이에 대해서 말했던."

"아, 응."

기억나, 그렇게 대답하려는 참인데 옆에서 반여령이 놀란 듯 물었다.

"은형이가 왜?"

아, 반여령은 저 사실에 대해서는 아는 게 없겠구나, 나는 머리를 긁적였다. 하기는, 시간만 나면 인터넷에 들어가서 실시간 검색어를 찾아보곤 하는 나와는 달리 반여령은 인터넷에는 별로 취미가 없었다.

곤란해서 머리를 긁적이는 대신에, 주인이가 한 번 웃고는 입을 열었다.

"아, 그게…… 설명하자면 긴데, 나라 누나가 우연히 은형이를 보고는 엄청 반해 버려서. 결혼할 나이만 차면 납치하겠다고 벼르고 있는 모양이야."

아참, 그제야 나도 잊고 있었던 것이 생각이 났다. 나도 급한 얼굴로 황급히 물었다.

"좋아하는 여자애 얘기는 어떻게 된 거야? 은형이가 좋아하는 여자애가 있었어?"

"아, 그건 말야……."

우주인은 곤란한 듯 머리를 긁적이고는, 결국에는 그 특유의, 상황을 무마할 때나 짓는 싱그러운 미소를 지어 보이더니 그 표정과는 대조되게도 폐교 쪽을 손가락으로 가리켰다.

어둠 속에서 맑은 소년의 얼굴을 한 채 폐교를 가리키고 있는 그 모습을 보고 있자니, 그가 꼭 위험한 곳으로 우리를 인도하는 악마라도 되는 듯이 느껴졌다.

어둠에 묻힌 얼굴로 주인이 빙그레 웃었다.

"좋아, 가면서 설명할게."

* * *

"뭐야, 둘러댄 거였어? 그냥, 그 언니한테 납치당하기 싫어서?"

반여령이 실망한 얼굴로 중얼거리듯 물었다. 새카만 머리카락을 양 갈래로 쥐어 뺨에 대고는 하늘을 보며 한숨을 푹 내쉬는 것으로 보아, 실망하기는 많이 실망한 듯싶었다.

아까 은형이의 일에 대해서 예민하게 반응하는 듯도 해서 혹시나 했는데, 그냥 단순히 재미있는 일이 생겼다는 것에 관심을 가진 것뿐이었구나…….

실망하는 반여령의 모습을 보면서 나도 왠지 모르게 실망했다. 아니, 왜 꼭 남의 연애사가 이렇게 재미있는 건지.

우주인은 나와 반여령을 번갈아 보더니 다시 한 번 생긋 웃었다. 그의 등 뒤로 다 녹슨 듯 삐걱거리는 소리를 내며 흔들리는 그네가 보였다. 빈 그네인데도 바람을 잘 타서인가, 그네는 쉴 새 없이 앞뒤로 세차게 흔들리고 있었다. 나는 새삼 고개를 들어 학교의 풍경을 바라보았다.

이제는 해가 다 져서 완전히 캄캄해진 밤하늘 아래, 유리창이 조금 깨진 것을 제외하고는 고요한 학교 위로 음산한 기운이 구름처럼 퍼져 있는 듯했다. 아, 저거 무섭잖아. 나는 입속으로 중얼거리며 팔을 문질렀다.

그에 비해서 반여령은 이상하게도 이제는 무서운 것이 풀린 듯, 그저 호기심 어린 얼굴로 몇 걸음 앞서 가며 주변을 두리번거리고 있었다. 반여령을 따라 나와 주인이도 운동장을 가로질러 갔다.

잘 뽑지 않은 것 같은데도 이미 다 말라 죽어 몇 포기밖에 남아 있지 않은 기다란 잡초들, 담벼락을 둘러싸고 있는 키가 큰 나무들의 검은 그림자, 저 멀리서 뱅글뱅글 돌고 있는 지구본……

그러다 반여령은 문득 멀리서 누군가의 모습을 발견한 모양이었다. 그녀가 외쳤다.

"은형아!"

"아, 왔어?"

쾌활한 목소리가 대답해 왔다. 반여령은 손을 흔들더니 곧 그쪽으로 뛰어가 버리고 말았다. 나와 우주인은 졸지에 당황스러운 침묵 속에 단둘이 남겨지게 되었다. 아니, 침묵은 아니었다. 그네만은 여전히 삐거덕 소리를 내며 세차게 흔들리고 있었다.

우주인의 과거 얘기를 듣고 나서부터는, 처음으로 갖는

둘만의 시간이었다. 나는 문득 눈을 내리깔았다. 아니, 둘만의 시간이라고 하면 어감이 조금, 이상한데…….

그렇게 생각하고 옆을 바라보자, 방금까지는 나를 빤히 응시하고 있었던 것 같은 얼굴의 우주인이 흠칫 놀라서 고개를 돌렸다. 그러더니 그는 말을 계속했다.

"아, 맞다. 은미에 대해서 물어봤지? 엄마."

"아. 응."

그렇게 대답하면서도 내 정신은, 그의 말끝에 자연스럽게 걸리는 엄마에 집중되고 말았다.

대체 주인이는 무슨 생각에서, 나에게 엄마라는 말을, 그렇게 생각하며 나는 여느 때와 같이 쾌활하게 말을 잇는 주인이를 바라보았다.

그의 옆얼굴에 희미한 빛이 번져 빛나고 있었다. 그러다가, 그의 입에서 흘러나오는 다음 말에 나는 눈을 크게 떴다.

"이거 말한 건 은형이한테 비밀로 해 줘. 중요한 이야기니까."

"어?"

"은미는 은형이 여동생이야. 권은미. 물론 친동생이고."

나는 걸음을 멈추었다. 은형이한테, 동생이, 있어? 고개를 들자 우주인이 놀랄 줄 알았다는 듯, 운동장 한가운데 서서 가라앉은 눈을 하고 나를 바라보고 있었다.

분명히 함께한 시간이 적지 않으니, 유천영에게 두 명의

형이 있다는 것, 은지호와 우주인이 외아들이라는 것 등 기본적인 형제자매 관계는 다들 꿰고 있었다. 그런데도 은형이에게 여동생이 있다는 사실은 지금까지 알지 못했다.

아니, 아니다. 한 번 들어 본 적이 있어. 나는 눈을 깜빡였다.

일전에, 은형이가 어머니의 교통사고 이야기를 나에게 꺼내었던 날. 비가 추적추적 내리던 그날에.

'엄마가 여행을 나가던 날에, 우리 아버지는 집에서 사법고시를 공부하면서 나랑 여동생을 돌보고 있었어. 그때 여동생은 고작 두 살이었지, 나보다 세 살 어리니까.'

세 살 어리다, 여동생, 그래. 그런 얘기가 이제야 조각난 퍼즐처럼 기억 저편으로부터 밀려 들어왔다.

그때, 한 번도 들어 본 적이 없었던 여동생 이야기를 들으면서도 아무런 생각을 하지 않았던 이유는, 나는 우주인을 올려다보았다. 그는 갈색 눈을 곱게 휜 채 나를 바라보고 있었다.

당시 은형이의 어머니에 대한 이야기가 너무나 충격적인 것이었던 탓에, 나는 세부적인 사건을 신경 쓰지 못했다. 그래, 은형이는 분명히 나에게 그런 얘기를 했었다. 그러나 그는 그 전에도, 그리고 그 이후에도 그런 이야기를 다시는 꺼내지 않았다.

대체 왜?

이놈의 소설은 왜 이렇게 복잡한 거야. 나는 짧게 한숨을 내쉬고는 눈을 내리깔았다.

은형이가 그것을 말하지 않은 것에, 어떤 좋은 이유가 있다고는 아무래도 생각할 수 없다…… 아무래도 이 소설의 인물들은 대개가 수수께끼 같은 과거를 감추고 있고, 그것은 이런 식으로 가끔 예상하지도 못한 방식으로 드러나서 나를 당황하고, 슬프고, 어처구니없게 만들기도 한다.

완전히 바보가 되는 기분이야.

손바닥을 내려다보며 한숨을 내쉰 나는 다시 걸음을 옮겼다. 웃는 채로 나를 바라보고 있던 주인이가 나를 따라왔다. 이제는 한 치 앞도 보이지 않는 짙은 어둠 속으로 우리의 그림자가 서서히 잠겼다.

우리는 폐교 현관에 도착했다. 나는 혹시나 하는 마음에 현관 바로 옆에 있는 스위치를 조심스럽게 딸각거려 보았다. 그러면서 위를 올려다본 나는 하마터면 그 자리에 넘어질 뻔했다.

"악!"

내가 제자리에서 균형을 잃지 않으려고 탭댄스를 추자, 그에 맞추어 간신히 주인이가 팔을 뻗어 내 등허리를 붙들었다.

주인이의 팔에 기댄 채로, 나는 한참이나 숨을 들이쉬고 있다가 중얼거리듯 말했다.

"저기, 거미 좀 봐. 완전 커."

그제야 내 옆에 있던 주인이도 위를 올려다보더니 표정을 조금 굳혔다. 천장 아래 조그맣게 난 구멍으로 새어 든 달빛 아래. 거의 사람 얼굴만 한 거미가 대롱대롱 매달려 이쪽을 내려다보고 있었다.

와, 저게 뭐람…… 변종 괴물? 내가 손을 뻗어 주인이의 팔을 조심스럽게 쥐자 주인이는 말없이 팔을 빌려주었다.

현관 바로 앞에는 커다란 전신거울이 하나 있었는데, 그것은 물론 학교의 다른 유리창들과 마찬가지로 산산조각으로 깨져 있었다. 사정없이 금이 간 거울 위에 나와 주인이의 모습이 비쳤다. 어둠 아래 달빛에 비쳐 창백하게 빛나는 얼굴들은 꼭 어둠 속에서 축제라도 하고 있는 유령들 같았다.

그러다가 나는 문득 거울 위를 올려다보았다. 굵은 금 하나가, 내 손과 주인이의 팔 사이를 정확히 일직선으로 가르며 떨어지고 있었다. 나는 나도 모르게 주인이의 팔을 조금 힘주어 잡고 말았다.

주인이가 전혀 모르겠다는 얼굴로 나를 보고 물었다.

"엄마, 왜? 또 뭐 있어?"

"아니."

불길했다. 나는 손을 들어 내 팔을 매만졌다. 그때, 유리조각이 산산조각나 흩어진 복도 너머로 은형이가 외쳐 부르는 소리가 어둠을 뚫고 들려왔다.

"주인아, 단아! 빨리 와! 이제 곧 애들 오겠어."

"아, 그래!"

그렇게 외친 나는 주인이와 걸음을 빨리했다.

걸음을 옮겨 1학년 1반, 1학년 2반이라고 새겨진 나무 명패들을 수도 없이 지나면서 나는 문득 주머니에 넣고 있던 핸드폰을 꺼내었다.

은지호는 죽었는지 살았는지 연락이 없고, 그리고, 어? 나는 문득 눈을 크게 뜨고는 핸드폰 문자함을 확인했다. 부재중 문자가 와 있었는데, 발신인이 아주 의외의 인물이라,

"유천영?"

애는 정말로 할 말은 그 자리에서 전화로 끝내 버리고는 하는 애인데, 오타가 하도 심하기도 하고, 성격이 조금 급하기도 해서. 놀라서 문자를 확인한 나는 곧 얼굴을 찡그리고 말았다. 옆에서 주인이가 뭐냐고 묻기에, 나는 핸드폰을 그에게 내밀고는 물었다.

"이게 뭔 것 같아?"

보낸 사람 : 유처녕
나ㅇ · ㄴㅏㄱ

"……고대 암호?"

눈을 찡그린 채 한참이나 문자를 들여다보던 주인이도, 결국에는 해독할 수 없던 모양이었다. 나는 이번에는 앞서 가던 은형이의 등을 툭툭 쳤다.

은형이가 뒤를 돌아보았다. 그의 불그스름한 머리카락이 어둠 속에서 유독 피 같은 스산한 빛을 뿌렸다. 나는 문득 그의 여동생에 관한 일을 떠올렸다. 권은미. 그녀는 지금 어디에 있을까.

이쪽으로 고개를 숙인 은형이가 물었다.

"뭐야, 이건……?"

"유천영이."

"아, 천영이라면…… 가능하지."

아니, 지금 가능 불가능을 판단해 달라는 게 아니고, 은형아…….

옆에서 문자를 받아 든 반여령도 과연 알겠다는 듯 고개를 끄덕였다. 반여령이 말했다.

"맞아, 유천영이어야 가능하지, 이 정도 오타……."

"오타로 누가 천영이를 이겨."

옆에서 우주인도 한 마디 거들었다. 아니, 지금 이 오타가 가능하냐 불가능하냐가 중요한 게 아닌데, 나는 쓸쓸한 얼굴로 핸드폰을 내려다보았다.

유천영, 얘는 대체, 오랜만에 문자를 남겨 놓으려면 적어도 한글로 써 놓으란 말이야.

앞에서 반여령이 다시 물었다.

"아, 그리고 보니까 전에 유천영이랑 이루다랑 카페에서 마주쳤다며? 걔네 둘 지금 그 이후로 연락 없지 않아?"

"아, 그리고 보니……."

유천영이야 연락 없는 게 하루 이틀이 아니더라도, 이루다는 그 정도까지는 아니니까, 잊고 있었던 사실이었다. 내가 눈을 깜빡이며 대답하자 앞에서 걷던 은형이의 얼굴이 돌연 창백해지는 것이었다.

그가 중얼거리듯 물었다.

"얘네 싸우다가, 손가락이라도 부러진 거 아니야……?"

은형이답지않은 극단적인 해석이었다. 헉, 잠시만, 아니야, 그 정도일 리가 없어, 그러나 그렇게 대답하려다 말고 나는 옆의 주인이를 보았다.

주인이는 그저 미묘하게 웃더니, 내 시선을 피해서 한숨을 내쉴 뿐이었다. 그래, 너도 가능성이 있다고 생각하는구나. 전화를 해야겠다.

나는 결국 통화 버튼을 꾹 눌렀다. 신호음이 뚜르르르 가는 동안, 1-8이라고 새겨진 교실 명패 아래 문을 벌컥 열어젖힌 은형이를 익숙한 얼굴들이 맞이하고 있었다. 나도 그들의 얼굴을 확인하고는 손으로나마 인사를 건네었다.

휴대용 전등 아래서 이쪽을 보고 장난스럽게 웃고 있는 이들은 다름 아닌 윤정인과 김 쌍둥이, 그리고 신서현이었다. 신서현은 표정이 썩 좋지 않았다.

"너네는 너무 모든 것에 열심이야……."

신서현이 중얼거리는 말에 윤정인은 평소와 같이 장난스럽게 씩 웃더니 권은형의 어깨를 와락 잡아챘다. 그러더니 윤정인은 권은형과 같이 신서현을 돌아보며 물었다.

"야, 우리는 그냥, 이게 각 반의 화해 계기가 될 수 있다는 이유에서 최선을 다하는 것뿐이야! 빛나는 봉사 정신, 뭐 그런 거?"

"말 참 잘해."

은형이는 그렇게 말하면서 그저 웃음을 참는 얼굴을 하고 있을 뿐이었다. 그에 신서현은, 의외라는 눈으로 은형이를 빤히 보다가 이내 한숨을 푹 내쉬었다.

신서현의 생각은 대강 짐작이 가능했다. 1반 실장이 조금 정상적일 줄 알았더니 윤정인하고 저렇게 잘 맞다니, 정도 겠지. 오랫동안 보아 왔던 나도 놀랐던 사실이었으니까.

사이좋게 얼싸안고 있는 은형이와 윤정인 뒤에서 김혜힐이 불쑥 모습을 드러내었다. 나는 새삼 교실 안을 둘러보았다.

책상은 제멋대로 벽에 붙어 세 겹으로 쌓여 있거나 심지어는 넘어져 있기도 했다. 그 외에 다섯 개가 오각형을 그리고 있기도 했고, 칠판에는 알 수 없는 모양으로 선이 마구 그어진 데다가 분필들은 먼지와 한 덩어리가 된 모습으

로 그대로 남아 있었다. 창밖에서는 나무 그림자들이 바람
에 마구 흔들리고 있었다.

……와, 진짜 무섭다.

김혜힐이 나에게 문득 무언가를 내밀기에, 받고 보니 낚
싯대였다. 나는 김혜힐을 돌아보았다. 어두운 교실 아래서
보는 그녀의 얼굴은, 평소와 같이 창백해서 정말로 유령이
라고 해도 믿을 정도였다.

그녀가 손에 쥐어 준 것을 내려다본 나는 눈을 깜빡였
다. 지금 이게, 아직도 신호음이 가고 있는 핸드폰에서 입
을 뗀 내가 물었다.

"낚싯대? 이게 뭐야?"

"응, 그러니까, 위층 교실에서 이걸 창밖으로 내밀어서
아래에 대고 흔들면 돼. 길이 충분하게 조정했으니 절대로
창밖으로 몸 내밀지 말고."

"아아."

별로 고생하지 않고도 꽤 효과적인 아이디어라는 생각이
들었다. 우리도 전에, 위층에서 사람 머리를 잡지에서 오
려다가 실을 묶어 아래로 내리는 바람에 기절할 뻔한 적이
있으니까.

문득 낚싯대에 매달린 것을 자세히 들여다 보니 꽤 공들
여 조각한 듯한 사람 탈이었다. 와, 이거 대체 누가 만든
거야. 내가 기겁해서 묻자 김혜힐은 제 오빠를 가리키더니

대답했다.

"쓸데없이 재능 낭비하는 쟤가."

"김혜힐, 오빠 소리 좀 입에 붙일래?"

"너 이제 오빠라고 부르기 싫어졌어."

"아, 왜!"

김혜우와 김혜힐이 평소와 같이 투닥거리는 것을 보고 웃고 있으려니 곧 다가온 김혜힐이 나에게 낚싯대 하나를 더 내밀며 물었다.

"그래서, 한 명 더 해야 하는데, 누가 할래?"

"어?"

나는 옆을 돌아보았다. 은지호는 올 수가 없고, 유천영은……. '지금은 전화를 받을 수 없어, 음성 사서함이나 소리샘으로 연결됩니다.'라는 메시지가 막 흘러나오는 중이었다. 나는 손을 들어 뒷머리를 긁적였다.

유천영이야 원래 지각을 자주 하기는 했는데, 그래도 모르는 사람들과의 약속에 지각할 정도로 경우가 없지는 않은 데다가 그것도 항상 피치 못할 경우였지. 요즘은 촬영도 조금 줄어들었다고 했는데, 대체 왜 안 오는 거야.

결국 남은 인원이라고는 8반의 우리 다섯 명과, 사대천왕에서 은지호와 유천영을 제외한 권은형, 우주인, 그리고 반여령뿐이었다.

흘긋 먼 데를 보자 새하얀 보자기를 뒤집어쓰고는 서로

마주 보며 즐거워하는 은형이와 반여령의 모습이 보였다.

은형이가 이런 일을 좋아한다니, 놀랠 노 자지, 정말. 평소에도 상식에서 어긋난 일을 가끔 태연하게, 아무렇지도 않게 제안해 버리는 은형이라서 이런 모습이 생소하게도, 또한 익숙하게도 느껴졌다.

사람은 참 재밌다. 대조적인 면을 아무렇지도 않게 가지고 있는 경우가 많으니까. 그렇게 생각하는데 문득 누군가 내 옆에서 손을 뻗어 낚싯대를 채 갔다.

옆을 돌아보니, 주인이가 평소와 같은 얼굴로 나를 보고 웃는 것이 보였다. 아, 순간 나는 당황스러워서 고개를 돌렸다. 아, 나는 주인이가 나랑 둘이 있는 걸 어색해하는 줄 알았는데. 그리고 사실 어색한 것은 나도 마찬가지였다.

주인이의 일을 알아 버렸는데, 무슨 말을 해야 할지, 완전히 그 일에 대해 모르는 척하기도 이상하게 보일 것 같고, 그렇다고 무슨 말을 섣불리 꺼내기도 좀 그렇고, 아직 머릿속에서 완전히 정리가 되지 않았는데.

그렇게 생각하는 사이 낚싯대를 제 어깨에 걸친 주인이가 아이들을 보더니 외치듯 물었다.

"이거 어디로 가면 돼?"

"아? 아아."

그제야 고개를 든 김혜힐이 말했다.

"그거, 그냥 위층 가서 적당히 아무 반 위에 가서 흔들면 돼. 창문 틈에는 앉지 마, 유리 조각 있을 수 있으니까. 아, 그리고 둘이 같이 다니는 게 좋을 것 같아. 위에 무서워, 어쨌거나 여기 귀신 나온다는 소문도 있고."

"그거야, 폐교면 어디에나 다 있는 소문이지."

주인이는 귀여운 얼굴을 하고서는 이럴 때는 묘하게 대범하다. 어둠 아래 그의 얼굴은 기묘하게도 웃음을 품고 있었다.

유쾌한 목소리로, 그렇게 대꾸한 주인이는 나를 빤히 보았다. 그러고는 문득 얼굴에서 모든 표정을 지웠다.

전혀 즐겁지 않은 얼굴로 나를 바라보는 주인이에게, 나는 무슨 대답을 해야 할지 알 수가 없었다. 그저 손을 내미는 수밖에는.

그의 옆에 한 발자국 가까이 다가가면서 내가 말했다.

"가자, 주인아."

그제야 그가 웃었다. 그는, 속눈썹을 내리깔며 작게 웃었다.

"응, 엄마."

그렇게 말하고 나서야, 그는 내 팔을 쥐었다. 흡사 평소에 하듯이, 어린아이가 구명줄이라도 쥔 것처럼, 그렇게 힘없고도 묘하게 매달리는 듯한 모습으로.

나는 유천영의 문자를 한 번 내려다보고는 걸음을 옮겼다.

                    *   *   *

"음……."

"어……."

나란히 걸은 지 채 얼마도 안 되어서, 우리 사이에는 어색한 침묵이 흘렀다. 나는 걸음을 옮기는 채로 옆에서 걸어가는 주인이를 흘긋 보았다. 그러기가 무섭게, 주인이가 다시 나를 흘긋 보더니 내 시선을 피했다.

나는 뒷머리를 긁적였다. 그러자 주인이가 그것을 똑같이 했다. 주인이는 평소에는 세상 다 산 듯이 능수능란하면서도, 이런 때엔 그의 생각을 다 읽을 수 있을 것 같다.

'공연히 이야기를 꺼내서 어색해지기는 싫은데, 그 이야기를 하지 않고 이 사태를 적당히 해결해 버릴 방법 같은 것은 없다.'

주인이와 내가 동시에 생각하고 있는 것일 터였다. 나는 결국 짧게 한숨을 내쉬고는 문득, 발에 걸리는 것이 있어 앞을 보았다.

위층으로 이어지는 먹먹한 철제 계단이 보였다. 창문 사이로 쏟아지는 달빛은 계단 위로 구불구불하게 떨어지고 있었다.

벽에 붙어 있는 진열대에는 한때 이 학교 학생들이 수

여 받았던 트로피며, 상장이며 하는 것들이 시간의 흐름에서 벗어난 것처럼 번쩍이는 그대로 유리문 안에 진열되어 있었다. 그 모습이 어딘지 조금 기괴하게 느껴져서 소름이 돋았다.

그래도, 나는 입속으로 중얼거렸다. 주인이가 옆에 있으니까, 괜찮겠지. 그렇게 생각하면서 나는 주인이를 돌아보았다. 이대로 가면 무서우니까 무슨 얘기라도 해야겠다 싶었다. 그런데 그렇게 생각하기가 무섭게, 주인이가 나를 돌아보았다. 그는 어색하게 웃는 얼굴 그대로 나를 보고 물었다.

"아참, 엄마. 나 재미있는 얘기 알아."

"뭔데?"

그의 말투가 평소와 같아서 마음이 놓였다. 좋아, 이거라면 잘 얘기할 수 있겠어. 나는 그렇게 생각하고는 주인이를 보았다. 그의 얼굴은 여전히 가늘게 웃고 있었다.

방긋 웃은 그는 손가락으로 계단 위를 가리켰다.

"계단 말야."

"응."

"계단을 통해서 다른 세계로 갈 수 있는 방법이 있대."

"응⋯⋯?"

별로 재미있어 보이는 얘기는 아닌데, 나는 중얼거렸다. 갑자기 가슴속이 납덩이 든 듯 불안해지는 것을 무시한 채, 나는 애써 주인이를 보며 웃었다.

아니야, 그래도 얘가 지금 기껏 얘기를 하는데 내가 방해할 수는 없어…… 나는 웃으며 물었다.

"어, 어떻게 하는 건데?"

"아, 그러니까, 계단을 올라가면서 소리 내어 계단 숫자를 세고, 다시 내려가면서 계단 숫자를 세면 한 단 줄어 있잖아? 그럼 그게 다른 세계로 간 거래……."

말을 하면서 주인이의 목소리도 점점 작아졌다.

나도 소리 죽여 대답했다.

"아, 그렇구나……."

"응……."

"시, 시험이나 해 볼까?"

그렇게 말하며 나는 어색하게 손을 내밀었다. 그렇게 말하면서 나는 주인이의 눈을 똑바로 올려다보았다.

어쨌거나 오랜만에 얘기하는 건데, 이런 식으로 다시 편해지면 분명히 주인이의 엄마에 대한 일도 편안한 분위기에서 말할 수 있을 터였다.

내가 내민 손을 빤히 내려다보고 있던 주인이의 눈동자에 빛 같은 것이 감돌았다. 그러더니 그는 웃으며 내 손을 잡았다.

"응, 엄마. 그럼 가 볼까?"

"하나."

그렇게 말하며 내가 발을 내디뎠다. 주인이가 발을 내디디며 입속으로 중얼거렸다.

"둘."

"셋."

"넷."

"다섯."

여섯, 일곱, 여덟, 그러다가 주인이가 발을 멈출 듯하면서 바닥에 내려놓았다. 열셋, 그렇게 말하며 주인이는 자신이 지금까지 올라온 계단을 내려다보았다. 침을 꼴깍 삼킨 나도 동시에 계단을 내려다보았다.

우리가 방금 서 있던 곳까지는 빛이 닿지 않아 아무것도 보이지 않았다. 이제 곧 학생들이 올 시간일 터였다. 나는 눈썹을 찡그리고는 주인이의 팔을 당겼다.

"주인아, 설마 미신이겠지?"

"응? 아, 응. 당연하지, 엄마."

그렇게 말하면서 주인이는 특유의 자신감 있는 미소를 지었다. 휴, 그렇지, 나는 안도의 한숨을 내쉬었다.

그냥 계단 아래를 내려다보는 순간 이상한 생각이 들어버린 것뿐이다. 나는 가벼워진 마음으로 물었다.

"그래, 그럼 얼른 계단 수나 마저 세고 다시 올라가자!"

"응, 엄마!"

그렇게 외치면서 주인이도 밝은 걸음으로 계단에 발을

내려놓았다. 이번에는 계단을 내려오는 우리의 속도가 아까와는 비교도 안 되게 빨라졌다. 하나, 둘, 셋, 그러다가 계단에서 완전히 내려섬과 동시에 우리는 외쳤다.

"열둘!"

우리의 외침이 어두운 복도로 구석구석 퍼졌다. 우리는 잠시 마주 보는 채로 웃고 있다가, 점차 서로의 얼굴이 창백하게 질리는 것을 보았다. 아, 잠깐, 나는 뻣뻣하게 굳은 손으로 내 얼굴을 매만졌다.

열둘이라니, 아까 올라올 때는 분명히 열셋이었는데, 나는 입속으로 중얼거렸다.

머리가 혼란스러웠다. 옆을 돌아보니 주인이가, 아까와 같이 창백한 얼굴을 하고 나를 보고 있었다. 그러다가 눈이 마주치자 그는 웃었다. 애써 웃는 것이 보이는 미소였다. 그가 나를 보고 말했다.

"엄마, 우리 잘못 셌나 봐!"

"어, 그, 그래! 지금이든 아까든 둘 중에 하나는 잘못 셌겠네. 다시 세 보자."

그리고 주인이와 나는 손을 맞잡은 채 계단을 조심스럽게 한 단 한 단, 올라갔다.

하나, 둘, 셋…… 열둘.

이번에는 숫자가 정확히 맞아, 나는 안도의 한숨을 내쉬고는 주인이를 보았다. 눈이 마주치자 나는 일부러 명랑하게 외쳤다.

"아, 봐! 아까 잘못 센 거네!"

"응, 엄마! 우리가 잘못 셌네!"

그렇게 말하며 주인이도 웃었다. 그런데 계단 위에 마주
보고 서서 웃는 동안 문득, 어떤 오싹한, 말로 설명 못할
한기가 우리의 어깨 위를 슬그머니 스쳐 지나가는 것이 느
껴졌다.

어, 잠깐, 나는 등 뒤를 매만졌다. 어떻게 된 거지, 여름
밤인데 이렇게 추울 수가 있나? 내가 그렇게 생각하는데
주인이가 갑자기 내 손을 휙 낚아채었다. 그러더니 그는
내가 물을 새도 없이 정신없이 내달려서 계단을 내려왔다.
어, 어어!? 어두운 가운데 계단의 풍경이 눈 옆으로 휙휙
지나갔다. 달리면서 내가 물었다.

"왜, 왜 그래, 주인아!?"

"방금, 복도에!"

"복도 뭐!?"

"엄마 못 봤어!?"

그러더니 그는 고개를 휙 돌려 나를 보았다. 꼭, 나는 그
것을 못 보았다는 것을 믿을 수 없다는 듯한 태도, 아니,
그것보다, 눈썹을 찡그린 채 내가 물었다.

"보다니, 뭘? 뭘 보는데!?"

"아, 하……."

그제야 한숨을 길게 내쉰 그는, 뒤를 돌아보았다. 뒤에 늘어지는 것은 우리의 그림자뿐이었다. 그러다가 나는 문득 눈을 크게 떴다.

계단 위로 구불구불하게 늘어지는 달빛 사이에서, 문득, 언뜻 스쳐 지나가는 새카만 인영을 본 것 같았다. 그러나 너무나 빨리 사라지는 바람에, 아무래도 내 눈이 착각을 일으켰다고밖에 는 생각할 수 없었다.

나는 반사적으로 주인이의 손을 꾹 쥐고 말았다. 주인이가 눈을 크게 뜬 채 나를 보았다. 나는 말했다.

"이, 일단, 애들을 찾자…… 지금이면 다 와 있을 거야."

나는 그렇게 말하며 핸드폰 시계를 보여 주었다. 9시 30분, 담력시험을 준비하는 아이들뿐 아니라 참가하는 아이들도 모두 도착해 있을 시간이었다.

복도가 아까와는 비교도 안 되게 조용했다. 발아래서 유리 조각이 바작바작 소리를 내며 부서졌다. 나는 내 마음이 그 소리에 맞추어 타 들어가는 것을 느꼈다.

이럴 리가 없는데, 왜, 아무런 인기척이 없지?

준비하는 사람 여덟 명밖에 없었는데도 지금과는 비교할 수도 없이 시끄러웠던 복도였다. 주인이 역시, 손바닥에 땀이 차서 축축한데도 내 손을 내내 붙잡고 있었다. 나도 주인이가 내 손을 놓기를 원하지 않았다.

무언가 비정상적인 공기가 이 학교를 떠돌고 있다, 나는 그렇게 생각하며 창밖을 내다보았다. 안개가 뿌옇게 번진 운동장 너머로 여전히 앞뒤로 삐그덕거리며 흔들리는 그네들이 보였다. 보이지 않는 사람이라도 타고 있는 것처럼, 여전히 그네는 경쟁적으로, 앞뒤로 흔들거리며 서로 교차하고 있었다. 그러다 문득, 머릿속에 그런 생각이 스쳐 지나갔다.

바람에 흔들릴 거면, 둘이 방향이 달라서는 안 되잖아.

그것을 떠올린 순간 온몸의 털이 곤두서는 것 같았다. 감전된 것 같은 오싹함을 느끼던 나는 문득 주인이가 걸음을 멈춘 것을 보고는, 따라서 멈추었다. 나는 위를 올려다보았다.

1-8.

아까 은형이와 윤정인, 아이들이 모여 있던 장소다. 심호흡을 한 주인이가 문을 밀어젖혔다. 나는 교실 안을 들여다보았다.

휴대용 랜턴 불빛도, 사람 그림자도 없었다. 칠판에는 여전히 굵은 분필로 새겨 놓은 낙서가 엉망진창으로 번져 있었고, 먼지와 굳어진 분필도, 아무렇게나 늘어진 책상도 그대로였다. 교실 안은 온통 정적뿐이었다. 나는 문득, 숨이 막혀 오는 것을 느꼈다.

"주인아, 이거……."

나는 나도 모르게 주인이의 손을 놓고 뒷걸음질 치고 말왔다. 아니, 설마, 아이들이 그사이에 다 사라졌을 리는 없고, 적어도 그랬더라면 흔적이라도 남아 있어야 할 터였다. 그런데 희미한 불빛에 비치는 교실 나무 바닥에는 사람의 발자국 흔적이라고는 하나도 남아 있지 않았다.

뒷걸음질 치다가 나는 하마터면 균형을 잃어서, 바닥에 거꾸러질 뻔했다. 나는 간신히 손을 뻗어 벽을 지탱하고 섰다. 바로 그때, 손에 닿은 무언가에서 달칵 하는 소리가 났다.

"어?"

나는 뒤를 돌아보았다. 스위치였다. 이미 한참은 방치되어서 그 위로 먼지가 뽀얗게 앉은, 어디에서나 볼 법한 새하얀 플라스틱 스위치. 나는 뭐, 큰일 날 만한 거라도 누른 줄 알았네, 내가 안도의 한숨을 내쉬고 있자니 뒤에서 주인이 다가왔다.

"엄마, 뭐 눌렀어?"

"아, 아니, 그것보다 우리 이제—."

그렇게 말하다 말고 나는 문득 번쩍, 하고 사방이 밝아지는 듯한 느낌에 눈을 깜빡였다. 흡사 뇌전이 우리 머리 위를 스치고 지나간 것처럼 일순 세상이 하얀빛에 물들어 사물이 훤히 보였다.

먼지가 쌓인 구석이며 저 멀리 책상에 가려진 어두운 곳까지 구석구석 빛으로 물들었다. 눈의 착각이었을까, 내가 눈을 깜빡이는 순간이었다.

정수리 위로 환한 빛이 쏟아졌다. 나는 눈을 깜빡이며 고개를 들었다. 소복하게 쌓인 먼지가 나풀거리며 흩날리는 가운데, 우리 집과 다를 바 없이 환한 빛을 뿜어내고 있는 형광등이 보였다.

"⋯⋯."

지금 저게, 대체.

한동안 나도, 주인이도 위를 올려다보는 채로 아무 말이 없었다. 나는 나도 모르게 다시 손을 뻗어 스위치를 눌렀다.

달칵. 사방이 어두워졌다.

달칵. 다시 사방이 환해졌다.

"⋯⋯."

다시 한 번 어떤 말로도 설명할 수 없는 침묵이 흘렀다. 잠시 후, 주인이가 무시무시한 기세로 내게 걸어와서는 스위치에 손을 뻗더니 내가 아까 했던 것을 똑같이 반복했다.

그러더니 그는 한동안 두 손으로 얼굴을 가린 채 아무말도 하지 않았다. 간신히, 그의 입에서 잔뜩 힘없는 말이 흘러나왔다.

"지금, 여기⋯⋯ 불 켜진 거야?"

"응."

"맙소사⋯⋯."

이런, 말도 안 되는, 거기까지 말하고 주인이는 벽을 붙든 채 바닥에 주저앉아 버렸다. 나는 차마 그런 주인이를 달랠 기운이 없어서 주인이에게서 등을 돌린 채 함께 주저 앉고 말았다.

폐교된 지 3년이나 지난 학교에서, 난데없이 환하게 불이 밝혀진 교실에 서로를 등지고 주저앉은 채 우리는 중얼거렸다.

지금, 대체, 무슨 어처구니없는 일이 벌어진 거야……
아무래도 주인이가 말한 그 다른 세계니 뭐니 하는 거, 사실이었던 모양이다.

얼마나 지났을까, 나는 조용히 고개를 들어 보았다. 어정쩡하게 주저앉은 채로 먼지가 수북이 앉은 창가와 거미가 매달린 천장, 여전히 어지러이 놓인 책상들을 확인한 나는 안도의 한숨을 내쉬었다.

그래, 다행이야, 나는 입속으로 중얼거렸다.

물론 폐교된 지 3년은 족히 지난 학교 건물에 전기가 들어온다던지, 방금 전까지만 해도 이 교실에서 왁자하게 떠들던 이들이 사라졌다던가 하는 것은 충분히 무서운 일이었지만, 뭐라고 해야 할까, 나는 조용히 눈을 들어 보았다. 형광등 불빛이 여전히 내 정수리 위로 환하게 내리꽂히고 있었다.

이렇게 사방이 환하게 밝으니까 무서운 생각은 별로 안 들기도 하고, 게다가 애초에 내가 이 담력시험에 참가하면서 생각했던 최악의 경우는 귀신이 나오는 거였는데, 귀신이 나오지는 않았으니까.

세상이 뒤집히는 거라면 나는 3년 전에도, 그리고 얼마 전에도 비슷한 일을 겪어 본 적이 있다. 그렇다, 나는 이래 봬도 차원 이동의 프로페셔널인 것이다. 거기까지 생각한 나는 옆을 돌아보고는 조금 숨을 삼켰다.

그러나 나와는 달리, 이런 비현실적인 일에는 면역이 없는 주인이는 아직까지도 제 얼굴을 손으로 가린 채 아무 말이 없었다. 그의 연한 갈색 머리카락 너머로 창백하게 물든 뺨이 얼핏 내다보였다.

하기는, 나는 말없이 주인이가 받았을 충격을 짐작해 보려고 노력했다. 주인이는 언제나 공포 영화를 보든 심령현상 비슷한 일을 겪든 깔깔 웃어넘겼는데, 그것은 주인이가 겁이 없다기보다는 귀신의 존재를 믿지 않았기 때문이라고 봐야 옳다. 전에, 불과 몇 분 전에, 이 교실을 떠나기 전만 해도 그러지 않았던가,

'그거야, 폐교면 어디에나 다 있는 소문이지.'

위층에 귀신이 아니라 괴물이 나온다는 소문이 돌았대도 주인이는 별로 무서워했을 것 같지 않다. 그런데 지금, 그가 전혀 믿지 않던 비현실이 이렇듯 탈을 벗고 불쑥 그의 앞으로 다가온 지금, 주인이가 얼마나 놀랐을지는……. 침을 꿀꺽 삼킨 나는 손을 뻗어 주인이의 손 위에 올렸다.

손끝에 닿는 하얀 손등이 얼음장처럼 차서, 나는 조금 놀랐다. 그리고 마치 꿈에서 깨어난 사람처럼, 주인이의 어깨가 흠칫 떨렸다. 그리고 말간 갈색 눈이 나를 돌아보았다.

내가 아는 사람 중에서, 유천영 다음으로, 어쩌면 유천영 이상으로 침착한 주인이가 그러고 있는 것이 당황스러워서, 나는 일단 어색하게 웃어 주었다. 그러자 주인이도 어색하게 웃었다.

좋아, 생각보다 많이 놀라지는 않은 것 같고. 내가 자리에서 일어나자 주인이도 부스스 몸을 일으켰다.

바지에 묻은 먼지를 털어 내며 주인이가 말했다.

"생각을 좀 해 봤어."

"뭐?"

설마하니 그렇게 창백하게 굳은 얼굴로, 생각 같은 이성적인 일을 하고 있을 줄은 몰랐기에 나는 놀랐다. 내 대꾸에도 아랑곳하지 않고 서늘한 눈으로 복도며 교실을 한 번 번갈아 본 주인이가 말을 이었다.

"응, 그게, 상식적으로 생각하자면 이 교실에 불이 들어오는 건 말이 안 되잖아? 아까 엄마도 현관에서 거미 때문에 놀라서 뒷걸음질 치다가 스위치를 눌렀는데, 그때 불이 안 들어오는 건 확인했고. 전기가 끊긴 지가 몇 년인데."

"그래서?"

"말이 안 되긴 하지만 이곳이 다른 세상이라고 가정하

면, 전기가 그 둘을 가르는 기준이 될 수도 있다는 생각이 들었어."

주인이가 너무나 아무렇지도 않게 결론을 내려놓는 바람에 나는 또 한 번 놀랐다. 그러니까, 음, 나는 당황해서 입속으로 중얼거렸다.

내가 주인이의 당황에 대해 짐작해 보고, 나는 차원 이동에 익숙하니까 다행이다, 내가 달래 줘야지, 같은 쓸데없는 생각을 하고 있는 동안 주인이는 벌써 이 현상을 머릿속으로 분석하고 있었다 이 말이지.

시선이 느껴져서 앞을 바라보니 주인이가 의아한 듯한 눈으로 나를 바라보고 있었다. 나는 고개를 내저었다.

"아니, 계속해."

"으응. 음, 그래서, 교실마다 돌아다니면서 불을 켜 보는 게 어떨까 싶어."

"뭐?"

이어지는 의외의 제안에 나는 눈을 동그랗게 떴다. 여전히 담담한 목소리로 주인이가 말을 이었다.

"물론, 그건 현관으로 빠져나가거나 아이들과 연락하는 것 같은 기타 수단이 모두 실패했을 때 시도되어야 하겠지만."

"……."

"엄마랑 같이 있으니까 이런 일도 생기네. 다른 세상이라니."

그렇게 말하면서 주인이가 처음으로, 입가에 장난기 비슷한 것을 머금었다. 나는 그제야 주인이와 내가 몇 분 전까지만 해도 어색한 침묵에 감싸인 채, 서로의 팔을 붙들고 복도를 걷고 있었다는 사실을 기억해 냈다.

　　그렇게나 어색했는데, 이게 어떻게 된 일일까.

　　나는 머뭇거리며 다시 주인이에게 손을 내밀었다. 당연한 듯 주인이가 웃으면서 내 팔을 붙잡아 자기 팔에 붙였다. 그리고 단단하게 손까지 맞잡고는 내렸다.

　　이상하다, 나는 주인이가 단단히 잡아 끼운 손을 내려다보며 중얼거렸다.

　　하얗게 쏟아지는 형광등 불빛은 내 방의 것과는 달리 차라리 날카로운 화살 끝처럼 느껴지고, 교문 밖으로는 여전히 그네가 누군가 타고 있기라도 한 것처럼 앞뒤로 교차하며 흔들리고 있다. 창을 두드리는 검은 나뭇가지.

　　그런데도, 주인이랑 내가 이렇듯 자연스럽게 대화한 것이 얼마만인가를 생각하자 이 모든 일이 다행스러운 것으로 생각되었다.

＊　＊　＊

　　이 어두컴컴한 복도를 왔다갔다 하느니, 차라리 처음부터 끝까지 한 번씩 돌아보자는 생각에 우리는 1학년 8반부터 가로질러 7반, 6반, 5반까지 차례로 불을 켜 보았다. 한 손으로는 내 손을 잡은 채, 다른 손을 교실 어둠 저편에 내놓은 주인이의 하얀 귀를 나는 물끄러미 바라보았다.

옆 교실 창문으로부터 쏟아지는 불빛이 어둠이 켜켜이 앉은 복도 위로 빛의 사각형을 그렸다. 복도 나무널빤지 틈에 고인 먼지들이 이곳에서도 내다보였다.

그런 풍경들을 내다보면서 나는 조용히 귀에 댄 핸드폰 저편에 귀를 기울였다. 이번에도 전화를 받지 않을 모양이었다.

교실을 네 번 돌 동안, 나도 네 사람에게 전화를 걸었다. 차례로 반여령부터 시작해서 은형이, 윤정인, 김혜힐, 그 중의 아무도 받지 않았다.

뚜르르르, 뚜르르르, 무미건조한 신호음만이 이어지는 것을 듣다가 나는 그냥 전화를 끊어 버렸다. 그와 동시에 달칵, 하는 소리가 나더니 머리 위가 환하게 밝아졌다.

나는 뒤를 돌아보았다. 스위치 위에 손을 얹어 놓은 주인이가 위를 올려다보며 난감한 얼굴을 하고 있었다.

"지금까지는 불이 다 들어오네."

"음."

"이론에 문제가 있었던 걸까. 이곳 학교의 시공간이 불안정해서, 우리가 그런 균열로 들어오게 된 거라면 또 그런 균열이 일어난 곳이 몇 군데는 있을 거라고 생각했는데. 불이 안 들어오는 장소가 있을 거고, 그곳이 원래 세계와 이곳을 이어 주는 통로일 거라고."

주인이의 입에서 술술 흘러나오는 말은, 내가 들으라는 말보다는 중얼거림에 가까웠고 그러니만큼 설명적인 성격을 띠고 있지 않았다. 주인이가 평소에 내게 얼마나 친절하게 말을 풀어 주는지 알겠다. 주인이의 설명을 들으면서 내가 떠올린 것은, 시공간의 균열 어쩌고 하는 것과는 전혀 다른 것이었다.

나는 나도 모르게 입을 열어 중얼거렸다.

"담력시험은 잘되고 있으려나."

"응?"

내 손을 잡고, 걸음을 옮기려던 주인이가 나를 돌아보았다. 어지러이 늘어진 책상들을 뒤로 하고 나를 돌아보는 말간 금색 눈동자가 새삼 낯설었다. 나는 문득 웃었다.

"내가 생각해 낸 거긴 한데 진짜 엉뚱하긴 하다. 담력시험이라니, 이거 초등학생 때 수련회 같은 데 가서나 하던 거잖아. 우린 고등학생인데."

그렇게 생각하면서 나는 킥킥 웃었다. 그러다 말고 문득, 아직도 불을 켜 보지 못한 반이 네 군데나 남았고, 게다가 현관이 열려 있는지도 확인하지 않았다는 데 생각이 미쳤다.

내가 손을 뻗어 주인이의 팔을 당기려는데 주인이의 눈

이 어딘가 이상했다. 그는 시선을 바닥에 고정한 채 생각에 집중하고 있는 듯했다. 내가 그를 불렀다.

"주인아?"

"아, 응."

"무슨 생각해?"

또 새로운 이론이라도 떠오른 거야? 나는 그렇게 물으려고 했다. 그러나 눈을 들어 주인이의 얼굴을 바라본 순간, 그가 생각하던 것이 이 세계의 법칙 따위가 아님을 깨달았다. 모르겠다, 그냥, 주인이의 눈을 본 순간 그의 생각이 조금 더 멀고, 차가운 곳에 닿아 있음을 알았다.

동시에 주인이의 입술이 느리게 벌어졌다. 그가 나를 보며 물었다.

"엄마, 1반이랑 있었던 일 말야."

"응?"

"화도 안 나?"

아, 난 또 뭐라고. 나는 어깨를 으쓱하고는 고개를 돌리며 대답했다.

"솔직히 나는 별 생각 없었는데, 나는 어어, 하는 사이에 알아서 진행된 일이라. 뭐, 어때. 지난 일인데."

그러면서 나는 앞으로 걸어가려다 말고, 뒤에서 아직도 기척이 없다는 것을 깨달았다. 돌아보자 주인이는 꼼짝도 않고 서 있었다. 화도 안 나냐고 내게 묻던 그 모습 그대로.

응? 내가 의아해하며 고개를 기울이는 그때였다. 주인이가 한걸음 내게 다가왔다. 그의 눈가가 자그맣게 일그러졌다.

"엄마는, 정말로 화도 안 나?"

"어, 어?"

나는 잠깐, 당황했다. 주인이의 그런 말투는 한 번도 들어 본 적이 없어서.

나긋하게, 아니면 쾌활하게 웃는 얼굴로 언제나 도덕적으로 바른 대답만을 늘어놓던 주인이었다. 그도 아니면, 정 피할 수 없는 상황이라면 아예 엉뚱한 화제로 넘어가고는 했다. 그런데 지금, 나는 반사적으로 눈을 들어 그의 얼굴을 살폈다.

농담하고 있는 것이 아니었다. 장난을 치고 있는 것도 아니었다. 정말로 진지한 눈, 그의 눈에 놀란 내 모습이 비쳤다.

나는 당황하며 한걸음 뒤로 물러섰다. 그러다 문득, 입술을 꾹 깨문 채로 걸음을 멈추었다. 나는 다시 눈을 들어 주인이의 눈을 정면으로 바라보았다. 주인이의 본심을 처음으로 알게 되었을지도 모르는 지금, 여기에서 물러나면 안 될 것 같은 생각이, 들었다.

나라도 그를 정면으로 마주 보아야겠다는 생각. 나는 그의 눈을 물끄러미 올려다보았다. 동시에 그가 말을 이었다.

"누가 봐도 걔들이 나쁜 거잖아? 친구의 편을 들어 준다는 이유로 근거도 빈약한 엉터리 소문을, 스스로가 생각해 보지 않은 채 마구잡이로 퍼트리고, 욕하고, 손가락질하고, 그러다가 소문이 거짓으로 밝혀진 지금은 사과 한 마디 하지 않은 채 없던 일처럼 행동하다가. 그러다가 엄마가 반박하기도 싫어서 입 다물고 있으니까, 사실이니까 저러지 않겠느냐 난리 치고."

"……."

"아직 제대로 사과받은 것도 없지, 그런데 그냥 눈감아 주고 넘어가겠다고? 대체 왜?"

그의 마지막 물음이 내 귀로 날카롭게 내리꽂혔다. 나는 눈을 잠깐 감았다 떴다. 일순 머리 위의 형광등이, 흐려졌다가 다시 밝아지는 것 같았다.

이상한 일이야, 나는 입속으로 중얼거렸다. 주인이가 그런 식으로 말하니까, 정말로, 그동안 있었던 일들이 일목요연하게 정리되어 내 눈앞에 지나가는 것 같았다. 동시에 심장 부근이 지끈 울렸다.

사실대로 말하자면, 당연히 아직 괜찮아지지 않았다.

고작 몇 주 정도가 지난다고 해서 그 일을 완전히 없던 것처럼 잊어버릴 수는 없지. 아직도 그들이 새겨 놓은 상처가, 옅게나마 가슴에 패여 있었다.

그것을 무시한 채 나는 고개를 들어 주인이를 바라보았다. 내가 물었다.

"나한테 화났어?"

그러자 주인이는 뒤통수를 한 대 얻어맞은 것 같은 얼굴이 되었다. 나는 아랑곳하지 않고 차분하게 말을 이었다.

　"질문에 질문으로 대답하려고 하는 건 아니야. 그냥, 그보다는 지금 네 마음이 더 알고 싶어서 그래."

　"……."

　"나한테 화가 났어? 아니면 걔들한테 화가 났어? 어느 쪽이야? 그게 그냥, 궁금해서. 그래서 그래."

　주인이의 대답을 듣고 싶었다. 그래야만, 주인이의 지금 이 모습에 조금 더 가까워질 수 있을 것 같아서. 여전히 할 말을 잃은, 약간 공허한 눈으로 주인이가 나를 내려다보았다. 그러더니 힘없이 웃었다. 건조한 대답이 이어졌다.

　"어느 쪽이냐 하면, 그래, 그 애들한테는 화가 나. 짜증 나고, 할 수만 있다면 어디로 치워 버리고 싶어. 그리고 엄마한테는."

　말을 멈춘 그의 입술에서 짧은 한숨이 터졌다.

　"엄마가 그럴 때마다 무서워."

　나는 눈을 들었다. 힘없이 웃는 얼굴로 주인이가 말을 이었다.

　"진짜야, 무서워. 엄마가 최유리를 용서할 때만 해도 그랬어. 이번에도 그래. 엄마가 힘이 없어서, 그래서 참는 거였다면 차라리 무섭지도 않았을 거야. 힘없는 사람은 차라리 자기 자신에게 죄의 화살을 돌리고는, 나는 이런 고통을 받아도 마땅하다, 하고 납득해 버리거든. 그런데 엄마는 그런 것도 아니야."

"……."

"지호나 나나, 둘 중 한 사람한테 부탁만 했으면, 아니, 우리한테까지 올 필요도 없지, 여령이나 은형이한테 부탁했어도 여론을 긍정적으로 만드는 것 따위는 쉬웠을 거야. 최유리 일을 해결하는 것 따위, 우리한테 어려운 일이 아니라는 걸 몰랐던 것도 아니잖아, 엄마. 3년이야, 겪을 대로 겪었고, 우리가 할 줄 아는 일에 대해서도, 할 수 있는 일에 대해서도, 충분히 실감하고도 남았던 시간이잖아."

나는 입술을 꾹 깨물고, 그러나 시선만은 피하지 않은 채 주인이의 이어지는 말을 듣고 있었다.

마침내 말을 멈춘 주인이가 한숨을 내쉬었다. 그리고 한 걸음 다가왔다. 그의 몸이 내 얼굴 위로 그림자를 드리울 만큼 가까운 거리. 중얼거리는 듯한 말이 내 귀로 선명하게 다가왔다.

"엄마는 나 같은 사람 이해 못할 것 같아. 용서 따위는 모르는 나 같은 사람은."

"……."

"최유리 전학 간 곳까지 소문 다 퍼트리려다가 참았어. 엄마가 싫어할 것 같아서."

지금까지는 태연하게 그저 듣고만 있던 나였다. 하지만

그 말에는 눈을 크게 뜰 수밖에 없었다. 내가 화들짝 놀라 그를 올려다보는 것과, 그의 입술이 비틀리며 미소 짓는 것은 거의 동시였다.

시선이 허공에서 맞물린 채로 침묵이 흘렀다. 아무도 눈을 돌리려고 하지 않았다. 형광등 빛은 여전히 우리 위로 날카롭게 내리쬐고 있었고, 무엇도 움직이지 않는 가운데 먼지만이 조금씩 나풀거리고 있을 뿐이었다.

나는 조금씩 표정을 풀어 갔다. 눈썹을 찡그렸다가, 눈을 한 번 감았다가, 다시 뜨고는 주인이를 바라보았다. 그때까지도 그는 아무런 표정이 없었다.

담담한 맨 얼굴, 나는 저것이 주인이의 본래의 얼굴에 가장 가깝다는 것을 알았다. 내가 그를 물끄러미 올려다보는 바로, 그때였다.

찰랑, 하는 소리가 우리 둘의 귀에 닿았다. 동시에 주인이가 내 손목을 붙잡아 당겼다. 나를 제 등 뒤에 숨긴 채로 그가 나를 향해 입술에 검지를 대 보였다. 나는 조용히 고개만을 끄덕였다.

말하지 않아도, 그가 지금 무엇을 바라는지 안다.

3년이 넘게 폐교였던 장소에 누군가 들어왔다면, 그가 우리처럼 담력시험을 하러 왔다는 등의 생각을 해 봄직도 하다. 하지만 여기는 단순한 폐교가 아니다.

비현실과 현실의 경계에 맞물려 있는 기이한 장소. 그렇게 생각하는 동시에 주인이가 내게 다시 눈짓을 보냈다. 그는 이번에는 교실 앞에 놓인 커다란 교탁을 가리켰다. 자박, 하는 소리가 복도 멀리서부터 가까워지고 있었다.

주인이가 황급히 나를 잡아끌고 엉망진창으로 뒤얽힌 책상 사이를 가로질러 걸어갔다. 청소 용구함을 열어젖힌 그가 나를 보았다. 다행히 안은 깨끗이 비어 있었다. 내가 황급히 그 안으로 들어감과 동시에 주인이가 내 옆으로 성큼 들어왔다. 그리고 그가 문을 닫았다.

청소 용구함은 교실 맨 뒤편 구석에 놓여 있어서 시야가 넓었다. 주인이가 키가 커서 청소 용구함이 완전히 닫히지 않아, 문틈 사이로 교실의 풍경이 환히 내다보였다.

헝클어진 책상과 넘어진 의자, 먼지가 수북이 쌓인 칠판 위, 삐뚤삐뚤한 글씨로 새겨진, 지금은 다른 학교를 다니고 있을 누군가의 이름들. 그리고 바로 그때였다.

저 멀리, 복도 위로 우리가 켜 놓은 옆 반으로부터 흘러나오던 빛이, 사라졌다.

누군가 불을 끈 것이다. 목덜미를 타고 식은땀이 흘러내렸다. 아무리 봐도 비현실적인 이곳을, 조용히 발소리만으로 돌아다니면서 건물의 불을 모두 끄고 있는 누군가.

사람이기는 할까, 그렇게 생각하는 동시에 누군가 교실 앞으로 걸어 들어왔다. 옆에서 주인이가 내 손을 꾹 쥐었다. 나는 무심결에 그의 손을 내려다보고는, 그 손을 조금 더 세게 쥐었다. 갈비뼈 속에서 심장이 줄넘기라도 뛰는 것 같았다. 시야가 흔들려서 구역질마저 났다.

검은 양복을 일색으로 차려입은 남자였다. 다만, 얼굴이 있을 자리에 회색 동그라미만이 그려져 있다는 것이 보통 사람과 달랐다. 그의 하얀 손이 움직여 벽을 더듬었다. 눈이 없어서 어느 곳을 보고 있는지 짐작도 할 수 없었다.

그의 손이 움직이더니, 달칵, 하고 스위치를 눌렀다. 동시에 교실 안이 어두컴컴해졌다. 이제 교실 안은 아무것도 보이지 않았다. 푸르스름한 달빛에 남자의 형체가 어슴푸레하게 빛났다.

그는 이쪽을 보지 않았다. 불을 끄는 것만이 그의 목적의 전부였던 듯, 그는 교실을 나갔다.

자박, 자박…… 발소리는 왔던 곳으로부터 멀어져 갔다. 너무 숨을 깊이 들이쉰 나머지 그의 발소리가 계단 위를 통통 튀어 오르는 것마저 들렸다.

본래대로라면 이곳 2층에 돌아다니는 모양이다, 나는 생각했다. 아직도 방금 내가 본 것이 사실이 맞는지 잘 믿어지지 않았다.

고개를 돌리자, 옆에 주인이의 눈이 푸르스름한 달빛에 희미한 빛을 뿌리고 있는 것이 보였다. 나는 조용히 청소용구함을 밀고 밖으로 걸어 나왔다.

따라 나온 주인이가 머리카락을 쓸어 넘기며 한숨을 내

쉬었다. 나는 조용히 물었다.

"방금, 봤어?"

"얼굴이 없던데."

"응."

내 대답에 그제야 그는, 내가 잘못 본 게 아니지, 하고 묻는 듯한 얼굴로 웃었다. 그러더니 무너지듯이 의자 위에 걸터앉아 숨을 깊이 내쉬었다. 동시에 나도 책상에 걸터앉으며 숨을 푹 내쉬었다.

아, 정말, 정말 놀랐다. 그렇게 한동안 숨을 내쉬는 것을 반복해서, 내가 살아 있다는 것이 실감이 날 즈음에야 나는 다시 주인이를 돌아보았다. 주인이의 얼굴은 아까와 같은 독기를 품고 있지 않았다.

이렇게 보면 밝은 낮의 교실에서 보았을 때와 같이, 선량하고, 모두에게 사랑 받는 소년의 얼굴 그대로인데.

동시에 주인이가 나를 흘긋 쳐다보는 바람에 나는 조금 놀랐다. 그러나 그는 웃더니 손을 휘휘 내저었다. 이어지는 그의 말에 나는 당황해서 입을 벌렸다.

"아니야, 됐어, 아까 그 말은 잊어버려. 내가 헛소리를 했어."

"응?"

그렇게나 진지한, 평소의 밝은 빛은 조금도 깃들지 않은, 꾸며 내지 않은 얼굴로 말해 놓고는 헛소리였다니?

내가 황당해하거나 말거나, 내 얼굴을 흘긋 올려다본 주인이는 생글생글 웃으면서 말을 이었다.

　"알잖아, 엄마. 내가 귀신 같은 거 절대로 안 믿는 사람인 거. 그런데 난데없이 이런 상황에 떨어지니까, 아무리 엄마가 전에 다른 세계를 다녀왔다는 걸 믿고 있다고는 해도, 내가 이런 일을 겪어 볼 거라고는 생각도 안 해 봐서 좀, 공황 상태였다고 해야 하나? 그래서 그냥 아무 말이나 튀어나왔나 봐. 적당히 멈췄어야 했는데, 잘 안 됐네. 잊어버려."

　"주인아, 너……."

　"아, 무섭다! 방금 그런 애가 오면 어떻게 해? 얼른 돌아가야겠다, 그렇지, 엄마?"

　그렇게 말한 주인이가 자리에서 일어나 나를 보았다. 눈이 마주치자 그가 그늘 한 점 없는 얼굴로 밝게 웃었다. 너무 밝아서, 차라리 꾸며 낸 것이지 않을까 의심이 되는 그런 미소. 꼭 전에, 카페에서 이루다가 나를 향해 지었던 것 같은, 어깨 뒤로부터 향기로운 미풍이 불어오는 듯한 미소.

　나는 물끄러미 그가 내민 손을 내려다보았다. 평소라면 그의 웃음에 웃음으로 화답했을 것이었다. 그런데, 도저히, 그럴 수가 없었다.

　내 얼굴이 엉망이었나 보다. 나를 흘긋 내려다본 주인이의 얼굴이 조금 굳었다. 한참 뒤에야 그가 입술을 움직여 물었다.

"엄마, 왜 그래?"

나는 조용히 고개를 내저었다. 주인이는 항상, 우리랑 있을 때 저렇게 웃었는데. 그렇다면 그것은 모두가 계산된 미소였을까? 의도적으로 사람들의 악의와 의혹으로부터 피하기 위한? 그런 생각을 떠올린 나는 또 고개를 내저었다. 아니, 그렇지는 않을 것이다…….

혼란스러운 것이라면 주인이보다는 덜했겠지만 나도 마찬가지였다. 연속된 비현실적인 일들 때문에 마비된 현실 감각 아래서 내 사고는 달팽이처럼, 혹은 거대한 톱니바퀴처럼 느리고 조용하게 돌아가고 있었다.

한참 뒤에야, 간신히 입을 열 수 있었다. 나는 주인이를 올려다보았다.

"주인아."

말을 뱉어 놓고 나는 조금 당황했다. 내 목소리가 꼭 울음을 참는 것처럼 들렸기 때문이었다. 그것을 나만큼이나 예민하게 감지해 냈는지, 나를 보는 주인이의 눈이 굳어졌다.

"응."

"난, 아마, 네가 생각하는 그런 이유 때문에 그 애들을 무시하고 그냥 넘어가자고 생각한 게 아니야."

"……."

주인이의 눈에 의문이 깃들었다. 나는 손을 뻗어 주인이의 손을 조용히 쥐었다. 그러지 않고서는 마음이 진정되지 않을 것 같았다. 무슨 생각을 했을까, 주인이가 내 손을 조금 더 힘주어 쥐어 왔다.

고개를 든 나는 말을 이었다.

"난 네가 생각하는 것만큼 바보같이 착하거나 그런 사람이 아니란 소리야. 나는 그냥, 복수하는 데 내 시간을 뺏기고 싶지 않은 것뿐이었어. 이번 일로 너를 포함해서 좋은 사람들이 내 옆에 많은 것을 깨달았고, 난 충분히 행복한 사람이라는 것을 깨달아서. 그래서 더 신경 쓰지 않고 싶었던 것뿐이었어."

"……."

"이건 착한 게 아니야. 길에서 쓰레기를 봤는데 나는 지금 충분히 깨끗하니 손에 더러운 걸 묻히지 않고 싶다는 이유로 쓰레기를 무시하는 사람을 착하다고 해? 그렇지는 않잖아?"

"하지만."

내내 굳게 다물려 있던 주인이의 입술이 마침내 열렸다. 나는 조용히 눈을 들어 그를 보았다.

형광등을 켜 놓았던 때처럼 밝지 않아서, 주인이의 표정을 잘 읽을 수가 없었다. 하지만 그의 가라앉은 눈빛만은 어둠 속을 뚫고 생생하게 와 닿았다. 그의 잠긴 목소리도.

"엄마는 복수하겠다는 생각을 하지 않았잖아. 나는, 나는 아니야. 나는……."

"있잖아."

주인이의 눈만이 움직여 나를 향했다. 한 박자 쉰 내가 말을 이었다.

"주인아, 아까 네가 날 무섭다고 한 이유가, 만약 네가 착하지 않아서, 나나 다른 사람들한테 이해받지 못할 거라고 생각했던 거라면—."

"생각한 게 아니야. 사실이야."

이번에는 내가 입을 다물 차례였다. 주인이의 입술 끝이 비틀려 올라갔다. 그가 그토록 짙은 조소를 짓는 것을 나는 처음 보았다. 나를 향한 조소가 아니었다. 그것보다는, 그 스스로를 향한.

그의 손이 움직여 책상 위를 짚었다. 그의 목소리가 빨라졌다.

"은지호한테 들었지? 내가 어려서부터 나를 알아 온 여자한테서 어떤 소리를 들었는지. 그때의 나는 지금 같지 않았어. 나는 연기하는 법을 몰랐거든. 나는 생각이나 표정을 숨길 줄 몰랐고, 그 여자는 그 시절의 나를 알고 있는, 은지호랑 아버지를 제외한 유일한 사람이야."

"주인아."

내 부름을 무시하고 그가 말을 이었다. 그러면서 그는 차게 웃었다.

"그 여자는 항상 내가 말할 때마다 아무 말도 안 했어. 잠자코 내 말을 듣고 있다가, 그냥 웃었어. 나는 그게 내 생각을 이해한다는 뜻인 줄 알았어. 아니면, 적어도 나를 이상하게 여기지는 않는다고, 그렇게 생각했어. 그런데 그 여자가 마지막에 가서 뭐랬는 줄 알아?"

"……."

"나 같이 소름 끼치는 애는 처음 봤다고, 그랬어. 나는 다른 사람들이랑은 본질적으로 다르다고. 나 혼자 가슴속에 구멍 하나가 뻥 뚫려 있는 것 같다고. 그 여자가 그렇게 말했는데, 웃긴 건 뭔 줄 알아? 나도 그걸 알고 있었다는 거야. 남들이 양심이라고 부르는 것, 그런 것."

나는 아무런 대답도 할 수가 없었다. 손을 뻗어 내 옆 책상을 짚은 채, 주인이는 숨을 한 번 들이쉬고 내뱉었다. 이어지는 그의 건조한 목소리가 내 귀에 걸렸다.

"엄마, 기억나? 가끔, 내가 연락도 없이 몇 날 며칠 숨어 버리곤 하던 거."

"아."

그러고 보니 그랬다. 몇 날 며칠간, 주인이가 간혹 연락도 없이 숨어 버리는 일이 종종 있었다. 그러나 그것은 해외로 나가는 일이 종종 있던 은지호나, 유천영도 마찬가지라서, 나는 그것을 그저 그런 일들의 연장선으로 여겼다.

내 대답에 주인이는 웃었다. 그리고 이어지는 말에 나는 눈을 크게 떴다.

"죄책감 때문이었어."

"뭐?"

"아니, 죄책감도 아니었어. 그냥 무서웠어. 내가, 내 진짜 모습을 엄마나 다른 사람들한테 전부 숨기고 있다는 게. 전부 나를 좋은 사람으로 알고 있다는 게. 이게 얼마나 갈까, 하는 그런 생각이 다른 사람들이랑 있을 때마다 떠올라서 나를 괴롭혔어. 그런데 더 미칠 노릇인 건, 가끔 내 연기에 틈이 생길 때가 있다는 거야. 그럴 때면 정말로, 내일이라도, 아니면 당장이라도 내가 이상하다는 걸 누군가 알아차릴 것 같아서, 그래서."

"……."

"혼자 나를 점검하는 시간이었어."

그렇게 말한 주인이 고개를 푹 숙였다. 그의 목덜미 아래 흘러내린 땀이 달빛에 하얗게 빛났다. 이어서 그의 하얀 손이, 갈색 머리카락을 쓸어 넘기는 것을 나는 보았다. 자조적인 몸짓.

그러고 보면 그랬다. 며칠 정도 이어지던 부재 뒤에, 언제나 주인이는 불쑥 나타나고는 했는데, 그때의 그는 평소보다도 더 쾌활하고 밝았다.

그리고 그 특유의 매력은 여느 때보다도 밝게 빛나서, 그럴 때면 교실 안에는 꼭 그를 중심으로 돌풍이라도 부는 것 같았다. 모두가 그를 중심에 두고 즐거워서 어쩔 줄을 몰랐다.

그를 빤히 보던 내 눈썹이 와락 일그러졌다. 아니야. 나는 입속으로 중얼거렸다. 주인이는 언제나 사람들에게 즐거움을 주었다. 주인이는 여기에서 이렇게, 혼자 초라하게 머리카락을 쓸어 넘기며 무서움을 고백해야 하는 그런 사람이, 아니다. 주인이는 그런 죄를 지은 적이 없다.

나는 손을 뻗어 그의 손을 덥석 쥐었다. 충동적인 행동이었다. 동시에 주인이가 퍼뜩 고개를 들어 나를 보았다. 나는 입술을 질끈 깨물었다. 그리고 입을 열었다.

"주인아, 은지호가, 이런 얘기를 했어."

"응."

그의 대답은 힘없이 울렸다.

"네가 네 안에 자동 응답기 같은 걸 수십 개 둘러 놓고 있다고."

"하, 하하. 은지호 머리 좋네. 어떻게 그렇게 딱 맞는 비유를—."

"—그래서 널 가끔 정말 알다가도 모르겠다고, 그런 얘기를 했어."

주인이의 웃음이 일순 뚝 끊겼다. 하지만 그것은 정말로 찰나, 번갯불처럼 지나간 순간일 뿐이었고 내가 돌아보았을 때 그는 평소의 미소를 떠올린 채 나를 보고 있었다.

그가 웃으며 말했다.

"그래, 엄마. 그렇다니까. 난."

"—난 그렇게 생각 안 했어."

주인이의 웃음이 이번에야말로 뚝 끊겼다. 동그랗게 뜬 눈으로 나를 올려다보는 주인이의 얼굴에, 여느 때와 같이 천진한 기색이 조금 깃들어 있어서 나는 웃었다. 그래, 이 것은 결국에는, 주인이의 본래 얼굴이다.

이것도, 주인이의 본래 얼굴이다.

"엄마, 뭐라고?"

"난 네가 알기 쉽다고 생각해."

주인이의 시선과 내 시선이 허공에서 맞부딪혔다. 파르스 름한 달빛이 그 위를 흘렀다. 나는 가만히 씩 웃어 주었다.

"은지호나 네가 이해가 안 될 만큼, 난 네가 알기 쉽다고 생각해."

침묵이 흘렀다. 새어 든 달빛이 낡은 책상과, 교실 바닥 으로 쏟아져 흐릿한 무늬를 그렸다. 바람이 불어 먼 나뭇 가지가 흔들렸다. 그 속에서 나는 조용히 주인이의 눈을 마주 보았다. 맑은 갈색 눈, 햇빛이 고이면 금색이 되고는 하던.

하, 이윽고 날카로운 한숨이 터졌다.

"무슨 소리야?"

"난 네가."

그의 말을 내가 잘랐다. 주인이가 눈을 들어 나를 보았다. 그 안에 깃든 두려움은 내게 너무 직접적으로 전달되어서, 당황스러울 정도였다.

숨을 짧게 들이쉰 나는 말을 이었다.

"네가, 그렇게 스스로를 상처 입힐 필요는 없다고 생각해."

"……."

"넌 네가 생각하는 것만큼 나쁜 사람이 아닐 수도 있어, 주인아. 난 네가, 네 생각보다는 훨씬 괜찮은 사람일 거라고 생각해."

"무슨 근거로?"

그렇게 말하는 주인이의 얼굴은 꼭, 버림받은 어린아이처럼 창백했다. 바람이 다시 불어 창을 때렸다. 축축한 어둠이 그의 손 위로 내려앉았다. 나는 숨을 들이쉬며 말을 골랐다. 그러다가, 적당한 말이 떠오르지 않아 눈을 한 번 질끈 감았다.

그래, 나는, 이런 주제로 이야기를 하기에는 말재주가 썩 좋지 않다. 차라리 이 자리에 내가 아닌 은지호가 있더라면, 나는 생각했다.

은지호는 특히 추상적인 것을 설명하는 데 탁월하다. 주인이도 방금 그랬잖은가, 은지호의 자신을 향한 표현이 얼마나 적절한지.

아니, 하지만 나는 고개를 내저으며 마음을 다잡았다.

그렇다고 하더라도, 아무리 추상적인 것을 말로 설명하는 데 탁월한 능력을 가지고 있는 은지호더라도 그가 보지 못한 것이 있었다.

그는 결국 그 자동 응답기 속에 있는 것이 어떤 것이었는지에 대해서는, '모르겠다'고 얘기했다. 이것은 결국 나만이 할 수 있는 이야기였다. 생각을 마친 나는 눈을 떴다.

시간의 흐름에서 홀로 버림 받은 것처럼, 눈을 감기 전과 똑같은 자세와 얼굴을 하고 오도카니 서서 나를 바라보는 주인이와 시선이 마주친다.

나는 입을 열었다.

"네가, 그랬잖아, 복수하고 싶다고. 나를 상처 입힌 사람들에게."

"응."

주인이가 고개를 끄덕였다. 나는 말을 이었다.

"생각해 봐, 나를 상처 입힌 사람들이야. 네게 상처 입힌 사람들이 아니라. 나를 상처 입힌 사람들. 너는 네 복수를 하려고 했던 게 아니야."

"아니지."

주인이가 천천히 고개를 내저었다. 그의 갈색 머리카락이 흔들릴 때마다 그의 뺨에 닿았다. 더할 나위 없이 차분한 목소리로, 말이 이어졌다.

"나를 화나게 한 사람들이지."

"……."

"엄마, 나를 변호하려고 할 필요 없어. 시도는 고맙지만—."

"왜 화가 났던 거야?"

주인이가 다시 눈을 들었다. 그의 눈을 마주친 채 나는 또박또박 말을 이었다.

"왜 화가 났던 건데? 네가 보기에 그 애들은 잘못을 했고, 나는 잘못하지 않았는데 내가 더 상처 입어서? 그게 싫어서? 개인적인 정의심에 입각해서? 아니면."

"그게 맞아. 개인적인 정의심이라는 말은 빼야 하겠지만. 정의심 같은 거창한 걸 통해서 생각한 건 아니야."

거기까지 말한 주인이가 천천히 숨을 내쉬었다.

"……엄마가 그 애들의 잘못을 눈감아 주고, 넘어가 주었으면, 만약 그 애들이 그것에 대해서 반성했다면 그 애들은 더는 떠들지 않았겠지. 엄마한테 그런 식으로 말한 것 자체가 그 애들은 결국 조금도 반성하지 않았다는 증거 아니야?"

나는 눈을 깜빡였다. 그러다가 주인이와 눈이 마주치자, 어색하게 웃으며 손을 들어 올렸다. 손가락을 천천히 접으며 내가 대답했다.

"음, 그러니까, 네 말이 맞아."

"응?"

주인이가 조금 미심쩍다는 듯 눈을 가늘게 떴다. 나는 어색하게 웃으며 말을 이었다.

"네 말이 맞아. 그러니까, 사람들은 다 그러잖아."

"……?"

"내가 어떤 사람한테 착한 행동을 베풀면, 아니면 예의를 지키면 적어도 상대방도 나한테 그만큼의 예의를 지키기를 원하잖아. 그 말은, 내가 누군가에게 착한 행동을 할 때 사실은 나도 그만큼 보상을 받을 거라는 생각에서 그러는 거 아닐까."

"그게 왜?"

"그리고 너는."

나는 손을 들어 주인이를 가리켰다. 손가락 끝에 걸린 그의 눈은 여전히 가라앉아 있었다. 나는 말을 이었다.

"주인아, 너는, 아까 그랬잖아. 너는 진짜 네 모습을 다른 사람들한테 숨기고 있었다고. 그렇다면 네가 생각하기에, 네가 했던 모든 행동들은 그냥 연기였던 거지? 진짜 네가 한 게 아니라. 진짜 너는 그런 좋은 행동들을 할 만큼 좋은 사람이 아니고, 그걸 들키기 싫어서 연기를 하고 있었고."

"그래…….”

"그럼, 만약 누군가가 너한테, 어느 날 갑자기 안 좋은 말을 한다면 어떻게 할 거야?"

그 물음에 비로소 주인이의 표정이 흔들렸다. 그가 나를 돌아보았다. 나는 한 번 숨을 들이쉬고는 말을 이었다.

"누군가가 너한테 갑자기, 그래, 속고 있었다거나, 나는 네가 이상하다는 걸 알고 있었다고, 그런 식으로 말하면서 화를 낸다면 어떻게 할 거야?"

"……."

"화를 낼 거야? 복수할 거야? 나를 상처 입힌 사람들한 테 그랬던 것처럼?"

내 말이 고요한 교실 바닥으로 조용히 흩어졌다. 그 속에서 주인이는 난제라도 푸는 사람처럼, 미간을 조금 찡그린 채 나를 골똘히 바라보았다.

달빛이 우리 사이로 흔들렸다. 잠시 후, 주인이가 느리게 고개를 내젓는 것을 나는 보았다.

낮은 목소리로 그가 말했다.

"아니. 화 안 낼 거야. 복수를 하지도 않을 거야. 나는 그런 대접을 받아도 마땅한 사람이니까. 사람들이 내 본성을 알아채고, 나를 싫어하는 걸 내가 어쭙잖은 연기로 조금 지연시키고 있었을 뿐이니까."

"주인아."

내 부름에도 주인이는 이쪽을 보지 않았다. 다만 바닥을 내려다보는 채 한동안 말이 없을 뿐이었다. 나는 언젠가 들은 적이 있다.

너무나 담담한 목소리로 슬픈 일을 말하는 사람은, 사실은 그런 일에 대해서 아주 오랫동안 가슴속에 품고 있었을 거라고. 그러면서 아직까지도 아픔이 가시지 않아서, 그래서 그렇게 일부러 담담한 얼굴을 하고 있을 뿐이라고.

나는 속으로 조용히 주인이 그렇게 생각했을 세월을 헤아려 보았다. 그 여자, 은지호네 집 높다란 담 아래서 보았던 가냘픈 체구의 여자, 그녀가 주인이의 집에 양어머니로 들어갔을 때가 주인이가 고작 다섯 살 때라고 했다.

그렇다면 주인이는 대체 몇 년 동안이나, 그런 생각을 품고 있었던 걸까.

사람들은 본래의 자기를 싫어할 수밖에 없노라고, 그래서 자신의 본모습을 숨겨야 한다고, 몇 살 때부터 그 말도 안 되는 연기를 시작한 걸까.

여섯 살? 일곱 살? 적어도 10년은 넘는 세월 동안 자신의 본모습을 숨겨야 한다고, 그렇게 말도 안 되는 강박증에 시달렸을 것이다. 나는 주먹을 움켜쥐었다.

세상에 연기를 해 보지 않고 살아온 사람이 누가 있을까. 어릴 적, 내가 다쳐서 절뚝거리는 무릎을 감싸 쥐고 집에 도착했을 때, 현관으로 달려온 엄마가 내 무릎을 보고 제가 더 아픈 것 같은 표정을 지었을 때. 그때 나는 어떻게 했던가. 눈물을 거두고는 어색하게 웃으며 하나도 안 아프다고 말했었다. 그것이 내가 기억하는 최초의 거짓말, 최초의 연기.

하지만 사람들에게 사랑받기 위해서 하는 연기는, 사람들에게 상처를 주지 않기 위해서 하는 연기와는 그 성격이 전혀 다르다. 그것은 결국 사람을 좀먹는다.

나는 사람들에게 사랑받고 있어. 하지만 그들이 사랑하는 것은 내 본모습이 아니야. 하지만 내 본모습을 보여 주면 아무도 나를 사랑해 주지 않을 거야. 시도해 보기도 전에 이미 얻어 버린 결론. 다시는 번복될 일이 없는.

나는 눈을 들었다.

시선 끝에 걸린 주인이의 표정이 당황한 듯 무너졌다. 그는 잠깐 눈을 어디다 둘지 모르는 수줍어하는 소년처럼, 내 옆을, 천장을, 바닥을 차례로 보더니 다시 나를 보며 어색하게 웃었다. 그리고 그가 손을 뻗어 내 손을 쥐었다.

"엄마, 표정이 왜 그래?"

"주인아."

"왜, 꼭⋯⋯."

"다른 사람이 널 싫어할 수밖에 없다고 믿으면서도, 다른 사람들한테 착하게 행동할 수 있다는 게 얼마나 대단한 일인지 몰라?"

그 말에 주인이가 어색하게 웃는 것을 멈추었다. 그가 나를 보았다. 나는 눈을 일그러뜨렸다. 이번에는 내가 손을 움직여 주인이의 손을 쥐었다.

잠깐 침묵이 흘렀다. 창밖의 검은 나뭇가지들이 우수수

흔들렸다. 주인이가 눈을 깜빡였다. 이윽고 그의 입술이 열렸다.

"대단한, 일?"

나사 하나가 풀리기라도 한 것처럼, 삐걱거리면서 흘러나온 목소리였다. 주인이가 다시 입을 열었다.

"대단한 일이라고? 그게?"

"생각해 봐. 너는 아까, 내 일에 화낸 것에 대해서, 내 착한 행동이 보상 받지 못했기 때문이라고 그랬잖아. 내가 그 애들한테 예의 바르게 굴었다면 적어도 그 애들도 나한테 그만큼은 행동해야 하는데, 그러지 않아서, 그러고도 반성하지 않아서 화가 난 거라고."

"응."

"그래, 나도 비슷한 이유로 화가 났었어. 나는 그 애들의 잘못을 눈감고 입 다문 채 넘어갔어. 그건 물론 내가 피곤해지기 싫어서이기도 했지만, 그렇게 하면 그 애들이 스스로 반성해서 입을 다물 거라고 생각해서였어. 그런데 그 애들은 도리어 나한테 내가 입 다문 건 켕긴 구석이 있어서 그런 거 아니냐고 화를 냈고, 나도 그래서 화가 났었어."

주인이의 고개가 미미하게 위아래로 끄덕여졌다. 숨을 들이쉰 내가 말을 이었다.

"그건, 결국 나는 상식적인 행동을 하면서도 보상을 바랐다는 뜻이 돼. 내 착한 일에 대한 보상. 다른 사람들도 나를 착하게 대하는 것."

"……."

"그런데 너는 다른 사람들이 네게 갑자기 돌아서도, 화를 내도 아무렇지 않을 거라고 했잖아. 화를 내지 않을 거라고, 복수도 하지 않겠다고. 그런데, 그렇게 다른 사람들한테 아무것도 원하지 않으면서도 너는 다른 사람들을 당연한 듯이 착하게 대하잖아. 그건, 그건 차라리."

"엄마."

"그건 차라리 봉사 활동이잖아. 뭐야, 네가 자원봉사자도 아니고."

주인이의 목소리에도 아랑곳하지 않고, 거기까지 뱉어낸 나는 조용히 숨을 몰아쉬었다.

다른 세계에 발을 들여놓은 다음부터 우리를 둘러싼 공기는 지나치게 서늘해져 있었다. 그런데도 내 이마 위를 가로지르고 땀방울 하나가 막 턱으로 떨어지는 참이었다.

나는 한동안 눈을 내리깐 채 아무 말도 하지 않았다. 바로 그때였다. 앞에서, 주인이의 입술이 조용히 열린 것은.

나는 눈을 들었다.

"엄마. 사기꾼한테 대고 자원봉사자라니, 너무 터무니없이 긍정적인 거 아니야?"

그 말에 나는 다시 눈썹을 찡그렸다. 나는 눈을 들어 주인이의 얼굴을 똑바로 쏘아보았다. 젖은 속눈썹 사이로 주인이의 갈색 머리카락이 달빛 아래 희미하게 빛나고 있었다. 나는 입을 열었다.

"네가 사기꾼이면, 이것부터 정해야지. 네가 사기를 쳐서 상처받는 사람들이 누구인데?"

"그건, 당연히, 나를 착하다고 믿고 있을 다른 사람들이."

"—그럼 네가 네 본성을 드러내면, 사람들이 어떻게 되는데?"

"……."

주인이는 잠깐 입술을 열었다가, 다물었다. 그러고는 마치 놀라운 것을 깨닫기라도 한 사람처럼 눈을 크게 뜨고 나를 쳐다보았다. 어둠 속이었는데도 그의 뺨 언저리가 창백하게 물들어 있는 것이 내 눈에 보였다.

나는 울 것 같은 얼굴로 말을 이었다.

"네가, 연기하지 않고 처음부터 원래 성격을 드러냈더라면 사람들은 어땠을 것 같아?"

"그건."

"그건?"

"아마, 더는 나랑 같이 있는 게 재미가 없고, 그리고, 상처를……."

주인이는 말을 잇다 말고 결국에는 입을 다물고 말았다. 하아, 나는 고개를 푹 숙이며 한숨을 터트리고야 말았다.

주인이는 아무런 말도 하지 않았다. 다만 내 손을 잡고 있던 손에서 조금 힘을 푼 것으로 보아, 그가 생각에 잠겨 있음은 알 수 있었다.

그와는 더 이상 눈을 마주치지 않은 채, 나는 그저 입술만을 깨물었다.

이렇게나 단순한 것을 주인이도, 은지호도 모르다니 이해할 수가 없다. 아니, 은지호의 경우에는, 어렸을 때 주인이에게서 보았던 무감정한 면의 이미지가 너무나 컸던 탓에 본질을 파악하기에는 조금 무리가 있었을지도 모르고, 그리고 주인이는…….

그 여자의 말이, 너무나 깊이 새겨져 있어서.

단지 자신을 부정적으로 보기에 급급해서, 더 이상 생각하지 않았던 것이리라.

그래도 그렇지, 어떻게, 나는 주인이의 손을 쥐고 있지 않은 다른 손을 꾹 쥐었다. 그러다가 끝내는 입술을 떼었다.

"넌 결국, 아무도 상처 입히기 싫었던 거잖아."

주인이는 얼굴이 하얗게 질린 채 말이 없었다. 입술을 꾹 깨문 나는 다시 말을 이었다.

"넌, 네가 나쁜 사람이라고 했지. 그래서 사람들을 상처 입히고 말 거라서 좋은 사람인 척 연기를 하고 있을 뿐이라고. 하지만 연기하는 스스로에게 죄책감을 느끼고 있다고. 왜 죄책감을 가져? 내 말은, 그게 뭐가 나빠? 넌 그렇게, 그렇게 스스로를 죄인인 것처럼 여길 필요가 없어. 넌 그냥 사람들을 상처 입히지 않으려고 한 것뿐이잖아. 즐겁게 해 주려고 한 거잖아. 그게 나쁜 거야? 난 모르겠어. 네가 나쁘다는 말, 나는 조금도 모르겠어."

"……."

"그래서 난 네가 알기 쉽다고 생각해. 넌 착해. 네가 착하다고, 그렇게 생각해."

"……."

"그리고, 그거랑은 별개로 한 가지…… 걱정되는 게 있어."

내 말에 비로소 주인이가 다시 눈을 들었다. 허공에서 다시 한 번 시선이 맞물렸다. 숨을 들이쉰 나는 느리게 말을 이었다.

"……너 힘든 거. 네가 지금까지 그런 심정으로 우리들 앞에서 웃고 있는 줄 몰라서, 그래서, 네가 또 우리 앞에서는 웃고 나중에 힘들어 할까 봐. 그게 싫어, 주인아."

"엄마, 나는."

"네가 우리들 즐겁게 해 주려고, 우리 기분 안 상하게 하려고 일부러 안 즐거운데 억지로 웃고 있을까 봐. 그게 무서워질 것 같아. 그게, 그게 걱정 돼."

주인이가 창백하게 물든 얼굴로 나를 보았다. 그의 손을 쥔 채로 나는 물었다.

"전에 기억나지, 여령이랑 내가 힘든 일 있어서 전에 한번 우리 집에서 얘기하다가, 여령이가 운 거."

그가 고갯짓만으로 대답했다. 내가 물었다.

"그때 우리 중에 누구도 즐거운 사람은 없었을 거야. 그래서, 그때 주인이 넌 기분이 어땠어? 짜증 났어? 애들이랑 같이 있는데 즐겁지 않아서?"

"아니, 절대⋯⋯."

"그럼, 우리가 너랑 있는데 즐겁지 않다고 해서 너한테 실망할 것 같아? 너는 우리를 항상 즐겁게 해 줘야 하는 사람인데, 네가 그러지 않아서 실망하고 화를 내고 돌아서고, 그럴 것 같아?"

비로소 주인이 퍼뜩 고개를 들었다. 그러나 그는 무슨 할 말이라도 있는 것처럼 입을 열었다가, 도로 다물었다.

그리고 혼란이 일렁이는 얼굴로 나를 조용히 응시했다. 눈이 마주치자 나는 힘없이 웃었다. 그리고 다시 물었다.

"당연히, 아니겠지?"

그러자 주인이 고개를 끄덕였다. 나는 한동안 그의 손을 잡은 채로 그의 다음 말을 기다리고 있었다.

그는 여전히 뺨이 창백해진 채로, 생각에 잠긴 듯한 눈으로 말이 없었다. 나는 그런 그를 조금 더 기다리기로 했다. 그렇게 생각하면서 나는 문득 창밖으로 눈을 옮겼다.

도화지 위의 그림처럼 시간이 얼어붙은 듯한 세계, 여전히 창밖의 그네는 앞뒤로 흔들리고 있고, 검은 나뭇가지가 흔들리는데도⋯⋯ 내 곁에 살아 있는 시간의 증거라고는 내 손에 쥐어진 주인이의 따뜻한 손밖에 없는 것 같아서, 나는 주인이의 손을 조금 더 힘주어 쥐었다. 그리고 생각했다.

어쨌거나 그가, 아프지 않았으면.

나는 이 자리에서 비로소 은지호가 그 여자에게 쏟아부었던 증오의 말들을 이해해 냈다.

그래, 사람을 싫어하는 일이 잘 없는 그가 그 여자를 싫어할 수밖에 없는 이유는, 결국에는 그 여자가 내내 주인이로 하여금 스스로를 사랑할 수 없게 만들었기 때문이다.

사람은 혼자서 생각해 낼 수 있다. 스스로 내가 좋은 사람인가, 악한 사람인가를 스스로의 머리로 생각하고 결론 내릴 수 있다.

하지만, 내가 스스로를 착한 사람이라고 말하는 것과, 다른 사람이 스스로를 착한 사람이라고 말해 주는 것은, 결국에는 너무나 다르다. 나는 그것을 반여령을 보아서 잘 안다.

스스로 손을 맞잡은 채 난 잘못한 게 없어, 하고 벌벌 떨리는 목소리로 되뇌다가도, 내가 조용히 다가서서, 그녀의 어깨에 손을 얹은 채, 그래, 넌 잘못한 게 없어. 하고 말하면 끝내 무너지면서 울음을 터트리던 반여령을 보아서 안다.

반여령에게 그녀를 지탱해 줄 말들이 필요하다는 것을 알고 있었다. 그런데, 주인이에게도 그런 것이 필요할 줄은, 나는 미처 몰랐다.

나는 다시 시선을 옮겨 주인이를 바라보았다. 그는 여전히 눈을 내리깐 채 말이 없었다. 나는 조용히 그런 그의 손을 힘주어 쥐어 주었다.

그가 이러는 줄 알고 있었으면 진작 말해 줄걸. 나는 입을 열었다.

"주인아."

"응."

"난 네가, 착하고 나쁘고를 떠나서, 참 괜찮은 사람이라고 생각해."

그 말에 그의 입술 끝이 조금 움직였다. 미묘한 웃음을 입가에 걸친 채로 그가 눈을 들어 나를 보았다.

나는 꼭, 평소에 장난을 칠 때 그러하듯이 그의 손을 들어 흔들었다. 그러자 주인이가 조금 더 웃었다. 나는 웃으면서 말을 이었다.

"음, 그리고, 아, 그래. 왜 사람들이 그러잖아! 똑같은 식당에서 똑같은 메뉴를 먹어도 누구랑 먹느냐에 따라서 완전히 다르다고. 불편한 직장 상사랑 먹는 거랑 좋아하는 친구랑 먹는 건 전혀 맛이 다르다고."

"응."

주인이가 웃음을 참는 것 같은 얼굴로 또 고개를 끄덕였다. 나는 마주 웃으며 외치듯 말했다.

"그거 알아? 너랑 급식 먹을 때마다, 맨날 그냥 똑같은 급식이었는데 진짜 맛있었던 거. 네가 나한테 그런 사람이야."

그 말에 주인이의 입술에 미소가 짙어졌다. 그는 이제 내 손을 잡고 있지 않은 다른 손으로 책상을 짚은 채 킥킥 웃고 있었다. 나도 다시 웃었다.

달빛이 흘러들어 우리 사이를 비추었다. 내 귓불이 붉어진 것이 그의 눈에도 보일까, 나는 잠깐 생각했지만 곧 그런 생각은 지워 버리기로 했다. 조금 창피하기는 했지만, 그에게 더 말해 주고 싶었다. 그가, 믿을 수 있을 만한 말들을.

주인이는 이제 완연히 웃는 얼굴로 나를 보고 있었다. 깊게 반짝이는 갈색 눈이 내게서 나올 다음 말을 기다리고 있는 것 같았다. 그 눈을 보는 순간, 다음으로 해야 할 말이 떠올랐다.

나는 다시 입을 열었다.

"그리고…… 이런 말이 있거든."

의식하지 않으려고 했는데, 말을 하는 사이에 나도 모르게 목소리가 잠겨 들어갔던 모양이었다. 주인이의 눈에 조금 의아한 듯한 빛이 깃들었다. 그것을 의식하지 않으려고, 애써 시선을 피하면서 나는 떨리는 목소리로 말을 이었다.

"대단한 말은 아니고, 세상에 상처받지 않는 관계 같은 건 없다고. 그래서 결국에는, 우리가 선택할 수 있는 건 누구에게서 상처받을지, 그것뿐이라고…… 그러더라."

"……."

"그 말을 들었을 때 내가 제일 먼저 뭘 생각한 줄 알아?"

나를 보는 주인이의 모습이, 달빛 아래 칼날로 새긴 것처럼 선명하고 날카롭게 번지는 그 모습이 어쩐지 보기가 두려웠다.

나는 괜히 손을 들어 눈가를 가린 채로 말을 이었다.

"나는 너네한테서 결국에는 상처받을 수밖에 없다고, 그렇게, 생각했어. 만약 너희가 어느 날 이 세상에서 사라진다면, 그래서 다시는 만날 수 없게 된다면. 그리고 동시에 어떤 생각을 했는지 알아?"

"……."

"너희가 나를 기억하지 못하는 게 다행일지도 모른다고. 왜냐하면, 너희는 내가 사라져도 나를 기억하지 못하니까 상처 받지 않을 거잖아……."

거기까지 말하고 나는 끝내 눈을 질끈 감았다. 울음을 삼키려는 초인적인 노력은 괜찮았지만 덕분에 목구멍은 꼭 용암을 삼킨 것처럼 뜨거웠다.

내가 울지 않겠다는 확신을 얻고 나서야, 숨을 한 번 크게 들이쉰 나는 눈을 가리고 있던 손을 치웠다. 그리고 느리게 고개를 돌렸다.

주인이가 나를 보고 있었다. 꼭 태어나서 처음으로 나를 본 것 같은 낯선 얼굴을 하고. 나는 웃었다.

"그러니까, 주인아. 내가 너랑 친구를 하겠다고 결심했던 건 있잖아. 나는 어차피 상처받을 준비를 하고 있었다는 뜻이야. 그러니까 너무 네가 나를 상처 입힐까 봐 걱정하거나, 그러지 마."

"엄마."

"네가 나한테 조금 상처를 입히거나 해도 난 괜찮을 거야. 나는, 나를 상처 입혀도 되는 사람으로 널 선택한 거니까."

주인이는 한동안 말이 없었다. 나도 눈을 내리깐 채로 말이 없었다. 그러다가, 얼마나 시간이 지났을까, 그가 천천히 팔을 움직여 나를 껴안았다.

이 네 사람 중에서 나를 제일 많이 끌어안는 사람이라고 하면 다름아닌 주인이었다. 그는 더군다나, 다른 여자아이들도 가끔 비슷한 느낌으로 껴안고는 했는데, 그 안에 이성적인 긴장감이라고는 조금도 녹아 있지 않아서 언제나 자연스럽게 느껴지고는 하던 포옹이었다.

왜, 일전에 입학식 때 홀로 8반으로 가게 된 나를 주인이는 또 끌어안지 않았던가. 그것을 떠올리며 나는 조금 웃었다. 하지만, 나는 코로 숨을 들이마셨다. 눈 끝이 조금 시큰거렸다.

아, 그렇다. 주인이는 항상 가끔 이런 식으로 나를 당황스럽게 만든다. 이런 순간이 되면 주인이가 갑자기 아주 크고, 어른스러운 사람처럼 느껴져서, 그래서 나는 당황하게 된다.

항상 나보다 키가 훌쩍 큰데도 어린아이 같은 느낌을 주고는 하는 주인이인데, 나는 조금 망설이다가 그의 어깨에 얼굴을 묻었다. 주인이는 가만히 있었다.

그의 등을 팔로 감싸 안으면서 나는 생각했다. 이런 순간이면 주인이는 꼭, 내 오빠처럼 느껴진다. 그래서 이 품에 기대어 맘껏 울어도 된다고, 그렇게.

그의 어깨에 얼굴을 묻은 채로 생각하는 그때였다. 주인이가 입술을 여는 것이 그의 움직임으로 느껴졌다. 이윽고 머리 위에서 목소리가 울렸다.

"엄마."

"응."

"엄마, 알겠지만, 이건 지호도 인정한 건데."

응, 그렇게 말하면서 나는 고개를 끄덕였다. 그리고 이어지는 말에는 그만 웃어 버렸다.

"난 똑똑하잖아. 그렇지? 은지호가 인정할 정도면 이거 진짜 대단한 거거든."

"그래."

"그러니까, 누가 내 머리에서 엄마를 지워 버리려고 해도 내가 엄마를 잊는 일은 없을 거야."

나는 눈을 크게 떴다.

한동안 무슨 말을 들었나 싶었다. 뒤통수라도 한 대 얻어
맞은 것처럼 정신이 없고, 동시에 발이 허공에 붕 뜬 것처
럼 꿈결 속에 서 있는 기분. 호수 밑바닥으로 단둘이 가라
앉는 듯한 기분.

나는 눈을 들었다.

눈이 마주치자 주인이가 갈색 눈을 휘며 천천히 웃었다.
그 특유의 사랑스러운 미소. 문득 그런 그의 미소를 본 것
이, 오늘이 처음인 것 같아서 나는 다시 웃음이 나왔다. 동
시에 울음이 터졌다.

웃으면서, 울면서, 나는 주인이의 등을 한동안 쥐고 있
었다. 주인이가 다시 말했다.

"약속해. 엄마 혼자 그 세계에 있도록 두지 않을게."

"주인아."

"전처럼 6시간 동안 없는 번호로 전화를 걸 수도 있어.
엄마랑 있던 일, 엄마가 있던 장소, 하나도 잊어버리지 않
을 거야. 나머지 애들한테도 말해서, 전부 다 같이 엄마를
기억하고, 엄마를 찾을게. 그렇게 할게. 약속해."

그렇게 말하면서 주인이가 다정하게 내 어깨를 두 손으
로 잡고 시선을 마주쳐 왔는데도, 나는 울음이 터져서 아
무런 말도 할 수가 없었다.

눈을 두어 번 깜빡이다가, 눈물에 젖은 입술을 열었다

가, 결국 또 아무런 말도 하지 못한 채로 두 손을 들어 얼굴을 가려 버린 채 엉엉 우는 나를 두고 주인이는 한동안 아무 말도 하지 않았다.

한참이 지나서야 간신히 호흡을 고른 내가 입술을 열었다.

"말도, 말도 안 돼, 그 아줌마."

"뭐?"

주인이가 조금 당황한 듯이 되묻는 것이 들려왔다.

아직 얼굴이 눈물로 가득 젖어서, 차마 얼굴을 가릴 손을 치울 생각은 하지 못한 채로 나는 말을 이었다.

"그 아줌마 말야, 네가 이상하다고 한 거, 말도 안 돼. 네가 어디가 이상해, 넌, 넌 이렇게 착하고……."

"아니야, 엄마."

그렇게 말하면서 주인이는 어이없다는 듯 부드럽게 웃었다. 꼭 비 오고 날이 갠 듯 상쾌한 웃음이었다. 그렇게 웃으면서, 주인이는 말을 맺었다.

"나는 그냥, 받은 걸 돌려주는 것뿐이니까."

*   *   *

내가 조마조마해서 두 손을 맞잡고 지켜보는 가운데, 복도로 고개를 쏙 내밀고 좌우를 살핀 주인이가 내게 말했다.

"역시 아까 본 그 남자는 없어. 불을 켠 채로 오래 있지만 않으면 괜찮은 것 같아."

"응, 그래."

"이번에는 불이 켜지는지 확인만 잠깐 하고 바로 끄는 거야."

"그래."

그렇게 말하면서 고개를 끄덕인 나는 잠깐 망설이다가, 주인이의 손을 잡았다. 우리는 잠깐 손을 잡은 채로 마주 보면서 킥킥 웃었다.

나를 보는 주인이의 얼굴에서 무언가, 이상한 가면 같은 것이 한 겹 떨어진 것 같아서 그것이 조금 기뻤다. 가슴이 간질거리는 기분, 나는 주인이를 보고 웃으면서 생각했다. 이제 주인이는 더는 죄책감을 갖지 않을까, 그랬으면.

복도 위로 우리 둘의 발소리가 고요하게 울렸다.

4반의 불을 켜고, 3반의 불을 켜고, 2반의 불을 켜고, 1반의 불을 켤 때까지도 그 얼굴 없는 남자는 나타나지 않았다. 대신 불이 켜지지 않는 반도 나타나지 않았다.

주인이는 당황한 듯 지나온 복도 저편을 바라보고, 나는 눈썹을 찡그린 채로 핸드폰을 두들겼지만 핸드폰은 이제 아예 먹통이 되어 있었다.

시계가 움직이는 것을 보아 시간은 흐르고 있는 것이 분명한데 여전히 아무도 전화를 받지 않았다.

대체 이게 뭐야? 그렇게 생각한 나는 고개를 들고는 말했다.

"주인아, 이제 우리 2층에 올라가서 이 작업을 계속해야 할까?"

"아니, 하지만……."

그렇게 말하면서 주인이가 눈썹을 찡그린 채로 위를 보았다. 우리 앞으로 이어지는 먼 계단을 보고, 나는 비로소 주인이의 불안을 조금 이해해 낼 수 있을 것 같았다.

아까, 이 이상한 세계로 떨어지기 전, 그때도 주인이는 계단에서 무언가 이상한 그림자를 보고는 내 손을 붙든 채 전속력으로 달려서 저곳을 벗어났다. 게다가, 나는 얼굴 없는 남자를 떠올리고는 잠깐 어깨를 떨었다.

아까 그 남자, 분명히, 2층에서 내려온 것으로 보였다. 유난히 무게가 없는 공처럼 통통거리며 2층으로 향하던 그 기이한 발소리 역시 똑똑히 들었다. 그렇다면 아마도…….

주인이는 한숨을 내쉬면서 내 등 뒤로 시선을 뻗었다. 나도 그제야 뒤를 돌아보았다. 내 뒤에 뭐가 있더라? 돌아본 나는 비로소 내 등 뒤에 있던 것을 확인하고는 눈을 깜박였다. 아.

뒤에서 주인이의 한숨 섞인 목소리가 들려왔다.

"부디, 여기에서 끝나야 할 텐데."

아치형 문 위에 달린, 나란히 선 여자와 남자가 그려진 명패 위에는 먼지가 부옇게 앉아 있었다.

화장실 앞에는 청소할 때나 썼을 법한 커다란 고무 대야가 덩그러니 놓여 있었다. 나와 주인이가 화장실 입구로 들어서자 먼지가 부옇게 앉은 거울 위로 우리 둘의 모습이 서늘하게 새겨졌다.

거울 속에 서서, 약간 두려운 듯한 눈으로 나를 바라보는 여자아이는 꼭 내가 아닌 것처럼 여겨졌다.

벽에 반듯하게 대어져 있는 대걸레, 붉게 녹슨 수도꼭지, 걸레 빠는 깊은 세면대를 가만히 내려다보는데 멀리서 목소리가 들려서 나는 흠칫 놀랐다.

"엄마, 난 여기 확인할게! 스위치가 어디 있는지 모르겠네."

주인이는 벌써 남자 화장실 안으로 들어가 버린 것 같았다. 짧게 한숨을 내쉰 나는 뒤통수를 긁적이며 여자 표시가 새겨진 화장실 안으로 발을 한걸음 들여놓았다.

네모난 베이지색 타일이 빈틈없이 깔린 화장실 바닥 위는 꼭 누군가 청소라도 해 놓은 것처럼 깨끗했다. 폐교답지 않게, 그렇게 생각하면서 나는 또 걸음을 옮겨 마찬가지로 깨끗한 거울과 두어 개의 세면대를 차례로 지났다.

스위치가 어디 있으려나? 턱을 매만지면서 그렇게 생각하던 내 눈이 네 개의 칸막이와, 자그맣게 열린 문틈을 지나 작은 창 아래에 닿았다. 아, 저기 있구나. 그렇게 생각하면서 나는 성큼성큼 걸음을 옮겼다.

얼른 찾아내야지, 다른 세상이고 뭐고, 무서워 죽겠네.

또 뭐가 튀어나올지 몰라, 그렇게 생각하면서 손을 내밀어 스위치를 누른 그때였다.

불이 들어오지 않았다.

"어?"

나는 잠깐 당황감에 휩싸여서 스위치를 달칵거렸다. 여전히 불이 들어오는 기미라고는 조금도 없었다. 나는 눈을 깜빡였다.

분명히, 폐교된 지 적어도 3년이나 지난 건물에서는 스위치를 눌렀을 때 불이 들어오지 않는 것이 정상적인 것인데도, 지금까지 너무나 당연한 듯이 불이 켜졌던 탓에 나는 한동안 혼란스러웠다. 그러다가 문득 주인이의 가설이 머릿속을 스치고 지나갔다.

그래, 전기가 다른 세계와 원래 세계를 구분하는 기준이 될 수도 있다고 했지!

그 말은, 불이 들어오지 않는 것은 이곳이 다른 세계와 원래 세계의 통로이고, 그 말은 곧 이곳을 통해서 주인이와 내가 원래 세계로 돌아갈 수 있다는, 거기까지 생각한 나는 황급히 여자 화장실을 뛰쳐나갔다.

바로 옆 남자 화장실 문 앞에 선 내가 외쳤다.

"주인아! 찾은 것 같아, 그, 통로인지 뭔지! 주인아!"

그러나 당혹스러울 정도로 아무런 대답이 없었다. 어둠 속을 빤히 들여다보다가, 나는 조금 불안해져서 화장실 문간을 놓고는 한걸음 뒤로 물러났다.

침을 꼴깍 삼키고 눈 한 번 깜빡이지 않은 채 어둠을 지켜보던 나는, 그 안에서 사람의 그림자를 조금도 발견할 수 없다는 것을 확인하고 나서야 후다닥 밖으로 뛰쳐나왔다.

일단 나는 허둥지둥하며 주머니에 손을 넣어 핸드폰을 꺼냈다. 주인이마저 내 곁에 없는 지금, 설마 이곳이 아직도 다른 세계라면…… 나는 황급히 은형이의 번호에 대고 통화 버튼을 꾹 눌렀다.

핸드폰을 귀에 가져다 댄 채로 나는 빠르게 걸음을 옮겨 가장 가까이 있는 교실로 향했다.

만약 내가 원래의 세계에 돌아온 것이라면, 그렇다면 분명히 아이들은 지금쯤 교실에 모여 앉아 촛불을 사이에 두고 무서운 이야기를 하고 있을 것이다.

제발, 아무나 좀 있어라! 그렇게 생각하면서 나는 힘껏 교실 뒷문을 밀어젖혔다. 문득, 아까 주인이와 왔을 때는 뒷문이 잠겨 있지 않았는데, 그런 생각이 머릿속을 스치고 지나가는 그때였다.

열린 문 사이로 처음에는 주황색 빛이, 마치 폭발하는 것처럼 눈꺼풀 위를 스며드는 것 같았다. 그것이 눈이 부셔서 나는 잠깐 눈을 가늘게 감았다가 떴다.

이상하다, 이렇게나 밝게 빛날 만한 것은 이 교실에 없을 텐데, 그렇게 생각하면서 내가 마침내 눈을 완전히 뜬 그때였다.

상상했던 것과는 전혀 다른 풍경이 시야로 날아와 박혔다. 한동안 교실 문을 밀어젖힌 그대로, 한 손으로는 교실 문을 쥐고, 다른 손은 핸드폰을 쥔 채 나는 아무 말도 하지 못했다.

아까의 교실, 책상과 의자가 엉망으로 줄도 없이 뒤얽혀 있던 그때의 교실이 아니었다.

칠판은 갓 씻어 놓은 듯한 녹색이었고 칠판지우개와 분필은 칠판 틀 위에 단정하게 놓여 있었다. 낙서 하나 없는 갈색의 교탁은 석양빛을 받아 주홍색으로 물들어 있었다.

석양, 나는 로봇처럼 뻣뻣하게 목을 틀어 창문을 보았다. 석양이라니, 말도 안 돼.

"그래, 말도 안 되는데⋯⋯."

거기까지 중얼거린 내 시야 위로 낮게 깔린 보라색 구름이, 그 아래로 쏟아지는 짙은 황금색 빛의 기둥이 눈에 들어왔을 때 나는 그만 할 말을 잃었다.

창문은 모두 열려 있었다. 하얀색 창틀 그림자가 노란 교실 바닥 위로 사각형 무늬를 그리고, 그 사이로 새하얀 블라인드가 불어온 바람에 너울거렸다. 문득, 이런 말이 발끝으로부터 치밀어 올라 머리끝까지 차올랐다.

나는 이 교실을 알아.

나는 그렇게 말하고 싶었다. 바로 그 순간 빈 교실, 창가

자리에 홀로 앉아 턱을 괴고 있는 누군가를 발견하지 않았더라면 아마 그렇게 말했을 것이다.

그 익숙한 뒷모습을 발견한 순간 나는 나도 모르게 걸음을 옮겼다. 그러면서 나는 입을 열었다.

"유천영?"

발 아래로 푹푹 파고 들어가는 촉감이 어쩐지 낯설지 않았다. 나는 문득 아래를 내려다보았다. 나는 중학교 교복 차림이었다.

아주 옛날에 옷장에 걸려 있는 것을 발견하고 기겁했던 그때가 엊그제 같은데, 이렇게 보니 이상하다기보다는 오히려 반가운 기분. 꿈인가? 두 손을 들어 손바닥 안에 가득 고인 석양빛을 보며 나는 생각했다.

그렇다, 꿈일 것이다. 꿈이 아니고서는 내가 중학교 교복을 입고 있을 이유가 없고, 유천영이 방과 후의 빈 교실에 홀로 앉아 있을 이유가 없고, 그리고 폐교에서 주인이와 단 둘이 헤매고 있던 내가 난데없이, 이렇게 석양이 가득 찬 교실에 서 있을 이유도 없는 것이다.

유천영은 내 부름에 반응하지 않았다. 나는 그의 곁으로 가까이 다가가 보았다. 여느 때와 같이 그는 졸고 있을까, 그래서 내 목소리를 듣지 못한 걸까. 이윽고 그의 옆 가까이에서 조용히 상체를 숙인 나는 그의 귀에 여느 때와 같이 흰색 이어폰이 꽂혀 있는 것을 보고는 웃었다.

화를 낼까. 아니야, 그러지는 않을 거야. 그는 언제나 나와 같이 이어폰을 나눠 끼고는 했으니까. 나는 의자를 빼고 그의 옆자리에 앉았다. 그리고 손을 뻗어 그의 이어폰 한쪽을 빼내었다.

그제야 유천영이, 나를 인식한 것처럼 천천히 나를 돌아보았다. 그의 오싹할 정도로 새파란 눈동자가 처음에는 얼마나 두렵게 느껴졌던가, 그것을 생각하자 문득 웃음이 났다.

나는 말했다.

"안녕."

그와 내 사이를 감안하면 새삼스러운 인사였다. 그런데도 왠지 해 보고 싶었다. 그와 내 사이에 안녕이라는 말이 오간 지가 꽤 오래되었다는 생각.

"뭐 들어?"

그렇게 말한 나는 고개를 모로 기울이면서 방금 그에게서 빼낸 이어폰을 내 귀에 꽂았다.

귀에 울리는 익숙한 비 내리는 소리, 나는 이 노래 역시 알고 있었다. eminem의 stan, 유천영과 중학교 1학년 여름에 유난히도 많이 들었던 바로 그 노래였다. 역시 꿈이라서 아는 노래만 나오는가 보구나, 내가 웃는 그때였다.

나는 문득 옆자리에 앉은 유천영의 반응이 조금 이상하다는 것을 깨달았다.

평소라면 내가 그의 옆자리에 앉아서 음악을 듣는 것은

당연한 일이라는 것처럼, 조금의 눈길도 주지 않고 도로 창밖으로 눈길을 돌리거나 아니면 책상 위에 팔을 올려놓고는 그 위에 엎드려 버렸을 유천영이, 나를 보고 있었다. 꼭 낯선 사람을 보는 것처럼. 나는 고개를 돌렸다.

착각이 아니다. 푸른 눈을 크게 뜬 채로, 아직은 앳된 얼굴을 하고 있는 중학생 때의 유천영이 나를 보고 있다.

나는 머쓱하게 웃으며 물었다.

"왜 그래?"

"너야?"

"뭐?"

내 물음에도 아랑곳하지 않고, 유천영은 여전히 그 새파란, 손대면 물감이 묻어날 것 같은 눈동자로 나를 보고 있을 뿐이었다.

그러다가, 혼자 고개를 끄덕인 그가 말을 이었다.

"너구나."

그 특유의 억양 없는 목소리. 나는 조금 어이가 없어졌다. 아무리 꿈이라도 그렇지, 약간의 개연성 정도는, 그의 목소리가 내 생각을 잘랐다. 나는 다시 눈을 들었다.

"눈이 왔어. 그런데도 나는 그 자리에 서서, 내가 왜 여기에 서 있는 걸까, 생각하고 있었는데."

"……?"

"아무리 생각해도 기억이 안 나서, 대체 내가, 누구를 기다리고 있는 걸까, 나는 왜, 하고 생각했는데."

아무 말도 하지 못한 채로 내가 그를 바라보는 가운데, 유천영의 새카만 눈썹이 갑자기 가쁘게 일그러졌다. 그리고 그의 입술 사이로 흘러나오는 목소리를 나는 들었다.

"너였어."

뭐? 나는 눈을 동그랗게 뜬 채로 유천영을 바라볼 수밖에 없었다. 아니, 나를 사로잡은 것은, 그렇게 나를 아무런 행동도 하지 못하도록 붙든 것은 유천영의 의미 모를 말이 아니었다. 그보다는, 유천영의 표정.

무언가를 말하면서 그렇게 아픈 듯한, 혹은 절박한 듯한 표정을 짓는 유천영을 나는 본 적이 없어서, 그래서 그를 눈을 크게 뜬 채 바라보고 있을 수밖에 없었다.

잠시 후 나는 꼭 잠에서 깨어나는 것처럼 정신을 차렸다. 당황한 목소리로 내가 물었다.

"무슨 소리야? 네가 날 기다렸어? 언제? 눈 오는 날?"

이번에는 유천영 쪽에서 아무 말이 없었다. 나는 당황한 채로 말을 이었다.

"눈 오는 날에, 날 기다렸어? 그런데 내가 안 왔어? 언제? 어디에서?"

유천영은 여전히 투명한 고독이 어린 눈으로 나를 보았다. 나는 문득 나를 보는 그의 표정이 조금도 달라지지 않았다는 것을 깨달았다.

혹시, 지금 그에게는 내 말이 들리지 않는 걸까. 그렇게 생각함과 동시에 갑자기 주변의 모든 사물이 일그러졌다.

석양이 가득 찬 교실, 눈부시게 빛나는 녹색 칠판과 단정한 교탁, 정갈하게 놓인 책상과 의자가 모두 어느 한 점을 중심으로 빨려 들어가는 것처럼 일제히 일그러졌다. 그리고, 내 앞의 유천영도.

나는 손을 뻗어서 유천영을 잡으려고 했지만, 그는 이미 자리에서 사라져 있었다. 눈부시게 타오르는 주황색이 사라진 자리로 어둠이 밀려왔다. 순식간의 일이었다.

나는 꼭, 폭풍에서 내팽개쳐지는 사람이라도 된 것 같은 기분으로 모든 것이 사라지는 것을 그 자리에 선 채 바라보고만 있었다.

그리고, 어둠이 찾아왔다.

나는 눈을 깜빡이고는 아래를 내려다보았다. 나는 집에서 담력시험을 위해서 간단하게 걸치고 나온 반팔 블라우스에 청반바지 차림이었고, 발에는 슬리퍼 대신 운동화, 손에는 핸드폰을 쥐고 있었다.

유천영의 이어폰이 내 귀에 남기고 간 stan이 귓가를 맴돌았다.

거미줄이 앉은 천장, 어지러이 뒤얽혀 있는 책상과 의자, 그리고 문득, 아직 미미한 주홍색 불빛이 내 주변을 맴돌고 있다는 것을 감지한 내가 고개를 돌린 그때였다.

"꺄아아악!"

"으아악!"

"뭐, 뭐야! 엄마야!"

"귀신! 악! 악!"

각종 요란스러운 비명소리가 터짐과 동시에 열 개는 되는 검은 형체들이 자리에서 후다닥 일어났다. 뒷문으로 부리나케 뛰쳐나가는 뒷모습만 언뜻 보였는데도 어쩐지 익숙한 뒤통수라는 것 정도는 알 수 있었다.

나는 잠깐 발아래를 내려다보았다. 담력시험을 치르는 용도로 준비했던 양초 서너 개가 촛대 위에서 활활 타고 있었다.

"엥?"

나는 허무하게 중얼거렸다. 그때, 기다렸던 것처럼 귀 부근에서 익숙한 목소리가 들렸다.

[단아, 왜 계속 전화를 안 받았어? 주인이도 그렇고. 아, 저기 주인이 온다. 그런데 왜 혼자서, 단아, 넌 어디야? 뭐라고, 주인아? 뭐?]

"아, 은형아. 어……."

오랜만에 듣는 익숙한 목소리에 대고, 나는 잠깐 이 상황을 설명해 낼 적절한 단어가 무엇인가를 고민해 보았다.

그러나 여전히, 내 신통찮은 어휘력으로는 마땅한 대답이 튀어나오지를 않아서, 결국 고개를 절레절레 내저은 나는 문득 풋 웃어 버렸다.

그리고 주머니에 한 손을 집어넣은 나는 양초 하나를 손에 든 채 말했다.

"가서 얘기할게. 어디야?"

* * *

"아, 아까 1반 애들이 울면서 뛰쳐나와서는, 귀신을 봤다고 하던데, 그게 너였냐?"

그렇게 말한 윤정인은 뭐가 그렇게 웃긴지 책상을 퍽퍽 치면서 엎드려서 낄낄거렸다.

신서현이 저런 미친놈이, 하면서 시큰둥한 눈으로 그런 윤정인을 쳐다보고, 김혜힐과 김혜우가 검푸른 눈을 반짝이며 나를 쳐다보는 가운데 주인이 내게 시선을 주었다.

조금 망설이는 듯하던 그가 소리를 낮추어 물었다.

"엄마, 엄마도 화장실로 돌아온 거야?"

그가 무슨 말을 하고 있는가를 생각하다가, 나는 이윽고 아, 소리 내며 고개를 끄덕였다.

아까 그 이상하던 세계에서 어느 곳을 통해서 이쪽 세계로 돌아왔느냐를 묻고 있는 것이겠지, 그렇게 생각하면 아까 그 이상하던 체험은 꿈이 아니었던 모양이다. 아니, 잠깐, 나는 눈썹을 찡그렸다.

그렇다면 아까, 석양빛이 가득 들어찬 교실에서 유천영을 만났던 것은? 그것은 어떻게 해석해야 할까? 한밤의 꿈? 아니면 이 폐교가 내게 선사한 또 다른 무엇?

나는 빈 손바닥을 물끄러미 내려다보았다. 그러다가 문득, 아직 유천영의 그 정체불명의 메시지를 해독하지 못했다는 데 생각이 미쳤다.

고개를 들어 은형이 쪽을 바라본 내가 물었다.

"아, 맞다. 유천영이랑은 연락했어? 걔 그, 메시지에다가 뭐라고 쓴 거래?"

"아, 그거?"

촛대들을 정리하면서, 은형이는 담담한 목소리로 알려주었다.

"안 온다고 쓴 거였대. 갑자기 급하게 촬영이 잡혔다나 봐."

"아."

"여튼, 유천영, 전화를 하지. 타자도 잘 못 치면서."

은형이가 눈썹을 조금 찡그리면서 안타깝다는 듯한 얼굴로 그렇게 말하니까, 유천영이 무슨, 손가락에 병이라도 걸린 사람처럼 느껴졌다.

잠깐 망설이던 나는 입을 열었다.

"아, 그런데 있잖아."

"응."

주인이와 반여령이 동시에 나를 돌아보았다. 나는 어색

하게 손가락을 꼼지락거리면서 말을 이었다.

"나 유천영 봤다?"

"뭐?"

반여령이 눈을 크게 뜨고 그렇게 물었다. 고개를 끄덕인 나는 말을 이었다.

"응, 그런데 있잖아. 유천영이랑 나는 둘 다 중학교 교복을 입고 있었고, 창밖에는 해가 지고 있었고, 음. 아, 음악도 같이 들었는데."

"응…….."

"음, 그리고 마지막으로 말할 게 있는데, 이게 제일 중요한 거거든."

이번에는 구석에서 정리를 하던 은형이마저도 나를 돌아보았다. 설핏 웃은 나는 힘없이 말을 이었다.

"나 지금 기절할 것 같아."

그리고 그 말을 마지막으로, 뒤집히는 시야가 그날 내 기억의 마지막이었다.

* * *

다음 날, 집에서 깨어난 내가 허무한 기분이 되어 머리를 긁적이고 있으려니 구석에서 핸드폰이 징징 울렸다. 내가 집에 어떻게 들어온 건지, 술 먹고 잠이라도 잔 것처럼 기억이 나질 않아서 잠깐 머리를 싸매고 있으려니 곧 전날의 기억들이 수면 위로 속속들이 올라왔다.

아, 그랬지. 헝클어진 머리카락에서 두 손을 떼어 내며 나는 중얼거렸다.

그랬지, 담력시험을 했고, 주인이랑 이상한 세계로 빠져서…… 얼굴 없는 남자, 죄책감…….

'약속해. 엄마 혼자 그 세계에 있도록 두지 않을게.'

그 목소리가 빗방울처럼 내 머리를 두드렸다.

잠깐 어디에도 시선을 두지 않은 채 조용히 웃고 있다가, 나는 핸드폰 폴더를 열어 보았다.

제일 먼저 보인 것은 은지호의 메시지였다.

보낸 사람 : 은지랄호
너 쓰러졌다며?

그것만으로도 대강의 상황은 파악할 수 있었다. 다른 세계에서 기절하고 싶은 것을 꾹 참고 애들 앞에서 간신히 기절한 게 참 다행이다 싶었다. 음, 그래, 잘 참았어. 나는 고개를 끄덕였다.

내가 뭐 스릴러 영화나 공포 영화 주인공도 아니고, 얼굴 없는 남자를 보고도 이 정도 참고 멀쩡하게 잘 돌아왔으면 굉장한 거 아닌가? 그러니까 기절 같은 것을 해도 내가 반여령도 아니고, 기절을 하다니, 하면서 죄책감에 시달릴 필요는 없다고 생각한다.

　아마도 애들은 내 기절을 갖고 병원에 데려가거나 하지는 않은 것 같다. 아마도 주인이가 애들에게 잘 설명해 주었을 것이라고 생각 한다…… 무서운 것을 보았다거나.

　그렇게 생각하면서 문자를 차례차례 넘겨 나가던 내 손이 윤정인의 문자를 보고 잠깐 멎었다.

　보낸 사람 : 윤정인
　ㅋㅋㅋㅋ야 너 어떻게 한 거냐? 1반 여자애들이 네가 갑자기 허공에서 나타났다곸ㅋㅋㅋㅋㅋ 너 졸라 무섭대 다시는 안 건드릴 듯 어쨌든 해피엔딩?

　보낸 사람 : 김혜힐
　윤정인 신났어 재수없어

　보낸 사람 : 김혜우
　동감

　누가 쌍둥이 아니랄까 봐 문자를 통해서도 이어지는 그 둘의 대화를 보고 킥킥 웃고 있다가, 핸드폰을 접은 나는 문득 유천영의 번호를 보았다.

조금 망설이다가 나는 통화 버튼을 누르고는 다리를 움직여 무릎을 세우고 그 위에 이불을 올려놓았다. 이불로 감싼 다리를 끌어안은 채 나는 목을 젖혀 천장을 올려다보면서 신호가 끝나기를 기다렸다.

11시, 이른 시각이 아니어서일까, 하는데 이윽고 맞은편에서 목소리가 흘러나왔다.

[함단이?]

"유천영."

그렇게 말하고 나는 문득 웃었다.

유천영은 내가 왜 웃는지 영문을 모르는 채로 맞은편에서 핸드폰을 쥔 채 멀뚱히 서 있을 것이었다. 그 모습을 생각하니까 또 웃음이 나왔다.

결국에는 웃음이 멈추지 않아서, 계속 어깨를 들썩이고 있으려니 마침내 유천영이 물어 왔다.

[너 아파?]

"아, 아니! 아니야! 사람이 웃을 수도 있지, 뭘 그래?"

파드득 외치고는 나는 그만 또 웃어 버렸다. 창문 틈으로 쏟아지는 여름의 투명한 햇살이 어쩐지 정겨웠다. 아침에 듣는 유천영의 목소리도 기분 좋았다.

유천영은 담담하게 대답했다.

[너 어제 기절했다면서.]

"응."

[난 반여령이 기절할 줄 알았는데.]

"그러게. 나도 반여령 기절할 줄 알았는데."

[어제 너 기절하기 전에 헛소리했다며. 나를 봤는데, 중학교 교복, 음, 뭐라더라.]

"아, 그거?"

아는 화제가 나오자 반가워진 나는 목소리를 높였다.

아, 맞아, 그래! 내가 그거 물어보려고 전화했던 건데. 나는 밝은 목소리로 물었다.

"너 어제 혹시 꿈에 나 나왔어?"

[아니.]

기대 외로 너무나 간결하게 떨어진 대답이었다.

잠깐 김이 식은 나는 이윽고 고개를 내저었다. 아니, 그래, 이쪽이 훨씬 더 유천영답지……. 유천영이 물었다.

[내가 꿈에 나와서 뭘 했는데?]

"응?"

[뭘 했어?]

음, 나는 눈을 들어 천장을 본 채 손가락으로 내게 일어났던 일들을 꼽아 보았다. 생각을 더듬느라고 내 목소리는 떠듬떠듬 느리게 흘러 나갔다.

"응, 네가 나와서, 왜, 중학교 때 우리 교실 기억나? 창문에는 하얀 블라인드가 걸려 있고, 아, 그건 지금도 똑같네. 창문은 다 열려 있고, 그 사이로 해가 지는데, 그러고 보면 우리 해 질 때까지 교실에 있었던 적은 별로 없었는데 신기하네. 음, 그리고…… 네가 교실에 혼자 앉아서 노래를 듣고 있었다? 그래서 내가 그냥, 네 옆에 가서 이어폰을 뺏어서 끼고…….”

　[응.]

　“그런데 네가 나를, 처음 본 사람처럼 엄청 낯설게 쳐다보는 거야. 그래서 내가, 왜 그러냐고 했더니, 네가 나를…….”

　[…….]

　“기다렸대.”

　그렇게 말하고 나는 잠깐, 입술에서 떨어진 말에 스스로 놀라서 눈썹을 찡그렸다.

　그때는 아무렇지도 않았는데, 유천영에게, 그가 나를 기다렸다고 말하니까, 그것이 어쩐지 연인 사이에나 쓰일 법한 특별한 표현으로 생각되어서, 그래서 어쩐지 민망한 기분. 나는 그것을 숨기려고 헛기침을 했다. 그사이 유천영이 되물어 왔다.

　[그래서?]

　“…….”

　[그다음에는 뭐래?]

　“아, 응. 그다음에는, 몰라? 나한테 막, 네가 눈 오는 날에 나를 기다렸는데, 내가 안 왔다고, 막, 어, 욕하지는 않았는데 엄청 원망하는 것 같은, 아니, 뭐라고 했지? 잠깐

만 있어 봐."

뺨이 붉어져서 나는 횡설수설 떠들기 시작했다.

나조차도 내가 지금 무슨 말을 하고 있는지 잘 알 수 없었는데, 그런데 또 말을 멈출 수도 없었다. 왠지 이 말을 하고 나면 또 아까와 같이 어색한 침묵, 아니면 그와 내 사이를 떠올리게 만드는 그런 침묵이 찾아올 것만 같은데, 그런 이상한 기분을 느끼고 싶지 않았다.

그렇게 침묵을 피해서 내가 필사적으로 말을 이어 나가는 그때였다.

유천영의, 차가운 물처럼 담담하고, 그리고 서늘한 목소리에 나는 입을 다물었다.

[너.]

"응……."

[너 나한테 죄지은 거 있어?]

그 순간 바늘에 찔린 풍선처럼, 온몸을 팽팽하게 채우고 있던 긴장이 순식간에 빠져나가는 기분이었다.

잠깐 핸드폰을 쥐고 있다가, 나는 허무하게, 하, 하 하고 토막 난 웃음을 터트렸다. 그리고 유천영이 뭐라고 하기도 전에 내가 먼저 핸드폰 커버를 덮어 버렸다.

"후."

짧게 한숨을 내쉬다가 나는 쥐고 있던 핸드폰을 소심하게 침대 바닥에만 내동댕이쳤다.

당연히 물처럼 말랑한 매트리스에 맞고 튕겨져 나간 핸드폰은 조금의 흠집도 없이 두어 번 통통거리다가 도로 이불 위에서 멈추었다. 그것을 울 듯한 눈으로 노려보던 나는 입속으로 중얼거렸다.

"그래, 별다른 의미가 있을 리가 없는데, 유천영 꿈에 내가 나왔을 리가 없고."

그런데 바보같이, 괜히 말해서는. 잠깐 눈썹을 찡그리던 나는 이윽고 이불을 푹 뒤집어쓰고 말았다.

괜히 말했어, 괜히! 그렇게 생각하면서 나는 이불을 발로 찼다. 창문에서 쏟아지는 햇살은, 아까와 달리 조금도 다정하게 느껴지지 않았다.

제18조. 재벌 2세가 그렇게 흔해요?(상)

꿈에서 나는 조선 시대 노비가 되어 있었다. 내가 머무르는 곳은 지은 지 어림잡아 40년은 지난 듯한, 거미줄이 군데군데 쳐진 낡아 빠진 관아 외곽의 초가집 숙소였다. 그리고 반여령은 무려 사또로 등장했다.

내 꿈에서 언제나 반여령이 중요한 자리를 차지하는 것을 보니, 내 잠재의식이 반여령을 얼마나 중요하게 여기는지 알 만하군. 반여령은 갓에 알록달록한 구슬갓끈을 달아맨 것은 물론이고 푸른 관복까지 제대로 갖춰 입고 있었다.

게슴츠레하게 눈을 뜨고 반여령이 가로질러 나오는 그쪽을 쳐다보던 나는, 문지방을 열고 나오는 또 다른 인물을 보고는 그대로 토할 뻔했다.

반여령의 옆에, 꽃신을 신은 발로 사뿐사뿐 걸어와 앉는 그녀는, 아니, 그는! 다름 아닌 은지호가 아닌가? 이런, 왜 갑자기 은지호가 여장이야!? 대체 왜!

그러나 어쨌거나 그조차도 심각하게 예쁘기는 했다. 산등성이 아래로 부드럽게 곡선을 그리며 뻗어 가는 기와지붕 아래 그늘에 앉아, 새하얀 속눈썹을 내리깐 채 도도하게 이쪽을 응시하는 그는 분명히 파격적으로 예쁘기는 했다. 머리를 틀어 올린 데다가 녹색 저고리에 주황색 치마를 입기는 했어도.

아니, 대체 왜 은지호가 여장이고 반여령이 남장을 하지 않으면 안 되냐고! 이것밖에 안 되냐, 내 잠재의식? 그렇게 머리를 감싸 쥐며 막 발악하려는 찰나, 사또 반여령이 내 쪽을 휙 돌아보았다. 그러더니 대뜸 엄한 목소리로 꾸짖는 것이 아닌가!

"여봐라, 저놈을 멍석말이 형에 처해라!"

"예!?"

내 입에서 절로 비명이 터져 나왔다. 아니, 대체 무슨 뜬금없는 전개야? 곧이어 관아의 문을 지키고 있던, 포졸 차림에 검은 모자까지 제대로 갖춰 쓴 유천영과 이루다가 얼굴을 굳히고는 내 곁으로 다가왔다.

아니, 이루다는 그렇다 쳐도 유천영은 꿈에 오랜만에 등장하는데 역할이 기껏해야 이거냐? 내 코앞으로 얼굴이 바싹 붙는다 싶게 다가오더니 거친 멍석이 내 다리를 돌돌 감아 버렸다.

　절로 균형을 잃은 몸이 땅으로 털푸덕 넘어졌다. 흙먼지가 거하게 일어나 숨을 쉬기가 어려웠다. 쿨럭, 쿨럭, 흙먼지를 푸지게 얻어 마시며 나는 반사적으로 눈물 고인 눈을 들어 반여령 쪽을 노려보았다.

　상석에 앉은 반여령은 나와 눈이 마주치자마자 쩌렁쩌렁하게 외쳤다.

　"어허, 이놈! 그래도 제 분수를 모르고!"

　분수를 모르다니, 고작 쳐다본 거 가지고 너무하네! 내가 보기에는 네 사또복이야말로 분수를, 아니, 성별을 모르는 것 같은데! 거기 옆에 은지호는 더하고!

　그러나 그렇게 말할 수는 없는 노릇이었다. 입술을 잘근잘근 씹던 나는, 어쨌거나 맞기 전에 이유는 알자는 생각에 외쳤다.

　"아니, 대체 뭣 때문에 갑자기 멍석말이 형인데요! 이유는 좀 알자!"

　"어허, 무엄한지고! 시치미를 떼는 것이냐!"

　"네?"

　반여령은 눈가에 노기를 드리운 채로, 그때까지도 두 손을 모으고 조신하게 두 눈을 내리깔고 앉아 있던 은지호를 턱짓으로 가리켰다.

　아, 예, 참 곱네요. 그런데 뭐?

내가 영 모르겠다는 얼굴을 하자 반여령이 다시 외쳤다.

"네가 이 몸의 부인을 넘봤지 않느냐!"

"네……?"

내가 내뱉은 물음이 도로 돌아와 내 턱에 부딪혔다. 아무도 내 말을 듣지 않는 눈치였다. 심지어 내 양옆에 선 유천영과 이루다마저도. 아니, 한참 후에야 그 뜻을 알아들은 나는 기막혀서 입만 끔벅였다.

무거운 침묵 속에, 그제야 은지호가 고개를 들어 이쪽을 흘긋 쳐다보는가 싶었다. 강한 여름 햇빛 아래, 그의 새하얀 속눈썹 끝에 걸린 빛이 그네처럼 너울거렸다. 그런 자세로, 그는 나를 보더니, 무슨 생각에서인지 살풋 얼굴을 붉혔다.

그즈음에서, 나는 내 정신 건강을 위해 그를 관찰하는 것을 그만두기로 결심했다. 그리고 나는 손을 홀쩍 들고는 담담히 선언했다.

"이의 있습니다."

"뭔가?"

"줘도 안 가집니다!"

평소에도 별로 멀쩡해 보이지는 않는데, 애가 머리를 틀어 올리고 치마를 두른 것으로 보아 드디어 돌이킬 수 없는 강을 건넌 것 같았다. 평소의 은지호도 감당이 안 되는데, 저걸 어떻게 감당해!?

그러나 부인을 줘도 안 갖겠다는 내 말이, 사또 반여령에게는 더없는 모욕으로 받아들여진 것 같았다. 반여령이 당장에 자리에서 벌떡 일어나며 외쳤다.

"이 무엄한, 정말 못하는 말이 없도다! 여봐라!"

"네."

내 양옆에 기립해 있던 이루다와 유천영이 동시에 대답했다. 그들의 무뚝뚝한 대답에서 더없는 충직함을 엿볼 수 있었다. 가 아니라! 충직하면 큰일 나는데.

내가 불안해서 눈을 뒤룩뒤룩 굴리는 사이, 반여령이 그곧게 뻗은 손가락으로 나를 가리키며 외쳤다.

"이놈을 이대로 강물에 던지고 오거라!"

네? 뭐라구요? 그때까지도 멍석에 돌돌 말린 채로 땅에 널브러져 있던 내 이마 위로 식은땀이 비죽 솟아났다.

나는 간신히 돌돌 말린 몸을 비틀어, 내게로 다가오는 유천영과 이루다를 보았다. 그들의 얼굴을 보아하니 평소보다 배는 진지한 것이 도저히 내 말을 들어줄 기색이 아니었다. 그럼에도 나는 발버둥을 치며 필사적으로 외쳤다.

"야, 야, 아니, 이게 말이 돼? 여장한 은지호를 갖지 않겠다고 말했다고 날 강물에 처박아? 이게 말이 돼?"

"무엄하다, 사또의 부인께."

평소보다도 낮게 울리는 목소리로 그렇게 읊조린 것은 유천영이었다. 그의 푸른 눈에 살벌한 기운이 감도는 것이, 정말로 나를 벌 받아 마땅하다고 생각하고 있는 것 같았다.

좋아, 일단 유천영도 제정신이 아니로군! 뭣 같은 내 잠재의식! 나는 필사적으로 몸을 꿈틀거리며 이번에는 이루다를 향해 외쳤다.

"루, 루다야! 솔직히 이거 좀 아닌 거 알지!? 야, 저런 말도 안 되는 명령에……!"

"우리의 우둔한 머리로 어찌 사또 나으리의 말씀에 옳고 그름을 논하겠어?"

그렇게 말하는 이루다는 평소처럼 생글생글 웃는 기색인 것으로 보아, 나를 강물에 처넣는 데 있어서 한 치의 망설임이나 안타까움도 없는 것이 분명했다. 아니, 이게 대체!

이윽고 다가온 둘은 나를 밧줄로 똘똘 빈틈도 없이 묶더니 그대로 번쩍 들어 사이좋게 어깨 위로 나누어 짊어졌다. 아니, 잠시만! 나는 정신없이 바동거리며 멀어지는 대청마루 사이로 나란히 앉은 반여령과 은지호를 바라보았다.

나를 제거하고는 기분이 좋아진 모양인지, 반여령은 나무 목침에 편하게 한쪽 팔을 기대고 앉아 은지호와 무어라 이야기를 나누는 중이었다. 여전히 녹색 저고리에 주홍치마, 다리를 포개고 앉은 조신하기 짝이 없는 은지호는 반여령과 얘기를 나누다 말고, 무슨 생각에선지 이쪽을 흘긋 돌아보았다.

좋아, 은지호! 너라도 날 구해라! 그렇게 생각하기가 무섭게, 은지호는 그 고운 하얀 손을 들더니 입을 가리고는 살풋 웃었다. 손 위로 두 눈은 곱게 휘어진 채였다.

은지호, 저런 악마 같은! 나는 둘에게 얹혀 나가는 채로 바동거리며 비통하게 외쳤다.

"은지호오오! 솔직히 말해, 너 여장하고 나온 것부터 그냥 이 꿈은 나 엿 되라는 거잖아!"

"은지호! 야! 살려 줘!"

"지호 마님! 지이호오 마님! 예쁘고 아리따운 지호 마님!"

"지호, 마님…… 천사…….."

"야."

어디선가 강렬한 목소리가 울린다 싶었다. 뭐야, 유천영이나 이루다의 목소리는 아닌데, 은지호나 반여령은 관아에 두고 왔고. 대체 누구지? 그렇게 생각하며 눈썹을 찡그리는 찰나였다.

손발을 흔들어 봤지만, 여전히 무언가에 의해 똘똘 묶인 듯 움직일 생각을 안 하는 것이 내가 멍석에서 풀려난 것도 아닌 것 같았다. 그럼 대체 뭐지? 그렇게 생각하던 나는 문득, 시야가 아주 환하다는 것을 깨달았다.

그제야 정신을 차린 나는 두 눈을 조금 떠 보았다. 뿌옇게 흔들리던 시야 위로 이윽고 익숙한 인영이 잡혔다. 환한 빛 아래 반짝이는 은색 머리, 은지호의 것이다.

뭐야, 왜 얘가 여기 있어? 눈썹을 찡그린 나는 덜 트인 목소리로 물었다.

"너, 방금까지 사또랑……."

"무슨 꿈을 꾸길래 내 이름을 중얼거리냐?"

그렇게 말하는 은지호는 꽤 오랫동안 나를 쳐다보고 있었던 듯, 의자 등받이에 팔꿈치를 올리고 턱을 괸 채 뒤돌아 앉는 그 자세가 제법 편안해 보였다. 음, 한참이나 눈을 깜빡이다가, 그제야 정신이 좀 돌아온 나는 생각했다.

아, 꿈이었군. 하기는, 반여령이 사또에, 은지호가 그 부인으로 나온 데서부터 현실은 아니었지. 더군다나 배경은 조선 시대였고.

그런데, 꿈에서 깨어난 것은 사실인데 왜 아직까지도 손발은 움직일 생각을 안 해? 다시 한 번 나는 손발을 움직여 보았지만 꼼짝도 하지 않았다.

왜지? 아직까지 멍석말이 당하고 있는 것은 아닐 텐데, 그렇게 생각하며 아래를 본 나는, 내가 이불로 온몸을 똘똘 감다 못해 거의 애벌레 수준으로 하고 있는 것을 보고는 잠시 침묵했다.

내가 한참을 대답이 없자, 은지호가 되물었다.

"무슨 꿈 꿨냐니까?"

"응, 그게……."

"그게?"

"멍석말이."

짧게 튀어나온 대답에 은지호의 한쪽 눈썹이 성큼 치켜 올라갔다. 그가 되물었다.

"뭐라고?"

"멍석말이, 당하는 꿈."

한숨을 담아 짧게 대답한 나는 이불로 돌돌 말린 신세에서 벗어나기 위해 마구 몸부림을 치기 시작했다. 그것을 바라보던 은지호는 잠시 후, 내 말을 깨닫고는 책상을 붙든 채 어깨를 떨며 한참이나 말이 없었다.

쟤가 저렇게, 조용히 웃는 애가 아닌데? 적어도 내 앞에서는, 은지호는 저런 식으로 조용히 소리 죽여 웃는 편은 아니었다. 그것보다도 이건 왜 이렇게, 안 풀려! 한참을 발버둥을 치다 말고, 침대에서 거의 곤두박질치다시피 해서야 겨우 이불에서 벗어난 나는 곧장 몸을 일으켰다.

은지호에게 성큼성큼 다가간 나는 그의 뒤로 바짝 고개를 내밀었다. 그러고는 그의 핸드폰 화면을 보고는 눈썹을 찡그렸다.

받는 사람 : 반여령, 무서운 권은형, 유처녕, 우주인
얔ㅋㅋㅋㅋㅋㅋㅋㅋㅋㅋㅋㅋㅋㅋㅋㅋ함단이 대박
이불 돌돌 말고 자더니 일어나서 하는 소리가
멍석말이당하는 꿈 꿨단닼ㅋㅋㅋㅋㅋㅋ졸라 함단이같아

까악, 이 자식이! 나는 당장 그의 핸드폰을 향해 손을 내뻗었다. 그러나 반사 신경이 좋은 은지호는 내게 조그마한 빈틈조차 허락하지 않았다. 내 쪽은 보고 있지도 않았으면서, 신기에 가까운 몸놀림으로 내게서 핸드폰을 사수한 은지호가 대뜸 나를 돌아보며 외쳤다.

"아, 아니, 왜 그래? 신체의 상태가 무의식에 영향을 미친다는 좋은 증거로서, 어? 좀 연구도 하고, 그러라고 내가─."

오호, 그것 참 논리적인 개소리로군요! 나는 속으로 눈을 찡긋하며 윙크를 날리다 말고 도로 은지호의 핸드폰을 향해 손을 뻗었다. 은지호가 다시 외쳤다.

"야, 알았어! 문자 안 보내면 될 거 아냐."

툴툴거리는 기색으로 그렇게 말한 그는 손을 내렸다. 그러고는, 정말로 핸드폰을 내 앞에 보여 주더니 손가락을 움직여 작성했던 문자를 삭제했다. 휴, 그제야 책상에 기댄 채로 안도의 한숨을 내쉰 나는 헝클어진 머리카락을 쓸어 넘겼다.

안 그래도 더운 날인데, 나는 어쩌자고 이불을 돌돌 말고 잠들어서는, 땀에 젖은 머리카락이 이마에 달라붙어 있었다.

아, 세수하고 와야지. 그렇게 생각하며 땀에 들러붙은 머리카락을 한 번 더 쓸어 넘긴 나는 입을 열었다.

"그런데, 너 왜 여기 있어?"

그에 내 이마를 빤히 응시하던 눈이 도로 나를 향했다. 그의 눈이 어딘가 망설임을 담고 있어서, 갑자기 조금 기분이 이상해졌다.

지금으로부터 멀지 않은 날, 내 손을 내내 잡아끌던 그의 손이 눈앞에 되감겨 올라왔다.

머리가 어지럽도록 울어 대던 매미와, 눈 언저리를 스쳤다 사라졌다 하던 가느다란 빛, 그리고 나에게 묻던 그 목소리.

'괜찮냐.'

'안 괜찮지?'

나를 무너트렸던 그 두 개의 물음.

그때의 은지호는 확실히 평소와는 다른 구석이 있었다. 그가 언제 이런 것을 숨겨 놓았나 싶을 정도로 평소와는 다른 그의 일면, 유천영의 다정함이나 주인이의 예리함, 은형이의 단호함과도 같은 것.

지금, 환하고 고즈넉한 방 아래 두 시선이 맞닿은 이 순간 그때의 그가 떠오르면서 이상한 기분이 나를 덮쳤다.

은지호의 입술이 소리 없이 달싹였다. 그의 새카만 눈은 나를 향한 채였다. 그의 시선이 이상할 정도로 아득해서, 그 역시 나만큼이나 현재가 아닌 미래, 혹은 과거를 보고 있는 것이 아닌가 하는 생각이 문득 들었다.

바로 그때, 그가 불에 덴 듯 고개를 돌렸다. 그와 동시에 대답이 흘러나왔다.

"반여령 일하는 데 가기로 했잖아."

"아, 참."

너무나 담담하게 흘러나온 그 목소리에 오히려 내가 조금 놀랐다. 그의 목소리를 듣고 있자니 아까, 우리 둘 사이에 흐르던 그 기묘한 기류가 아무것도 아닌 것이 되는 것 같았다. 아, 그렇지, 멋쩍게 이마를 긁적인 나는 문득 떠오른 생각에 눈썹을 다시 찡그렸다.

그러고 보니까, 은지호 저 녀석 자꾸 이렇게 무단 침입해 대는데. 나는 입을 열었다.

"야, 아무리 그래도 그렇지 앞으로는 연락 좀 하고 와라. 그, 우리 엄마가 아무리 너를 거의 가족같이 여긴다지만, 어쨌거나 나도 좀, 막 이런 몰골로 너를 맞이하는 건 좀."

"좀?"

또다시 이쪽은 돌아보지도 않은 채, 대답이 돌아왔다. 그 날, 손을 맞잡고 거리를 가로질러 걷던 그 날과 같았다. 나는 다시 기분이 이상해졌다.

평소라면 당장 끼어들어, 네가 씻은 얼굴이나 안 씻은 얼굴이나 다른 점이 있는 줄 아느냐, 같은 얄미운 소리나 늘어놓았을 은지호가 어째서인지 그저 내 말을 앵무새처럼 따라 하고 있었다.

이게 아닌데, 평소처럼 투덜거리려고 했던 것뿐인데……

은지호가 장난스럽게 받아치지 않으니까 내 말은 생각지도 않은 공격성을 띠고 만다. 흡사 내가 그와 나 사이에 보이지 않은 선을 그으려고 안달이라도 난 것처럼, 그렇게.

그가 맞받아치지 않으면 내 말이 무게를 가지게 된다는 것이 새삼스럽게 다가오는 기분이었다.

나는 문득 깨달았다. 우리의 대화가 언제나 이런 식이었다는 것을. 내가 그를 밀어내기라도 하는 것처럼 투덜거리고, 은지호가 아무렇지도 않게 어이없는 농담이나 던져 가며 그 선을 훌쩍 넘어 다가오고, 그럼 나는 그에게 금방 져서 그만큼의 자리를 또 내주고 만다.

그것이 지난 3년간 우리의 방식이었고, 은지호가 소설 속의 인물에서 내 친구 중의 하나로 훌쩍 다가와 앉은 방식이었다.

이러려던, 것이, 아닌데. 그렇게 생각하며 나는 반사적으로 투덜거릴 때면 늘 들고는 했던 손을 도로 내렸다.

내가 한참을 말이 없자, 이번에는 은지호가 다시 내 쪽을 돌아보았다. 여전히 강물처럼 고요한 눈이었다. 그의 눈이 평소와는 전혀 다른 빛을 띠고 있어 이번에도 불안해진 것은 나였다.

한참을 어물거리다가, 나는 다시 입을 열었다.

"좀, 그렇지 않겠…… 니?"

당황해서, 평소보다 우스꽝스러운 말투로 끝나고 말았

다. 한껏 그 끝을 올린 데다가 말투도 '않겠니?'라니, 않겠니가 뭐야! 정말로 조선 시대 규수라도 되나, 그렇게 생각하며 내가 얼굴을 있는 대로 찡그리던 그 순간이었다.

은지호가, 킥 웃었다. 평소와 같은 웃음이었다. 그리고 여유로이 턱을 괸 그가 웃는 입술 끝을 비틀어 올렸다.

그렇게 평소와 다를 것 하나 없이 웃는 얼굴로, 그가 대답했다.

"응, 그렇지 않겠는데."

"……."

"야, 씻어도 안 씻어도 똑같은 얼굴인 거, 그거 굉장한 장점이야. 우리 나라는 물부족 국가잖냐."

"아씨, 은지호."

그렇게 말하면서 돌아선 내가 막 문고리를 잡아당기려는 참이었다. 은지호의 목소리가 다시 나를 불러 세웠다. 거실에서 흘러나오는 빛을 등지고 서서, 내가 물었다.

"왜?"

"너, 아까."

그렇게 말하는 은지호의 얼굴이, 거실 불빛에 조금 흐려져서 잘 보이지 않았다. 나는 눈을 가늘게 떴다. 드물게 주저하는 기색으로 그는 말을 이었다.

"아까, 자다가 내 이름 불렀잖아."

"아."

지호마님, 어쩌고 한 거 말인가. 나는 고개를 끄덕였다. 은지호가 다시 물었다.

"왜 부른 건데?"

그의 얼굴은 여전히 거실 불빛에 흐려져 잘 보이지 않았다. 음, 그건, 애매하게 얼굴을 찡그린 채로 나는 잠시 고민했다.

대답해야 하나, 이러다가 반여령네 가게에 가기도 전에 싸우는 것은 아닐까, 평소와는 달리 분위기가 조금 이상해서 왠지 이런 말을 꺼내기가 무서웠다. 나는 뒤로 한 발자국 물러서며 은지호의 눈치를 보았다.

그의 얼굴은 잘 보이지 않았지만, 얼핏 드러난 불빛 아래 어둠이 고인 그의 눈은 한없이 진지해서, 대답을 회피했다가는 사단이라도 날 것 같았다.

결국 포기한 나는 어깨를 으쓱하고 대답했다.

"음, 네가 꿈에…… 사또 부인으로 나왔는데."

최대한 대수롭지 않은 투로 말하려고 했는데, 과연, 그냥 넘어갈 수는 없는 모양이었다. 은지호의 눈썹이 대번에 와락 일그러졌다. 그가 물었다.

"사또 부인? 사또가 아니고?"

"으, 응. 사또 부인. 왜 있잖아, 치마 입고 저고리 입고."

"……그래서?"

그렇게 묻는 그의 표정이 해괴해졌다. 웃긴 것을 참는 것인지, 분노한 것을 참는 것인지 도무지 종잡을 수가 없는 표정이었다. 한숨을 폭 내쉰 나는 말을 이었다.

"응, 내가 너를 그냥 봤는데, 사또가 나를 보고, 아, 사또가 반여령이었거든? 그런데 반여령이 나를 보고 '내 부인을 넘보다니!'하고 막 난리를 치는 거야."

"어."

"아니, 그래서 나는, 네가 치마에 저고리를 입고 나타난 거 보니까 평소보다도 상태가 안 좋잖아? 그래서, 줘도 안 가집니다! 이랬더니 막 나를 무엄하다고 멍석말이 형에 처하겠대. 그래서 내가, 너한테, 어, 음, 살려 달라고…… 그랬어."

주저주저하며 말을 잇다 말고, 그 즈음에서 말을 맺은 내가 도로 은지호의 얼굴을 내다 보니 가관도 아니었다. 그는 깊이 고뇌에 잠긴 듯한 얼굴로, 두 손을 들어 이마를 감싸고 있었다. 그의 길게 내리깐 속눈썹이 그의 볼 위로 음영을 드리우고 있었다.

어, 화났나. 아, 줘도 안 가진다는 말 때문에 화났나. 하기는, 나도 줘도 안 가진다고 말하면 조금 기분이 상할지도 몰라, 아니, 상대가 은지호라면 별로 상하지 않을 것 같기도 한데.

어쨌거나, 손가락을 꿈지럭거리던 나는 한참 있다가, 아무래도 대답이 없다 싶어서 입을 열었다.

"어, 그런데, 있잖아. 너도 안 가질 거잖아?"

"뭘 가져?"

그제야 반응이 돌아왔다. 시체처럼 얼굴을 두 손 사이에 처박은 채로, 한참을 말이 없던 은지호가 마침내 고개를 든 것이다. 평소와 같이 삐딱한 목소리가 아무래도 은지호다 싶어 마음이 놓인 내가 물었다.

"아니, 너도 어차피 내가 꿈에서 그러고 나와도, 줘도 안 가질 거잖아?"

은지호의 잘생긴 눈썹이 도로 일그러졌다. 다음 순간, 삐딱하게 고개를 기울인 그는 나를 보고 부루퉁하게 대답했다. 아무렇지도 않은, 평소와 같은 목소리로.

"아닌데?"

"……?"

그리고 그 대답에 의아해지는 것은 나였다. 아니, 뭐라고? 내가 줘도 안 가질 거잖아, 라고 물었는데, 아니라고 말하면, 안 가지지 않는다는 거니까…… 거기까지 생각한 나는, 그냥, 생각하기를 그만두었다. 그리고 턱을 조금 당기며 은지호를 새삼 자세히 응시했다.

얘가 지금…… 아, 전제 조건이 다르구나! 나는 다시 물었다.

"아니야, 생각해 봐, 그, 네가 꿈에서 저고리에 치마를 입고 있었다니까? 그러니까, 나로 치자면 내가 한복을 입는 거랑 비슷한, 아니, 그건 별로 안 이상하구나! 내가 우주복을 입은 거랑 비슷하단 말야."

"어."

은지호가 부루퉁하게 고개를 끄덕였다. 흡사 수업을 듣기도 전에 과외에서 미리 예습을 받은 학생처럼, 내 설명이 지극히 따분하다는 듯한 태도였다. 내가 다시 물었다.

"그래도?"

"그렇다면?"

그렇게 물은 그가 턱을 까딱 들어 나를 보았다. 얘가, 덜컥 겁을 집어먹은 나는 문고리를 잡아당겼다.

야, 너 어디가? 은지호가 당황한 얼굴로 묻거나 말거나, 이번에는 문고리를 단단히 잡아당긴 내가 입을 열었다.

"야, 그럼, 어, 내가 호랑이 가죽을 뒤집어써도?"

"어."

"악어 가죽은?"

"그렇다니까?"

"야, 그럼, 어, 염소 가죽⋯⋯."

"아, 세계 동물 가죽 다 잡아 뜯을 일 있냐?"

은지호가 짜증 섞인 목소리로 그렇게 대답하고 나서야 나는 퍼뜩 정신을 차렸다. 아니, 그러니까 지금, 머릿속이 온통 빽빽한 회로로 이루어져 있어서, 그것이 뒤죽박죽 얽힌 기분이었다.

나는 도로 눈을 들어 은지호의 얼굴을 응시했다. 은지호 얘 지금, 자기가 무슨 소리를 하고 있는 건지 알고는 있는 건가, 싶을 정도로 평소와 같은 얼굴이었다. 태연하고 느긋한, 그 속에 어딘가 기품 같은 것을 품고 있는 듯한.

허공에서 시선이 얽힌 채로 시간이 흘렀다. 아주 조용히, 커피잔 위로 도는 나선무늬처럼.

그러다가, 문득, 웃음소리가 터졌다. 바라보니 은지호가 웃고 있었다. 이윽고 손을 뒤로 뺀 그가 나를 향해 가 보라는 듯 손짓했다. 그가 말했다.

"야, 얼른 씻고 와. 이러다 우리 공부도 얼마 못 하겠다."

"아, 참. 갔다 올게!"

그렇게 말하고 나는 후다닥 방을 나섰다. 거실에서 평소와 같이 느긋하게 둘러앉아 텔레비전을 보고 있는 엄마에게 은지호 좀 그만 좋아하라고 투덜거리고, 욕실로 들어가 칫솔을 입에 물고 거울 앞에 서는 그 순간까지도 정신이 없었다.

거울 속에 주황색 전등 아래 비치는 내 모습이 보였다. 말간 갈색 눈을 빤히 응시하다 말고, 도로 거품을 뱉어 낸 나는 다시 고개를 들었다.

이상하네, 양치질을 하는 채로 나는 눈썹을 조금 찡그렸다.

은지호의 방금 대화도, 반응도, 도저히 평소 같지 않았다. 방을 나올 때 보았던, 나로서는 짐작할 수도 없는 깊이의 애상감과 허무함의 빛이 깃든 그 표정.

그리고 은지호 방금, 나는 멍해진 채로 중얼거렸다. 은
지호 방금 내 손 조금 피했던 것같은데. 물론 남녀 사이에
손을 잡는 것이 유별난 일이라는 것은 알고 있지만, 단지
스칠 뻔했을 뿐이다. 그런데도 어쩐지 데인 듯 그 손을 피
해 제 손을 등 뒤로 숨기던 모습이 눈에 박혀 사라지지 않
았다.

꿍, 씻고 나와서 거실을 걷다 말고, 베란다를 통해 문득
내다본 풍경은 온통 진한 초록빛이 가득했다. 창날처럼 날
카로운 빛줄기, 물감을 탄 것처럼 푸른 하늘과 그 아래 아
파트단지 주차장에서 뛰노는 아이들의 풍경.

씻기가 무섭게 또다시 후덥지근해진 목줄기에 손부채로
바람을 불어넣으면서, 나는 문득 생각했다.

어쨌거나, 여름방학이 드디어 찾아와 있었다.

* * *

이제 중학생도 아니고 고등학생이니만큼 우리들의 방학
이 조금 달라진 양상을 띠리라고는 생각하고 있었다. 왜,
중학생 때야 아직 소설이 제대로 시작되지 않은 때라서 그
나마 조금 여유는 있었지만, 이제는 다름 아닌 고등학생이
아닌가!

작가의 입장으로서는 사건을 일으키기에 그만한 조건이 없다. 귀찮게 이튿날 등장인물을 기필코 등교시켜야 할 필요도 없고, 아니, 물론 원래 잘 등교 안 하기는 하더만, 그리고 멀리 여행을 보내도 좋고! 남녀 주인공끼리 무서운 영화를 보게 하거나 담력시험을 보내면 아주 금상첨화지!

그래서 나는 이번에야말로, 반여령과 사대천왕의 그 폭풍 같은 여름방학에 말려들지 않으리라 깊이 다짐한 바 있다. 그래서 내가 세운 계획은 굉장히 단순하고도 효과적인 것이었다.

이 방법을 설명하려면 일단 대한민국의 입시제도에 대해 짚고 넘어가지 않으면 안 되는데, 여러분이 나와 같이 학생이라면 물론 수능이라는 악마적인 제도에 대해서 들어본 바가 있을 것이다.

아, 수능! 12년 공부 인생을 모두 하루에 걸고 진학할 대학 수준을 결정하는 참으로 잔인하고 악랄한 제도.

그래서 우리 고등학생들은 다가올 수능을 대비하여 모의고사라는 것을 치르고, 그것으로 대강의 대학 수준을 미리 짐작하게 되는데…….

나는, 내 입으로 말하기는 슬프지만, 어쨌거나 성적에서는 전국구 원톱을 달리고 계신 반여령과 은지호는 물론이고 나머지 사대천왕들보다도 훨씬 떨어지는 편이었다. 아니, 많이. 좀 많이.

우리 부모님이 만날 시험 끝날 때마다 반여령과 내 성적을 비교해서, 나와 대판 싸우고 그러지 않겠다고 약속까지 한 다음에 또다시 비교할 정도로 많이, 떨어지는 편이다.

평범한 여자아이였으면 이즈음에서 반여령에게 뿌리 깊은 분노나 질투, 그 둘 중 하나는 느끼게 되겠지만, 다행히도 나는 반여령이 인터넷 소설의 여주인공인 것을 알고 있는 유일한 사람으로서 별로 그렇지는 않다. 그냥, 포기했다. 이놈의 세상에 상식을 바라는 내가 죄인이지.

그러나 반여령이나 사대천왕이, 특히 반여령이, 말로 티는 잘 안 내도 나를 조금 걱정하고 있는 것이 사실이다.

그래서 이번 방학이 시작될 무렵, 나는 그들에게 당당하게 선언했다.

'나, 이번 방학에 도서관 다닐 거야.'

라고.

사실은 앞에서 이렇게 말하면 정말로 내가 단순히 그들과 함께하는 여름방학을 피하기 위해서 그렇게 선언한 것처럼만 들리는데, 내 성적이 조금 심각한 것도 사실이었다. 어쨌거나…… 그들과 대학이 너무 멀어지는 것은 나도 원하지 않고, 그들도 원하지 않으니까.

그냥, 그들과 함께하는 대학생활을 위해서 내 고등학교 1학년 여름방학을 포기했다고 생각하는 편이 더 마음 편할 것 같다. 나도 놀기 싫어서 자진해서 나를 도서관에 묶어

두는 것은 아니다.

음, 그런데, 어쨌거나, 내 의도가 별로 성공한 것 같지는
않다.

내가 그렇게 선언한 그날도 햇빛이 따갑게 내리쬐는 어
느 여름날이었다. 우리 집 거실에 멀뚱하게 앉아서, 그렇
게 선언하는 내 얼굴을 대수롭잖게 응시하던 유천영이 문
득 입을 열었다.

"그럼 같이 하자."

"응?"

왜 같이 해? 네가? 너 안 바쁘니? 그러나 그렇게 대답한
유천영은, 그러나 내 의문 가득한 시선도 무시하고는 불쑥
은형이를 돌아보았다. 그리고 그가 물었다.

"넌?"

"나야 상관없지. 아니, 좋지. 단아, 어때?"

그렇게 말하고 은형이가 여느 때와 같이 부드러운 미소
를 걸친 채 나를 보는데, 나는 도저히, 싫다고는 할 수 없
었다. 아니, 그나저나, 나는 어색하게 내뻗은 손을 꿈지럭
거리며 도로 등 뒤로 감췄다.

나는 눈을 데굴데굴 굴리며 진땀을 흘렸다. 아니, 그런
데 이거 좀 이상하지 않아? 세상에 어떤 인터넷 소설 시대
천왕이 방학 때 도서관에 다니면서 공부에 전념한단 말야?

너네 왜, 그, 오토바이도 한 대 뽑고, 해안선을 따라 질주한다던가, 그도 아니면 파티를 개최한다던가, 호화 별장을 빌린다던가, 그래야 하지 않니? 도서관은 너무 성실하고 평범하지 않니?

내가 차마 소리 내어 묻지는 못하고 머릿속으로만 의문에 의문을 이어 가던 그때였다. 평소와 같이 생글거리고 앉아 있던 주인이 이번에는 은지호를 향해 물었다.

"재밌을 것 같은데? 지호야, 너는? 너 이번에도 출국하잖아?"

"아."

은지호는 그제야 떠올린 것처럼 새삼스런 탄성을 내고는 나를 빤히 보았다. 아, 그러고 보니 은지호는 거의 연례행사처럼 방학이면 출국해서 외국에 한두 달 정도 머무르고는 했다.

자세히 물어본 바로는 외국 대학을 견학하거나, 수업을 조금 들어 보거나 한다던데, 무엇을 위해서인지는 잘 모르겠다. 그냥 무지막지하게 거대한 그룹 외동아들이니 무슨 돈지랄을 해도 그런가 보다 하고 있다.

무언가 마뜩잖은 게 있는 듯, 눈썹을 위아래로 한 번 까딱인 은지호가 다시 입을 열었다.

"맞아, 곧 떠나."

"음, 그럼 넌 안 되겠네."

"그래도 2주는 시간 있어."

"뭐야, 그럼 처음부터 그렇게 말해."

그렇게 말한 우주인은 방긋 웃더니 나를 보고 손을 들었다. 흡사 질문하는 모범생 같은 자세를 하고, 그가 외쳤다.

"엄마, 우리도 참가!"

예?

나는 머릿속에 조용히 문장 하나를 떠올려 보았다.

여름방학에 ○ ○ ○를 하는 사대천왕.

그리고 나는, 이번에는 공백 안에 '도서관에서 모의고사 공부에 전념하는'을 넣어 보았다.

여름방학에 도서관에서 모의고사 공부에 전념하는 사대천왕.

절대로 공존해서는 안 되는 단어들이 공존하고 있는 것 같은 느낌인데? 이거 진짜 이상한 것 같은데?

내가 그렇게 생각하며 땀을 삐질삐질 흘리고 있는데, 문득 깨닫고 보니 반여령이 어째 조용했다. 평소에 잘 의견을 피력하지 않는 유천영마저 적극적으로 나서서 공부를 하겠다고 하고 있는데, 반여령은 왜 홀로 저리도 조용하단 말인가?

문득 눈을 들어 반여령이 앉은 자리를 본 나는, 그녀의 얼굴이 평소와는 비할 데가 없이 창백하다는 것을 알아차렸다. 내 시선을 따라간 은형이가 곧 같은 것을 발견했는지 표정이 안 좋아졌다. 그가 놀란 듯 물었다.

"여령아? 여령아, 어디 아파?"

"……데."

반여령은 고개를 푹 숙인 채였다. 조금 길어진 앞머리가 치렁하게 늘어져 그녀의 눈가를 덮고 있어 표정을 잘 알아볼 수 없었다. 내가 다시 물었다.

"뭐?"

"알바하기로 했는데, 나……."

입술 사이로 침울한 목소리가 흘러나오는가 싶더니, 곧 그녀가 고개를 들었다. 그녀의 새카만 눈이 빛을 품은 대신 잔뜩 울 듯이 일그러져 있는 것이 웃겨서, 나는 하마터면 소리 내어 웃어 버릴 뻔했다.

옆에서 은지호가 긴장이 풀린 듯, 거나하게 소파에 기대어 앉으며 투덜거렸다.

"뭐야, 큰일이라도 난 줄 알았네. 알바, 그게 뭐?"

"이럴 줄 알았으면 나도 알바 안 하고 단이랑 너네랑 공부하지! 악, 괜히 한다고 했어!"

그렇게 말하며 반여령이 제자리에서 앉은 채로 콩콩 뛰며 제 머리를 부여잡았다.

아, 반여령, 쟤는 가끔 보면 좌절하는 모습이 제일 귀여운 것 같단 말야. 내가 웃음을 꾹 눌러 참은 채로 반여령을 보고 있자니 우주인이 앞에서 킥킥 웃고는 물어 왔다.

"평소에 책도 잘 안 넘기면서."

"그러는 너는!"

"너네 둘 다."

내가 보기에는 그냥 똑같은 놈들이 싸우는 것 같았는데, 말이 잘 없는 유천영도 그냥 들어 넘길 수가 없었는지 한 마디 덧붙였다. 음, 그런데 내가 보기에는, 유천영 너도 별로…….

그러다가, 이번에는 은지호나 은형이까지 서로에게 한 마디 덧붙이려는 기세라서 그냥 내가 말했다.

"다들 입 다물자."

아무리 생각해도 내가 너네보다 공부 50배는 더 하니까. 그 말이 사실이라고 느낀 것은 나뿐만이 아닌 듯, 거실이 순식간에 쥐 죽은 듯 조용해졌다.

좋아, 다들 양심은 있군. 나는 한숨을 내쉬며 팔짱을 꼈다. 그리고 나는 그때까지도 눈썹을 찡그린 채 안절부절못하던 반여령을 돌아보았다. 내가 물었다.

"그런데, 갑자기 아르바이트는 왜? 나한테도 말 한 마디 안 했잖아."

"응, 아니, 삼촌 아는 사람 가게라는데, 시급도 좋고 가게도 생긴 지 얼마 안 되었고, 사장님도 친절하다고 하고,

마침 할 일도 없고…….”

말을 이어 나가던 반여령의 목소리가 점차 작아졌다. 그러더니, 끝에 가서는 거의 꺼져 가는 듯한 목소리로 말을 맺고는 한숨을 폭 내쉬었다. 동시에 그녀의 가느다란 어깨가 축 처졌다.

그녀가 눈을 감은 채로 덧붙였다.

“아, 괜히 한다고 그랬어.”

“…….”

“단아, 나 지금이라도 안 한다고 그럴까?”

“…….”

“단아? 단아?”

아, 반여령이 내 이름을 몇 번이나 불렀을까, 마침내 퍼뜩 정신을 차린 나는, 모두의 시선이 내리꽂히는 가운데 황급히 고개를 내저었다. 그리고 나는 거의 울 듯한 기세인 반여령에게 황급히 외쳤다.

“아니야, 해! 너 그거 해야 돼.”

“응? 왜?”

그건 말이야, 인터넷 소설에서, 여주인공은 방학에 갑자기 밑도 끝도 없이 아르바이트를 하게 되기 때문이란다.

오, 이런 멍청한 작가 같으니! 나는 기억력이 이토록 좋은 내 머리에 찬사를 보내는 한편, 작가의 뻔한 상황 전개에 감탄했다. 어쩌면 이렇게 뻔할 수가!

이 전개는 틀림없이 여주인공이 난데없이 좋은 자리가 났다며 추천을 받아 아르바이트를 시작하게 되는 경우인데, 이 경우 사장님은 부드러운 매력을 지닌 미혼의 잘생긴 20대 초반 남성일 가능성이 매우 높다.

또한 같은 타임에 일하고 있는 아르바이트생의 경우에는 남자이며, 옛날에 여주인공과 안 좋은 인연으로 얽혔을 가능성이 높다. 예를 들면 여주인공의 남자 친구와 옛날에 싸웠다가 깨진 적이 있어서, 여주인공의 얼굴을 알고 있다거나……

어쨌거나, 너는 여주인공이기 때문에 어차피 아르바이트를 할 운명이라고는 말할 수 없어서, 나는 그냥 대충 둘러대기로 했다. 내가 말했다.

"아니, 뭔가, 그냥 해야 할 것 같아. 해, 어차피 너 같이 앉아 있는다고 공부하는 것도 아니면서."

"음, 그건."

내 말에서 별다른 거짓을 찾을 수 없었는지, 반여령은 불편한 기색으로 조용히 입을 다물었다.

그러더니 그녀는, 은지호나 우주인을 향해 빠지라는 듯한 시선을 보냈지만 그들이 시선을 보낸다고 해서 빠질 위인들인가, 무슨 생각에서인지 그들은 정말로 여름방학 때나와 도서관을 다닐 것을 결심한 것 같았다.

아니, 정말, 어째서야, 사대천왕…… 차라리 파티를 열라고…….

어쨌거나, 그렇게 해서, 이번 여름방학동안 나와 사대천왕은 도서관을 다니고, 반여령은 홀로 아르바이트를 하게 되었다. 그리고 오늘은 마침내 우리가 반여령이 아르바이트하는 곳으로 찾아가기로 한 그날이었다. 과연 오늘은 어떤 모험이 나를 기다리고 있을까? 다음 편에 계속!

"너 뭐하냐?"

"아니."

다음 편에 계속, 이라고 외치면 정말로 누군가 상황을 일시정지 좀 시켜 줬으면 좋겠다 싶어서. 인터넷 소설 속에서 살게 되면서부터 비정상적으로 발달된 감이, 이번 여름방학도 조용히 넘어가는 것은 불가능하다는 것을 맹렬하게 알려 오고 있었다. 물론 이런 것을 미리 감지한다고 해도 내가 할 수 있는 것은 늘 없었으므로, 이쯤 되면 이런 생각마저 든다. 이런 직감, 필요 없어…….

그리고 나는 오늘도 나를 의아하게 바라보는 은지호와 나란히 집을 나섰다.

* * *

여름방학 기간 중에 도서관을 찾는 이들은 대부분 두 부류 중 하나였다. 하나, 정말 중요한 시험을 앞두고 있거나, 둘,

찜통 같은 무더위 속에서 에어컨을 찾아 대피한 것이거나.

그리고 요즘, 제3의 부류 사람들이 늘고 있었다. 무슨 이유에서인고 하니, 최근에 심상찮게 모습을 드러내는 근방 제일의 유명 인사들 때문이었다. 권은형은 한숨을 내쉬며 사람들 사이로 걸음을 옮겼다. 그의 다른 한 손은 유천영의 한 팔을 단단하게 붙든 채였다. 더위를 별로 타지 않는 것과는 별개로 언제나 잠이 많은 유천영은 오늘도 반쯤 조는 채로 걷고 있어서, 그런 그를 사람들과 부딪치지 않게 하는 데는 상당한 노력이 필요했다.

그렇게 유천영을 다루느라고 주변에 오가는 사람들을 면밀히 살피다 말고 권은형의 눈가로 문득 피로한 기색이 떠올랐다. 그러면서 제 손에 들린 유천영을 한 번 부러움이 가득한 눈으로 쳐다보는 것도 잊지 않았다. 어쩌면 언제나 이렇게 느긋할 수가 있을까? 흔들어 깨워서라도 지금의 이 광경을 보여 주고 싶은 심정이었다.

……사람들이 모두 우리만 보고 있잖아.

도서관을 다닌 지가 고작 일주일이 조금 넘어 있을 뿐인데, 도서관을 다니던 첫날에 비해서 인구 밀도가 두 배쯤 높아진 것은 자신의 착각일까? 생각하던 권은형은 조용히 고개를 내저었다. 아니, 절대로 착각이 아니야.

뭐, 어쩔 수 없긴 하지, 한숨을 푹 내쉰 권은형은 마침내 도서관의 빛 잘 드는 곳에 놓인 긴 책상 중 하나로 다가가 의자를 빼내고 유천영을 그곳에 걸쳐 놓았다. 유천영의 열 없는 푸른 눈이 이쪽을 흘긋 보는가 싶더니 다시 감겼다. 그래, 자. 마음속 말을 듣기라도 한 것처럼 유천영의 고개가 책상 위로 툭 떨어졌다. 검푸른 머리칼이 갈색 상판 위로 흩어졌다. 턱을 괴고 그 모습을 내려다보다가, 권은형은 당연한 듯 손을 뻗어 그의 머리카락을 정돈해 주었다.

그러고 있기를 몇 분, 맞은편에서 누군가 당연한 듯 유천영 바로 옆의 의자를 꺼내어 앉았다. 눈이 마주치자 색소가 옅은 눈이 금색으로 휘어진다. 천장이 높고 한 면이 전부 유리로 된 도서관이라 그의 금갈색 머리카락이 특히 두드러진다. 권은형은 유천영의 머리를 정돈해 주던 손을 들어 올리며 머쓱하게 웃었다.

"왔어? 왜 소리 소문도 없이."

평소라면 이 근처에 오자마자 쨍쨍한 목소리로 '안녕!'하고 인사를 건네거나 했을 것이다. 그의 말에 우주인은 생긋 웃더니 어깨를 으쓱하며 옆을 턱짓으로 가리켰다. 아, 그래. 유천영의 자는 얼굴을 빤히 들여다보던 우주인이 감탄 섞인 목소리로 중얼거렸다.

"진짜 잘 잔다. 지금 몇 시지? 어디 보자, 이제 10시인데."

그러더니 그가 이쪽을 돌아보며 물었다.

"천영이, 잠 많아도 이 정도는 아니었지 않아? 10시면 충분히 정신이 들고도 남아 있을 건데."

"으음, 그게."

권은형은 웃으면서 입을 떼기 전 곁눈질로 주변을 살폈다. 아직 은지호랑 단이는 올 기미가 안 보이고. 결국 그는 웃으며 입을 떼었다.

"요즘 촬영이 더 늘어서 난리도 아니거든."

"뭐?"

우주인의 얼굴에 대번에 황당하다는 표정이 떠올랐다. 내 이럴 줄 알았지. 이번에도 권은형은 머쓱하게 웃었다. 우주인이 다시 물었다.

"그럼 공부는 왜 하겠다고 한 거야? 어차피 요령파라 앉아 있는 시간으로 성적 결정 나는 것도 아니면서."

내 말이. 그렇게 대답하고 싶은 것을 삼키며 권은형은 빙긋 웃었다. 여기에서 그렇게 대답하면 10년지기로서 조금 미안하니까. 그는 어깨를 으쓱하며 이렇게만 대답했다.

"으음, 왜일까?"

"음?"

그러나 이런 애매한 대답으로 우주인의 관심을 돌리기에는 역부족이었던 모양이다. 눈치가 빠른 그답게, 그는 금세 반짝반짝 빛나는 눈으로 유천영의 자는 얼굴을 쳐다보면서, 왜일까? 하고 중얼거리기 시작했다. 이윽고 우주인의 얼굴에 그 특유의 가느스름한 미소가 떠오르는 것을 본 권은형은 황급히 고개를 돌렸다. 입속으로 나는 최선을 다

했어 천영아, 어쩌고를 중얼거리며.

　이제 우주인은 완전히 기분이 좋아진 모양으로 팔꿈치를 도서관 책상에 올려놓고, 턱을 괸 채로 유천영을 쳐다보며 빙글거리기 시작했다. 그의 입에서 노래하듯 발랄한 곡조로 목소리가 새어 나왔다.

　"으흐음, 그렇게 된 거였구나. 언제쯤 자각하나 싶긴 했는데."

　"흠흠."

　"솔직히 여령이 빼고 우리 중에 그거 모르는 사람 있었나? 특히 그 영상이 결정타였지. 왜, 우리 중학교 2학년 때 찍힌 거."

　흘러나오는 목소리를 듣고 있던 권은형의 얼굴이 시시각각 굳어졌다. 완전히 눈치채셨군. 다시 한 번 눈이 마주치자 권은형은 빙긋 웃으며 물었다.

　"목마르지 않아? 주인아."

　"으음, 음료수 하나로 넘어가려고?"

　"하하, 무슨 소린지 모르겠네."

　유천영, 너 때문에 내가 진짜. 그렇게 중얼거리면서 권은형이 더욱 환하게 웃을 무렵이었다. 우주인의 얼굴에서 웃음기가 조금 가셨다. 그는 턱을 괴고 있던 팔을 내리더니 건조해진 목소리로 말을 이었다.

　"걱정하지 마. 이런 거 내가 말해서 뭣하겠어?"

그렇게 말하는 우주인의 눈에는 아무런 빛도 남아 있지 않았다. 목소리도, 표정도 다른 사람이 말하는 것처럼 순식간에 바뀌었지만 권은형은 놀라지 않았다.

이들 중에, 우주인의 다른 일면에 대해서 누구보다도 잘 이해하고 있는 사람이라면 다름아닌 권은형 자신일 것이다. 그에게는 일종의 확신마저 있었다.

물론 우주인을 알아 온 시간으로 치자면 자신보다 은지호가 배는 길다. 그러나 은지호는 이해 못한다.

결핍되지 않고 자란 그는, 절대로.

권은형의 눈이 따라서 건조해졌다. 아직도 잠든 유천영을 힐긋 내려다본 우주인이 말을 이었다.

"이런 건 당사자들끼리 해결 보게 하는 게 가장 낫지."

"그래, 그렇지……."

"파국으로 끝나지 않길 바랄 뿐이야."

그렇게 말하는 우주인의 얼굴빛이 어두워졌다. 권은형은 퍼뜩 고개를 들었다. 눈이 마주치자, 우주인이 전에 없이 연약한 얼굴로 배시시 웃었다. 그러면서 그는 두 손바닥을 활짝 펴 보였다.

"싫거든, 그런 거. 뭐, 두 절친한 친구가 한 여자를 좋아하고, 틀어지는 우정 어쩌고…… 영화나 드라마로 봐도 엿 같은데 실제로 일어나면 얼마나 엿 같겠어."

"……."

"그런 일 일어나려고 하면 내가 은지호 명치 세게 때릴 테니까, 너도 천영이 명치 좀 때려 줘. 천영이는 내가 차마 못 때리겠다."

"……말하는 방식이 바뀌었네."

망설이다 간신히 꺼낸 말이었다. 우주인이 퍼뜩 고개를 들었다. 금색 눈이 조금 크게 뜨여 있었다. 고개를 기울이며 그가 물었다.

"그래 보여?"

"응."

"그렇구나."

그리고 우주인은 또 무엇에 그렇게 놀란 것인지, 생각에 잠긴 표정으로 꼼짝도 하지 않았다. 침묵에 잠긴 세 사람 사이로 시간은 표표히 흘러갔다. 환한 빛이 유천영의 뺨을 깨끗한 흰빛으로 물들였다. 얼마나 지났을까, 우주인이 느릿느릿 입술을 떼었다. 눈은 여전히 생각에 잠겨 아무것도 쳐다보지 않는 채였다.

"몰랐어. 내 말하는 방식이 달라진 줄."

"너, 옛날에는 갑자기 도덕 교과서처럼 말해서 사람들 당황시키고는 했잖아."

"정말? 내가 그랬어?"

우주인의 얼굴에 이제는 재미있어 하는 듯한 기색이 떠올라서 권은형은 마음이 놓였다. 생각보다 심각한 건 아닌가 보네. 그는 고개를 끄덕였다.

"응. 제 생각 말하다가 갑자기 도덕 교과서 같은 윤리론으로 들어가는데, 꼭 '난 사실 그렇게 나쁜 사람이 아니야.'하고 변명하는 것처럼, 솔직히 듣는 입장에선 엄청 당황스러웠지."

"호, 내가 그랬구나."

"지금은 그러지 않네."

우리가 전에 단 둘이 말한 때로부터 얼마 지나지도 않았는데 말이야. 권은형은 다시 물었다.

"무슨 일 있었어?"

그러자 우주인의 얼굴에 옅은 미소가 떠올랐다. 그는 쑥스러운 것처럼 제 두 손을 매만졌다. 한참 뒤에야 그의 입술이 열렸다.

"엄마가."

"엄마?"

반사적으로 물어 놓고 권은형은 흠칫했다. 당연히 제 친어머니를 말한 것은 아닐 것이다. 우주인의 가족 이야기가 나올 때마다 말을 돌리는 은지호로 인해, 권은형은 어느 정도는 그의 사정을 짐작하고 있었다. '엄마'라는 이름표를 마땅히 가야 할 대상에게 붙이지 않고 여기저기 남발하는 것은 그럴 대상이 사라졌기 때문일 테다. 옅게 웃는 얼굴로 우주인이 말을 이었다.

"그게 그렇게 다를 줄 몰랐어."

잠결에 말하는 것처럼 그의 목소리가 붕 떠 있었다. 눈은 허공을 향해 꿈꾸듯 열려 있었다. 권은형이 물었다.

"다르다니?"

"내가 나한테, 나는 이상하지 않아, 하고 말하는 거랑. 다른 누군가가 나한테 말해 주는 거. 너는 이상하지 않아, 하고."

"……."

그제야 우주인의 분위기가 달라진 이유에 대해 어느 정도 짐작이 갔다. 담력시험 이후로 묘하게 공기가 달라졌다는 생각은 들었다. 우주인은 가까운 사람들에게 전보다 날을 세우지 않았고, 자신을 가리려 하지 않았다. 태어나서 처음 걸음마를 하는 어린아이를 지켜보듯 생소한 감상마저 불러일으키던 모습.

웃으며 우주인이 말을 이었다.

"아무도 나한테…… 지금까지 나한테, 그런 일을 해 준 사람은 한 번도 없어서, 몰랐어. 이게 그렇게 다를 줄은."

"그럼—."

"그리고 한편으로는 이런 생각이 들더라고. 조금 더 나은 사람이 되어야겠다는 생각. 그게 그 말에 보답할 유일한 길이라는 생각."

"……."

"참 신기해. 사람이 사람을 만나서, 변한다는 게."

그렇게 말하는 우주인이 눈을 내리깔고 잠든 유천영의 얼굴을 바라보았다. 고요한 도서관 공기 아래 그의 모습은 한 편의 박제된 정물화처럼 굳어 있었다. 옅은 숨소리가 아니었다면 시간이 멈추었다고 생각했을 것이다. 그 모습을 지켜보던 우주인이 다시 입술을 떼었다.

"그리고 변화는 이즈음에서 멈췄으면 좋겠다."

권은형은 다시 한 번 할 말을 잃었다. 그렇게 말하는 우주인의 표정이 전에 없이 쓸쓸했기 때문이었다. 중얼거리는 듯한 목소리로 말이 이어졌다.

"……나는, 지금이 제일 행복하니까."

그 말에 권은형이, 무어라 말하려고 입술을 뗀 그 순간이었다. 우주인의 표정이 갑자기 가면 벗긴 듯 밝아졌다. 아무리 스스로를 드러내는 데 거리낌이 없어졌다고 해도 저 갑작스러운 표정 변화는 좀 어떻게 해 봐야 할 것 같은데, 그가 그렇게 생각할 무렵 우주인이 손을 흔들며 멀리 보이는 사람들을 향해 인사했다.

"왔어?"

권은형은 고개를 돌렸고, 기대한 그대로의 얼굴들을 발견했다. 은지호와 함단이가 각각 가방끈을 어깨에 걸쳐 맨 채 이쪽으로 걸어오고 있었다.

　　　　　＊　　＊　　＊

　"유천영 진짜 잘 잔다."

　감탄해서 유천영의 잠든 얼굴을 바라보는 내 옆에서 은지호도 한 마디 했다.

　"얘는 자러 오냐? 요즘 계속 기절이네."

　그 말에 찔린 표정을 짓는 것은 잠든 유천영이 아니라 그 옆에 앉아 있던 은형이었다. 응? 왜 은형이가 저런 표정을 짓는담. 가방을 내려놓고 자리에 앉으며 내가 물었다.

　"유천영 어제도 촬영 있었어? 지금까지 기절해 있는 거 보면 그런 것 같은데."

　그 말에 은형이가 어째서인지 조금 밝아진 표정으로 대답했다.

　"아. 어제는 가족 모임. 방학이니까 아무래도 횟수가 늘어나더라고."

　"그럼 오늘 오지 말고 그냥 자라고 하지, 왜?"

　내 옆에 당연한 듯 가방을 내려놓고 자리에 앉으면서 은지호가 그렇게 물었다. 응, 그러게, 내가 고개를 끄덕이는데 어쩐지 은형이의 표정이 조금 달라졌다. 아까 나와 말할 때와는 확연히 다르게 굳어진 표정이었다. 아니, 굳어졌다기보다는, 난처하다고 해야 하나⋯⋯ 거기까지 생각한 순간 갑자기 유천영이 눈을 떴다. 길고 촘촘한 속눈썹이 느리게 올라가고, 푸른 눈이 움직여 차례로 나와 은지호를 확인하는가 싶었다. 그러더니 그가 몸을 일으켰다.

어어, 나와 은지호가 떨떠름하게 그 모습을 지켜보는 사이 유천영은 머리가 아픈지 잠시 이마를 짚은 채로 말이 없었다. 왠지 저 모습을 보니까 미안한데, 나는 입속으로 중얼거렸다. 아니, 괜히 아픈 애한테 얘 공부 안 하냐고 뭐라고 해서 깨운 것 같잖아…… 손을 내저으며 내가 말했다.

"아니, 나는 너 계속 피곤해서 안 돼 보여서 하는 말이었고, 진짜 자도 상관없으니까…….'

그렇게 말하는 내내 유천영은 무슨 생각을 하는지 모를 눈으로 나를 빤히 볼 뿐이었다. 내 말이 끝나기도 전에 그가 입을 열었다.

"공부할 거야."

"응?"

"공부하러 온 거니까."

그렇게 말하면서 유천영은 피로가 덕지덕지 묻어 있는 동작으로 손을 뻗더니, 옆 의자에 걸려 있던 크로스백에서 책을 꺼내는 것이었다. 잠시 당황한 눈으로 유천영을 지켜보던 나는 슬쩍 눈을 굴려 옆의 은지호와 눈을 마주쳤다. 은지호도 황당한 얼굴이기는 마찬가지였다. 옆에서, 어쩐지 내내 이해했다는 표정을 짓고 있던 주인이 빙긋 웃더니 말했다.

"엄마, 뭐 어때? 천영이가 공부하기로 마음먹었다는데 응원해 주자."

"음, 아니, 그런데……."

그때까지도 책을 꺼내어 옆에 아예 탑을 쌓고 있던 유천영이 문득 눈을 들어 나를 보았다. 그가 물었다.

"왜?"

그의 푸른 눈이 전에 없이 진지한 것 같아서 마음이 조금 불편했다. 어어, 나는 나도 모르게 목소리를 조금 떨고 말았다.

"아, 아니…… 고, 공부 열심히 하자."

"그래."

그러더니 그는 다시 문제집으로 시선을 옮겼다. 나는 다시 한 번 옆에 앉은 은지호를 돌아보았다. 그런데 그는 무언가 짐작 가는 것이 있는 모양이었다. 유천영을 바라보는 그의 검은 눈이 조금, 가라앉은 것을 보면.

흠, 나는 그의 옆얼굴을 지켜보다가 눈이 마주칠 것 같자 도로 고개를 돌렸다. 나는 내 앞에 놓인 수학의 산을 바라보며 생각했다. 정작 내가 갈 길이 구만리인데 누구를 신경 쓰랴. 솔직히 유천영은 머리가 좋다. 바빠서 공부할 시간이 없어서 그렇지. 후후, 현대에 돌아가면 널리 알려 주리. 나는 현대에 돌아간 내 모습을 상상했다.

자기 개발서를 하나 내는 거야. 책 제목은 '사대천왕 사이에서 살아남기.' 책 내용은, '여러분, 공부를 열심히 합시다. 사대천왕과 여주인공은 전부가 국영수 중심의 학교 수업만 들으면 전국 1등 어렵지 않아요~ 따위의 망발을 주고받는 괴물들이라고.' 같은 건 어떨까? 헛생각도 잠시, 나는 후다닥 샤프를 집고는 공부에 집중하기 시작했다.

정오의 도서관은 아주 한산했다, 라고 말하고 싶지만 슬프게도 그렇지는 않았다. 잠이 솔솔 오는 책 냄새에, 에어컨이 빵빵한데도 직선으로 내리쬐는 햇빛 덕분에 더운 기분이 드는 것까지는 괜찮지만…….

문제는 내 옆에 앉은 이들이 사대천왕이라는 것이다. 당연히 시선이 올 수밖에 없다. 시간이 지날수록 주변 자리가 점점 사람으로 차는가 싶더니 시선이 점점 강렬해진다. 이제는 뺨이 따끔거리는 기분까지 들 지경이었다. 그래도 사람은 적응의 동물이라고, 정신없이 수학 문제를 풀어 내려가다 말고 나는 문득 눈을 들어 맞은편을 바라보았다. 샤프 끝을 이마에 댄 채 눈썹을 살짝 찡그리고 있는 유천영이 보였다. 내리깐 속눈썹이 어찌나 긴지 인형의 것처럼 보일 정도였다. 나는 눈썹을 찡그렸다. 문득 며칠 전의 일이 떠올랐기 때문이다.

담력시험날 보았던, 그야말로 초자연적인 일이라고밖에 설명할 수 없는 일들. 발자국만으로 폐교의 복도를 돌아다니면 스위치를 내리고 다니던 얼굴 없는 남자는 간혹 꿈에도 나올 정도로 무섭기는 했지만, 하지만 내 뇌리에 무엇보다 깊이 박힌 것은 다름 아닌 교실의 문을 열어젖혔을 때 보았던 짧은 환상이었다. 노을이 가득 들어차 있던 깨끗한 교실의 풍경과, 나를 등진 채 앉아 있던 유천영의 너른 등, 그의 귀에 꽂혀 있던 이어폰을 뺏어 내 귀에 끼우던 기억, 흘러나오던 음악과…… 나는 유천영을 빤히 보았다. 무엇보다도 제일 기억에 남은 것은, 그의 아프게 일그러지던 얼굴. 무슨 일이 있었는지 묻지 않고는 견딜 수 없게 하는, 고장난 녹음 기계처럼 두서없이 더듬거리듯 흘러나오던 목소리.

'너구나.'

'눈이 왔어. 그런데도 나는 그 자리에 서서, 내가 왜 여기에 서 있는 걸까, 생각하고 있었는데.'

'아무리 생각해도 기억이 안 나서, 대체 내가, 누구를 기다리고 있는 걸까, 나는 왜, 하고 생각했는데.'

'너였어.'

너였어…… 그 말을 나는 입속으로 중얼거려 보았다. 그러고도 실감이 나지 않았다. 그 유천영이 그런 말을 하면서, 다른 누구도 아닌 나를 바라보면서, 그런 아픈 표정을 지었다는 게. 나는 샤프를 매만졌다. 샤프는 종이 위를 더는 나아가지 못한 채 숫자에 대고 의미 없는 동그라미를 그리고 있을 뿐이었다. 나는 생각했다. 꿈이었겠지, 꿈이 아니고서야 그런 일이 있을 수는 없다. 일단 시공간부터가 너무 비현실적이었는걸.

하지만 마음 한편에, 그 일이 꿈이 아니었기를 바라는 내 자신이 있다는 것도 부정할 수는 없다. 왜냐하면, 유천영이, 나를 잊어버렸다는 이유로, 내가 오지 않았다는 이유로 그런 표정을 짓는 것은 꼭…… 내가 그에게 아주 중요한 존재라서가 아닌가 싶어서.

언젠가 그가 말했던, '아무것도 기대하지 않는 유일한 사람이기 때문에' 되었던 친구 사이에서, 조금 더 나아간 무언가가 되지 않았나 싶어서.

그렇게, 생각하게 되는 것이다.

아차, 그러다가 나는 파드득 고개를 내젓고는 도로 문제집에 얼굴을 박았다. 유천영이 무언가 이상한 기미를 느꼈는지 푸른 눈을 들어 나를 빤히 보는 듯도 싶었지만, 나는 얼굴을 들지 않으려고 노력했다. 지금 고개 들면 얼굴 빨개진 거 들킬 텐데, 절대 싫다. 나는 애써 다른 생각을 하려고 노력했다. 도대체가 유천영 사고 회로는 어떤 모양으로 생겨 먹었는지 도통 감을 잡을 수가 없다니까. 수학여행 때만 해도 그렇다. 내게 연애 회로가 존재하는지 아닌지를 확인하기 위해서 내 뺨에 직접 입 맞출 필요까지는 없지 않았나?

"……."

차라리 담력시험날 보았던 백일몽 생각을 하는 것이 더 나을 뻔했다. 왜 하필 그 생각을 떠올려 가지고. 그 순간에 맞은편에서 나를 바라보는 유천영의 눈빛이 조금 더 짙어지는 것 같기에 나는 황급히 자리에서 일어났다. 드르륵, 하고 의자 끌리는 소리가 났다. 소리가 유난히 컸는지 은형이가 나를 돌아보았다. 그가 물었다.

"단아, 어디 가게?"

"아, 잠 좀 깨고 오려고. 계속 졸리네, 하하."

하, 으하하, 내 웃음소리는 내가 들어도 어색했다. 그래도 내가 이런 적이 한두 번은 아니라서, 은형이는 별말 없이 웃으며 고개를 끄덕여 주었다. 늘 눈치가 빠르고 그에 못지않게 이해심도 많은 은형이. 그렇게 생각하는데 옆에서 은지호의 목소리가 들렸다.

"그래, 너 아까부터 그래 보이더라. 무슨 놈의 6에 동그라미만 계속 그리고 있고, 저주 걸린 줄?"

으아악, 나는 놀라서 눈을 크게 뜨며 외치듯 물었다.

"너 나 계속 지켜봤어!?"

은지호는 대답 않고 눈썹만 가볍게 찡그리는 것을 보아 뭘 묻냐는 표정이었다. 아니, 왜 그게 당연한 것 같은 표정을 짓는 건데!

"너, 공부는! 공부는 어쩌고 나를 봐?"

"아니, 뭐 계속 본 건 아니고. 야, 누가 들으면 내가 스토커인 줄 알겠다."

그렇게 말하며 은지호가 손을 내젓더니, 갑자기 무언가 떠오른 듯 그 특유의 얄미운 미소를 지어 보였다. 웃으며 그가 말을 이었다.

"그리고 나는 공부 안 해도 되는데?"

"……."

나는 할 말을 잃고 빈주먹만 쥐었다 폈다. 저런 재수 없는 대사를 치는 와중에도 빛을 받아 반짝이는 은지호의 얼굴이 사람이라기보다는 조각상에 가까워서, 더 재수가 없었다. 아, 신이시여. 한참 뒤에야 나는 조용히 탄식했다. 제게 반여령의 머리를 허락하지 않으시려거든 반여령의 운동신경이라도 허락하지 그러셨습니까. 언제나 한 번 때려 볼까. 옆에서 주인이 빙글거리며 끼어들었다.

"우와, 지호야, 방금 역대급이었어."

"역대급이라니?"

"알면서 뭘 물어? 역대급으로 재수 없었다고."

주인아, 나는 새삼 옆의 주인이를 바라보며 벅차오르는 감동을 느꼈다. 눈이 마주치자 주인이는 나를 향해 그야말로 천사처럼 웃어 주었다. 그런데 어째서인지 나보다도 당황한 것은 은지호 같았다. 그가 우주인을 향해 더듬거리며 묻는 것이 들렸다.

"야, 너 나한테 원래 막말 하기는 했는데, 그런데 지금 옆에 함단이…….."

"응? 엄마가 왜?"

"어, 아니, 너…… 이래도 되는 건가? 아니, 잠깐……."

왜 저래? 어째서인지 보기 드물게 당황한 것 같은 은지호를 빤히 보다가 나는 몸을 비틀어 둘 사이를 빠져나왔다. 그 사이로 맞은편의 은형이가 얼핏, 잘 다녀오라는 듯 손짓하는 것이 보였다. 유천영의 표정은 환한 빛에 녹아 보이지 않았다. 나는 손을 대충 흔들고는 뒷걸음질 쳐 도서실을 빠져나왔다.

화장실로 들어가 수도꼭지를 위로 틀자 찬물이 콸콸 쏟아져 나왔다. 바른 것이 선크림뿐이라 찝찝할 것도 없이 세수를 하고 나니 뺨의 열기가 조금 식어 내리는 기분이었다. 페이퍼타월로 대충 얼굴을 닦다 말고 문득 눈을 들자 맞은편에 거울 속의 내가 있었다. 크리스마스를 앞둔 어린아이같은, 뜻밖의 기쁨에 대한 기대로 반짝이는 눈을 한 내가. 그 눈을 가만히 마주 보다가 나는 문득 이마를 찡그렸다. 페이퍼타월을 구겨 휴지통에 버리면서 나는 생각했다. 공부에 마음을 다 써도 모자랄 판에 지금 어디에 신경을 쓰는 거야.

나는 아무도 좋아하지 않겠다. 3년 동안 주문처럼 중얼거린 말을 다시 한 번 중얼거리고 나니 기분이 조금 나아졌다.

내가 화장실을 막 걸어오는 그때였다. 갑자기 옆에서

무언가 불쑥 튀어나왔다. 뭔가 싶어 옆으로 물러났던 나는 무언가의 정체를 깨닫고는 눈을 동그랗게 떴다. 물방울이 맺힌 캔커피. 위를 보자 처음 보는 사람의 얼굴이 있었다. 학생인가? 글쎄, 그런 것도 같고, 고등학교 3학년은 되어 보이는데. 방학이라서인지 교복이 아니라 흰 티에 편해 보이는 면바지를 입은 채였다. 그는 내가 대뜸 뒤로 물러나자 조금 당황한 얼굴이었다. 아, 뭐, 부딪힐 뻔했을 수도 있지. 나는 불편한 표정으로 고개를 꾸벅 숙이고는 종종걸음으로 자리를 떠났다. 그때였다.

"아, 저, 저기."

"……?"

대답하기 전 나는 신중하게 주변을 둘러보았다.

"저기요, 거기 갈색 단발머리."

나는 뒤를 돌아보았다. 솔직히 말해서 사대천왕에게 익숙해진 내 눈으로는 사람들의 외모를 잘 식별해 낼 수 없었지만, 어쨌든 평범하게 생긴 남자였다. 눈이 마주치자 그가 빙긋 웃었다. 그러더니 캔을 내미는 것이었다. 어어?

"제 거 아닌데요?"

"네, 알아요. 드리는 거예요."

"……?"

지금 이 상황이 이해 안 되는 거, 나뿐인가? 나는 내 앞에 내밀어진 캔을 물끄러미 내려다보았다. 남자는 어쩐지,

그런 나를 보면서 초조한 듯한 표정을 짓고 있었다. 그런 남자를 빤히 보던 나는 한걸음 물러났다. 남자의 얼굴에 실망이 깃들었다. 내가 말했다.

"아, 저기, 제가 이런 일 잘 없어서 좀 어색하기도 하고, 받고 아무것도 안 드리면 미안해서요."

"아, 그냥, 요즘 저기 도서실에서 자주 친구들이랑 공부하죠? 앞으로도 자주 볼 것 같은데, 그래서 드리는 거예요."

빙빙 돌린 말이지만 반여령의 경우를 보아서 나도 아주 눈치가 없지는 않았다. 나는 한숨을 내쉬며 이마를 긁적였다. 이거 작업거는 거 아닌가? 연애 같은 거 할 생각 없는데. 적어도 고등학생까지는. 게다가 연애 따위는 엄두도 못 내게 하는 사람들이 바로 옆에 있고. 내가 그렇게 생각하던 그때였다. 갑자기 손이 불쑥 앞으로 내밀어진다 싶었다. 그가 내 손에 캔을 쥐어 주려 한 것이다. 아니, 나는 당황해서 눈을 크게 떴다. 좋은 의도인 건 알겠지만 이렇게까지 안 해도……. 바로 그때였다. 누군가 뒤에서 내 손목을 잡고 휙 끌어당겼다. 다른 한 손으로는 내 목을 감은 채였다. 단단한 등에 뒤통수가 부딪힌다 싶기에 고개를 들었더니 익숙한 얼굴이 바로 위에 있었다. 위를 빤히 보다 나는 물었다.

"유천영?"

"안 오고 여기서 뭐해."

"아."

"찾으러 왔잖아."

아, 나는 뭐라고 대답하려다 말고 그냥 고개를 앞으로 했다. 유천영이 나와 머리 한 개가 차이 난다고 해도, 꽤 가까운 거리라서 목소리가 바로 귀 옆에서 말하는 것처럼 들리는데 기분이 아주 이상하다. 게다가, 나는 목에 휘감긴 팔을 흔들었다. 물론 꼼짝도 하지 않았다. 뭔데? 이럴 필요는 또 없는 것 같은데. 그사이 또 누군가 내 옆으로 걸음을 옮겼다. 이번에 돌아본 나는 표정을 조금 흐렸다. 은지호였다. 모르는 사람이 보기에 위압감을 주는 특유의 차가운 표정을 짓고 있었지만 아무튼 내 심정으로는…… 저런 이중인격자. 은지호가 먼저 물었다.

"얘한테 볼일 있어요?"

"아, 저기, 나는……."

"음료수? 왜? 모르는 사이잖아."

그렇게 말하면서 은지호가 새카만 눈을 조금 찡그렸다. 남자가 겁먹은 얼굴로 뒷걸음질 치는 것이 보였다. 아니, 은지호! 그 모습을 지켜보던 내가 말했다.

"야, 왜 사람 겁주고 그래?"

"아니, 황당하잖아. 왜 모르는 사람이 너한테 음료수를 주고……."

"반여령도 그런 일 많잖아."

그러자 은지호는 대번에 어이없다는 얼굴을 했다.

"반여령이랑 너랑 같냐?"

아이씨, 저게. 나는 얼굴을 와락 일그러뜨렸다. 그에 은지호가 아차, 하는 표정을 지었지만 이미 늦은 뒤였다. 반여령이랑 나랑 당연히 다른데, 그렇다고 그런 식으로 말할 건 없잖아. 내가 고개를 휙 소리 나게 돌리는 동안 은지호는 혼자, 아씨, 그게 아니라, 아, 젠장, 하고 혼자 중얼거리고 있었다. 그러다 그는 뭐가 마음에 들지 않았는지 퍼뜩 고개를 들더니 말했다.

"아, 아무튼 얘한테 뭐 주지 마요."

야, 너 모르는 사람한테 그런 표정은 좀…… 나는 생각했지만 의외로 남자는 생각보다 겁이 많지는 않은 모양이었다. 그가 대번에 겁먹은 표정을 갈무리하더니 이렇게 물은 것이다.

"왜, 왜? 무슨 사이라서?"

그의 말에 돌아오는 목소리는 두 개였다.

"남자 친구."

"남자 친구."

톤이 다른 두 개의 목소리가 겹쳐져 울림과 동시에 복도에는 침묵이 찾아왔다. 당황한 것은 물은 남자는 물론이고 나도 마찬가지였다. 아니, 나는 당황해서 위와 옆을 번갈아 보았다. 거짓말도 쿵짝이 맞아야 하는 거라고, 너네, 절대로 사기꾼 2인조 같은 거 안 되겠구나…… 나는 속으로 혀를 찼다. 둘 다 그렇게 말하면 아무것도 안 되잖아. 둘은 잠시 당황한 얼굴로 눈빛을 교환하는가 싶었다. 그러더니 둘이 다시 입을 열었다.

"그러니까, 내가 진짜고 옆에 이 녀석은 장난으로……."

"그러니까, 내가 진짜고 옆에 이 녀석은 장난으로……."

거기까지 말하고 둘은 다시 서로를 보았다. 다시 한 번 침묵이 찾아온 가운데 내가 황당해하며 중얼거렸다.

"너네 뭐하니."

둘은 한동안 말이 없었다. 그러더니 둘이 동시에 고개를 들어 다른 누구도 아닌 남자를 맹렬하게 쏘아보기 시작했다. 남자는 뭐가 뭔지는 모르겠지만 도망가야겠다고 생각했는지 갑자기 뒤돌아 줄행랑을 치기 시작했다. 남자의 모습이 복도를 돌아 시야에서 완전히 사라진 후에야 나는 황당해서, 허, 하고 탄성을 터트렸다. 그리고 나는 옆을 보았다. 옆에서 은지호와 유천영은 어째서인지 둘 다 별로 좋지 않은 얼굴을 하고 있었다. 내가 물었다.

"어, 어차피 받을 생각도 없었긴 한데, 너네 뭐했냐……?"

둘은 또 대답이 없었다. 내가 다시 물었다.

"왜 부끄러움은 내 몫인 건데?"

이번에도 둘은 대답이 없었다. 나는 결국 혼자 몸을 비틀어 유천영의 팔에서 빠져나왔다. 그제야 유천영의 품에 지금까지 안겨 있었다는 깨달음이 찾아왔지만, 어째서인지 조금도 설레지 않았다…… 아니, 그런 바보짓을 옆에서 봐 버린 다음이니까. 아, 맞다. 나는 발을 들어 옆에 선 은지 호의 정강이를 걷어찼다. 악. 은지호가 비명을 질렀다.

"아, 뭐! 도와줘도 성질이냐! 받을 생각 없었다며?"

"뭐? 반여령이랑 내가 같냐고?"

"아. 야, 그거 그런 뜻 아니었거든!"

"그럼 뭔데!"

"아, 그건 말 그대로 반여령과 네가 다르다는 뜻이지, 절 대로 널더러 뭐 나쁜 뜻으로 말한 게─."

"아, 됐다."

은지호 망해라. 나는 그렇게 중얼거리고는 그의 은색 머 리통을 한 번 꾹 눌러 준 다음에 그를 쏘아보고는 자리를 떴다. 옆에서 유천영이 황급히 내 옆으로 보폭을 맞추어 걷는 것이 보였다. 나란히 도서실로 들어가다 말고 나는 문득 물었다.

"그런데, 거짓말 그런 식으로 해도 돼?"

"뭐가."

열 없는 목소리가 옆에서 물어 왔다. 그의 목소리는 언 제 들어도 좋았지만 특히 여름에 들으면 더 좋았다. 서늘 한 바람이 바로 옆에서 불어오는 느낌이었다. 애매하게 웃 으며 내가 대답했다.

"아니 그, 남자 친구 어쩌고 말이야. 너 일단은 유명인

인데. 방송에는 거의 안 나오고 사진으로만 언급되니까 별
문제는 없다고 쳐도."

"음."

그는 잠시 시선을 다른 곳에 두더니 대답했다.

"그래도 그렇게 안 하면 우리 없을 때 또 그럴 것 같아서."

"뭐 어때서? 내가 어련히 알아서 잘 하려고."

"내가 불안해서."

그의 말이 너무나 선뜻 흘러나온 바람에 처음에는 무슨
말을 들었는지 잘 깨달을 수 없었다. 내가 잠시 멈춰 서자,
유천영은 그런 나를 흘긋 보는가 싶더니 앞서 걸음을 옮겼
다. 얼핏 그의 푸른 눈이, 웃었나 싶은 생각이 들었지만 확
실치는 않았다. 잠시 후에야 나는 간신히 발을 옮겨 자리로
돌아와 앉았다. 맞은편에서 은형이가 묻는 것이 들렸다.

"단아, 잠 좀 깼어?"

"……."

"단아?"

"아니…… 안 깬 것 같아."

나는 중얼거리듯 그렇게 말하다 말고, 은형이와 눈이 마
주치자 황급히 고개를 끄덕였다. 그리고 샤프를 집어 들다
가 맞은편을 보자, 유천영은 그새 평온한 얼굴이 되어 푸
른 눈으로 문제집을 빤히 보고 있을 뿐이었다.

그 모습을 보면서 나는 직감했다. 아, 오늘 공부는 글렀

구나.

　도서관을 나오는 길이었다. 복도에 놓인 커다란 쓰레기통에 무심코 눈길이 머물렀다. 공공기관에서 쓰는 흔한 원통형 쓰레기통이었는데 뚜껑이 열려서 내용물이 훤히 들여다보였다. 나는 문득 눈을 크게 떴다.
　"어?"
　옆에서 걷던 은지호가 물었다.
　"뭐야?"
　음, 나는 그것을 지켜보다 말고 눈썹을 찡그리며 고개를 돌렸다. 아니겠지. 설마 내가 안 받았다고 음료수를 버렸을 리가, 못 마실 것도 아닌데. 나는 고개를 내젓고는 걸음을 옮겼다.

＊　＊　＊

　전에도 한 번 말한 적이 있지만 반여령이 여자애들과 사이좋게 지내지 못하던 것은 본인의 성격 탓이 아니라, 희한하게도 시기 질투하는 여자애들을 끌어들이는 여주인공 체질 탓으로, 반여령이 카페 아르바이트를 못할 것이라고 생각하지는 않았다. 반여령은 몸도 날렸고 말도 예쁘게 잘했으며─은지호 제외─, 결정적으로 제 오빠 반여단과는 다르게 요리도 수준급이었다. 여단 오빠의 요리 실력이 어떻냐고? 놀라지 마시라, 여단 오빠의 친구들 사이에서는 여단 오빠 손끝에서 생화학 무기가 살포되고 있다는 가설이 신빙성을 얻고 있으니까.

후, 후후, 문득 과거의 기억을 떠올린 나는 음울하게 웃었다. 언젠가 일요일에 여단 오빠가 나랑 여령이한테 끓여 줬던 라면, 그거 먹고 나는 여단 오빠에 대한 짝사랑을 평화롭게 접을 수 있었으니 말 다한 거 아닌가.

하여튼 여령이 요리 실력이 정상적이라서 다행이야. 그렇게 생각하며 나는 앞을 보았다.

제일 벽과 가까운 자리에 앉아 홀 쪽을 곁눈질하며 주인이가 중얼거렸다.

"진짜 사람 많네."

"응."

나는 고개를 끄덕였다. 그러자 옆에서 은지호가 말했다.

"그리고 거의 다 남자로군."

"응."

나는 이번에도 고개를 끄덕였다. 맞은편에서 은형이가 중얼거리듯 말했다.

"남자 알바, 전에 왔을 때랑 바뀐 것 같은데……?"

"왜일까?"

이번에는 응이라고 대답하기가 싫어 변형을 주어 보았

다. 그러자 은형이는 말없이 납득한 듯 미소 지었다. 하기는, 이 중에 그 이유를 모를 사람은 없다. 주인이가 다시 중얼거렸다.

"여령이한테 고백했다가 차였겠지."

"……"

"불쌍해."

여령이가, 차인 남자애가? 나는 묻고 싶었지만 일단은 참았다. 사실은, 둘 다 불쌍하기도 하다. 여령이는 모르는 남자에게 숱하게 고백받는 운명을 타고난 것이 불쌍하고, 차인 남자는 그저 반여령의 역사를 몰랐을 뿐일 테다. 그러고 말없이 앉아 있으려니 반여령이 우리 테이블로 쪼르르 다가왔다.

검은 앞치마에 흰 반팔 와이셔츠, 베이지색 치마를 걸치고 머리카락을 한데 모아 묶었을 뿐인데도 반여령은 그야말로 빛을 뿜어내는 것 같았다. 그녀가 오자마자 한 일은 당연히, 내 옆에 앉아 있던 은지호를 쫓아낸 다음 그 자리를 대신 차지한 것이다. 아니, 생각해 보니 이게 당연한 일이 되어 버리면 이 소설의 정체성이 위험해지기는 하지만, 신경 쓰지 말자.

어쨌거나 그렇게 평화로운 수단으로 내 자리를 차지한 반여령이 턱을 괴고 반짝이는 눈으로 나를 올려다보며 물었다.

"단아, 뭐 줄까? 말만 해. 제일 비싼 거 줄까?"

음, 아닌 척하고 싶어도 솔깃하는 것은 어쩔 수가 없다. 이게 바로 지인 찬스라는 건가? 나는 물었다.

"제일 비싼 게 뭔데?"

"응, 내 마음?"

"……."

내가 굳어져서 대답하지 않는 사이 은지호가 옆에서 손을 빼 들며 대답했다.

"왜 그게 제일 비싸냐? 말도 안 돼."

"하하, 누가 너 준대?"

"하하, 누가 받는대?"

반여령이 기어이 으르렁거리며 은지호의 멱살을 잡아챘다. 아니, 잠깐, 공공장소에서는 좀, 은형이가 말리며 둘을 떼어 놓자 반여령이 깊은 한숨을 내쉬었다. 그래도 둘이 투닥거리는 거야 뭐 대수로운 일이 아니라서, 우주인과 유천영은 그사이 메뉴판을 보며 제멋대로 메뉴를 정해 놓던 모양이다. 주인이가 손을 흔들며 말했다.

"나는, 어, 그냥 아이스 아메리카노 돼?"

"응, 그거야 기본 메뉴니까."

"유천영은 유자차 먹는대. 아이스로."

"앗, 나도 그거."

내가 손을 뻗으며 말했다. 반여령은 고개를 몇 번 끄덕이는 것으로 우리의 주문을 전부 기억한 듯 메모도 없이 자리를 떠나 버렸다. 반여령의 멀어지는 뒷모습을 지켜보며 나는 새삼 반여령이 부럽다는 생각을 했다. 세상에, 나도 저 머리 좀 갖고 있으면 방학 때 공부가 웬 말이야, 아르바이트나 하는 건데. 그리고 나는 문득 주머니의 길게 접힌 종이에 생각이 미쳤다. 윽, 잊고 있었어. 나는 인상을 있는 대로 쓰며 주머니에서 종이를 꺼냈다. 은지호가 물었다.

"뭐야? 뭔데 표정이 그 모양이야?"

"왜 그래, 단아?"

은형이도 옆에서 걱정 어린 표정으로 물어 왔다. 나는 말없이 그들 앞에 접혀 있던 종이를 펼쳐 놓았다. 그제야 아이들의 표정도 일제히 구겨졌다. 제일 먼저 중얼거린 것은 주인이었다.

"아, 이거. 진로조사서."

"이거 기반으로 문과, 이과 정한다나 봐."

나는 음울하게 중얼거리고는 고개를 푹 숙였다. 아이들이 잠시 서로를 번갈아 보는가 싶더니 분위기가 한결 침착해졌다. 그 가운데 은형이가 나를 보며 물어 왔다.

"왜? 하고 싶은 거 없어?"

"굳이 말하자면 재벌 2세?"

내 발언에 잠깐 테이블에 침묵이 찾아왔다. 나는 덧붙였다.

"내 꿈을 이루기 위해, 어머니 아버지 파이팅."

가장 먼저 웃음을 터트린 것은 주인이었다. 맞은편에서 주인이는 아예 깔깔거리며 배를 잡고 웃기 시작했다. 애초에 나도 웃으라고 한 말이었기 때문에, 어깨를 으쓱하자 맞은편에서 은형이도 따라서 빙긋 웃었다. 뭐, 다들 하는 농담 아닌가? 내 꿈은 재벌 2세, 재벌 3세, 이런 거…… 그렇게 생각하며 대수롭잖게 웃어넘기려던 그때였다. 옆에서 의외로 진지한 목소리가 돌아왔다.

"아냐, 재벌 2세도 형제자매 수가 중요해."

"……."

나는 얼굴을 굳히며 옆을 돌아보았다. 전에 없이 진지한 얼굴의 은지호가 보였다. 은색 머리칼 아래 그의 검은 눈은 모처럼 진지한 빛을 띠고 있었다. 아, 잊고 있었다…… 나는 속으로 중얼거렸다. 이 그룹에는 잘생기고 공부도 잘하고 싸움도 잘하는 것으로 모자라, 재벌 2세이기까지 한 사람이 둘이나 끼어 있다는 것을. 이놈의 인터넷 소설…….

은지호가 진지하게 말을 이었다.

"알았어? 누가 재벌 2세 시켜 준다고 해도 너 형제자매 수 진지하게 생각하고 결정해야 돼. 외동이잖아? 죽어. 야, 유천영 봐."

갑자기 대화의 화살표가 유천영으로 돌려지기에 나는 눈을 조금 크게 떴다. 한편 턱을 괴고 얘기를 듣던 유천영도 떨떠름한 표정으로 푸른 눈을 가늘게 떴다. 그리고 은지호의 말이 이어지는 순간 나는 인상을 썼다. 으이구.

"봐, 저 긴장감 없는 얼굴을. 재벌 2세면 저렇게 막내로 태어나야 해."

유천영이 인상을 쓰며 가만히 대꾸했다.

"뭔데 시비야."

"아니, 뭐 네가 지금 긴장한 표정은 아니잖아. 그러니까 중요한 건 내 위에 형제자매가 있느냐 없느냐……."

두서없이 이어지는 은지호의 이야기를 듣다 말고 나는 별로 영양가가 없겠다 싶어 고개를 돌렸다. 아니, 이건 뭐 일단 재벌 2세가 되고 나서야 생각해 볼 일이지. 그 사이 음료수를 내온 반여령이 내 옆에 앉았다. 그녀는 은지호를 돌아보며 물었다.

"왜 저래?"

"몰라, 왜 저러지? 쟤 오늘 좀 이상한데."

그러기가 무섭게 맞은편에서 주인이가 다시 한 번 킥킥 웃기 시작했다. 뭘 알고 있나? 내가 눈을 동그랗게 뜨는 순간이었다. 은지호의 목소리가 기어이 볼륨이 낮아지는가 싶더니, 마침내 땅속으로 꺼졌다. 그리고 얼굴을 가리며 깊은 한숨을 내쉬는 것이었다. 뭐야, 반여령이 옆에서 물었다.

"뭔데 그래?"

"……."

"주인아, 넌 알아?"

빨대로 아메리카노를 휘젓다 말고 주인이 빙긋 웃었다. 그러더니 그는 은지호를 웃는 눈으로 흘겨보며 입술을 떼었다.

"뭐긴 뭐겠어. 천하의 은지호가 저렇게 진저리 내면서 싫어하는 거."

"아, 파티구나."

반여령이 옆에서 건조한 목소리로 중얼거렸다. 아아, 그제야 나도 납득해서 고개를 끄덕였다. 어쩐지 오늘 상태가 조금 이상하다 싶더니 그런 거였어? 아무튼 은지호는 겉보기와는 달리 재벌 2세로서 인터넷 소설에서 흔히 나오던 그, 호텔에서 열리는 상류층들의 파티에 실제로 어느 정도 참여할 의무를 갖고 있는 듯했다. 그리고 그는 그때마다 우리를 붙잡고는 두통, 복통, 치통에 하여간 모든 질병의 이름을 대 가며 사람을 괴롭히다가, 끝내 자신감 없는 목소리로 중얼거리는 것이다.

'이런 이유로 내가 그 자리를 빠질 수 있을까?'

그럴 때마다 주인이는 상냥하게 대꾸해 주고는 했다.

'꿈 깨.'

나는 혀를 차고는 내 몫으로 날라진 음료수를 빨대로 뒤섞었다. 노란 유자청이 물 안에서 동동 떠다녔다. 솔직히 은지호가 저렇게 싫어하는 이유를 나는 잘 모르겠는데, 반여령은 대충 이해한다는 얼굴로 은지호의 등을 상냥하게 때리…… 아니, 두드려 주고 있었다. 하기는, 반여령은 집은 평범하다는 설정인 것 같은데 과연 인터넷 소설 여주인 공답게 친척들이 평범하지 않아서, 파티 같은 데는 여단 오빠랑 제대로 차려입고 참석하는 모양이고. 그런데 문득 맞은편에서 유천영이 고개를 드는 것이 보였다.

"아, 너네 파티였어?"

"뭐가?"

"나 오늘 끌려가는 거."

"……?"

은지호가 해괴한 표정을 지었다. 잠시 뒤에 그가 조금 밝아진 표정으로 대꾸했다.

"어, 너 오냐?"

이야기를 듣고 있던 반여령이 눈을 동그랗게 뜨며 끼어들었다.

"잠깐, 왜? 유천영 넌 원래 잘 참석 안 하잖아."

그러게. 나는 놀란 눈으로 유천영을 쳐다보았다. 하여간 별로 인정하고 싶지는 않지만 재벌 2세는 형제자매 수가 중요하다는 은지호의 말은, 은지호와 유천영을 비교하면 어느 정도 사실로 들리기는 한다. 유천영과 은지호의 생활은 정말 극과 극을 달리기 때문이다. 대신 대답한 것은 은형이었다.

"아, 그게 말야. 이번에 천영이네 형들이 귀국하셨거든. 그래서 천영이네 형이, 이것저것 물어보다가 유천영이 사회생활을 너무 안 했다는 말에…….”

"아, 그렇게 된 거로군."

내가 고개를 끄덕이자 은형이도 따라서 고개를 끄덕이며
웃었다.

"그래서 저녁에 끌려가기로 예약된 거지."

옆에서 은지호가 다리를 펴며 투덜거렸다.

"아, 뭐야. 형들 오면 나랑 있을 수도 없는 거잖아."

그 말에 유천영은 푸른 눈으로 빤히 책상을 내려다보다
말고 고개를 들었다. 그가 대답했다.

"형들 안 와도 너랑은 안 있을 건데."

"뭐? 아, 그나저나, 그럼 나는 대체 누구를 피난처로 삼
아서———……."

과연 은지호는 유천영의 돌직구에도 전혀 상처 받지 않
은 얼굴로 고개를 돌렸다. 은지호가 처음으로 바라본 것은
다른 누구도 아닌 주인이였다. 그리고 시선을 받은 주인이
는, 빙긋 웃으며 상냥한 목소리로 대꾸했다.

"잘 다녀와."

내용은 별로 상냥하지 않았지만. 아씨, 은지호가 이마를
찡그리며 고개를 돌렸다. 그가 이번에 바라본 것은 은형이
었다. 은형이는 빙긋 웃더니 대답했다.

"나는 천영이랑 있을 건데?"

"…….”

그러고 보면 애들이 은지호를 은근히 막 대한단 말야, 나는 턱을 괴고 그의 옆얼굴을 바라보면서 생각했다. 아니, 어쩌면 그냥 단순히 갈구고 싶은 사람인 걸지도, 그래, 이거다. 바로 그때였다. 은지호가 고개를 돌려 나를 바라보았다. 응? 나는 상체를 뒤로 빼서 얼른 시선을 피하려고 했다. 그러기도 전에 은지호가 나를 보며 물었다.

"야, 함단이. 너 재벌 2세 되고 싶다고 했지?"

"아니, 뭐, 그건 그런데. 그거 헛소리였던 건 알지?"

"내 생활 한 번 들여다볼 생각은 없냐?"

"어, 어어…….."

얼른 아니라고 대답하지 못하고 나는 잠깐 고민했다. 아니, 왜냐하면, 사실 전에도 말했다시피 나는 중학교 때도 반여령과 반여단의 들러리로 몇 번 그런 자리에 참석한 적이 있기 때문이다. 내가 쉽게 대답하지 못한 건 그냥, 그거랑 별개로 은지호의 눈빛이 퍽 간절했기 때문이다. 그 천하의 은지호가 싫어하는 자리면 대체 얼마나 무시무시한 걸까 싶기도 하고, 내가 고민하는 사이 은지호는 제멋대로 결론을 내린 듯싶었다. 고개를 돌리며 그는 대수롭잖다는 얼굴로 대꾸했다.

"뭐, 농담이고. 그러니까 장래희망 목록에서 웬만하면 재벌 2세는 빼라는 게 내 결론이다."

그렇게 말하는 그의 표정이, 장난칠 때와는 달리 진지해서 조금 낯설었다. 내가 소설에서밖에 접하지 못한 생활을 실제로 해내고 있는 동갑내기 소년, 그와 장난칠 때는 깨닫지 못하는 사실들. 그리고 문득 내 눈앞에 스쳐 지나가는 것은, 다름 아닌 오늘 아침 내 방에서의 대화였다.

내가 당연한 듯 밀어내고, 그가 당연한 듯 능청스럽게 내 말을 받아치면서 우리 둘 사이의 간격을 선뜻 좁혀 오고, 그래서 나는 그의 배려를 너무 당연하게 받아들인 것이 아니었을까. 그러고 보면 그는 장난을 치면서도 내가 싫어하는 행동을 하거나 무언가를 요구한 적은 한 번도 없는데.

그리고 지금, 은지호가 어쨌거나 내게 SOS 신호를 보낸 것이다. 그것도 아마, 그로서는 난생처음으로.

내 입이 열린 것은 나도 모르는 새였다.

"내가 가면 돼?"

"어?"

반여령과 무슨 말인가를 주고받던 은지호가 퍼뜩 고개를 돌렸다. 검은 눈은 크게 떠진 채였다. 나는 다시 말했다.

"너 그 파티인가 뭔가 하는 거, 내가 가면 도움은 되는 거야?"

그리고 나는 내가 너무 자신감이 넘치나 싶어서 조금 작게 덧붙였다.

"네 심리적으로…… 말야. 네 심신 안정에 도움이 되느냐고."

"그거야, 그런데…….."

"뭐, 너 따라다니면 되는 거면 괜찮아. 나 잘하는 거잖아."

나는 최대한 대수롭잖은 얼굴로 보이도록 애쓰면서 대꾸했다. 솔직히 은지호에게는 도움을 받으면 받았지, 이렇게 내가 그에게 뭔가를 해 준 적은 없어서 나도 나의 이런 말이 무척 낯설게 여겨졌다. 그러니까 은지호와 나의 관계는 항상 이런 것이었다. 은지호가 나에게 일방적으로 호의를 베풀고, 내가 거절하는 관계.

사람 일은 참 이상하다. 결국에는 초기의 관계가 나중에 가서도 굳어져 버린다. 내 버팀목이 되어 주었던 사람은 나중에 가서도 내 버팀목이 되어 주고, 반대로 내가 도와 줘야 했던 사람은 나중에 가서도 내가 도와줘야 하고, 역할을 간혹 바꾼다면 더 좋은 관계를 만들어 갈 수도 있을 텐데 이상하게 그러지 못한다.

그리고 나는 지금, 은지호에게 처음으로 손을 내민 것이었다. 그런 나를 마주하는 은지호의 얼굴은 떨떠름하기만 했다. 그로서도 이게 처음 있는 일이라는 것을 깨달아서일까, 아니, 분명히 깨닫고 있을 것이다. 내가 아는 한 이런 식의 인간관계에 가장 민감한 것은 다름 아닌 그였으니까.

잠시 뒤에야, 그가 중얼거리듯 대답했다.

"그…… 래."

"……?"

"나만 따라다니면 돼."

그의 말에는 이상하리만치 어조가 없어서, 내게 말한다기보다는 정말 혼자서 중얼거리는 것처럼 들릴 지경이었다. 내가 은지호의 눈앞에 손을 내밀어, 이보세요, 하고 말하려는 무렵이었다. 그가 손을 들어 입을 가렸다. 그렇게 이상한 표정은 처음 보았다. 그리고 그가 다시 중얼거렸다.

"아, 기분…… 엄청 이상하네."

"뭐가?"

옆에서 나 대신 반여령이 그렇게 물었다. 그러게, 대체 뭐가 그렇게 이상한데? 은지호는 대답 않고 고개만 내저었다. 그러더니 내게 한결 가라앉은 표정으로 물었다.

"너 언제부터 시간 나는데?"

"나야 뭐, 늘……."

내가 떨떠름한 얼굴로 대답한 그때였다. 맞은편에서 갑자기 은형이가 이쪽을 향해 물어 왔다.

"아, 그럼 여령아, 너도 올래?"

"응?"

여령이가 놀란 눈을 들어 은형이를 보았다. 은형이가 차분하게 웃으며 대꾸했다.

"규모가 작은 파티도 아니니까, 그리고 주최 측이 지호네고. 여자애가 일행에 끼어 있으면 귀찮은 일을 미연에 방지할 수 있거든."

은형이의 이어지는 말을 듣고 있던 반여령이 곧 알 만하다는 얼굴을 했다. 아마 여자들의 접근을 줄일 수 있다는 말인 것 같은데. 그리고 여령이는 동그랗게 뜬 눈으로 다른 누구도 아닌 나를 흘긋 보았다. 응? 그리고 여령이는 밝은 얼굴로 선언했다.

"그래, 나도 갈래! 언제 가면 되는데?"

"아르바이트 몇 시까지 한다고? 밤 9시?"

"아, 괜찮겠어? 너무 늦지 않아?"

반여령의 말에 대답한 것은 유천영이었다.

"그 핑계 대고 늦게 가면 되겠다."

"아, 좋은 생각이야."

옆에서 은형이가 천연덕스럽게 대꾸하자 눈을 휘둥그레하게 뜬 반여령이 이윽고 웃음을 터트렸다. 그리고 우리는 이번에는 주인이를 쳐다보았다. 빨대로 커피를 휘휘 젓는 채로, 우리의 대화를 듣고 있던 주인이는 시선이 쏠리자 놀란 듯한 얼굴을 하더니 곧 웃었다. 그가 말했다.

"왜, 혼자 안 가면 심심할까 봐? 그런 걱정 할 필요 없는데."

아무래도 꿋꿋이 안 갈 생각인 모양이었다. 뭐, 괜찮지만. 내가 고개를 끄덕이던 그 순간이었다. 은지호가 옆에서 중얼거리듯 물었다.

"그러고 보니 나라 누나 오지 않냐?"

"아."

그렇게 중얼거린 것은 주인이가 아니라 맞은편에 앉아 있던 은형이었다. 그는 갑자기 창백해진 얼굴로 유천영과 주인이를 번갈아 보면서, 진지하게 고민하는 얼굴을 하는 것이었다. 한참 뒤에야 그가 중얼거리듯 말했다.

"나 이번에야말로 납치당할 것 같은데……."

"그리고 나라 누나를 유일하게 제어할 수 있는 사람이 네 옆에 있는 것 같은데."

은지호가 낄낄 웃으며 건넨 말에 이번에는 은형이가 주인이를 쳐다보기 시작했다. 와, 이건 또 보기 드문 그림일세. 나는 그렇게 중얼거리고는 둘을 번갈아 보기 시작했다. 그도 그럴 게, 다른 누구도 아니고 은형이가 누구를 간절하게 바라보는 것은 처음이라서. 과연 몇 초도 안 지나서 주인이는 한숨과 함께 백기를 들었다.

"지호야, 그래. 너는 수일 내로 뒤통수 거하게 맞을 준비 좀 하고……."

"……."

그다음부터 은지호는 얼굴이 창백해진 채로 커피를 홀짝이기 시작했다. 나는 홀로 턱을 괴고 앉아 생각했다. 이런 식으로 여섯 명이 우르르 몰려가도 정말 괜찮은 건가, 이거. 하기는, 주최 측인 은지호가 별말이 없는 것을 보면 정말 큰 파티라서 우리 여섯 명쯤 끼어들어도 별로 차이가 없는 건가 싶기도 하다. 그렇게 생각하던 나는 문득 진동이 울려 주머니를 내려다보았다. 핸드폰을 꺼내자 그 위로 세 글자가 번쩍였다. 이루다.

오, 오랜만이네. 나는 급히 폴더를 열어젖혔다.

보낸 사람 : 이루다
오늘 밤에 Ian이랑 너희 아버지랑 막걸리 마시는 거 알아?

엥, 금시초문인데. 하지만 어차피 우리 아버지야, 뭐 워낙에 술도 사람도 좋아해서 놀랄 일이 전혀 아니기는 하다.

받는 사람 : 이루다
아니 첨들었어 그래?

보낸 사람 : 이루다
얼굴 본지도 오래됐으니까 아버지 데리러 가면서 잠깐 만날래?

뭐, 이루다의 환한 금색 머리카락과 푸른 눈을 떠올린 나는 고개를 끄덕였다. 내가 언제나 언급하는 것이기는 하지만 이루다는 가끔 느껴지는 중성적인 매력이나 남장 여자라는 부분만 제외하면 정말로 좋은 애다. 남장 여자라는 게 정말 큰 문제기는 하지만…… 어…… 음, 나는 답장을 보냈다.

받는 사람 : 이루다

그랭! 신난다

폴더를 닫고 나는 괜히 혼자 웃었다. 방학하고 루다 처음 보는 건데, 진짜 조금 신나기는 한다. 하지만 남장 여자니까 또 조폭에게 쫓겨 다니랴, 한적한 공장 지대에서 싸움하랴, 얼마나 바쁠까 싶어서 차마 만나자는 말을 못했는걸…… 아 차, 나는 도로 답장을 작성하기 시작했다. 잊은 게 있네.

받는 사람 : 이루다

그런데 나 어디 갔다올 거라 좀 늦을지도 모르는데 갠차나? 한…… 열한 시?

답장은 곧바로 돌아왔다. 답장을 읽어 보자마자 나는 고 개를 끄덕였다. 아, 과연.

보낸 사람 : 이루다

난 Ian이 술을 언제까지 마실지가 걱정돼…… 아마 새벽 세 시가 돼도 괜찮을지도 그냥 집에 오면 연락해

"……."

나도 우리 아버지랑 술을 마시는 Ian이 조금 걱정 되긴

해…… 어쩌면, 새벽 5시에 만나게 될지도. 나는 핸드폰을 닫고는 애매하게 웃으며 한숨을 내쉬었다. 아무튼, 간만에 바쁜 날이 될 것 같다.

＊　＊　＊

보낸 사람 : 함단이
나도 걱정된다…… 그래……

힘없이 돌아온 답장을 읽은 이루다의 입술에 미소가 떠올랐다. 그리고 그녀는 몸을 일으켰다. 의자를 세 개 붙여놓고 잠든 터라 몸이 조금 결렸지만 할 수 없었다.

그녀가 잠들었다 깨어난 곳은 다름 아닌 도서관이었다. 학기 중에는 그나마 학교가 검은 양복들로부터의 도피처가 되었는데, 방학을 하니 그렇지가 않았던 것이다. 결국 그녀는 은행과 도서관을 비롯해서 여러 공공 기관을 전전하는 신세가 되었다. 사대천왕을 대담한 함단이와 같은 도서관에 상주하게 된 것은 어디까지나 우연이었다.

"그 우연이 쓸모가 있게 될지도 모르겠어."

그녀는 그렇게 중얼거리며 잠든 내내 옆에 두었던 캔을 손에 쥐었다. 마시려는 의도는 아니었다. 그녀는 날카롭게 빛나는 눈으로 캔 옆면을 응시했다. 평범한 커피캔에 불과 했으나 어렸을 때부터 온갖 위험에 노출되어 있던 것은 물론이고 경호 대상의 안전을 위한 몇 가지 교육까지 거친 그녀는 평범한 캔과의 차이를 쉽게 구분해 낼 수 있었다. 함단이가 혼자 도서실 바깥으로 향했을 때, 심심한데 말이나 걸어 볼까 싶어 그녀를 따라 바깥으로 향한 것이 화근이었다.

좋은 사람인 척, 당연한 듯 미소를 띄운 얼굴로 '안녕! 우연이네. 이렇게 날씨가 좋은데 도서관에서 공부하는 거야? 대단하다.' 운운……, 하고 생각하고 있었더랬다. 흠, 이런 것을 생각할 때면 자신은 대체 함단이를 어쩌고 싶은 것인지에 대해 의문이 들기는 했다.

진짜 친구가 필요하기라도 한 것인지, 생각해 보면 우주인의 말에 따라 최유리의 경호원 핸드폰을 뺏는 것을 도와줄 때만 해도 그랬다. 그런 위험한 일, 하지 않으면 그만인 것을 함단이에게 이미지가 조금 나빠지는 일 따위가 뭐라고……

그렇게 생각하면서도 기어이 자신은 그 일에 뛰어들고 말았고, 그 결과로 검은 양복들의 추적망에 더욱 잘 걸리게 된 것이 아닌가.

그렇게, 처음 함단이의 뒤를 따라나설 때의 즐거운 마음은 어디로 가고 걸음을 내딛는 내내 혼란만이 따라올 무렵이었다.

모퉁이를 돌자마자 함단이의 앞을 막고 커피 캔을 내밀고 선 낯선 남자가 보였다. 기민한 눈은 그 즉시 도서관에서 머무르는 며칠 동안 그 남자를 정작 도서 열람실 안에서는 한 번도 본 적이 없다는 사실을 잡아 냈다. 도서관에 온 내내 그는 복도를 서성이기만 했던 것이다. 꼭 누군가를 기다리는 것처럼. 그리고 결정적으로 저 캔. 이루다는 그 즉시 나서려고 했지만 뒤에서 익숙한 인기척이 나는 바람에 자리를 피할 수밖에 없었다. 함단이와 사대천왕이 떠나고 나서야 그는 도서실 깊숙이 박혀 있던 몸을 빼내어 움직이기 시작했다. 그 캔은 쓰레기통에서 찾을 수 있었다. 그는 혀를 차며 캔을 한 바퀴 돌려 보았다.

붉은색으로 프린트된 캔의 면 한가운데에 박힌 자그마한 은색 점. 밀폐된 캔에 다른 수단으로 어떤 물질을 흘려 넣었을 때 흔히 생기는 흔적이다. 자신이라면 더 완벽하게, 더 티 나지 않게 할 수 있었을 텐데, 이루다는 눈썹을 찡그렸다. 초보적이다, 하지만 악의가 느껴지는 것은 무시할 수 없다. 집에서 몇 가지 검사를 해 보면 대체 뭘 넣은 것인지 밝혀질 테지만, 아무튼…… 눈을 굴려 함단이의 문자를 바라보는 한편, 그는 다른 손으로 입술을 매만졌다. 중요한 것은, 함단이를 노리는 자가 있다는 것.

대체 이 애는, 본인이 평범하다고 믿고 있으면서 왜 이런 위험에만 노출되는 거야. 이루다는 한숨을 폭 내쉬었다.

〈끝나지 않은 '인소의 법칙'들! 5권에서도 계속됩니다.〉